12/8/08

EL MAESTRO
DE ESGRIMA

 NARRATIVA

ARTURO PÉREZ-REVERTE

EL MAESTRO DE ESGRIMA

PRÓLOGO
JOSÉ MARÍA POZUELO YVANCOS

AUSTRAL NARRATIVA

Primera edición: 18-IV-2005
Segunda edición: 2-II-2007

© *1988, Arturo Pérez-Reverte*

© *De esta edición: Espasa Calpe, S. A., Madrid, 2005, 2007*

Diseño de cubierta: Joaquín Gallego
Preimpresión: MT, S.L.

Depósito legal: M. 49.222—2006

ISBN.: 978—84—670—2317—6

Espasa, en su deseo de mejorar sus publicaciones, agradecerá
cualquier sugerencia que los lectores hagan al departamento
editorial por correo electrónico: sugerencias@espasa.es

Impreso en España/Printed in Spain
Impresión: Unigraf, S. L.

Editorial Espasa Calpe, S. A.
Vía de las Dos Castillas, 33. Complejo Ática - Edificio 4
28224 Pozuelo de Alarcón (Madrid)

A Carlota. Y al Caballero del Jubón Amarillo.

«Soy el hombre más cortés del mundo. Me precio de no haber sido grosero nunca, en esta tierra donde hay tantos insoportables bellacos que vienen a sentarse junto a uno, a contarle sus cuitas e incluso a declamarle sus versos».

ENRIQUE HEINE. *Cuadros de viaje*

ÍNDICE

PRÓLOGO

Mis dos favoritas, dentro del amplio abanico de novelas de Arturo Pérez-Reverte, son EL MAESTRO DE ESGRIMA (1988) y *La Reina del Sur* (2002). En estas elecciones y juicios suelen influir factores subjetivos, del gusto, o de nuestra propia historia como lectores. Todo lector tiene el derecho a preferir unas novelas a otras, y a no tener siquiera que justificarlo. Aunque si abandonamos por un momento la zona de la subjetividad —en un Prólogo hay que hacerlo— e intentamos —es lo que justifica un Prólogo— invitar a la lectura de esa novela a otros lectores que todavía no la conocen, vemos que en esas elecciones suelen jugarse algunas partidas de más amplio calado que los gustos personales. Y es en el ascenso a ese otro nivel cuando podré afirmar que EL MAESTRO DE ESGRIMA figura entre mis novelas favoritas porque la considero entre las mejores que Pérez-Reverte ha escrito. «Favoritas» y «mejores» son adjetivos que se mueven en dos niveles muy distintos de valoración y que comprometen dos esferas diferentes del juicio crítico. Y un ejercicio muy interesante que apenas hacemos (y que debería ser de obligado cumplimiento a quienes ejercemos la crítica) es el de explicar los juicios, intentando en todo caso no justificarse como crítico, sino hablar desde la novela, indicar al lector por qué esta novela que va a leer cuenta entre las mejores de Arturo Pérez-Reverte.

Lo primero que quiero decirles es que se van a encontrar con don Jaime Astarloa, un gran personaje. Es quizá el personaje masculino más representativo de la estética y ética de personajes que pueblan el mundo novelístico de Pérez-Reverte. Este autor tiene como una de sus notas distintivas haber cuidado mucho el dibujo de sus héroes y comprometer en ese dibujo muy diferentes virtudes de su habilidad como creador de ficciones. Se ha situado así, con voluntad consciente, y cuando no era la moda predominante, en la estela de Miguel Delibes y Juan Marsé, otros dos novelistas que nunca olvidaron que una buena novela tiene que tener personajes bien trazados. Aplicando el ejercicio que antes les proponía, el de explicar los juicios, me pregunto si en la selección de mis favoritas no ha ocurrido que me he dejado subyugar por los que entiendo los dos personajes mejor trazados de su narrativa, porque si Jaime Astarloa lo es como héroe masculino, Teresa Mendoza, la protagonista de *La Reina del Sur,* emerge soberbia como heroína proveniente de múltiples guerras perdidas, según he tenido ocasión de explicar en otro lugar.

Habrán observado los lectores que he comenzado hablando de «personajes», y de inmediato me he desplazado a otro vocablo de la tradición crítica mucho más comprometido: «héroes», «heroínas». No todos los personajes de la novela pueden recibir el calificativo de «héroe/heroína». Para que se produzca ese deslizamiento semántico, tiene que darse en las consistencias que sostienen los atributos de un personaje alguna clase de «representatividad heroica», de reconocimiento, en un carácter determinado, de una suma de atributos que le pertenecen al personaje pero que en cierta medida le preceden. Jaime Astarloa o Teresa Mendoza son ellos mismos, claro está, pero pertenecen a una especie, por cierto en trance de extinción, a una familia de otros personajes con quienes comparten una suerte de destino, de determinación más fuerte que ellos y a la que sirven. Ya ha aparecido la palabra «destino». La otra gran palabra asociada a la esencia misma de la literatura, que es la que convierte el arquetipo en tipo literario, el sentido trágico en fábula, y el mito en épica o en novela. Volveré luego sobre el «destino» de Jaime Astarloa y Adela de Otero.

¿Qué es un héroe? ¿Por qué Jaime Astarloa lo es? Para explicarlo podremos entrar en dos referencias que hace la propia novela, y que no me parecen en absoluto casuales. La casualidad nunca crea buena literatura, y Pérez-Reverte es uno de los escritores más alejados de la casualidad que he conocido, porque mide y estudia todo hasta los últimos detalles. De las muchas referencias literarias que esta novela contiene, algunas son hechas de pasada a modo de homenaje, pero otras pertenecen a la urdimbre básica de su composición. Es el caso de la *Odisea* y la *Eneida* y del *Quijote*. Jaime Astarloa es epígono de Eneas, de Odiseo y también de don Quijote. La novela misma en su capítulo cuarto incluye un diálogo clave, de los varios que tienen lugar entre Jaime Astarloa y Adela de Otero. Es un diálogo situado además justo antes de que la novela se convierta en una peripecia de intrigas, cuando todavía es solamente un ajustado pentagrama de la lucha entre dos personajes, él y ella, midiéndose en sus movimientos, en sus estrategias, en sus gestos, en sus silencios y en ese formidable ballet que componen sus asedios mutuos, psicológicos y eróticos, de vencimiento y de conquista, que cuenta sin duda entre lo mejor que ha escrito su autor.

El diálogo al que me refería comienza así:

> —Es hermoso no resignarse a olvidar —dijo la joven al cabo de unos instantes.
>
> Hizo él un gesto de impotencia, dando a entender que no podía escoger sus propios recuerdos.
>
> —No estoy seguro de que hermoso sea la palabra exacta —dijo, señalando las paredes cubiertas de objetos y libros—. A veces creo hallarme en un cementerio... La sensación es muy parecida: símbolos y silencio —meditó sobre lo que acababa de decir y sonrió con tristeza—. El silencio de todos los fantasmas que uno va dejando tras de sí, como Eneas al huir de Troya...

El diálogo continúa. Adela de Otero habla de sombras que ha ido dejando atrás e, inmediatamente, se vindica a sí misma como heroína también, incluso con la referencia del narrador a esa cicatriz (que puede ser un guiño a la de Odiseo) y que tiene detrás «una Troya ardiendo a sus espaldas». Luego, Adela de Otero marca un rasgo fundamental en la entidad del héroe homérico, del héroe cansado:

> Sin embargo no hay en usted amargura, don Jaime. Ni rencor. Me gustaría saber de dónde saca la fuerza suficiente para mantenerse intacto; para no caer de rodillas y pedir misericordia...

Jaime Astarloa lo atribuye a sus casi sesenta años..., pero el lector sabe que su fisonomía de héroe íntegro no le viene sólo de la edad, sino de pertenecer a un mundo antiguo, a un mundo donde los valores y la dignidad prevalecen sobre cualesquiera otras consideraciones. Y eso lo sabemos también los lectores porque hemos visto en las páginas precedentes de la novela que Jaime Astarloa posee muchos atributos del héroe anacrónico, del héroe situado en la estela del otro gran modelo, don Quijote, citado poco antes por Adela de Otero, en ese mismo capítulo, como modelo que ve reencarnado en los valores de honor, justicia y dignidad que Jaime Astarloa asimismo defiende, un mundo que desde el primer momento la novela ha situado como anacrónico.

La novela en efecto va contando en sus primeros dos capítulos cómo la esgrima va siendo ladeada en los hábitos sociales de la nobleza, cómo se ha convertido en *sport,* los jóvenes discípulos quieren ya otra cosa, y ello porque ya no se dan apenas duelos de honor... Toda la primera parte de la novela ha ido dibujando esa soledad de Jaime Astarloa, como adalid último de la estirpe de caballeros en extinción que el progreso va paulatinamente arrumbando. Es además un héroe que sueña, como único futuro y empresa que le queda por realizar, en la quimera última de hallar un Grial: la estocada definitiva, en cuyo estudio pasa desvelado noches enteras. No es detalle menor, porque va a tener un rendimiento narrativo enorme, la edad de Jaime Astarloa: 58 años (la edad de don Quijote) y una melancolía compatible en todo caso con una «serena dignidad». El rendimiento narrativo lo proporcionará el desliz que comete este héroe, Jaime Astarloa: enamorarse de aquella con la que se bate. Un fallo que lo hace débil, y por el que tendrá que pagar riesgos que anudan la segunda parte de la novela, pero que se explica para el lector excelentemente motivado en ese último rescoldo que el personaje busca para sí mismo, cuando ya va de regreso de toda una vida sin ganancias.

Si nos fijamos bien, Adela de Otero, la otra protagonista, tiene vocación de heroína, y en cierta medida juega a serlo, y casi lo logra, aunque el autor le niegue finalmente ese destino. Adela de Otero no es simplemente una mujer atractiva que pugna con Jaime Astarloa. Es en cierto modo su envés, otra cara de la moneda. Tiene los atributos básicos de los héroes de Perez-Reverte: ser idealista, es decir, moverse por intereses no materiales, pertenecer esos ideales a unos códigos de honor (en este caso la gratitud debida a quien la salvó) y sacrificar su destino a esos ideales. Es el complemento narrativo perfecto para que la novela fluya en la dualidad de estos dos buenos personajes en su lucha de titanes de la inteligencia, así como en el buen hacer de la esgrima, arte a la vez antiguo y basado todo él en un honor que ambos comparten. Por faltar a él y portarse trapaceramente en el duelo final, Adela de Otero pierde la dimensión de heroína, desciende de nivel. Es una pena que Arturo Pérez-Reverte no la salve en la misma dimensión, como luego hará con Teresa Mendoza, pero la novela, iremos a ello enseguida, tiene también exigencias de estructura, que dirimen incluso el destino último de sus héroes y personajes.

En realidad la primera parte de la novela, situándonos ya en su estructura, presenta su mejor momento en el lento fluir de los movimientos de ballet psicológico —y de formidables ejecutores de la esgrima— de ambos (hasta ese detalle de dejar Adela de Otero entreabierta la puerta mientras se muda de ropa, lo que no hará más tarde con Luis de Ayala). Ese inteligente ballet en que los dos protagonistas se estudian, se escrutan, se seducen, cada uno con sus armas más valederas, ya he dicho que compone una de las mejores zonas literarias creadas por Pérez-Reverte, maestro aquí de la sutileza, de la gradación, de la hábil metamorfosis de un movimiento físico en trasunto de un movimiento psicológico, que es la esgrima de los buenos novelistas.

Antes de que esto ocurra hemos asistido a una caracterización más «externa», menos psicológica, pero que será fundamental para que la novela discurra en su segunda mitad: un Madrid galdosiano, recorrido con minuciosa precisión en sus principales escenarios callejeros, está asistiendo al fin del viejo orden (el de la Monarquía que representan los Borbones) por una anunciada revuelta que debería traer la libertad y un nuevo orden, el de la Revolución burguesa y republicana. Estamos pues en 1868, en el verano previo a la crisis que arrancó del trono a Isabel II. Es una época de tránsito, convulsa, movimiento que Pérez-Reverte narra de dos modos. Por un lado en la contraposición entre la nobleza de espíritu y de los valores de Jaime Astarloa (que procede de una familia de héroes pero no noble) y la decadencia de Luis de Ayala, marqués de los Alumbres, ejemplo de la nobleza puramente nominal y de comportamiento nada edificante. Declina la esgrima y emergen formas sociales en la misma nobleza que ve la decadencia de su sentido.

El otro modo en que asistimos a la transición de órdenes políticos y sociales es la tertulia del Progreso y el enfrentamiento, algo caricaturesco, que se vive allí entre Agapito Cárceles y Lucas de Rioseco, que escenifica el debate entre liberales y conservadores como escenario histórico de una dialéctica que Pérez-Reverte ofrece a sus lectores de modo muy pedagógico a través de las pullas de los dos contertulios.

Esta estructura externa primera sirve a dos intereses básicos de la novela: por un lado la esgrima misma pertenece a un orden antiguo, que es el que está declinando, aunque Pérez-Re-

verte tiene el cuidado de no asimilar a Jaime de Astarloa con
el viejo Régimen. Al contrario. Para ello ha trazado la oposición Jaime Astarloa/Luis de Ayala, el marqués de Alumbres,
señorito holgazán, mujeriego, y que no ha leído un libro pero
conoce hasta el nombre del último caballo de las carreras. Astarloa es la contrafaz de esa nobleza decadente, es un gran lector de literatura francesa romántica y realista, de autores de
aventuras, y de los clásicos, entre ellos Homero. Guarda fidelidad a su maestro y el *flash back* o retrospectiva que transcurre en París es digno de una novela de Dumas: el fiel discípulo del gran Montespan, en la Academia de París, guardián
de los ideales de aquella época ya ida.

Ese viejo orden que debería ser el del honor, ha sido prosti-
tuido por una nobleza hija del dinero y de las trampas, iletrada,
y en un tema que va a ser recurrente en toda la obra de Pérez-
Reverte, unos políticos envilecidos y sujetos a pelotazos mi-
neros y concesiones administrativas arbitrarias, a favor de sus
propias luchas e intereses, que nada tienen que ver con los
del pueblo que los elige. Éstos son los dos mundos que la primera parte de la novela pone en contradicción y que la segunda parte convierte en base de su intriga.

A partir de la mitad, en efecto, el lector va a ver que la novela se acelera. De una novela histórica, con ciertos ribetes de
romanticismo, en que los dos héroes han dibujado sus propios
perfiles de adalides de la esgrima antigua, vamos a pasar a
otro género: la intriga policíaca. La novela gana mucho ritmo
narrativo cuando Pérez-Reverte decide ir a una trama de intriga político-policíaca de la que sólo había ofrecido un breve
anticipo en el capítulo que sirve de Prólogo, y que transcurría
dos años antes. No tengo que decir a ningún lector que lo haya
sido antes de Pérez-Reverte cuánta habilidad muestra en el
trazado de buenas tramas y cuánta eficacia tienen sus entra-
mados constructivos para que valore el modo en que se desenvuelve esta segunda mitad de la novela.

A la trama, pues, de novela con trasfondo histórico, muy
habitual en él (no olvidemos que la serie de Alatriste ha po-

dido tener un anticipo en este Jaime Artarloa, pero tampoco olvidemos *El club Dumas, La tabla de Flandes* o *La piel del tambor,* se une entonces ese otro género de la intriga policíaca, que es género muy apto para las dotes de inteligencia narrativa que posee su autor. En primer lugar por la lógica a que toda buena narración criminal debe someterse. Pérez-Reverte ha querido que cada movimiento de la novela, y cada capítulo de ella, se vea precedido por una cita en que se van desarrollando movimientos del lance de la esgrima. De ese modo el narrador acompasa el desarrollo de una contienda o duelo entre dos personajes (Jaime Astarloa y Adela de Otero), que ocupaba la primera parte, a una intriga urdida por Adela de Otero y su desconocido cómplice, y en la que Jaime Astarloa sucumbe en la segunda parte (a partir del capítulo quinto).

Un Prólogo no puede cometer la descortesía con su lector de revelarle nada fundamental de la trama, por lo que no puedo adentrarme más en los detalles de esta intriga que, además, desarrolla dos o tres cambios de fortuna o anagnórisis muy notables, hijas de los buenos folletines románticos. Cuando todo parecía resuelto, Pérez-Reverte da otro giro a la intriga e introduce una variación notabilísima. Lo único que puedo anunciar al lector de este Prólogo y de la novela es que tales variaciones del rumbo, tales golpes de timón, mantendrán su atención en suspenso hasta el desenlace, que no puedo revelar.

Sí quisiera decirles algo sobre el significado profundo del «fallo» cometido por Jaime Astarloa, porque es el que conecta los dos niveles de su constitución como héroe, y las dos partes en que se ha desarrollado la novela. Hablé antes de «destino» y esta categoría servirá para medir el sentido mismo de la metamorfosis de Adela de Otero, que no puede tener destino de heroína, según dije, porque ha de tenerlo Astarloa. Sólo uno de los dos puede ganar en el lance de la esgrima, cuando ya no hay bola protectora. Pero también la novela sucumbe a la necesidad de que ese sacrificio de Adela de Otero como heroína se produzca a favor del triunfo último de Jaime Astarloa, que halla su Grial en la muerte de la única persona a la que últimamente amó y con la que compartía códigos de conducta. Jaime Astarloa produce ese desenlace porque no puede ser, al final de la novela, sino fiel a sí mismo: un buen esgrimista.

Y ello porque la esgrima no es un juego. Lo ha dicho repetidas veces el personaje, y será esta sentencia la que gobierne la estructura de la novela y su desenlace. Compromete y arriesga el destino de quienes eligen ser héroes. Jaime Astarloa tiene que elegir entre salvarse, salvar a Adela de Otero, sucumbir, perderse u obtener su última oportunidad de gloria. En la esgrima, como en la vida, se elige. Se gana y se pierde. Y no se negocia. Todo el desarrollo de la segunda parte de esta novela va cumpliendo de esa forma el programa de su código de honor, ese mundo de valores de verdad que rige la esgrima antigua, y será ese código el que obligará al personaje (como ha obligado a su oponente Adela de Otero) a pagar con su destino, a pechar con él.

Es el tributo último a un mundo noble en aquella edad de los héroes.

JOSÉ MARÍA POZUELO YVANCOS
Catedrático de la Universidad de Murcia

EL MAESTRO DE ESGRIMA

El cristal de las panzudas copas de coñac reflejaba las bujías que ardían en los candelabros de plata. Entre dos bocanadas de humo, ocupado en encender un sólido veguero de Vuelta Abajo, el ministro estudió con disimulo a su interlocutor. No le cabía la menor duda de que aquel hombre era un canalla; pero lo había visto llegar ante la puerta de Lhardy en una impecable berlina tirada por dos soberbias yeguas inglesas, y los dedos finos y cuidados que retiraban la vitola del habano lucían un valioso solitario montado en oro. Todo eso, más su elegante desenvoltura y los precisos antecedentes que había ordenado reunir sobre él, lo situaban automáticamente en la categoría de canallas distinguidos. Y para el ministro, muy lejos de considerarse un radical en cuestiones éticas, no todos los canallas eran iguales; su grado de aceptación social estaba en relación directa con la distinción y fortuna de cada cual. Sobre todo si, a cuenta de aquella pequeña violencia moral, se obtenían importantes ventajas materiales.

—Necesito pruebas —dijo el ministro; pero sólo era una frase. En realidad, era evidente que estaba convencido de antemano; él pagaba la cena. Su interlocutor sonrió apenas, como quien escucha exactamente aquello que espera escuchar. Seguía sonriendo cuando se estiró los puños inmaculadamente blancos de la camisa, haciendo refulgir unos llamativos gemelos de diamantes, e introdujo una mano en el bolsillo interior de la levita.

—Pruebas, naturalmente —murmuró con suave ironía.

El sobre cerrado con lacre, sin sello alguno, quedó sobre el mantel de hilo, alineado con el borde de la mesa, cerca de las manos del ministro. Éste no lo tocó, como si temiera algún contagio, limitándose a mirar a su interlocutor.

—Le escucho —dijo. El otro se encogió de hombros haciendo un gesto vago en dirección al sobre; parecía que el contenido hubiera dejado de interesarle desde el momento en que abandonó sus manos.

—No sé —comentó, como si todo aquello careciese de importancia—. Nombres, direcciones... Una bonita relación, imagino. Bonita para usted. Algo con que entretener a sus agentes durante algún tiempo.

—¿Figuran todos los implicados?

—Digamos que están los que deben estar. Al fin y al cabo, creo conveniente administrar con prudencia mi capital.

Con las últimas palabras despuntó de nuevo la sonrisa. Esta vez venía cargada de insolencia, y el ministro se sintió irritado.

—Caballero, tengo la impresión de que usted parece tomarse este asunto con cierta ligereza. Su situación...

Dejó la frase en el aire, como una amenaza. El otro pareció sorprendido. Después hizo una mueca.

—No pretenderá —dijo tras reflexionar un instante— que venga a cobrar mis treinta monedas de plata como Judas, con apesadumbrada nocturnidad. Después de todo, ustedes no me dejan otra opción.

El ministro puso una mano encima del sobre.

—Podría negarse a colaborar —insinuó, con el habano entre los dientes—. Sería incluso heroico.

—Podría, en efecto —el caballero apuró la copa de coñac y se puso en pie, cogiendo bastón y chistera de una silla próxima—. Pero los héroes suelen morir. O arruinarse. Y, en mi caso, ocurre que tengo demasiado que perder, como usted sabe mejor que nadie. A mis años, y en mi profesión, la prudencia es algo más funcional que una virtud; es un instinto. Así que he resuelto absolverme a mí mismo.

No hubo apretón de manos ni fórmula de despedida. Tan sólo pasos en la escalera y el ruido, abajo, de un carruaje al ponerse en marcha bajo la lluvia. Cuando el ministro se quedó solo, rompió el lacre del sobre y se colocó unos anteojos, acercándose a la luz de un candelabro. Un par de veces se detuvo para saborear el coñac mientras reflexionaba sobre el contenido de aquel documento, y al terminar la lectura permaneció un rato sentado, entre las volutas de humo de su cigarro. Después miró con melancolía el brasero que calentaba el pequeño reservado y se levantó perezosamente, acercándose a la ventana.

Tenía por delante varias horas de trabajo, y la perspectiva le hizo murmurar un comedido juramento. Las cumbres heladas del Guadarrama arrojaban sobre Madrid un frío aguacero aquella noche de diciembre del año 1866, reinando en España su católica majestad doña Isabel II.

CAPÍTULO PRIMERO

DEL ASALTO

«Un asalto sobre hombres de honor, dirigido por un maestro animado de los mismos sentimientos, es una de aquellas diversiones propias del buen gusto y la fina crianza.»

Mucho más tarde, cuando Jaime Astarloa quiso reunir los fragmentos dispersos de la tragedia e intentó recordar cómo había empezado todo, la primera imagen que le vino a la memoria fue la del marqués. Y aquella galería abierta sobre los jardines del Retiro, con los primeros calores del verano entrando a raudales por las ventanas, empujados por una luz tan cruda que obligaba a entornar los ojos cuando hería la guarda bruñida de los floretes.

El marqués no estaba en forma; sus resoplidos recordaban los de un fuelle roto, y bajo el peto se veía la camisa empapada en sudor. Sin duda expiaba así algún exceso nocturno de la víspera, pero Jaime Astarloa se abstuvo, según su costumbre, de hacer comentarios inoportunos. La vida privada de sus clientes no era asunto suyo. Se limitó a parar en tercia una pésima estocada que habría hecho ruborizar a un aprendiz, y se tiró luego a fondo. El flexible acero italiano se curvó al aplicar un recio botonazo sobre el pecho de su adversario.

—Tocado, Excelencia.

Luis de Ayala-Velate y Vallespín, marqués de los Alumbres, ahogó una castiza maldición mientras se arrancaba, furioso, la careta que le protegía el rostro. Estaba congestionado, rojo por el calor y el esfuerzo. Gruesas gotas de sudor le corrían desde el nacimiento del pelo, empapándole las cejas y el mostacho.

—Maldita sea mi estampa, don Jaime —había un punto de humillación en la voz del aristócrata—. ¿Cómo lo consigue? Es la tercera vez en menos de un cuarto de hora que me hace morder el polvo.

Jaime Astarloa se encogió de hombros con la apropiada modestia. Cuando se quitó la careta, en la comisura de su boca se dibujaba una suave sonrisa, bajo el bigote salpicado de hebras blancas.

—Hoy no es su mejor día, Excelencia.

Luis de Ayala soltó una jovial carcajada y se puso a recorrer a grandes pasos la galería adornada con valiosos tapices flamencos y panoplias de antiguas espadas, floretes y sables. Tenía el cabello abundante y crespo, lo que le daba cierto parecido con la melena de un león. Todo en él era vital, exuberante: grande y fornido de cuerpo, recio vozarrón, propenso al gesto ampuloso, a los arrebatos de pasión y de alegre camaradería. A sus cuarenta años, soltero, apuesto y —según afirmaban— poseedor de notable fortuna, jugador e impenitente mujeriego, el marqués de los Alumbres era el prototipo del aristócrata calavera en que tan pródiga se mostró la España del XIX: no había leído un libro en su vida, pero podía recitar de memoria la genealogía de cualquier caballo famoso en los hipódromos de Londres, París o Viena. En cuanto a mujeres, los escándalos con que de vez en cuando obsequiaba a la sociedad madrileña constituían la comidilla de los salones, siempre ávidos de novedad y murmuraciones. Llevaba los cuarenta como nadie, y la sola mención de su nombre bastaba para evocar, entre las damas, románticos lances y pasiones tempestuosas.

La verdad es que el marqués de los Alumbres tenía su propia leyenda en la timorata corte de Su Majestad Católica. Se decía entre susurros de abanico que en el curso de una francachela había protagonizado una pelea a navajazos en un figón de Cuatro Caminos, lo cual era falso, y que había apadrinado en su cortijo de Málaga al hijo de un famoso bandolero tras la ejecución de éste, lo que era rigurosamente cierto. De su vida política se murmuraba poco, porque había sido fugaz, pero sus historias de faldas corrían en lenguas por la ciudad, rumoreándose que algunos encumbrados esposos tenían sobrados motivos para exigirle satisfacción; que se decidieran o no, eso era ya otro asunto. Cuatro o cinco habían enviado padrinos, más por el qué dirán que por otra cosa, y el gesto, además del obligado madrugón, les había costado invariablemente amanecer desangrándose sobre la hierba de cualquier prado en las afueras de Madrid. Decían las lenguas de doble filo que entre quienes podían haberle pedido reparación se contaba el propio rey consorte. Pero todo el mundo sabía que si a algo se inclinaba don Francisco de Asís, no era precisamente a sentir celos de su augusta esposa. En última instancia, que la propia Isabel II hubiera sucumbido o no a los incontestables encantos personales del marqués de los Alumbres, era un secreto que sólo pertenecía a los supuestos interesados, o al confesor de la reina. En cuanto a Luis de Ayala, ni tenía confesor ni, según propias palabras, maldita la falta que le hacía.

Quitándose el peto acolchado para quedar en mangas de camisa, el marqués dejó el florete sobre una mesita en la que un silencioso sirviente había colocado una bandeja de plata con una botella.

—Por hoy está bien, don Jaime. No logro dar una a derechas, así que arrío el pabellón. Tomemos un jerez.

La bebida, tras la diaria hora de esgrima, se había convertido en un rito. Jaime Astarloa, careta y florete bajo el brazo, se acercó a su anfitrión, aceptando la copa de cristal tallado donde el vino relucía como oro líquido. El aristócrata aspiró con deleite el aroma.

—Hay que reconocer, maestro, que en Andalucía saben embotellar bien las cosas —mojó los labios en la copa y chasqueó la lengua, satisfecho—. Mírelo al trasluz: oro puro, sol de España. Nada que envidiar a esas mariconadas que se beben en el extranjero.

Don Jaime asintió, complacido. Le gustaba Luis de Ayala, y también que éste lo llamara maestro, aunque no se tratase exactamente de uno de sus alumnos. En realidad, el de los Alumbres era uno de los mejores esgrimistas de la Corte, y hacía años que no precisaba recibir lecciones de nadie. Su relación con Jaime Astarloa era de otra índole: el aristócrata amaba la esgrima con la misma pasión que dedicaba al juego, las mujeres y los caballos. A tal efecto pasaba una hora diaria en el saludable ejercicio de tirar con florete, actividad que, dado su carácter y aficiones, le resultaba por otra parte extremadamente útil a la hora de solventar lances de honor. Para gozar de un adversario a su altura, Luis de Ayala había recurrido, cinco años atrás, al mejor maestro de armas de Madrid; pues don Jaime era conocido como tal, si bien los tiradores a la moda consideraban su estilo demasiado clásico y anticuado. De esta forma, a las diez de cada mañana excepto sábados y domingos, el profesor de esgrima acudía puntualmente al palacio de Villaflores, residencia del aristócrata. Allí, en la amplia galería de esgrima construida y acondicionada según los más exigentes requisitos del arte, el marqués se entregaba con encarnizado tesón a los asaltos, aunque por lo general terminaban imponiéndose la habilidad y el talento del maestro. Como jugador de raza, Luis de Ayala era, sin embargo, buen perdedor. Admiraba, además, la singular pericia del viejo esgrimista.

El aristócrata se palpó el torso con gesto dolorido y emitió un suspiro.

—Por las llagas de sor Patrocinio, maestro, que me ha dejado usted bien aviado... Voy a necesitar varias fricciones de alcohol después de su exhibición.

Jaime Astarloa sonrió con humildad.

—Ya le dije que hoy no es su mejor día, Excelencia.

—Desde luego que no. Si los floretes no llevasen botón en la punta, a estas horas yo estaría criando malvas. Me temo que he estado lejos de ser un digno adversario.

—Las calaveradas se pagan.

—¡Y que lo diga! Sobre todo a mi edad. Ya no soy un pollo, qué diablos. Pero la cosa no tiene arreglo, don Jaime... Nunca adivinaría usted lo que me pasa.

—Imagino que Su Excelencia se ha enamorado.

—En efecto —suspiró el marqués, sirviéndose más jerez—. Me he enamorado como un lechuguino cualquiera. Hasta las cachas.

Carraspeó el maestro de esgrima, atusándose el bigote.

—Si no llevo mal la cuenta —dijo— es la tercera vez en lo que va de mes.

—Eso es lo de menos. Lo importante es que cuando me enamoro, me enamoro de verdad. Como un choto. ¿Comprende lo que quiero decir?

—Perfectamente. Incluso sin la licencia poética, Excelencia.

—Es curioso. A medida que pasan los años, me enamoro con mayor asiduidad; es superior a mí. El brazo sigue fuerte, pero el corazón es débil, como decían los clásicos. Si yo le contara...

En ese punto, el marqués de los Alumbres se lanzó a describir, con medias palabras y elocuentes sobreentendidos, la arrebatadora pasión que lo había dejado exhausto al filo de la madrugada. Toda una señora, por supuesto. Y el marido, en la inopia.

—En resumen —sonrisa cínica en la cara del marqués—, hoy me veo así por mis pecados.

Don Jaime movió la cabeza, irónico e indulgente.

—La esgrima es como la comunión —amonestó con una sonrisa—. Hay que ir a ella en la debida disposición de cuerpo y alma. Contravenir esa ley suprema trae implícito el castigo.

—Diablo, maestro. Tengo que anotar eso.

Jaime Astarloa se llevó la copa a los labios. Su aspecto contrastaba con la vigorosa humanidad de su cliente. El maestro de esgrima había rebasado con creces el medio siglo; era de mediana estatura, y su extrema delgadez le daba una falsa apariencia de fragilidad, desmentida por la firmeza de sus miembros, secos y nudosos como sarmientos de vid. La nariz ligeramente aguileña bajo una frente despejada y noble, el cabello blanco pero todavía abundante, las manos finas y cuidadas, transmitían un aire de serena dignidad acentuado por la expresión grave de sus ojos grises, bordeados por infinidad de pequeñas arrugas que los hacían muy vivaces y simpáticos al agolparse en torno a ellos cuando sonreía. Llevaba el bigote muy cuidado, a la vieja usanza, y no era ése el único rasgo anacrónico que podía observarse en él. Sus recursos sólo le permitían vestir de forma razonable, pero lo hacía con una decadente elegancia, ajena a los dictados de la moda; sus trajes, incluso los más recientes, estaban cortados según patrones de veinte años atrás, lo que a su edad era, incluso, de buen tono. Todo esto daba al viejo maestro de esgrima el aspecto de haberse detenido en el tiempo, insensible a los nuevos usos de la agitada época en que vivía. Lo cierto es que él mismo se complacía íntimamente en ello, por oscuras razones que quizás ni el propio interesado hubiera sido capaz de explicar.

El criado trajo sendas jofainas con agua y toallas para que maestro y cliente se lavasen. Luis de Ayala se despojó de la camisa; en su poderoso torso, todavía reluciente de sudor, se apreciaban las marcas rojas de los botonazos.

—Por los cuernos de Lucifer, maestro, que me ha dejado usted hecho un Nazareno... ¡Y pensar que le pago por esto!

Jaime Astarloa se secó el rostro y miró al marqués con benevolencia. Luis de Ayala se remojaba el pecho, resoplando.

—Claro que —añadió— más estocadas da la política. ¿Sabe que González Bravo me ha propuesto recobrar mi escaño? Con vistas a un nuevo cargo, dice. Debe de estar con el agua al cuello, cuando se ve obligado a recurrir a un perdis como yo.

El maestro de esgrima compuso un gesto de cordial interés. En realidad la política le traía sin cuidado.

—¿Y qué piensa hacer Vuestra Excelencia?

El de los Alumbres se encogió de hombros, desdeñoso.

—¿Hacer? Nada en absoluto. Le he dicho a mi ilustre tocayo que a ese tren se suba su señor padre. Con otras palabras, claro. Lo mío es la disipación, un tapete en cualquier casino y unos ojos hermosos a mano. De lo otro ya tengo bastante.

Luis de Ayala había sido diputado en Cortes, ocupando también por un breve período cierta importante secretaría en el Ministerio de la Gobernación durante uno de los últimos gabinetes de Narváez. Su cese, a los tres meses de ocupar el cargo, coincidió con el fallecimiento del titular de la cartera, su tío materno Vallespín Andreu. Poco después, Ayala dimitía también, voluntariamente esta vez, de su escaño en el Congreso, y abandonaba las filas del partido moderado, en el que había militado tibiamente hasta entonces. La frase *«ya tengo bastante»*, pronunciada por el marqués en su tertulia del Ateneo, había hecho fortuna, pasando al lenguaje político cuando se quería expresar un profundo desencanto respecto a la fúnebre realidad nacional. A partir de entonces, el marqués de los Alumbres se había mantenido al margen de cualquier actividad pública, negándose a participar en las componendas cívico-militares que se sucedieron bajo los diversos gabinetes de la monarquía, y se limitaba a observar el discurrir de la agitación política del momento con una sonrisa de *dilettante.* Vivía con un alto tren de vida y perdía, sin pestañear, sumas enormes sobre los tapetes de juego. Los murmuradores comentaban que estaba de continuo al filo de la ruina, pero Luis de Ayala terminaba siempre por rehacer su economía, que al parecer contaba con recursos insospechados.

—¿Cómo va su búsqueda del Grial, don Jaime?

El maestro de esgrima se estaba abotonando la camisa, e interrumpió la operación para mirar a su interlocutor con gesto apenado.

—No muy bien. Mal, supongo que es la palabra exacta... A menudo me pregunto si la tarea no rebasa mis facultades. Hay momentos en que, se lo confieso a usted honradamente, renunciaría a ella con gusto.

Luis de Ayala terminó sus abluciones, se pasó una toalla por el pecho y cogió la copa de jerez que había dejado sobre la mesa. Hizo vibrar con las uñas el cristal, acercándolo a su oído con gesto satisfecho.

—Tonterías, maestro. Tonterías. Usted es capaz de sacar adelante tan ambiciosa empresa.

Una triste sonrisa aleteó en los labios del maestro de esgrima.

—Me gustaría compartir su fe, Excelencia. Pero a mis años hay demasiadas cosas que se desmoronan... Incluso dentro de uno mismo. Empiezo a sospechar que mi Grial no existe.

—Tonterías.

Hacía muchos años que Jaime Astarloa trabajaba en la redacción de un *Tratado sobre el arte de la Esgrima* que, a decir de quienes conocían sus extraordinarias dotes y su experiencia, constituiría sin duda una de las obras capitales sobre el tema cuando viese la luz, sólo comparable a los estudios de grandes maestros como Gomard, Grisier y Lafaugère. Pero el propio autor había comenzado a plantearse en los últimos tiempos serias dudas sobre su propia capacidad para sintetizar en hojas manuscritas aquello a lo que había dedicado su vida. Se daba, por otra parte, una circunstancia que contribuía a aumentar su desazón. Para que la obra fuese el *non plus ultra* sobre la materia que la inspiraba, era necesario que en ella figurase el golpe maestro, la estocada perfecta, imparable, la más depurada creación alumbrada por el talento humano, modelo de inspiración y eficacia. A su búsqueda se había dedicado don Jaime desde el primer día en que cruzó el florete con un adversario. Su persecución del Grial, como él mismo la denominaba, había resultado estéril hasta entonces. Y, ya iniciada la pendiente de su decadencia física e intelectual, el viejo maestro de armas sentía cómo el vigor comenzaba a escapar de sus todavía templados brazos, y cómo el talento que inspiraba sus movimientos profesionales se iba desvaneciendo bajo el peso de los años. Casi a diario, en la soledad de su modesto estudio, inclinado a la luz de un quinqué sobre las cuartillas que el tiempo ya amarilleaba, Jaime Astarloa intentaba inútilmente arrancar a los recovecos de su mente aquella clave que él sabía, por inexplicable intuición, oculta en algún lugar del que se empeñaba en no ser desvelada. Pasaba así muchas noches despierto hasta el amanecer. Otras, arrancado al sueño por alguna inspiración súbita, se levantaba en camisa para, empuñando con desesperada violencia uno de sus floretes, situarse frente a los espejos que cubrían las paredes de su pequeña galería. Allí, intentando concretar lo que minutos antes sólo había sido una fugaz chispa de lucidez en su mente dormida, se enfrascaba en la agónica e inútil persecución, midiendo sus movimientos e inteligencia en silencioso duelo con la propia imagen, cuyo reflejo parecía sonreírle con sarcasmo desde las sombras.

Jaime Astarloa salió a la calle con la funda de sus floretes bajo el brazo. La mañana era muy calurosa, Madrid languidecía bajo un sol de justicia. En las tertulias, todas las conversaciones giraban en torno al calor y a la política: se hablaba de la elevada temperatura a modo de introducción y se entraba en materia enumerando una tras otra las conspiraciones en curso, buena parte de las cuales solía ser del dominio público. Todo el mundo conspiraba en aquel verano de 1868. El viejo Narváez había muerto en marzo, y González Bravo se creía lo bastante fuerte como para gobernar con mano dura. En el palacio de Oriente, la reina dirigía ardientes miradas a los jóvenes oficiales de su guardia y rezaba con fervor el rosario, preparando ya su próximo veraneo en el Norte. Otros no tenían más remedio que veranear en el exilio; la mayor parte de los personajes de relieve como Prim, Serrano, Sagasta o Ruiz Zorrilla, se hallaban en el destierro, confinados o bajo discreta vigilancia, mientras dedicaban sus esfuerzos al gran movimiento clandestino denominado *La España con honra*. Todos coincidían en afirmar que Isabel II tenía los días contados, y mientras el sector más templado especulaba con la abdicación de la reina en su hijo Alfonsito, los radicales acariciaban sin rebozo el sueño republicano. Se decía que don Juan Prim llegaría de Londres de un momento a otro; pero el legendario héroe de los Castillejos ya había venido en un par de ocasiones, viéndose obligado a poner pies en polvorosa. Como cantaba una copla de moda, la breva no estaba madura. Otros opinaban, sin embargo, que la breva empezaba a pudrirse de tanto seguir colgada del árbol. Todo era cuestión de opiniones.

Su modestos ingresos no le permitían lujos excesivos, así que Jaime Astarloa hizo con la cabeza un signo negativo al cochero que le ofrecía los servicios de un destartalado simón. Anduvo por el paseo del Prado, entre desocupados paseantes que buscaban la sombra de los árboles. De vez en cuando encontraba un rostro conocido al que saludaba cortésmente, según su costumbre, quitándose la chistera gris. Había ayas uniformadas que charlaban en corrillos sentadas en los bancos de madera, vigilando de lejos a niños vestidos de marinero que correteaban alrededor de las fuentes. Algunas damas paseaban en coches descubiertos, protegiéndose del sol con sombrillas orilladas de encajes.

Aunque vestía una ligera levita de verano, don Jaime estaba sofocado por el calor. Tenía que atender a otros dos alumnos por la mañana, en sus respectivos domicilios. Todos eran jovencitos de buena familia, cuyos padres consideraban la esgrima como un saludable ejercicio higiénico, de los pocos que un caballero podía realizar sin que la dignidad familiar sufriese menoscabo. Con esos honorarios, y los de otros tres o cuatro clientes que iban a su galería por las tardes, el maestro de armas subsistía de modo razonable. Al fin y al cabo, los gastos personales eran mínimos: alquiler de su vivienda en la calle Bordadores, comida y cena en una fonda próxima, café y media tostada en el Progreso... Era la orden de pago firmada por el marqués de los Alumbres, puntualmente recibida el primer día de cada mes, la que le permitía regalarse con algunas comodidades suplementarias y, también, ahorrar una pequeña suma, cuya renta le evitaría terminar en un asilo cuando los años le impidiesen seguir desempeñando su oficio. Cosa que, como a menudo cavilaba con tristeza, no se haría esperar demasiado.

El conde de Sueca, diputado en Cortes, cuyo hijo mayor era uno de los escasos alumnos de don Jaime, paseaba a caballo luciendo unas magníficas botas de montar inglesas.

—Buenos días, maestro —el de Sueca había sido uno de sus discípulos, seis o siete años atrás. A causa de un desafío en el que anduvo envuelto, se vio obligado a solicitar entonces los servicios de Jaime Astarloa para perfeccionar su estilo en vísperas del duelo. El resultado fue satisfactorio, el adversario se encontró con una pulgada de acero dentro del cuerpo, y desde entonces el conde había mantenido con el profesor de esgrima una cordial relación, que ahora se extendía a su hijo—. Veo que lleva usted sus utensilios profesionales bajo el brazo... Haciendo el recorrido matutino, supongo.

Don Jaime sonrió mientras acariciaba con ternura el estuche de los floretes. Su interlocutor le había dirigido el saludo tocándose el ala del sombrero, amablemente pero sin desmontar. Pensó una vez más que, salvo raras excepciones como Luis de Ayala, el trato que le dispensaban los clientes era siempre así; cortés, pero guardando sutilmente las distancias. Al fin y al cabo, se le pagaba por sus servicios. Sin embargo, el maestro de armas tenía edad suficiente para no sentirse ya mortificado por ello.

—Pues ya ve, don Manuel... En efecto, me encuentra usted en plena ronda mañanera, prisionero de este Madrid asfixiante. Pero el trabajo es el trabajo.

El de Sueca, que no había trabajado en su vida, hizo un gesto para dar a entender que se hacía cargo, mientras reprimía un movimiento impaciente de su cabalgadura, una bonita yegua isabelina. Miraba distraído a su alrededor, atusándose la barba con el meñique, pendiente de unas damas que paseaban junto a la verja del Jardín Botánico.

—¿Qué tal se porta Manolito? Espero que haga progresos.

—Los hace, los hace. El chico tiene condiciones. Todavía es demasiado fogoso, pero a sus diecisiete años eso puede considerarse una virtud. El tiempo y la disciplina nos lo templarán.

—En sus manos está, maestro.

—Muy honrado, Excelencia.

—Que tenga un buen día.

—Igualmente. Mis respetos a la señora condesa.

—De su parte.

El conde prosiguió su camino y don Jaime el suyo. Subió por la calle de las Huertas, deteniéndose unos instantes ante el escaparate de una librería. Comprar libros era una de sus pasiones, pero también suponía un lujo. Y él sólo podía permitirse lujos muy de vez en cuando. Observó amorosamente los lomos dorados sobre la piel de las encuadernaciones, y suspiró con melancolía al rememorar otros tiempos en los que no era preciso andar siempre a vueltas con su precaria economía doméstica. Resolviendo volver al presente, metió los dedos en el bolsillo del chaleco y consultó su reloj, que llevaba al extremo de una larga cadena de oro que databa de días mejores. Le quedaban quince minutos para presentarse en casa de don Matías Soldevilla —Paños Soldevilla Hermanos, Proveedores de la Real Casa y de las Tropas de Ultramar— y dedicar una hora a inculcar trabajosamente en la estúpida cabeza de su hijo Salvadorín algunas nociones de esgrima: *«Parar, enganchar, romper, ganar los grados del perfil... Uno dos, Salvadorín, uno dos, así, compás, esa finta, bien, evite el floreo, quite, así, parada, mal, muy mal, rematadamente mal, otra vez, cubriéndose, uno dos, parar, enganchar, romper, ganar los grados del. Progresa el pollo, don Matías, progresa. Todavía está verde pero tiene intuición, condiciones. Tiempo y disciplina, es lo único que necesita...».* Todo incluido por sesenta reales al mes.

El sol caía vertical, haciendo ondular las imágenes sobre el adoquinado. Un aguador pasó por la calle, voceando su refrescante mercancía. Sentada junto a las cestas de legumbres y frutas, una verdulera resoplaba a la sombra, apartando con gesto mecánico el enjambre de moscas que revoloteaba alrededor. Don Jaime se quitó el sombrero para enjugarse el sudor con un viejo pañuelo que sacó de la manga. Contempló brevemente el escudo de armas bordado en hilo azul —ya descolorido por el tiempo y los continuos lavados—, sobre la seda gastada por el uso, y continuó su camino calle arriba, con los hombros inclinados bajo el sol implacable. Su sombra era sólo una pequeña mancha oscura bajo sus pies.

Más que un café, el Progreso era un antónimo. Media docena de veladores de mármol desportillado, sillas centenarias, un suelo de madera que crujía bajo los pies, polvorientas cortinas y media luz. Fausto, el viejo encargado, dormitaba junto a la puerta de la cocina, desde la que llegaba el agradable aroma de café hirviendo en su puchero. Un gato escuálido y legañoso se deslizaba con aire taimado bajo las mesas, al acecho de hipotéticos ratones. En invierno, el local olía constantemente a humedad y grandes manchas amarilleaban el papel de la pared. En ese marco, los clientes conservaban casi siempre puestas las ropas de abrigo, lo que suponía un manifiesto reproche a la decrépita estufa de hierro que solía rojear débilmente en un rincón.

En verano era diferente. El café Progreso suponía un oasis de penumbra y frescor en la canícula madrileña, como si conservase dentro de sus muros y tras los pesados cortinones el frío soberano que en él se aposentaba durante los días invernales. Ésa era la razón de que la modesta tertulia de Jaime Astarloa se instalase allí cada tarde, apenas se iniciaban los rigores estivales.

—Usted tergiversa mis palabras, don Lucas. Como de costumbre.

Agapito Cárceles tenía aspecto de cura exclaustrado, cosa que en realidad era. Cuando discutía levantaba el índice hacia lo alto como poniendo al cielo por testigo, hábito adquirido durante la breve época en que —por una inexplicable negligencia que el obispo de su diócesis todavía lamentaba— la autoridad eclesiástica le había permitido arengar a los fieles desde un púlpito. Malvivía dando sablazos a los conocidos o escribiendo encendidas soflamas radicales en periódicos de escasa circulación bajo el seudónimo *El patriota embozado,* lo que se prestaba a frecuentes chirigotas de sus contertulios. Se autoproclamaba republicano y federalista, recitaba sonetos antimonárquicos compuestos por él mismo a base de infames ripios, decía a los cuatro vientos que Narváez había sido un tirano, Espartero un timorato y que Serrano y Prim le daban mala espina, citaba en latín sin venir a cuento, y constantemente mencionaba a Rousseau, a quien no había leído en su vida. Sus dos bestias negras eran el clero y la monarquía, y sostenía con ardor que las dos aportaciones decisivas para la historia de la Humanidad habían sido la imprenta y la guillotina.

Tac. Tac. Tac. Don Lucas Rioseco tamborileaba con los dedos sobre la mesa; su impaciencia era visible. Torcía el bigote entre continuos *hum, hum,* mirando las manchas del techo como si esperase hallar en ellas paciencia suficiente para escuchar los desafueros de su contertulio.

—La cosa está clara —sentenciaba Cárceles—. Rousseau dio una respuesta a la cuestión de si el hombre es bueno o malo por naturaleza. Y su razonamiento, caballeros, es aplastante. Aplastante, don Lucas, entérese de una vez. Todos los hombres son buenos, luego deben ser libres. Todos los hombres son libres, luego deben ser iguales. Y aquí viene lo bueno: todos los hombres son iguales, *ergo* son soberanos. Como lo oyen. De esa bondad natural del hombre resultan, por tanto, la libertad, la igualdad y la soberanía nacional. Lo demás —puñetazo sobre la mesa— son pamplinas.

—Pero también hay hombres malos, mi querido amigo —intervino don Lucas con picardía, como si acabase de pescar a Cárceles en su propia red.

Sonrió el periodista, desdeñoso y olímpico.

—Toma, pues claro. ¿Quién lo duda? Ahí teníamos al Espadón de Loja, que se estará pudriendo en el infierno; González Bravo y su pandilla, la Corte... Los obstáculos tradicionales, ya saben. Pues bien. Para ocuparse de todos ellos, la revolución francesa alumbró un ingenioso artilugio: una cuchilla que sube y baja. Zas. Archivado. Zas. Archivado. Así se liquidan todos los obstáculos, los tradicionales y los otros. *Nox atra*

cava circunvolat umbra. Y para el pueblo libre, igual y soberano, la luz de la razón y del progreso.

Don Lucas estaba indignado. Era un caballero de buena familia venido a menos, estirado y con fama de misántropo, fri-
sando los sesenta. Viudo, sin hijos ni fortuna, todo el mundo
estaba al corriente de que no había visto un duro de plata desde
los tiempos del extinto Fernando VII, y de que vivía con una
muy exigua renta y gracias a la caridad de unas buenas veci-
nas. Era, sin embargo, muy cuidadoso en guardar las apariencias. Sus pocos trajes estaban siempre meticulosamente plan-
chados y no había un solo conocido que dejase de admirar la
elegancia con que se anudaba su única corbata y sostenía sobre el ojo izquierdo un monóculo de concha. Sus ideas eran
ultramontanas: se definía como monárquico, católico y, ante
todo, hombre de honor. Con Agapito Cárceles siempre andaba
a la greña.

Además de Jaime Astarloa, eran los otros contertulios Marcelino Romero, profesor de piano en un colegio de señoritas, y
Antonio Carreño, funcionario de Abastos. Romero era insigni-
ficante, tísico, sensible y melancólico. Sus esperanzas de gran-
jearse un nombre en el campo de la música habían quedado
reducidas hacía tiempo a enseñar a una veintena de jovencitas
de la buena sociedad cómo aporrear razonablemente un piano.
En cuanto a Carreño, se trataba de un individuo pelirrojo y
flaco, de barba cobriza muy cuidada, semblante adusto y amigo
de pocas palabras. Se daba aires de conspirador y masón, aunque no era ni lo uno ni lo otro.

Don Lucas se retorcía el bigote amarillo de nicotina mientras fulminaba a Cárceles con la mirada.

—Acaba de hace usted por enésima vez —dijo en tono
mordaz— su habitual exposición destructiva de la realidad
nacional. Nadie se la había pedido, pero hemos tenido que so-
portarla. Bien. Sin duda la veremos mañana publicada en
cualquiera de esos libelos revolucionarios que le dan cobijo
en sus panfletarias páginas... Pues escuche, amigo Cárceles.
También yo por enésima vez le digo no. Me niego a seguir es-

cuchando sus argumentos. Usted todo lo soluciona tocando a degüello. ¡Haría un bonito ministro de la Gobernación!... Recuerde lo que su querido populacho hizo en el treinta y cuatro: ochenta frailes asesinados por la chusma agitada por demagogos sin conciencia.

—¿Dice usted ochenta? —Cárceles disfrutaba sacando a don Lucas de sus casillas, lo que ocurría a diario—. Pocos me parecen. Y yo sé de qué le hablo. ¡Vaya si lo sé! Conozco la sotana por dentro, ¡vaya si la conozco!... Entre el clero y los borbones, este país no hay hombre honrado que lo aguante.

—Usted, por supuesto, lo arreglaría aplicando sus consabidas fórmulas...

—Sólo tengo una: al cura y al borbón, pólvora y perdigón. ¡Fausto! Otras cinco medias, que paga don Lucas.

—Ni lo sueñe —el digno anciano se retrepó en su silla con los pulgares en los bolsillos del chaleco y el monóculo fieramente incrustado bajo la ceja—. Yo pago lo que sea a mis amigos, siempre y cuando disponga de corriente; que no es el caso. Pero me niego a convidar a un fanático vendepatrias.

—Prefiero ser un fanático vendepatrias, como usted dice, a pasarme la vida gritando *vivan las caenas*.

El resto de los contertulios creyó llegado el momento de mediar. Jaime Astarloa pidió serenidad, caballeros, mientras agitaba su café con la cucharilla. Marcelino Romero, el pianista, abandonó su melancólica contemplación de las musarañas para rogar moderación, e intentó introducir, sin éxito, la música como tema alternativo.

—No se desvíe —lo interpeló Cárceles.

—No me desvío —protestó Romero—. También la música tiene un contenido social. Crea la igualdad en el ámbito de la sensibilidad, rompe fronteras, une a los pueblos...

—¡La única música que este señor tolera es el himno de Riego!

—No empecemos otra vez, don Lucas.

El gato creyó divisar un ratón y se lanzó en su busca entre las piernas de los contertulios. Antonio Carreño había mojado el índice en el agua de un vaso y trazaba misteriosos signos sobre el gastado mármol del velador.

—En Valencia, Fulano. En Valladolid, Mengano. Dicen que Topete en Cádiz ha recibido emisarios, pero vaya usted a saber. Y a Prim lo tenemos aquí el día menos pensado. ¡Esta vez se va a armar la marimorena!

Y se lanzó a describir, enigmático y parco en detalles, la conspiración de turno que, buena tinta, caballeros, obraba en su conocimiento gracias a ciertas confidencias que le habían hecho relevantes personajes de su misma logia cuyos nombres prefería mantener en el anonimato. Que la intriga a la que se refería fuese del dominio público, como otra media docena más, no restaba un ápice a su entusiasmo. En voz baja, con furtivas miradas en torno, palabras a medias y otras precauciones de rigor, Carreño fue enumerando los pormenores de la empresa en que, confío en su discreción, caballeros, él se encontraba metido hasta el cuello, o poco menos. Las logias —solía referirse a las logias con la misma familiaridad que otros usaban al hablar de los parientes— se estaban moviendo mucho. Por supuesto, nada de Carlos VII; además, sin el viejo Cabrera, el sobrino de Montemolín estaba lejos de dar la talla. Alfonsito, descartado; no más borbones. Quizás un príncipe extranjero, constitucional y todo eso, aunque decían que Prim se inclinaba por el cuñado de la reina, Montpensier. Y si no, la *Gloriosa,* que tan feliz haría al amigo Cárceles.

—Gloriosa y federal —apostilló el periodista, mirando a don Lucas con manifiesta mala intención—. Para que se vayan enterando los servilones de lo que vale un peine.

Don Lucas recogió la puya. Era un blanco sumamente fácil a la hora de tomar varas.

—Eso, eso —exclamó con un bufido de desaliento—. Federal, democrática, anticlerical, librepensadora, chusmosa y puñetera. Todos iguales y una guillotina en la Puerta del Sol, con don Agapito manejando el ingenioso mecanismo. Ni Cortes, ni leches. Asambleas populares en Cuatro Caminos, en Ventas, en Vallecas, en Carabanchel... Eso es lo que proponen los correligionarios del señor Cárceles. ¡Somos el África de Europa!

Llegó Fausto con las medias tostadas. Jaime Astarloa mojó pensativo la suya en el café. Le aburrían soberanamente las interminables polémicas que libraban sus contertulios, pero no eran éstos una compañía peor ni mejor que otra cualquiera. El par de horas que cada tarde pasaba con ellos le ayudaba, al menos, a aliviar su soledad. Con todos los defectos, gruñones y malhumorados, despotricando contra cualquier bicho viviente, al menos se proporcionaban unos a otros la ventaja de poder comunicarse en voz alta sus respectivas frustraciones. En el reducido círculo, cada uno de sus integrantes hallaba tácitamente en los otros el consuelo de saber que el propio fracaso no era un hecho aislado, sino compartido en mayor o menor medida por los demás. Eso era lo que por encima de todo los unía, haciéndoles mantenerse fieles a su diaria reunión. A pesar de las frecuentes disputas, de sus discrepancias políticas y de la diversidad de talantes, los cinco contertulios se profesaban una retorcida solidaridad que, aunque habría sido negada por todos en caso de formularse abiertamente, podría compararse a la de esos seres solitarios que se aprietan unos contra otros en busca de calor.

Don Jaime paseó la mirada a su alrededor y sus ojos se encontraron con los del profesor de música, graves y dulces. Marcelino Romero, rozando la cuarentena, vivía desde un par de años atrás atormentado por un amor imposible, una honesta madre de familia cuya hija había aprendido de su mano los rudimentos musicales. Finalizada hacía meses la relación profesor-discípula-madre, el pobre hombre paseaba cada día bajo cierto balcón de la calle Hortaleza, rumiando estoicamente una ternura no correspondida y sin esperanza.

El maestro de esgrima le sonrió a Romero con simpatía, y el otro respondió distraídamente, sin duda absorto en sus tormentos interiores. Pensó con Jaime que era imposible no encontrar una sombra agridulce de mujer en la memoria de cualquier hombre. También él tenía la suya; pero de aquello hacía ya demasiado tiempo.

El reloj de Correos dio las siete campanadas. El gato seguía sin hallar ratón que llevarse a la boca, y Agapito Cárceles recitaba un soneto anónimo dedicado al difunto Narváez, cuya autoría intentaba atribuirse entre el escepticismo guasón de la concurrencia:

«Si alguna vez de Loja en el camino
hallas un calañés puesto en el suelo...»

Don Lucas bostezaba ostensiblemente, más por fastidiar a su amigo que por otra cosa. Dos señoras de buen ver pasaron por la calle, junto a la ventana del café, echando sin detenerse una ojeada al interior. Se inclinaron cortésmente todos los contertulios salvo Cárceles, concentrado en su declamación:

«... Detén un poco el paso, peregrino,
que allí reposa ya, gracias al Cielo,
el héroe de más rumbo y menos pelo
que gobernó la España a lo argelino...»

Un voceador ambulante iba por la calle ofreciendo pirulís de La Habana, volviéndose de vez en cuando para espantar a un par de chicuelos descamisados que lo seguían mirando codiciosos su mercancía. Un grupo de estudiantes entró en el café a tomar un refresco. Llevaban periódicos en la mano y discutían animadamente sobre la última actuación callejera de la Guardia Civil, a la que aludían jocosamente como *Guardia Cerril*. Algunos se detuvieron, divertidos, para escuchar a Cárceles recitando la elegía fúnebre del duque de Valencia:

«... Guerrero sin combates, mas con suerte,
fue la lujuria su adorada diosa
y entre gula y lujuria halló la muerte.
Si hacer quieres por él alguna cosa,
levanta el calañés, escupe fuerte,
reza un responso y cágate en la fosa.»

Los jóvenes vitorearon a Cárceles y éste saludó, emocionado por la favorable reacción del improvisado auditorio. Se dieron un par de vivas a la democracia y el periodista fue invitado a una ronda. Don Lucas se retorcía el bigote, ebrio de santa ira. El gato se enroscaba a sus pies, legañoso y patético, como queriendo brindarle su miserable consuelo.

El ruido de los floretes resonaba en la galería.

—Atención a ese compás... Así, muy bien. En cuarta. Bien. En tercia. Bien. Primera. Bien. Ahora dos en primera, así... Calma. Atrás cubriendo, eso es. Atención ahora. Sobre las armas. A mí. No importa, repítalo. A mí. Oblígueme a parar en primera dos veces. Bien. ¡Firme ahí! Evite. Así. ¡Derecho ahora! ¡A fondo!... Bien. Tocado. Excelente, don Álvaro.

Jaime Astarloa puso el florete bajo su brazo izquierdo, se quitó la careta y tomó aliento. Alvarito Salanova se frotaba las muñecas; su voz insegura, de adolescente, sonó tras la rejilla metálica que le cubría el rostro.

—¿Qué tal estuve, maestro?

El profesor de esgrima sonrió, aprobador.

—Bastante bien, señor mío. Bastante bien —indicó con un gesto de florete que el joven sostenía en la mano derecha—. Sigue usted, sin embargo, dejándose ganar los tercios del arma con cierta facilidad. Si vuelve a verse en ese apuro no dude en romper distancia, retrocediendo un paso.

—Sí, maestro.

Se volvió con Jaime hacia los otros discípulos que, equipados y con la careta bajo el brazo, habían presenciado el asalto:

—Dejarse ganar los tercios es quedar a merced del adversario... ¿Estamos todos de acuerdo?

Tres voces juveniles corearon una respuesta afirmativa. Como Alvarito Salanova, tenían entre catorce y diecisiete años. Dos eran hermanos, los Cazorla, rubios y extraordinariamente parecidos, hijos de militar. El otro era un joven de tez enrojecida por infinidad de pequeños granitos que le daban un desagradable aspecto. Se llamaba Manuel de Soto, era hijo del conde de Sueca, y el maestro había abandonado hacía tiempo la esperanza de convertirlo en un esgrimista razonable, poseía un temperamento demasiado nervioso, y en cuanto cruzaba cuatro veces el florete se armaba un lío de mil demonios. En cuanto al pollo Salanova, un mozarrón moreno y apuesto, de muy buena familia, era sin duda el mejor. En otro tiempo, con la preparación y la disciplina adecuadas, habría brillado en los salones como tirador de raza; pero a tales alturas del siglo, pensaba don Jaime con amargura, sus dotes pronto quedarían anuladas por el entorno, donde otro tipo de diversiones encandilaba más a la juventud: viajes, equitación, caza y frivolidades sin cuento. Por desgracia, el mundo moderno ofrecía a los jóvenes demasiadas tentaciones que alejaban de sus espíritus el temple necesario para hallar plena satisfacción en un arte como la esgrima.

Llevó la mano izquierda a la punta embotonada de su florete y curvó ligeramente la hoja.

—Ahora, caballeros, me gustaría que uno de ustedes practicase un poco con don Álvaro esa parada en segunda que nos trae a todos de cabeza —decidió ser piadoso con el joven de los granos, designando al menor de los Cazorla—. Usted mismo, don Francisco.

Se adelantó el aludido, colocándose la careta. Como sus compañeros, vestía de blanco de pies a cabeza.

—En línea.

Se ajustaron las manoplas ambos jóvenes, quedando frente a frente.

—En guardia.

Saludaron levantando el florete antes de adoptar la posición clásica de combate, adelantando la pierna derecha, ligeramente flexionadas ambas, el brazo izquierdo hacia atrás, en ángulo recto con la mano abandonada, caída hacia adelante.

—Recuerden el viejo principio. Hay que sostener la empuñadura como si tuviésemos un pájaro en las manos: con la suavidad precisa para no aplastarlo, y con la firmeza suficiente para que no eche a volar... Esto va sobre todo por usted, don Francisco, que muestra una irritante tendencia a ser desarmado. ¿Comprendido?

—Sí, maestro.

—Pues no perdamos más tiempo. A su asunto, caballeros.

Sonaron suavemente las hojas de acero. El joven Cazorla inició el ataque con gracia y fortuna; era rápido de piernas y puño, moviéndose con la ingravidez de una pluma. Por su parte, Alvarito Salanova se cubría con bastante desahogo, retrocediendo un paso en lugar de saltar hacia atrás en momentos de peligro, parando de forma irreprochable cada vez que su adversario le ofrecía el movimiento. Al cabo de un rato cambiaron los papeles y le llegó a Salanova el turno de tirarse a fondo una y otra vez, para que su compañero solucionase el problema con el florete en segunda. Estuvieron así, tirando y parando, hasta que Paquito Cazorla cometió un error que le hizo bajar en exceso la guardia tras una infructuosa estocada. Con un grito de triunfo, dejándose llevar por la excitación del asalto, su oponente abandonó toda precaución para zapatearle sobre el peto dos rápidos botonazos.

Don Jaime frunció el ceño y puso fin a la lid, interponiendo su florete entre ambos jóvenes.

—Debo hacerles una reconvención, caballeros —dijo con severidad—. La esgrima es un arte, muy cierto; pero ante todo es una ciencia útil. Cuando se empuña un florete o un sable, aunque éstos lleven un botón en la punta o tengan el filo embotado, jamás se debe plantear la cuestión como un juego. Cuando sientan ustedes deseos de jugar, recurran al aro, la peonza o los soldaditos de plomo. ¿Me estoy explicando bien, señor Salanova?

El aludido hizo un brusco movimiento con la cabeza, cubierta por la careta de esgrima. Los ojos grises del maestro lo miraron con dureza.

—No he tenido el placer de escuchar su respuesta, señor Salanova —añadió, severo—. Y no estoy acostumbrado a dirigirme a personas cuyo rostro no puedo ver.

Balbució el joven una disculpa y se quitó la careta; estaba rojo como la grana y miraba, avergonzado, la punta de sus escarpines.

—Le preguntaba si me he explicado bien.

—Sí.

—No he oído su respuesta.

—Sí, maestro.

Jaime Astarloa miró al resto de sus alumnos. Los jóvenes rostros estaban a su alrededor, graves y expectantes.

—Todo el arte, toda la ciencia que intento inculcar en ustedes se resume en una sola palabra: eficacia...

Alvarito Salanova levantó los ojos y cruzó con el joven Cazorla una mirada de mal disimulado rencor. Don Jaime hablaba con el botón del florete apoyado en el suelo y las dos manos sobre el pomo de la empuñadura:

—Nuestro objetivo —añadió— no es encandilar a nadie con un airoso floreo, ni realizar discutibles hazañas como las que acaba de ofrecernos don Álvaro; hazaña que podía haberle costado muy cara en un asalto a punta desnuda... Nuestra meta es dejar fuera de combate al adversario de forma limpia, rápida y eficaz, con el menor riesgo posible por nuestra parte. Nunca dos estocadas si basta con una; en la segunda puede llegarnos una peligrosa respuesta. Nunca poses gallardas o exageradamente elegantes si desvían nuestra atención del fin supremo: evitar morir y, si es inevitable, matar al adversario. La esgrima es, ante todo, un ejercicio práctico.

—Mi padre dice que la esgrima es buena porque es higiénica —protestó comedidamente el mayor de los Cazorla—. Eso que los ingleses llaman *sport*.

Don Jaime miró a su discípulo como si acabase de escuchar una herejía.

—No dudo que su señor padre tendrá sus motivos para afirmar tal cosa. No lo dudo en absoluto. Pero yo le aseguro a usted que la esgrima es mucho más. Constituye una ciencia exacta, matemática, donde la suma de determinados factores conduce invariablemente al mismo producto: el triunfo o el fracaso, la vida o la muerte... Yo no les dedico mi tiempo para que hagan *sport,* sino para que aprendan una técnica altamente depurada que un día, a requerimiento de la patria o del honor, puede serles muy útil. Me tiene sin cuidado que ustedes sean fuertes o débiles, elegantes o desmañados, que estén tísicos o perfectamente sanos... Lo que importa es que, con florete o sable en la mano, puedan sentirse iguales o superiores a cualquier otro hombre del mundo.

—Pero existen las armas de fuego, maestro —aventuró tímidamente Manolito de Soto—. La pistola, por ejemplo: parece mucho más eficaz que el florete, e iguala a todo el mundo —se rascó la nariz—. Como la democracia.

Jaime Astarloa arrugó el entrecejo. Sus ojos grises se clavaron en el joven con inaudita frialdad.

—La pistola no es una arma, sino una impertinencia. Puestos a matarse, los hombres deben hacerlo cara a cara; no desde lejos, como infames salteadores de caminos. El arma blanca tiene una ética de la que todas las demás carecen... Y si me apuran, diría que hasta una mística. La esgrima es una mística de caballeros. Y mucho más en los tiempos que corren.

Paquito Cazorla levantó una mano con aire de duda.

—Maestro, yo leí la semana pasada en *La Ilustración* un artículo sobre esgrima... Las armas modernas la están volviendo inútil, decía poco más o menos. Y la conclusión era que sables y floretes terminarán siendo piezas de museo...

Movió don Jaime lentamente la cabeza, como si hubiera escuchado hasta la saciedad la misma canción. Contempló su propia imagen en los grandes espejos de la galería: el viejo maestro rodeado por los últimos discípulos que permanecían fieles, velando a su lado. ¿Hasta cuándo?

—Razón de peso para seguir siendo leales —respondió con tristeza, sin aclarar si se refería a la esgrima o a él mismo.

Con la careta bajo el brazo y el florete apoyado sobre el escarpín del pie derecho, Alvarito Salanova hizo una mueca escéptica:

—Tal vez algún día ya no habrá maestros de esgrima —dijo.

Hubo un largo silencio. Jaime Astarloa miraba abstraído a lo lejos, como si observara el mundo más allá de las paredes de la galería.

—Tal vez —murmuró, absorto en la contemplación de imágenes que sólo él podía ver—. Pero déjeme decirle una cosa... El día que se extinga el último maestro de armas, cuanto de noble y honroso tiene todavía la ancestral lid del hombre contra el hombre, bajará con él a la tumba... Ya sólo habrá lugar para el trabuco y la cachicuerna, la emboscada y el navajazo.

Los cuatro muchachos lo escuchaban, demasiado jóvenes para comprender. Don Jaime los miró uno por uno, deteniéndose finalmente en Alvarito Salanova.

—En realidad —las arrugas se agolpaban en torno a sus ojos sonrientes, amargos y burlones— no les envidio a ustedes las guerras que vivirán dentro de veinte o treinta años.

En ese momento llamaron a la puerta, y nada volvió a ser igual en la vida del maestro de esgrima.

CAPÍTULO SEGUNDO

ATAQUE FALSO DOBLE

«Los ataques falsos dobles se usan para engañar al adversario. Empiezan por un ataque simple.»

Subió la escalera palpando la tarjeta que llevaba en el bolsillo de su levita gris. Lo cierto es que no parecía demasiado explícita:

Doña Adela de Otero ruega al maestro de armas D. Jaime Astarloa se sirva acudir a su domicilio, calle de Riaño, 14, mañana a las siete de la tarde.
De mi consideración más distinguida.

A. d. O.

Antes de salir de casa se había acicalado con esmero, resuelto a causar buena impresión en la que, sin duda, era madre de un futuro alumno. Al llegar a la puerta se arregló cuidadosamente la corbata, golpeando después la pesada aldaba de bronce que pendía en las fauces de una agresiva cabeza de león. Extrajo el reloj del bolsillo del chaleco y consultó la hora: siete menos un minuto. Aguardó, satisfecho, mientras escuchaba el sonido de unos pasos femeninos que se acercaban por un largo pasillo. Tras un rápido correr de cerrojos, el rostro agraciado de una doncella le sonrió bajo una cofia blanca. Mientras la joven se alejaba con su tarjeta de visita, entró don Jaime en un pequeño recibidor amueblado con elegancia. Las persianas estaban bajas y por las ventanas abiertas se oía el rumor de los carruajes que circulaban por la calle, dos pisos más abajo. Había testeros con plantas exóticas, un par de buenos cuadros en las paredes y sillones ricamente tapizados en terciopelo de seda carmesí. Pensó que se las iba a ver con un buen cliente, y ello le hizo sentirse optimista. No estaba de más, habida cuenta de los tiempos que corrían.

La doncella regresó al cabo de un momento para rogarle que pasara al salón tras hacerse cargo de sus guantes, bastón y chistera. La siguió por la penumbra del pasillo. La sala estaba vacía, así que cruzó las manos a la espalda e hizo un breve reconocimiento de la estancia. Deslizándose entre las cortinas semiabiertas, los últimos rayos del sol poniente agonizaban despacio sobre las discretas flores azul pálido que empapelaban las paredes. Los muebles eran de extraordinario buen gusto; sobre un sofá inglés campeaba un óleo de firma, mostrando una escena dieciochesca: una joven vestida de encajes se columpiaba en un jardín, mirando expectante por encima del hombro, como si aguardase la inminente llegada de alguien muy deseado. Había un piano con la tapa del teclado abierta y unas partituras en el atril. Se acercó a echar un vistazo: *Polonesa en* fa *sostenido menor. Federico Chopin*. Sin duda, la poseedora del piano era una dama enérgica.

Había dejado para el final la decoración sobre la gran chimenea de mármol: una panoplia con pistolas de duelo y floretes. Se acercó a ella, observando las armas blancas con ojos de experto. Se trataba de dos excelentes piezas, de empuñadura francesa la una e italiana la otra, con guarniciones damasquinadas. Las encontró en buen estado, sin rastro de herrumbre en el metal, aunque las pequeñas melladuras de las respectivas hojas indicaban que habían sido muy utilizadas.

Escuchó unos pasos a su espalda y se volvió despacio, con un saludo cortés a flor de labios. Adela de Otero distaba de ser como la había imaginado.

—Buenas tardes, señor Astarloa. Le agradezco mucho que haya acudido a la cita de una desconocida.

Había un agradable tono, suavemente ronco, en su voz, modulada por un casi imperceptible acento extranjero, imposible de identificar. El maestro de esgrima se inclinó sobre la mano que se le ofrecía, y la rozó con los labios. Era fina, con el meñique graciosamente curvado hacia el interior; la piel tenía un agradable tono moreno y fresco. Llevaba las uñas demasiado cortas, casi como las de un hombre, sin barniz ni pintura alguna. El único adorno en ellas era un anillo, un delgado aro de plata.

Levantó el rostro y miró los ojos. Eran grandes, de color violeta con pequeñas irisaciones doradas que parecían aumentar el tamaño cuando recibían directamente la luz. El cabello era negro, abundante, recogido sobre la nuca con un pasador de nácar en forma de cabeza de águila. Para tratarse de una mujer, su estatura era elevada; cosa de un par de pulgadas menos que don Jaime. Sus proporciones podían considerarse regulares, tal vez algo más delgada que el tipo de mujer al uso, con una cintura que no precisaba recurrir al corsé para ser estrecha y elegante. Vestía falda negra, sin adornos, y blusa de seda cruda con pechera de encaje. Había un ligerísimo toque masculino en ella, quizás acentuado por una pequeña cicatriz en la comisura derecha de la boca que imprimía en ésta una permanente y enigmática sonrisa. Se encontraba en esa edad difícil de precisar cuando de una mujer se trata, entre los veinte y los treinta años. Pensó el maestro de esgrima que aquel hermoso rostro lo habría empujado, sin duda, a ciertas locuras en su remota juventud.

Ella lo invitó a tomar asiento y ambos se instalaron frente a frente, junto a una mesita baja situada ante el amplio mirador.

—¿Café, señor Astarloa?

Asintió, complacido. Sin que mediase llamada alguna, la doncella entró silenciosamente con una bandeja de plata sobre la que tintineaba un delicado juego de porcelana. La misma dueña de la casa cogió la cafetera para llenar dos tazas y entregó después la suya a don Jaime. Aguardó a que éste bebiese el primer sorbo, mientras parecía estudiar a su invitado. Entonces entró directamente en materia.

—Quiero aprender la estocada de los doscientos escudos.

El maestro de esgrima se quedó con el plato y la taza en las manos, moviendo desconcertado la cucharilla. Creía no haber entendido bien.

—¿Perdón?

Ella mojó los labios en el café, y después lo miró con absoluto aplomo.

—Me he informado debidamente —dijo con naturalidad— y sé que es el mejor maestro de armas de Madrid. El último de los clásicos, aseguran. Sé también que posee el secreto de una célebre estocada, creada por usted mismo, que enseña a los discípulos interesados en ella al precio de mil doscientos reales. El costo es elevado, sin duda; pero puedo pagarlo. Deseo contratar sus servicios.

Jaime Astarloa protestó débilmente, sin salir de su asombro.

—Disculpe, señora mía. Esto... Creo que es un tanto irregular. El secreto de esa estocada me pertenece, en efecto, y la enseño por la cantidad que usted acaba de mencionar. Pero le ruego que comprenda. Yo... bueno, la esgrima... Nunca una mujer. Quiero decir que...

Los ojos violeta lo miraron de arriba abajo. La cicatriz acentuaba la sonrisa enigmática.

—Sé lo que quiere decir —Adela de Otero dejó pausadamente la taza vacía sobre la mesita y juntó las yemas de los dedos, como si se dispusiera a orar—. Pero que yo sea una mujer no creo que venga al caso. Para tranquilizarlo sobre mi capacidad, si es lo que le preocupa, le diré que poseo las nociones adecuadas del arte que usted practica.

—No se trata de eso —el maestro de armas se removió inquieto en el asiento, pasándose un dedo por el cuello de la camisa. Empezaba a sentir demasiado calor—. Lo que intento explicarle es que una mujer como alumna de esgrima... Le ruego me disculpe. Se trata de algo inusual.

—¿Intenta decirme que no estaría bien visto?

La miró de hito en hito, con la taza de café casi intacta entre las manos. Aquella permanente y atractiva sonrisa le causaba una incómoda desazón.

—Le suplico que excuse, señora; pero ésa es una de las razones. Me resultaría imposible, y reitero mis disculpas. Jamás me había visto en semejante situación.

—¿Teme por su prestigio, maestro?

Había una socarrona nota de provocación en el fondo de la pregunta. Don Jaime depositó cuidadosamente la taza sobre la mesa.

—No es corriente, señora mía. No es la costumbre. Quizás en el extranjero, pero no aquí. No yo, al menos. Quizás alguien más... flexible.

—Quiero poseer el secreto de esa estocada. Y además, usted es el mejor.

Don Jaime sonrió benévolo ante el halago.

—Sí. Es posible que sea el mejor, como usted me hace el honor de afirmar. Pero también soy ya demasiado viejo para cambiar de hábitos. Tengo cincuenta y seis años, y hace más de treinta que ejerzo mi oficio. Los clientes que pasaron por mis galerías han sido siempre, exclusivamente, varones.

—Los tiempos cambian, señor mío.

El maestro de esgrima suspiró con tristeza.

—Eso es muy cierto. Y ¿sabe una cosa?... Puede que cambien demasiado rápidamente para mi gusto. Permítame, por tanto, que siga fiel a mis viejas manías. Constituyen, créame, el único patrimonio de que dispongo.

Ella lo miró en silencio, moviendo despacio la cabeza como si sopesara sus argumentos. Después se levantó para dirigirse hacia la panoplia de la chimenea.

—Dicen que su estocada es imposible de parar.

Don Jaime esbozó una sonrisa modesta.

—Exageran, señora. Una vez conocida, pararla es de lo más sencillo. La estocada imparable no he logrado descubrirla todavía.

—¿Y sus honorarios son doscientos escudos?

Volvió a suspirar el maestro de armas. El capricho singular de aquella dama lo estaba colocando en una situación incómoda.

—Le suplico que no insista, señora.

Ella le daba la espalda, acariciando con los dedos la empuñadura de un florete.

—Me gustaría saber lo que cobra por sus servicios ordinarios.

Don Jaime se puso lentamente en pie.

—Entre sesenta y cien reales al mes por alumno, lo que incluye cuatro lecciones por semana. Y ahora, si me disculpa...

—Si me enseña la estocada de los doscientos escudos, le pagaré dos mil cuatrocientos reales.

Parpadeó, aturdido. Aquella suma ascendía a cuatrocientos escudos, el doble de lo que percibía por enseñar la estocada cuando encontraba clientes interesados en ella, lo que no era habitual. También suponía el equivalente a tres meses de trabajo.

—Quizás no haya caído usted en la cuenta de que me está ofendiendo, señora.

Ella se volvió con brusquedad y Jaime Astarloa vislumbró durante una fracción de segundo un relámpago de cólera en los ojos violeta. Muy a su pesar, pensó que no era tanto desatino imaginarla con un florete en la mano.

—¿Se le antoja poco dinero? —preguntó ella, insolente.

El maestro de esgrima se irguió con una pálida sonrisa. De haber escuchado aquel comentario en boca de un hombre, éste habría recibido a las pocas horas la visita de sus padrinos. Sin embargo, Adela de Otero era mujer, y demasiado hermosa por añadidura. Deploró una vez más verse envuelto en aquella penosa escena.

—Mi querida señora —dijo serenamente, con una helada cortesía—. Esa estocada por la que tanto se interesa, tiene el precio exacto del valor que le atribuyo; ni un ochavo más. Por otra parte, sólo decido enseñarla a quien lo estimo conveniente, derecho éste que pienso seguir conservando con sumo celo. Jamás me pasó por la cabeza especular con ella, y mucho menos discutir ese precio como un vulgar mercader. Buenas tardes.

Recogió chistera, guantes y bastón de manos de la doncella y bajó las escaleras con aire taciturno. Desde el segundo piso llegaban hasta él las notas de la *Polonesa* de Chopin, arrancadas al piano por unas manos que golpeaban el teclado con furiosa determinación.

Parada en cuarta. Bien. Parada en tercia. Bien. Semicírculo. Otra vez, por favor. Así. En marcha y avance. Bien. En retirada y rompiendo distancia. A mí. Enganche en cuarta, eso es. Tiempo en cuarta. Bien. Parada en cuarta baja. Excelente, don Fulano. Paquito tiene condiciones. Tiempo y disciplina, ya sabe.

Pasaron varios días. Prim seguía al caer y la reina doña Isabel iniciaba viaje para tomar baños de mar en Lequeitio, muy recomendados por los médicos para atenuar la enfermedad de la piel que padecía desde niña. La acompañaban su confesor y el rey consorte, con nutrido bagaje de moscones, duquesas, correveidiles, personal de servicio y la habitual cuerda de elementos de la Real Casa. Don Francisco de Asís humedecía las puntillas haciendo mohínes de pasta flora sobre el hombro de su fiel secretario Meneses, y Marfori, ministro de Ultramar, chuleaba a todo el mundo luciendo orgullosamente sus espolones, ganados a pulso con proezas de alcoba, de pollo real a la moda.

A uno y otro lado de los Pirineos, emigrados y generales conspiraban sin el menor rebozo, enarbolando unos y otros sus nunca colmadas aspiraciones. Los diputados —viajeros en un tren de tercera— habían aprobado el último presupuesto del Ministerio de la Guerra, a sabiendas de que la mayor parte de éste se destinaba al inútil intento de calmar la ambición de espadones de cuartel, que tasaban su lealtad a la Corona en ascensos y prebendas, acostándose moderados y despertándose liberales según las vicisitudes del escalafón. Mientras tanto, Madrid pasaba las tardes sentado a la sombra, hojeando periódicos clandestinos con el botijo al alcance de la mano. Por las esquinas, los vendedores voceaban sus mercancías. Horchata de chufa. A la rica horchata de chufa.

El marqués de los Alumbres se negaba a irse de veraneo y seguía manteniendo con Jaime Astarloa el ya viejo rito del florete y la copa de jerez. En el café Progreso se proclamaban por boca de Agapito Cárceles las excelencias de la república federal, mientras Antonio Carreño, más templado, hacía signos masónicos y se tiraba a fondo por la unitaria, aunque sin descartar una monarquía constitucional como Dios manda. Don Lucas clamaba al cielo cada tarde y el profesor de música acariciaba el mármol del velador, mirando por la ventana con ojos dulces y tristes. En cuanto al maestro de esgrima, no podía apartar de su mente la imagen de Adela de Otero.

Fue al tercer día cuando llamaron a la puerta. Jaime Astarloa había regresado del paseo matinal, y se aseaba un poco antes de bajar a comer a su fonda de la calle Mayor.

En mangas de camisa, mientras se frotaba el rostro y las manos con agua de colonia para aliviar el calor, escuchó la campanilla y se detuvo, sorprendido; no esperaba a nadie. Pasó rápidamente un peine por sus cabellos y se puso un viejo batín de seda, recuerdo de tiempos mejores, cuya manga izquierda hacía tiempo que necesitaba un buen zurcido. Salió del dormitorio, cruzó el pequeño salón que también le servía de despacho, y al abrir la puerta se encontró frente a Adela de Otero.

—Buenos días, señor Astarloa. ¿Puedo entrar?

Había un punto de humildad en su voz. Llevaba un vestido de paseo color azul celeste, ampliamente escotado, con encajes blancos en puños, cuello y ruedo de la falda. Se cubría con una pamela de paja fina, adornada con un ramillete de violetas

a juego con sus ojos. En las manos, cubiertas por guantes cala-
dos del mismo encaje que los adornos del vestido, sostenía
una diminuta sombrilla azul. Estaba mucho más hermosa que
en su elegante salón de la calle Riaño.

Titubeó un instante el maestro de esgrima, desconcertado
por la inesperada aparición.

—Naturalmente, señora —dijo, todavía sin reponerse de su
asombro—. Quiero decir que... Por supuesto, claro. Hágame
el honor.

Hizo un gesto invitándola a entrar, aunque la presencia de
la joven, tras el áspero desenlace de la conversación mantenida días atrás, le causaba cierto embarazo. Como si adivinase
su estado de ánimo, ella le dedicó una prudente sonrisa.

—Gracias por recibirme, don Jaime —los ojos violeta lo
miraron desde el fondo de sus largas pestañas, acrecentando la
inquietud del maestro de esgrima—. Temía que... Sin embargo, no esperaba menos de usted. Celebro no haberme equivocado.

Jaime Astarloa tardó unos segundos en comprender que ella
había temido que le cerrase la puerta en las narices, y ese pensamiento lo sobresaltó; él era, ante todo, un caballero. Por otra
parte, la joven había pronunciado su nombre de pila por primera vez, y eso no contribuyó a serenar el estado de ánimo del
viejo maestro, que recurrió a su habitual cortesía para ocultar
la turbación.

—Permítame, señora.

La invitó con un gesto galante a cruzar el pequeño vestíbulo
y dirigirse al salón. Adela de Otero se detuvo en el centro de la
habitación abigarrada y oscura, observando con curiosidad los
objetos que constituían la historia de Jaime Astarloa. Con la
mayor desenvoltura pasó un dedo sobre el lomo de algunos de
los muchos libros alineados en las polvorientas estanterías
de roble: una docena de viejos tratados de esgrima, folletines encuadernados de Dumas, Victor Hugo, Balzac... Había también
unas *Vidas Paralelas,* un Homero muy usado, el *Enrique de
Ofterdingen* de Novalis, varios títulos de Chateaubriand y

Vigny, así como diversos tomos de *Memorias* y tratados técnicos de análisis sobre las campañas militares del Primer Imperio; en su mayor parte estaban escritos en francés. Don Jaime se disculpó un instante y, pasando al dormitorio, cambió el batín por una levita, anudándose con toda la rapidez de que fue capaz una corbata en torno al cuello de la camisa. Cuando retornó al salón, la joven contemplaba un viejo óleo oscurecido por los años, colgado de la pared entre antiguas espadas y dagas herrumbrosas.

—¿Algún familiar? —preguntó ella, señalando el rostro joven, delgado y severo que los contemplaba desde el marco. El personaje vestía a la usanza de principios de siglo, y sus ojos claros contemplaban el mundo como si hubiese algo en él que no terminaba por convencerlo del todo. La frente amplia y el aire de digna austeridad que se desprendía de sus facciones le daban un acusado parecido con Jaime Astarloa.

—Era mi padre.

Adela de Otero dirigió alternativamente la mirada desde el retrato a don Jaime, y de él nuevamente al retrato, como si deseara confirmar la veracidad de sus palabras. Pareció satisfecha.

—Un hombre guapo —dijo con su agradable modulación ligeramente ronca—. ¿Qué edad tenía cuando se hizo la pintura?

—Lo ignoro. Murió a los treinta y un años, dos meses antes de que yo naciera, peleando contra las tropas de Napoleón.

—¿Fue militar? —la joven parecía sinceramente interesada por la historia.

—No. Era un hidalgo aragonés, uno de esos hombres de nuca erguida a quienes irritaba sobremanera que se les dijera haz esto o aquello... Se echó al monte con una partida de jacetanos y estuvo matando franceses hasta que lo mataron a él —la voz del maestro de esgrima se conmovió con un lejano estremecimiento de orgullo—. Cuentan que murió solo, acosado como un perro, insultando en excelente francés a los soldados que lo cercaban con sus bayonetas.

Ella permaneció todavía un momento con los ojos clavados en el retrato, del que no los había apartado mientras escuchaba. Se mordía un poco el labio inferior, pensativa, mientras en la comisura de la boca seguía indeleble la enigmática sonrisa de su pequeña cicatriz. Después se volvió lentamente hacia el viejo maestro de armas.

—Sé que mi presencia aquí lo incomoda, don Jaime.

Rehuyó él sus ojos, sin saber qué responder. Adela de Otero se quitó la pamela, dejándola con la sombrilla sobre la mesa de despacho cubierta de papeles en desorden. Llevaba el cabello recogido en la nuca, como durante su primer encuentro. Jaime Astarloa pensó que el vestido azul ponía una insólita nota de color en la austera decoración del estudio.

—¿Puedo sentarme? —encanto y seducción. Era evidente que no se trataba de la primera vez que ella recurría a aquellas armas—. Vine dando un paseo, y este calor me tiene sofocada.

Murmuró el maestro una atropellada excusa por su torpeza, invitándola a descansar en un sillón de cuero gastado y cuarteado por el uso. Acercó para sí un escabel, colocándose a distancia razonable, envarado y circunspecto. Carraspeó, resuelto a no dejarse arrastrar a un terreno cuyos peligros intuía.

—Usted dirá, señora de Otero.

El tono frío y cortés acentuó la sonrisa de la bella desconocida. Porque, aunque sabía su nombre, pensó don Jaime, todo cuanto rodeaba a aquella mujer parecía velado por el misterio. Muy a su pesar, sintió cómo lo que en principio había sido tan sólo un chispazo de curiosidad crecía ahora en su interior, ganando terreno con rapidez. Hizo un esfuerzo por dominar sus sentimientos, aguardando una respuesta. Ella no habló de inmediato, sino que tomó su tiempo con una tranquilidad que al maestro de esgrima le parecía exasperante. Los ojos violeta vagaban por la habitación, como si esperasen descubrir en ella indicios para valorar al hombre que tenían ante sí. Aprovechó don Jaime para estudiar aquellas facciones que tanto le habían ocupado el pensamiento en los últimos días. La boca era carnosa y bien dibujada, como corte de cuchillo en una fruta de pulpa roja y apetecible. Pensó una vez más que la cicatriz de la comisura, lejos de afearla, le daba un especial atractivo, sugiriendo ecos de oscura violencia.

Desde que ella apareció en la puerta, Jaime Astarloa se había preparado para, fueran cuales fuesen sus argumentos, reafirmarse en la negativa inicial. Nunca una mujer. Esperaba ruegos, elocuencia femenina, intervención de sutiles ardides propios del bello sexo, apelación a determinados sentimientos... Nada de eso resultaría, se prometió a sí mismo. Con veinte años menos, quizás se habría mostrado más interesadamente flexible, subyugado tal vez por la incontestable fascinación que la dama suscitaba. Pero ya era demasiado viejo para que tales circunstancias alterasen su ánimo. Nada esperaba obtener de aquella hermosa solicitante; a sus años, las emociones que en él despertaba su proximidad podían ser en algún momento turbadoras, pero eran sin duda controlables. Jaime Astarloa había resuelto reiterarse educado pero inconmovible ante lo que le parecía un pueril capricho femenino; pero no esperaba en absoluto escuchar la pregunta que vino a continuación:

—¿Cómo respondería usted, don Jaime, si durante un asalto su oponente le hiciese un doble ataque en tercia?

El maestro de esgrima creyó haber oído mal. Hizo un gesto hacia adelante, como para pedir excusas, y se detuvo a la mitad, sorprendido y confuso. Se pasó una mano por la frente, apoyó las manos sobre las rodillas y se quedó mirando a Adela de Otero como si exigiese una explicación. Aquello era ridículo.

—¿Perdón?

Ella lo miraba, divertida, con una chispa de malicia en los ojos. Su voz sonó con desconcertante firmeza.

—Me gustaría conocer su autorizada opinión, don Jaime.

Suspiró el maestro, removiéndose en el escabel. Todo resultaba endiabladamente insólito.

—¿De veras le interesa?

—Por supuesto.

Se llevó don Jaime el puño a la boca para ahogar una tosecita.

—Bueno... No sé hasta qué punto... Quiero decir que bien, naturalmente, si cree que el tema... ¿Doble en tercia, dijo? —al fin y al cabo era una pregunta como otra cualquiera; aunque extraña, viniendo de ella. O quizás no tan extraña, después de todo—. Bien, pues supongo que si mi contrario fingiera tirar en tercia, yo opondría media estocada. ¿Comprende? Es bastante elemental.

—¿Y si a su media estocada él respondiese desenganchando y tirando inmediatamente en cuarta?

El maestro miró a la joven, esta vez con visible estupor. Ella había expuesto la secuencia correcta.

—En tal caso —dijo— pararía en cuarta, tirando de inmediato en cuarta —esta vez no añadió el ¿comprende? Estaba claro que Adela de Otero comprendía—. Es la única respuesta posible.

Ella echó hacia atrás la cabeza con inesperada alegría, como si fuese a lanzar una carcajada, pero se limitó a sonreír silenciosamente. Después lo miró con una encantadora mueca.

—¿Pretende decepcionarme, don Jaime? ¿O probarme...? Usted sabe perfectamente que esa *no* es la única respuesta posible. Ni siquiera es seguro que sea la mejor.

El maestro no podía ocultar su turbación. Jamás hubiera imaginado aquella conversación. Algo le decía que se estaba adentrando en terreno desconocido, pero sintió al mismo tiempo afirmarse en él un irresistible impulso de curiosidad profesional. Así que resolvió bajar un poco la guardia; lo necesario para seguir el juego y ver en qué paraba todo aquello.

—¿Sugiere acaso alguna alternativa, señora mía? —preguntó, con el escepticismo justo para no ser descortés. La joven movió la cabeza afirmativamente, con cierta vehemencia, y en sus ojos brilló un relámpago de excitación que dio mucho que pensar a Jaime Astarloa.

—Sugiero al menos dos —respondió con una seguridad en la que no había presunción—. Podría parar como usted en cuarta, pero cortando sobre la punta del florete enemigo y tirándole después una estocada en cuarta sobre el brazo. ¿Le parece correcto?

Don Jaime hubo de reconocer, muy a su pesar, que aquello no sólo era correcto, sino brillante.

—Pero habló usted de otra opción —dijo.

—Así es —Adela de Otero hablaba moviendo la mano derecha como si reprodujera los gestos del florete—. Parar en cuarta y devolver una flanconada. Estará de acuerdo conmigo en que cualquier golpe es siempre más rápido y eficaz si se hace en la misma dirección que la parada. Ambos deben formar un solo movimiento.

—La flanconada no es de fácil ejecución —ahora don Jaime estaba realmente interesado—. ¿Dónde la aprendió?

—En Italia.

—¿Quién fue su maestro de armas?

—Su nombre no viene al caso —la sonrisa de la joven suavizaba su negativa—. Limitémonos a decir que estaba considerado entre los mejores de Europa. Él me enseñó las nueve estocadas, sus diversas combinaciones y cómo pararlas. Era un hombre paciente —subrayó el adjetivo con una mirada llena de intención— y no consideraba una deshonra enseñar su arte a una mujer.

Don Jaime prefirió pasar por alto la alusión.

—¿Cuál es el principal riesgo de ejecutar la flanconada? —preguntó mirándola a los ojos.

—Recibir una contraria en segunda.

—¿Cómo se evita?

—Inclinando la propia estocada hacia abajo.

—¿Cómo se para una flanconada?

—Con segunda y cuarta baja. Esto parece un examen, don Jaime.

—*Es* un examen, señora de Otero.

Quedaron ambos mirándose en silencio, con aire tan fatigado como si realmente hubiesen estado cruzando los floretes. El maestro observó detenidamente a la joven, fijándose por primera vez en su muñeca derecha, fuerte sin perder por ello la gracia femenina. La expresión de sus ojos, los gestos efectuados mientras describía los movimientos de esgrima, eran elocuentes. Jaime Astarloa sabía, por oficio, reconocer los signos que delataban buenas condiciones para un tirador. Se dirigió un mudo reproche por haber permitido que sus prejuicios lo cegaran de aquel modo.

Naturalmente, hasta entonces todo se había desarrollado en el ámbito de la pura teoría; y el viejo maestro de armas comprendió que ahora necesitaba comprobar la aplicación práctica. Tocado. Aquella endiablada joven estaba a punto de conseguir lo imposible: despertar en él, después de treinta años de profesión, la necesidad de ver tirar esgrima a una mujer. A ella.

Adela de Otero lo miraba con gravedad, aguardando el veredicto. Carraspeó don Jaime:

—He de confesar con toda honradez que estoy sorprendido.

La joven no respondió, ni hizo gesto alguno. Permaneció impasible, como si la sorpresa del maestro fuese algo con lo que ella contaba de antemano, pero que no constituía el motivo de su presencia allí.

Jaime Astarloa había tomado una decisión, aunque en su fuero interno prefiriese no cuestionar, por el momento, la facilidad con que rendía la plaza.

—La espero mañana a las cinco de la tarde. Si la prueba resulta satisfactoria, fijaremos fecha para la estocada de los doscientos escudos. Procure venir... —señaló el vestido mientras experimentaba un incómodo acceso de pudor—. Quiero decir que intente equiparse de modo apropiado.

Esperaba una exclamación de alegría, batir de palmas o algo por el estilo; cualquiera de las habituales manifestaciones a que tan inclinada solía mostrarse la naturaleza femenina. Pero quedó decepcionado. Adela de Otero se limitó a mirarlo fijamente, en silencio, con una expresión tan enigmática que, sin acertar a explicarse la causa, hizo correr por el cuerpo del maestro de esgrima un absurdo escalofrío.

La luz del quinqué de petróleo hacía oscilar las sombras en la habitación. Jaime Astarloa alargó la mano para accionar el mecanismo de la mecha, elevándola un poco hasta que aumentó la claridad. Trazó otras dos líneas con lápiz sobre la hoja de papel, formando el vértice de un ángulo, y los extremos los remató con un arco. Setenta y cinco grados, más o menos. Aquél era el margen en que debía moverse el florete. Anotó la cifra y suspiró. Media estocada en cuarta sin desenganchar; quizás fuera ése el camino. Y después, ¿qué?... El contrario cruzaría en cuarta, lógicamente. ¿De veras lo haría? Bueno, sobraban maneras de forzarlo. Después habría que volver inmediatamente en cuarta, quizás con media estocada, con un falso ataque sin desenganchar... No. Era demasiado evidente. Dejó el lápiz sobre la mesa e imitó el movimiento del florete con la mano, contemplando la sombra en la pared. Con desaliento pensó que era absurdo; que siempre terminaba en movimientos clásicos, conocidos, que podían ser previstos y esquivados por el adversario. La estocada perfecta era otra cosa. Debía ser algo certero y rápido como un rayo, inesperado, imposible de parar. Pero, ¿qué?

En las estanterías, la luz de petróleo arrancaba suaves reflejos dorados a los lomos de los libros. El péndulo del reloj de pared oscilaba con monotonía; su suave tictac era el único sonido que llenaba la habitación cuando el lápiz no corría sobre el papel. Dio unos golpecitos sobre la mesa, respiró hondo y miró por la ventana abierta. Los tejados de Madrid no eran más que sombras confusas, apenas insinuadas por la débil claridad de un ápice de luna, fino como una hebra de plata.

Había que descartar el arranque en cuarta. Cogió otra vez el lápiz, mordisqueado por un extremo, y trazó nuevas líneas y arcos. Quizás oponiendo una contraparada de tercia, uñas abajo y apoyando el cuerpo en la cadera izquierda...

Era arriesgado, pues se exponía el ejecutante a recibir una estocada en pleno rostro. La solución, por tanto, consistía en echar hacia atrás la cabeza desenganchando en tercia... ¿Cuándo tirar? Por supuesto, en el instante en que el adversario levantase el pie, a fondo en tercia o cuarta sobre el brazo. Tamborileó con los dedos sobre el papel, exasperado. Aquello no llevaba a ninguna parte; la respuesta a ambos movimientos estaba en cualquier tratado de esgrima. ¿Qué otra cosa podía hacerse después de desenganchar en tercia? Trazó nuevas líneas y arcos, anotó grados, consultó notas y libros que tenía dispuestos sobre la mesa. Ninguna de las opciones le pareció adecuada; todas estaban lejos de proporcionar la base que necesitaba para su estocada.

Se levantó con brusquedad, echó hacia atrás el asiento, y cogió el quinqué para alumbrarse con él hasta la galería de esgrima. Lo puso en el suelo junto a uno de los espejos, se quitó el batín y empuñó un florete. Iluminándolo desde abajo, la luz dibujaba siniestras sombras en su rostro, como en el de un aparecido. Marcó varios movimientos en dirección a su propia imagen. Contraparada de tercia. Desenganche. Contraparada. Desenganche. Por tres veces llegó a tocar con el botón de la punta el reflejo gemelo de éste, que se movía de forma simultánea en la superficie del espejo. Contraparada. Desenganche. Quizás dos falsos ataques seguidos, sí, pero después, ¿qué?... Apretó los dientes con ira. ¡Tenía que haber un camino!

En la distancia, el reloj de Correos dio tres campanadas. El maestro de esgrima se detuvo, exhalando el aire de los pulmones. Todo aquello era endiabladamente absurdo. Ni siquiera Lucien de Montespan lo había conseguido:

—La estocada perfecta no existe —solía decir el maestro de maestros cuando le planteaban la cuestión—. O, para ser exactos, existen muchas. Todo golpe que logra su objetivo es perfecto, pero nada más. Cualquier estocada puede pararse mediante el movimiento oportuno. Así, un asalto entre dos esgrimistas avezados podría prolongarse eternamente... Lo que ocurre es que el Destino, aficionado a sazonar las cosas con lo imprevisto, termina decidiendo que aquello debe tener un fin y hace que uno de los dos adversarios, tarde o temprano, cometa un error. La cuestión reside, por tanto, en concentrarse teniendo a raya al Destino, aunque sólo sea durante el tiempo preciso para que el error lo cometa el otro. Lo demás son quimeras.

Jaime Astarloa no se había dejado convencer jamás. Seguía soñando con el golpe magistral, la estocada de Astarloa, su Grial. Aquella única ambición, descubrir el movimiento insospechado, infalible, le agitaba el alma desde los años de su primera juventud, en los lejanos tiempos de la escuela militar, cuando se disponía a ingresar en el Ejército.

El Ejército. ¡Qué distinta habría sido su vida! Joven oficial con plaza de gracia por ser huérfano de un héroe de la guerra de la Independencia, con su primer destino en la Guardia Real de Madrid, la misma en la que había servido Ramón María Narváez... Una carrera prometedora la del teniente Astarloa, truncada casi en su raíz por una locura de juventud. Porque hubo una vez una mantilla blonda bajo la que relucían dos ojos con brillo de azabache, y una mano blanca y fina que movía con gracia un abanico. Porque hubo una vez un joven oficial enamorado hasta la médula y hubo, como solía ocurrir en este tipo de historias, un tercero, un oponente que vino a cruzarse con insolencia en el camino. Hubo un amanecer frío y brumoso, chasquido de sables, un gemido y una mancha roja, sobre una camisa empapada en sudor, que se extendía sin que nadie fuese capaz de restañar la fuente. Hubo un joven pálido, aturdido, contemplando incrédulo esa escena, rodeado por graves rostros de compañeros que le aconsejaban huir, para conservar la libertad que aquella tragedia ponía en peligro. Después fue la frontera una tarde de lluvia, un ferrocarril que corría hacia el nordeste a través de campos verdes, bajo un cielo color de plomo. Y hubo una miserable pensión junto al Sena, en una ciudad gris y desconocida a la que llamaban París.

Un amigo casual, un exiliado que gozaba allí de buena posición, lo recomendó como alumno-aprendiz a Lucien de Montespan, a la sazón el más prestigioso maestro de armas de Francia. Interesado por la historia del joven duelista, *monsieur* de Montespan lo tomó a su servicio tras descubrir en él notables dotes para el arte de la esgrima. Empleado como preboste, Jaime Astarloa tuvo al principio por única misión ofrecer toallas a los clientes, cuidar el mantenimiento de las armas y atender pequeños asuntos que le confiaba el maestro. Más tarde, a medida que efectuaba progresos, le fueron siendo asignadas tareas secundarias, pero ya directamente relacionadas con el oficio. Dos años más tarde, cuando Montespan se trasladó a Austria e Italia, su joven preboste lo acompañó en el viaje. Acababa de cumplir los veinticuatro años y quedó fascinado por Viena, Milán, Nápoles y, sobre todo, Roma, donde ambos pasaron una larga temporada en uno de los más afamados salones de la ciudad del Tíber. El prestigio de Montespan no tardó en afianzarse en aquella ciudad extranjera, donde su estilo clásico y sobrio, en la más pura línea de la vieja escuela de esgrima francesa, contrastaba con la fantasía y libertad de movimientos, un tanto anárquicas, a que tan aficionados eran los maestros de armas italianos. Fue allí donde, merced a sus dotes personales, Jaime Astarloa maduró en sociedad como perfecto caballero y consumado esgrimista junto a su maestro, con quien ya lo unían afectuosos lazos, y para quien ejerció las funciones de ayudante y secretario. *Monsieur* de Montespan le confiaba aquellos alumnos de menor rango, o los que debían iniciarse en los movimientos básicos antes de que el prestigioso profesor pasara a ocuparse de ellos.

En Roma se enamoró Jaime Astarloa por segunda vez, y allí tuvo también su segundo duelo a punta desnuda. Esta vez no hubo relación entre una cosa y otra; el amor fue apasionado y sin consecuencias, extinguiéndose más tarde por vía natural. Respecto al duelo, se llevó a cabo según las más estrictas reglas del código social en boga, con un aristócrata romano que había puesto públicamente en duda los méritos profesionales de Lucien de Montespan. Antes de que el viejo maestro enviase sus padrinos, el joven Astarloa ya se había adelantado, enviándole los suyos al ofensor, un tal Leonardo Capoferrato. El asunto se solventó dignamente y a florete, en un frondoso pinar del Lacio y con un clasicismo formal perfecto. Capoferrato, reputado como temible esgrimista, hubo de reconocer que, si bien había expresado determinado juicio sobre la valía de *monsieur* dc Montespan, su ayudante y alumno el *signore* Astarloa había sido sobradamente capaz de meterle dos pulgadas de acero en un costado, interesándole el pulmón con herida no mortal pero de gravedad razonable.

Transcurrieron así tres años que Jaime Astarloa recordaría siempre con singular placer. Pero en el invierno de 1839, Montespan descubrió los primeros síntomas de una dolencia que pocos años más tarde lo llevaría a la tumba, y resolvió regresar a París. Jaime Astarloa no quiso abandonar a su mentor, y ambos emprendieron el retorno a la capital de Francia. Una vez allí, fue el propio maestro quien aconsejó a su pupilo que se estableciese por cuenta propia, comprometiéndose a apadrinarlo para su ingreso en la cerrada sociedad de los maestros de armas. Pasado un tiempo prudencial, Jaime Astarloa, apenas cumplidos los veintisiete años, pasó satisfactoriamente el examen de la Academia de Armas de París, la más reputada de la época, y obtuvo el diploma que le permitiría, en adelante, ejercer sin trabas la profesión que había elegido. Se convirtió de esta forma en uno de los más jóvenes maestros de Europa, y aunque esa misma juventud causaba cierto recelo entre los clientes de categoría, inclinados a recurrir a profesores cuya edad parecía garantizar mayor conocimiento, su buen hacer y las cordiales recomendaciones de *monsieur* de Montespan le permitieron hacerse pronto con un buen número de distinguidos alumnos. En su salón colgó el antiguo escudo del solar de los Astarloa: un yunque de plata en campo de sinople, con la divisa *A mí*. Era español, ostentaba un sonoro apellido de hidalgo, y tenía razonable derecho a lucir un escudo de armas. Además, manejaba el florete con diabólica destreza. Teniendo a su favor todas esas circunstancias, el éxito del nuevo maestro de esgrima estaba más que medianamente asegurado en el París de la época. Ganó dinero y experiencia. También, por aquel tiempo, llegó a perfeccionar, siempre en busca del golpe genial, un tiro de su invención cuyo secreto guardó celosamente, hasta el día en que la insistencia de amigos y clientes lo forzó a incluirlo en el repertorio de estocadas maestras que ofrecía a sus alumnos. Era éste el famoso golpe de los doscientos escudos, y alcanzó notorio éxito entre los duelistas de la alta sociedad, que pagaban gustosamente esa suma cuando precisaban algo definitivo con que solventar lances de honor frente a adversarios experimentados.

Mientras permaneció en París, Jaime Astarloa mantuvo estrecha amistad con su amigo maestro, a quien visitaba con frecuencia. Ambos tiraban a menudo, aunque ya la enfermedad se asentaba sólidamente en el cuerpo de aquél. Llegó así el día en que, por seis veces consecutivas, Lucien de Montespan resultó tocado, sin que el botón de su florete llegase tan sólo a rozar el peto de su discípulo. Al sexto botonazo, Jaime Astarloa se detuvo como herido por un rayo, y arrojó el florete al suelo mientras murmuraba una apenada disculpa. Pero el anciano profesor se limitó a sonreír con tristeza.

—He aquí —dijo— que el alumno logra superar al maestro. Ya no te queda nada por aprender. Enhorabuena.

Jamás volvió a mencionarse aquello, pero fue la última vez que ambos cruzaron el acero. Pocos meses más tarde, al hacerle el joven una visita, Montespan lo recibió sentado junto a la chimenea, con las piernas metidas bajo el faldón de una mesa camilla. Tres días antes había cerrado su academia de esgrima, recomendando a Jaime Astarloa la totalidad de sus clientes. El láudano ya no bastaba para aliviarle el dolor, y presentía su propia muerte. Acababa de llegar a sus oídos que el antiguo discípulo tenía pendiente un nuevo desafío, un duelo a florete con cierto individuo que ejercía como maestro de armas sin poseer el diploma de la Academia. Atreverse a ello sin los requisitos correspondientes suponía incurrir en el desagrado de los maestros que lo eran por derecho, exponiéndose a penosos lances. Tal era el caso, y la Academia, muy puntillosa en este tipo de asuntos, había resuelto poner coto a la cuestión. El honor corporativo había recaído sobre el más joven de sus miembros, Jaime Astarloa.

Profesor y antiguo alumno conversaron largamente sobre el tema. Montespan había conseguido valiosas referencias sobre el sujeto origen de la querella, que se hacía llamar Jean de Rolandi, y puso al paladín de la Academia al corriente de los usos de su contrincante. Era buen tirador, sin ser extraordinario, pero adolecía de algunos defectos técnicos que podían ser utilizados en su perjuicio. Era zurdo, y aunque ello suponía cierto riesgo para un oponente que, como Jaime Astarloa, estaba habituado a hombres que se batían con la diestra, a Montespan no le cabía duda de que el joven saldría airoso del duelo.

—Debes tener en cuenta, hijo mío, que un zurdo no es tan hábil en tomar el tiempo cierto; ni tampoco en ejecutar la flanconada, por la dificultad que encuentra en formar una recta oposición... Con ese tal Rolandi, la guardia debe ser cuarta a fuera, sin ningún género de dudas. ¿De acuerdo?

—De acuerdo, maestro.

—Respecto a estocadas, recuerda que, según mis referencias, al manejar la izquierda no perfila muy bien su guardia. Aunque al principio suele levantar el puño dos o tres pulgadas más que el adversario, en el calor del asalto termina por bajar la mano. En cuanto veas que baja el puño, no vaciles en asestarle una estocada de tiempo.

Jaime Astarloa fruncía el ceño. A pesar del desdén de su anciano profesor, Rolandi era hombre diestro:

—Me han dicho que es un buen parador a corta distancia...

Montespan sacudió la cabeza.

—Pamplinas. Quienes afirman eso son peores que Rolandi. Y que tú. ¡No me dirás que te preocupa ese farsante!

El joven enrojeció ante la insinuación.

—Usted me ha enseñado a no subestimar a ningún adversario.

Sonrió levemente el anciano:

—Muy cierto. Y también te enseñé a no sobrevalorarlos. Rolandi es zurdo, nada más. Eso, que supone un riesgo para ti, es también una ventaja que debes aprovechar. A ese individuo le falta precisión. Tú ocúpate de darle un golpe de tiempo en cuanto veas que baja el puño, ya esté moviéndose para cubrirse, parar, sorprender o retirarse. En cualquiera de esos casos, anticípate a sus movimientos durante el gesto del puño o cuando levante el pie. Si aprovechas la oportunidad con una estocada sobre la suya, lo habrás tocado antes de que termine de moverse; porque tú habrás hecho un solo movimiento mientras él hace dos.

—Así será, maestro.

—No me cabe la menor duda —respondió satisfecho el anciano—. Eres el mejor alumno que he tenido; el más frío y sereno con un florete o un sable en la mano. En el lance que te espera sé que serás digno de tu nombre y del mío. Limítate a estocadas derechas y simples, paradas sencillas, en círculo y medio círculo, y sobre todo a las de contra y doble contra de cuarta... Y no dudes en utilizar la mano izquierda en las paradas que juzgues necesarias. Los petimetres la desaconsejan porque dicen que destruye la gracia; pero en duelos donde uno se juega la vida, no debe omitirse nada que sirva para la defensa, siempre y cuando no contravenga las normas del honor.

El encuentro tuvo lugar tres días más tarde en el bosque de Vincennes, entre el fuerte y Nogent, ante nutrida concurrencia que se mantenía a distancia. El asunto se había hecho público hasta adquirir caracteres de acontecimiento social, e incluso los periódicos daban cuenta de él. Se había congregado en el lugar una multitud de curiosos, mantenidos a raya por fuerzas del orden enviadas al efecto. Aunque había disposiciones que prohibían el duelo, al estar en entredicho la reputación de la Academia francesa las instancias oficiales habían resuelto dejar correr los acontecimientos. Alguien criticó el hecho de que el paladín escogido para tan digna tarea fuese español; pero al fin y al cabo Jaime Astarloa era maestro por la Academia de

París, hacía tiempo que vivía en Francia, y su mentor era el renombrado Lucien de Montespan: triple argumento que no tardó en convencer a los más reticentes. Entre el público y los padrinos, vestidos de negro y con solemne semblante, se hallaba la totalidad de los maestros de armas de París, y algunos llegados de provincias para presenciar el suceso. Sólo faltaba el anciano Montespan, a quien los médicos habían desaconsejado formalmente una salida.

Rolandi era moreno, menudo de cuerpo, con ojos pequeños y vivaces. Rondaba los cuarenta años y tenía el pelo escaso y ensortijado. Sabía que no gozaba del favor de la opinión pública, y de buena gana habría deseado verse lejos de allí. Sin embargo, los acontecimientos lo habían envuelto de tal modo que no le quedaba otra salida que batirse, so pena de sufrir un ridículo que lo perseguiría por toda Europa. En tres ocasiones se le había denegado el título de maestro de armas, aunque era hábil con el florete y el sable. De origen italiano, antiguo soldado de caballería, daba clases de esgrima en un humilde cuartucho para mantener a su mujer y a sus cuatro hijos. Mientras se efectuaban los preparativos, lanzaba nerviosas miradas de soslayo en dirección a Jaime Astarloa, que se mantenía tranquilo y a distancia, con ceñido pantalón negro y una holgada camisa blanca que acentuaba su delgadez. *«El joven Quijote»,* lo había llamado uno de los periódicos que se ocupaban del caso. Estaba en la cima de su profesión, y se sabía respaldado por la fraternidad de los maestros de la Academia, el grupo grave y enlutado que aguardaba a pocos pasos, sin mezclarse con la multitud, luciendo bastones, condecoraciones y chisteras.

El público había esperado una titánica lid, pero quedó decepcionado. Apenas se inició el asalto, Rolandi bajó fatalmente el puño un par de pulgadas mientras preparaba una estocada que sorprendiese a su adversario. Jaime Astarloa se tiró a fondo por la pequeña abertura con un golpe de tiempo, y la hoja de su florete se deslizó limpiamente a lo largo y por fuera del brazo de Rolandi, entrando sin oposición por debajo de la axila. Cayó el infeliz hacia atrás, arrastrando el florete en su caída, y cuando se revolcó sobre la hierba, una cuarta de hoja ensangrentada le asomaba por la espalda. El médico allí presente no pudo hacer nada por salvarle la vida. Desde el suelo, todavía ensartado en el florete, Rolandi dirigió una turbia mirada a su matador, y expiró con un vómito de sangre.

Al recibir la noticia, el anciano Montespan sólo murmuró *«bien»,* sin apartar los ojos de los troncos que crepitaban en la chimenea. Murió dos días más tarde sin que su discípulo, que había salido de París para dar tiempo a que se calmasen los ecos del asunto, volviese a verlo con vida.

A su regreso, Jaime Astarloa supo por algunos amigos el fallecimiento de su viejo maestro. Escuchó en silencio, sin gesto de dolor alguno, y salió después a dar un paseo por la orilla del Sena. Se detuvo largo rato junto al Louvre, contemplando la sucia corriente que se deslizaba río abajo. Estuvo así, inmóvil, hasta que perdió la noción del tiempo. Ya era de noche cuando pareció volver en sí y emprendió el camino de su casa. A la mañana siguiente supo que, en el testamento, Montespan le había dejado la única fortuna que poseía: sus viejas armas. Compró un ramillete de flores, alquiló una berlina y se hizo llevar al Père Lachaise. Allí, sobre la anónima lápida de piedra gris bajo la que yacía el cuerpo de su maestro, depositó las flores y el florete con el que había matado a Rolandi.

Todo aquello había ocurrido casi treinta años atrás. Jaime Astarloa contempló su imagen en el espejo de la galería de esgrima. Inclinándose, cogió el quinqué y se estudió cuidadosamente el rostro, arruga por arruga. Montespan había muerto a los cincuenta y nueve años, contando sólo tres más de los que él tenía ahora, y el último recuerdo que conservaba de su maestro era la imagen de un anciano acurrucado junto al fuego. Se pasó la mano por el cabello blanco. No se arrepentía de haber vivido; había amado y había matado, jamás emprendió nada que deshonrase el concepto que tenía de sí mismo; atesoraba recuerdos suficientes para justificar su vida, aunque constituyesen éstos el único patrimonio de que disponía... Lamentaba únicamente no tener, como Lucien de Montespan había tenido, alguien a quien legar sus armas cuando muriese. Sin brazo que les diera vida, no serían más que objetos inútiles; terminarían en cualquier parte, en el más oscuro rincón de un tenducho de anticuario, cubiertas de polvo y herrumbre, definitivamente silenciosas; tan muertas como su propietario. Y nadie colocaría un florete sobre su tumba.

Pensó en Adela de Otero y sintió una punzada de angustia. Aquella presencia de mujer había entrado en su vida demasiado tarde. Apenas sería capaz de arrancar algunas palabras de mesurada ternura a sus labios marchitos.

CAPÍTULO TERCERO

TIEMPO INCIERTO SOBRE FALSO ATAQUE

> *«En el tiempo incierto, como en cualquier otro mo-*
> *vimiento arriesgado, el que sabe tirar debe prever las*
> *intenciones del contrario, estudiando cuidadosamente*
> *sus movimientos y conociendo los resultados que éstos*
> *puedan tener.»*

Media hora antes contempló por sexta vez su imagen en el espejo, obteniendo una impresión satisfactoria. Pocos de sus conocidos ofrecían semejante aspecto a su edad. De lejos se le habría tomado por un joven, debido a la delgadez y agilidad de movimientos, conservados por el ejercicio continuo de la profesión. Se había rasurado a conciencia con su vieja navaja inglesa de mango de marfil, y recortado más cuidadosamente que de costumbre el fino bigote gris. El pelo blanco, algo rizado en la nuca y las sienes, estaba peinado hacia atrás con sumo esmero; la raya, alta y a la izquierda, era tan impecable como si hubiera sido trazada con ayuda de una regla.

Se encontraba de buen ánimo, ilusionado como un cadete que, estrenando uniforme, acudiese a su primera cita. Lejos de incomodarle aquella casi olvidada sensación, se recreaba en ella, complacido. Cogió su único frasco de agua de colonia y dejó caer unas gotas en las manos, palmeándose después suavemente las mejillas con el discreto aroma. Las arrugas que rodeaban sus ojos grises se acentuaron en una íntima sonrisa.

Por descontado, nada equívoco esperaba de la cita. Jaime Astarloa era demasiado consciente de la situación como para albergar estúpidos ensueños. Sin embargo, no se le escapaba que todo aquello encerraba un especial atractivo. Que por primera vez en su vida tuviese por cliente a una mujer, y que ésta fuese precisamente Adela de Otero, daba a la situación un singular matiz que en su fuero interno calificaba de estético, aunque sin saber muy bien por qué. El hecho de que su nuevo cliente perteneciera al sexo opuesto era algo que ya tenía asumido; dominada la inicial resistencia, rechazados los prejuicios hasta un rincón en el que apenas se les oía protestar débilmente, su lugar era ocupado ahora por la grata sensación de que algo nuevo estaba ocurriendo en su hasta entonces monótona existencia. Y el maestro de esgrima se abandonaba, complacido, a lo que se le antojaba un otoñal e inofensivo escarceo, un sutil juego de sentimientos recién recobrados, en donde él sería único protagonista consciente.

A las cinco menos cuarto hizo una última inspección de la casa. En el estudio que servía de salón recibidor todo se hallaba en orden. La portera, que limpiaba las habitaciones tres veces por semana, había bruñido cuidadosamente los espejos de la galería de esgrima, donde las pesadas cortinas y los postigos entornados creaban un grato ambiente de dorada penumbra. A las cinco menos diez se miró por última vez en un espejo y rectificó con un par de apresurados toques lo que le pareció algún descuido en su indumentaria. Vestía como de costumbre cuando trabajaba en casa: camisa, calzón ceñido de esgrima, medias y escarpines de piel muy flexible; todo ello de inmaculada blancura. Para la ocasión se había puesto una casaca azul oscura de paño inglés, pasada de moda y algo gastada por el uso, pero cómoda y ligera, que él sabía le daba un aire de negligente elegancia. En torno al cuello se cruzó un fino pañuelo de seda blanca.

Cuando el pequeño reloj de pared estaba a punto de dar las cinco campanadas, fue a sentarse en el sofá del estudio, cruzó las piernas y abrió distraídamente un libro que había sobre la mesita contigua, una ajada edición en cuarto del *Memorial de Santa Helena*. Pasó dos o tres páginas sin prestar atención a lo que leía y miró las manecillas del reloj: las cinco y siete minutos. Divagó unos instantes sobre la impuntualidad femenina y después lo asaltó el temor de que ella se hubiera vuelto atrás. Empezaba a inquietarse cuando llamaron a la puerta.

Los ojos violeta lo miraban con irónica animación.

—Buenas tardes, maestro.

—Buenas tardes, señora de Otero.

Ella se volvió hacia la doncella que aguardaba en el descansillo de la escalera. Don Jaime reconoció a la chica morena que le había abierto la puerta en el piso de la calle Riaño.

—Está bien, Lucía. Pasa a buscarme dentro de una hora.

La sirvienta entregó a su ama un pequeño bolso de viaje y, tras hacer una inclinación, bajó a la calle. Adela de Otero se quitó el largo alfiler con que sujetaba el sombrero y puso éste y la sombrilla en las manos solícitas de don Jaime. Después anduvo unos pasos por el estudio, deteniéndose como la otra vez ante el retrato de la pared.

—Era un hombre guapo —repitió, como el día anterior.

El maestro de esgrima había cavilado mucho sobre el recibimiento que debía dispensar a la dama, inclinándose finalmente por una actitud estrictamente profesional. Carraspeó, dando a entender que Adela de Otero no estaba allí para glosar las facciones de sus antepasados, y con un gesto que procuró fuese frío y cortés a un tiempo la invitó a pasar a la galería sin más dilación. Ella lo miró un instante con divertida sorpresa y después movió lenta y afirmativamente la cabeza, como alumna obediente. La pequeña cicatriz en la comisura derecha mantenía en su boca aquella enigmática sonrisa que tanto inquietaba a don Jaime.

Llegados a la galería, descorrió el maestro una de las cortinas para dejar entrar la luz que llegó a raudales, multiplicada por los grandes espejos. Los rayos de sol incidieron sobre la joven, enmarcándola a contraluz en un halo dorado. Ella miró a su alrededor, visiblemente complacida por el ambiente de aquella estancia, mientras sobre la muselina de su vestido centelleaba una piedra de color violeta. Pensó el maestro que Adela de Otero siempre llevaba algo que hiciera juego con sus ojos, a los que sabía sacar indudable partido.

—Es fascinante —dijo ella, con genuina admiración. Don Jaime miró a su vez los espejos, las viejas espadas y el suelo dc tarima, y se encogió de hombros.

—Sólo es una galería de esgrima —protestó, ocultamente halagado.

Ella negó con la cabeza; contemplaba su propia imagen en los espejos.

—No, es algo más. Con esta luz y las antiguas panoplias en las paredes, esas viejas cortinas y todo lo demás —sus ojos se detuvieron demasiado tiempo en los del maestro de armas, que desvió la mirada con cierto pudor—. Debe de ser un placer trabajar aquí, don Jaime. Todo es tan...

—¿Prehistórico?

Ella frunció los labios, sin apreciar la broma.

—No se trata de eso —su voz levemente ronca buscaba el término apropiado—. Quiero decir que es... Decadente —repitió la palabra como si le produjese un especial placer—. Decadente en el sentido bello del término, como una flor que se marchita en un vaso; como un buen grabado antiguo. Cuando lo conocí a usted, pensé que su casa tenía que ser algo así.

Jaime Astarloa movió los pies, inquieto. La proximidad de la joven, su aplomo que casi rozaba el descaro, aquella vitalidad que parecía desprenderse de su atractiva figura, producían en él una turbación extraña. Decidió no dejarse arrastrar por el hechizo, así que quiso situar la conversación en el tema que los ocupaba. Para lograrlo manifestó en voz alta la esperanza de que ella hubiese llevado ropa apropiada. Adela de Otero lo tranquilizó mostrándole su pequeño bolso de viaje.

—¿Dónde puedo cambiarme?

Don Jaime creyó descubrir un escondido matiz de provocación en su voz; pero descartó el pensamiento, molesto consigo mismo. Tal vez empezaba a sentirse atraído en exceso por el juego, se dijo, disponiéndose mentalmente a rechazar con el máximo rigor cualquier indicio de senil desvarío por su parte. Con absoluta gravedad le indicó a la joven la puerta de una pequeña habitación apropiada para tal menester, mientras se mostraba repentinamente muy interesado en comprobar la solidez sospechosa de una de las tablas que formaban la tarima del suelo. Cuando ella pasó por su lado camino del vestidor, la miró de soslayo y creyó percibir una tenue sonrisa, obligándose de inmediato a pensar que se trataba tan sólo de la pequeña cicatriz, que tan engañoso gesto imprimía en su boca. Ella entornó la puerta tras de sí, dejándola entreabierta apenas dos pulgadas. Don Jaime tragó saliva, intentando mantener su mente en blanco. La pequeña rendija atraía como un imán su mirada. Mantuvo los ojos clavados en la punta de los zapatos, luchando contra aquel turbio magnetismo. Escuchó crujir de enaguas, y durante un segundo cruzó por su mente la imagen de una piel morena en la cálida penumbra. Alejó de inmediato aquella visión, sintiéndose despreciable.

«¡Por el amor de Dios! —su pensamiento brotó en forma de súplica, aunque no estaba muy seguro de ante quién lo formulaba—. ¡Se trata de una dama!»

Entonces dio dos pasos hacia una de las ventanas, levantó el rostro y logró llenarse la mente de sol.

Adela de Otero había cambiado su vestido de muselina por una falda de amazona color castaño, ligera y sin adorno alguno, lo bastante corta para no estorbar los movimientos del pie y suficientemente larga para que sólo unas pulgadas de tobillo, cubiertas por medias blancas, quedasen al descubierto. Se había calzado unos escarpines de esgrima, sin tacón, que daban a sus movimientos la gracia que sólo era posible encontrar en los pasos de una bailarina de ballet. Completaba su indumentaria una blusa blanca de hilo, cerrada por detrás hasta el cuello redondo sin encajes, lo bastante ceñida al busto para poner de relieve sus formas, que al viejo profesor se le antojaron de inquietante morbidez. Al caminar, el calzado bajo imprimía en su cuerpo una suave cadencia de belleza animal, aunando cierta masculinidad que don Jaime ya había percibido en ella con una ligereza de movimientos flexible y firme al mismo tiempo. Sin zapatos de tacón, pensó el maestro de armas, aquella joven se movía como una gata.

Los ojos violeta lo miraron con atención, acechando el efecto. Don Jaime procuró mantenerse impenetrable.

—¿Cuál es su florete preferido? —preguntó entornando los párpados, deslumbrado por la luz que parecía abrazarla voluptuosamente—. ¿Francés, español o italiano?

—Francés. Me gusta sentir libertad en los dedos.

El maestro rindió un leve homenaje con satisfecha inclinación de cabeza. También prefería el florete de tipo francés, desprovisto de gavilanes, con la empuñadura libre hasta la guarnición. Se acercó a una de las panoplias de la pared y estudió pensativo las armas allí dispuestas. Calculando la altura de la joven y la longitud de sus brazos, escogió el florete apropiado, una excelente pieza con hoja de Toledo, flexible como un junco. Adela de Otero recibió el arma, contemplándola con suma atención; cerró la derecha en torno a la empuñadura, sopesó apreciativamente el florete y después, volviéndose hacia la pared, probó contra ella la hoja, presionándola para que se curvase hasta que la punta quedó a unas veinte pulgadas de la guarnición. Complacida por la calidad del acero, miró a don Jaime; sus dedos acariciaban el metal bien templado con la inequívoca admiración de quien sabía reconocer la calidad de una pieza como aquélla.

Jaime Astarloa le ofreció un peto acolchado y, solícito, ayudó a la joven a enfundarse la prenda protectora, sujetándole los corchetes a la espalda. Al hacerlo, rozó involuntariamente con la punta de los dedos la fina tela de la blusa, mientras llegaba hasta él un suave perfume de agua de rosas. Concluyó su tarea con cierta precipitación, turbado por la proximidad de aquel hermoso cuello que se inclinaba hacia adelante, cuya epidermis mate se ofrecía con tibia desnudez bajo el cabello recogido por el pasador de nácar. Al enganchar el último corchete, el maestro de esgrima comprobó con desolación que sus dedos temblaban; para disimularlo, ocupó inmediatamente las manos en desabrocharse los botones de la casaca, e hizo un comentario banal sobre la utilidad del peto en los asaltos. Adela de Otero, que se estaba poniendo los guantes de piel, le dirigió una mirada de extrañeza por aquel acceso de gratuita locuacidad.

—¿Nunca usa usted peto, maestro?

Jaime Astarloa torció el bigote con una sonrisa tolerante.

—A veces —respondió; y quitándose la casaca y el pañuelo, fue hasta la panoplia y cogió un florete francés con empuñadura de sección cuadrada, ligeramente inclinada en cuarta. Con él bajo el brazo fue a situarse frente a la joven que aguardaba sobre la tarima, erguida y con la punta de su arma apoyada en el suelo, junto a los pies que había colocado en ángulo recto, el talón del derecho frente al tobillo del izquierdo, en posición impecable, dispuesta a ponerse en guardia. Don Jaime la estudió unos instantes sin ver, muy a su pesar, la menor incorrección en su porte. Así que hizo un gesto de aprobación, se puso los guantes y señaló las caretas protectoras que había alineadas sobre un estante. Ella movió la cabeza con desdén.

—Creo que debe cubrirse el rostro, señora de Otero. Ya sabe usted que la esgrima...

—Tal vez más tarde.

—Eso es correr un riesgo inútil —insistió don Jaime, admirado por la sangre fría de su nueva cliente. Sin duda, ella sabía que un botonazo inoportuno, demasiado alto, podía causarle en la cara una desgracia irreparable. Adela de Otero pareció adivinarle el pensamiento; sonrió, o quizás lo hizo la pequeña cicatriz.

—Me encomiendo a su destreza, maestro, para no quedar desfigurada.

—Su confianza me honra, señora mía. Pero me sentiría más tranquilo si...

Los ojos de la joven tenían ahora irisaciones doradas y brillaban de forma extraña.

—El primer asalto a cara descubierta —parecía que introducir un factor de riesgo suplementario tuviese para ella un atractivo especial—. Le prometo que sólo por esta vez.

El maestro de armas no salía de su asombro; aquella joven era testaruda como un diablo. Y condenadamente orgullosa.

—Señora, declino toda responsabilidad. Deploraría...

—Por favor...

Suspiró don Jaime. La primera escaramuza estaba irremediablemente perdida. Era hora de pasar a los floretes.

—No se hable más.

Saludaron ambos, preparándose para el asalto. Adela de Otero se cubrió con absoluta corrección; sostenía el florete con firmeza desprovista de exceso, el dedo pulgar sobre la empuñadura, apretados anular y meñique, manteniendo la guarnición a la altura del pecho y la punta algo más alta que el puño. Se afirmaba con plena ortodoxia, a la italiana, ofreciendo al maestro de esgrima tan sólo su perfil derecho, florete, brazo, hombro, cadera y pie en la misma línea, ligeramente flexionadas las rodillas, con el brazo izquierdo levantado y la mano caída con aparente negligencia sobre la muñeca. Admiró don Jaime la graciosa estampa que ofrecía la joven, dispuesta a la acometida como un felino a punto de saltar. Tenía los ojos entornados, brillantes como si la fiebre ardiese tras ellos; la mandíbula, apretada. Los labios, habitualmente hermosos a pesar de la marca en su comisura derecha, estaban ahora reducidos a una fina línea. Todo el cuerpo parecía en tensión, como un resorte a punto de ser disparado; y el viejo maestro de armas, percibiéndolo en una sola mirada profesional, comprendió desconcertado que, para Adela de Otero, aquello significaba bastante más que un mero pasatiempo de caprichosa excentricidad. Había bastado poner un arma en su mano para que la hermosa joven se convirtiera en agresivo adversario. Y, habituado a conocer la condición humana por aquel tipo de actitudes, Jaime Astarloa intuyó que la misteriosa mujer encerraba algún secreto fascinante. Por eso, cuando tendió el florete y se puso a su vez en guardia frente a ella, el maestro de esgrima lo hizo con la misma calculada precaución que adoptaría enfrentado a un adversario a punta desnuda. Presentía que un peligro acechaba en alguna parte; que el juego distaba de ser una diversión inocente. Y su viejo instinto profesional jamás lo engañaba.

Apenas cruzaron los floretes, comprendió que Adela de Otero había gozado de las enseñanzas de un excelente maestro de armas. Hizo don Jaime un par de fintas sin otro objeto que tantear las reacciones de su contrincante, comprobando que ésta respondía con serenidad, manteniendo la distancia y atenta a la defensa, consciente de que el adversario era hombre extraordinariamente ducho en la lid. Al anciano profesor solía bastarle con observar las posiciones adoptadas por un tirador y tantear la firmeza de su acero para catalogarlo en el acto; y aquella joven, sin duda, sabía batirse. Actuaba con una curiosa combinación de agresiva serenidad, estaba pronta a lanzarse a fondo, pero era lo bastante fría como para no subestimar a un temible adversario, por más que éste le ofreciese de continuo aparentes ocasiones para intentar lanzarle una estocada decisiva. Por ello Adela de Otero se mantenía prudentemente en cuarta, procurando apoyar su defensa en el tercio superior del acero, pronta a evadirse cuando el maestro cambiaba de táctica y la estrechaba demasiado. Como los esgrimistas avezados, no miraba las hojas de los floretes, sino directamente a los ojos de su adversario.

Marcó don Jaime una media estocada en tercia, lo que suponía un falso ataque antes de tirar en cuarta; más que nada, para probar la reacción de la joven, pues todavía no deseaba tocarla con el botón del arma. Para su sorpresa, Adela de Otero se mantuvo firme, y el maestro vio relampaguear la punta del florete enemigo a escasas pulgadas de su estómago cuando ella lanzó con inesperada rapidez una estocada baja en segunda, al mismo tiempo que de sus labios crispados brotaba un ronco grito de pelea. Se zafó el maestro, no sin cierto apuro, furioso consigo mismo por haberse descuidado de aquel modo. La joven se rehízo, retrocedió dos pasos y avanzó después uno, de nuevo en cuarta, apretados los labios y mirando a los ojos de su oponente entre sus párpados entornados, en actitud de absoluta concentración.

—Excelente —murmuró don Jaime en voz lo suficientemente alta para que ella pudiera oírlo, pero la joven no exteriorizó satisfacción alguna por el elogio. Tenía una leve arruga vertical entre las cejas y una gota de sudor le corría por la mejilla desde el nacimiento del cabello, en la sien. La falda no parecía estorbar gran cosa sus movimientos; empuñaba el florete con el brazo ligeramente flexionado, pendiente del menor gesto de Jaime Astarloa. Pensó éste que en tal actitud estaba menos bella; su atractivo se mantenía, pero ahora estribaba en aquella tensión que parecía a punto de hacer vibrar su cuerpo. Tenía algo de varonil, sí. Pero también de oscuro y salvaje.

Adela de Otero no se desplazaba lateralmente sino que mantenía la línea al frente y hacia atrás, guardando el compás recto que tanto alababan los puristas y que el propio don Jaime recomendaba a sus alumnos. Avanzó el maestro tres pasos, a lo que respondió ella retrocediendo otros tres. Tiró él una estocada en tercia, y la joven opuso una impecable contraparada de cuarta, describiendo un pequeño círculo con su florete en torno al acero enemigo, que resultó desviado al concluir la maniobra. Admiró silenciosamente el maestro la limpia ejecución de aquella defensa, considerada principal entre las paradas principales; quien poseía su secreto era dueño del más alto requisito de la esgrima. Esperó a que Adela de Otero se lanzase inmediatamente en cuarta, cosa que hizo, neutralizó el ataque y tiró contra ella una estocada sobre el brazo, que hubiera tocado el blanco si él no la hubiese detenido voluntariamente a poco más de una pulgada del objetivo. La joven advirtió la maniobra, retrocedió un paso sin bajar el florete y lo miró con ojos que ardían de furia.

—No le pago para que juegue conmigo como con uno de sus principiantes, don Jaime —su voz temblaba de ira mal contenida—. Si debe tocar, hágalo.

Balbució el maestro una disculpa, estupefacto por tan airada reacción. Ella se limitó a fruncir de nuevo el ceño con obstinada concentración, y se lanzó de improviso a fondo con tanta violencia que el maestro apenas tuvo tiempo de oponer su florete en cuarta, aunque la fuerza del ataque lo obligó a retroceder. Tiró en cuarta para mantener distancia, pero ella prosiguió su ataque, enganchando, tirando y avanzando con inaudita rapidez, mientras marcaba cada movimiento con un ronco grito. Menos desconcertado por el tipo de ataque que por el apasionado tesón que la joven ponía en él, fue retrocediendo don Jaime mientras contemplaba, como hipnotizado, la terrible expresión que contraía las facciones de su oponente. Rompió distancia y ella siguió avanzando. Rompió otra vez, oponiendo en cuarta, pero Adela de Otero avanzó de nuevo, enganchando y tirando en quinta. Volvió a retroceder el maestro y esta vez enganchó ella en quinta y tiró en segunda. «Ya está bien», pensó don Jaime, resuelto a terminar con aquella absurda situación. Pero todavía la joven enganchó en tercia y tiró en cuarta fuera del brazo antes de que él se rehiciera por completo. Se zafó a duras penas de aquel embrollo y, afirmándose, esperó a que ella presentase el florete de llano para desarmarla con un golpe seco y firme sobre la hoja. Casi en el mismo movimiento, levantó la punta abotonada y la detuvo frente a la garganta de Adela de Otero. Rodó el arma por el suelo mientras ella daba un salto atrás, mirando la amenazadora punta del florete del maestro como si hubiese estado a punto de picarle una serpiente.

Se midieron con los ojos, en largo silencio. Para su extrañeza, el maestro de esgrima advirtió que la joven ya no parecía furiosa. La cólera que había crispado sus facciones durante el asalto daba paso a una sonrisa en la que aleteaba un matiz de ironía. Advirtió que estaba satisfecha de haberle hecho pasar un mal rato, y aquello le hizo sentirse irritado.

—¿Qué pretendía con eso?... En un asalto a punta desnuda, una cosa así podía haberle costado la vida, señora mía. La esgrima no es un juego.

Ella echó hacia atrás la cabeza y soltó una carcajada de inmensa alegría, como chiquilla que hubiese llevado a cabo una magnífica travesura. Sus mejillas estaban rojas por el esfuerzo realizado y había minúsculas gotitas de transpiración sobre su labio superior. También sus pestañas parecían húmedas, y por la mente de don Jaime cruzó la idea —de inmediato alejada— de que ésa debía de ser su expresión después de hacer el amor.

—No se enfade conmigo, maestro —la voz y el semblante habían, en efecto, cambiado por completo; estaban ahora llenos de dulzura, confiriéndole un meloso encanto, una cálida belleza. La respiración todavía entrecortada agitaba su pecho bajo el peto de esgrima—. Sólo pretendía demostrarle que no hay razón para que se muestre paternal. Cuando tengo un florete en la mano, detesto los miramientos que suelen dedicarse a una mujer. Como ha podido comprobar, soy muy capaz de dar buenas estocadas —añadió con tono en que el maestro creyó percibir un remoto eco de amenaza—. Y una estocada es una estocada... venga de quien venga.

Jaime Astarloa no tuvo más remedio que inclinarse ante el argumento:

—En tal caso, señora, soy yo quien ruega acepte mis disculpas.

Ella saludó a su vez con extremada gracia.

—Las acepto, maestro —el cabello recogido en la nuca se le había descompuesto un poco, y un negro mechón le caía sobre los hombros; levantó los brazos y volvió a sujetarlo con el pasador de nácar—. ¿Podemos continuar?

Asintió don Jaime, recogiendo el florete del suelo y entregándoselo. Estaba admirado del temple de aquella joven; durante el asalto, el botón metálico que protegía la punta de su arma le había rozado peligrosamente el rostro, varias veces, sin que ella se mostrase temerosa o preocupada en ningún momento.

—Ahora deberíamos usar las caretas —dijo él. Y Adela de Otero se mostró de acuerdo. Ambos se calaron las máscaras protectoras, y se pusieron en guardia. Lamentó don Jaime que la rejilla metálica velase casi por completo las facciones de la joven. Podía percibir, sin embargo, el brillo de sus ojos y la blanca línea de los dientes cuando ella dejaba de apretar los labios y respiraba hondo durante un instante para después tirarse a fondo. Esta vez, el ejercicio transcurrió sin incidentes; la joven se batía con absoluta serenidad, marcando los tiempos de forma impecable, con gran precisión de movimientos. Aunque en ninguna ocasión logró tocar a su oponente, éste hubo de recurrir a toda su ciencia para esquivar un par de estocadas que, sin duda, habrían alcanzado su objetivo contra alguien menos diestro que él. Mientras el metálico crepitar de los floretes llenaba la galería, pensó el viejo profesor que Adela de Otero estaba a la altura de cualquiera de los más dignos esgrimistas que conocía. Por su parte, aún sin ceñirse a los deseos de la joven, Jaime Astarloa se habría visto obligado finalmente a encarar en serio los asaltos. En dos ocasiones estuvo forzado a tocar a su oponente para no ser tocado. En total, Adela de Otero encajó aquella tarde cinco botonazos sobre el peto; lo que no era demasiado, habida cuenta de la calidad de su veterano adversario.

Cuando el reloj dio las seis campanadas se detuvieron ambos, sofocados por el calor y el esfuerzo. Ella se quitó la careta, enjugándose el sudor con una toalla que don Jaime puso a su disposición. Después lo miró con ojos interrogantes, aguardando el veredicto.

El maestro sonreía.

—Jamás lo hubiera imaginado —confesó con franqueza, y la joven entornó satisfecha los párpados, como una gata al recibir una caricia—. ¿Hace mucho tiempo que practica la esgrima?

—Desde los dieciocho años —don Jaime intentó calcular mentalmente su edad a partir de aquel dato, y ella adivinó su intención—. Ahora tengo veintisiete.

El maestro hizo un gesto de galante sorpresa, dando a entender que la había creído más joven.

—Me tiene sin cuidado —dijo ella—. Siempre he considerado una estupidez ir ocultando la edad, o pretender aparentar menos años de los que se tienen. Renegar de la edad es renegar de la propia vida.

—Sabia filosofía.

—Sólo sensatez, maestro. Sólo sensatez.

—No es ésa una cualidad muy femenina —sonrió él.

—Le sorprendería saber la cantidad de cualidades femeninas de las que carezco.

Llamaron a la puerta, y Adela de Otero hizo un mohín de disgusto.

—Debe de ser Lucía. Le dije que viniese a recogerme pasada una hora.

Don Jaime se disculpó y acudió a abrir. Era, en efecto, la doncella. Cuando volvió a la galería, la joven ya estaba cambiándose en el vestidor. Había vuelto a dejar la puerta entornada.

Devolvió el maestro los floretes a sus panoplias y recogió las caretas del suelo. Cuando Adela de Otero apareció de nuevo, vestía otra vez de muselina y se cepillaba el cabello mientras sostenía el pasador de nácar entre los dientes. Tenía el pelo largo, bastante más abajo de los hombros, muy negro y cuidado.

—¿Cuándo me enseñará su estocada?

Jaime Astarloa hubo de reconocer que aquella mujer tenía derecho a aprender el golpe de los doscientos escudos.

—Pasado mañana a la misma hora —dijo—. Mis servicios incluyen aprender a tirar la estocada y también cómo pararla. Con su experiencia, bastarán dos o tres lecciones para que la domine por completo.

Ella pareció satisfecha.

—Creo que me gustará practicar con usted, don Jaime —dijo en tono desenvuelto, como de espontánea confidencia—. Supone un placer batirse con alguien tan... encantadoramente clásico. Es evidente que pertenece a la antigua escuela de esgrima francesa: cuerpo derecho, pierna tendida y tirarse a fondo sólo cuando es preciso. Ya no se encuentran muchos tiradores de su estilo.

—Por desgracia, señora mía. Por desgracia.

—He observado también —añadió ella— que posee usted una cualidad especial en un esgrimista... Eso que los expertos llaman... ¿Cómo se dice? *Sentiment du fer*. ¿No es cierto? Según parece, sólo lo poseen los tiradores de talento.

Hizo don Jaime un vago gesto afirmativo, quitándole importancia al asunto; aunque en el fondo estaba halagado por la perspicacia de la joven.

—No es sino fruto de un largo trabajo —respondió—. Esa cualidad consiste en una especie de sexto sentido, que permite prolongar hasta la punta del arma la sensibilidad táctil de los dedos que sostienen el florete... Es un instinto especial que advierte de las intenciones del adversario y permite, a veces, prever sus movimientos una pequeña fracción de tiempo antes de que se produzcan.

—También me gustaría aprender eso —dijo la joven.

—Imposible. Eso ya es sólo cuestión de práctica. No hay en ello ningún secreto; nada que pueda adquirirse con dinero. Para tenerlo, es necesaria toda una vida. Una vida como la mía.

Ella pareció recordar algo.

—Respecto a sus honorarios —dijo— quisiera saber si prefiere usted metálico o una orden de pago contra cualquier sociedad bancaria. El Banco de Italia, por ejemplo. Una vez aprendida la estocada, tengo interés en seguir tirando con usted durante algún tiempo.

El maestro protestó cortésmente. Habida cuenta de las circunstancias, suponía un placer ofrecerle sus servicios a la señora sin compensación alguna, etcétera. Así que resultaba improcedente hablar de dinero.

Ella lo miró con frialdad y puso en su conocimiento que utilizaba los servicios profesionales de un maestro de esgrima, y como tal habían de ser abonados. Después, dando por zanjado el asunto, se recogió el cabello sobre la nuca con un movimiento tan rápido como preciso, sujetándolo con el pasador.

Jaime Astarloa se puso la casaca y acompañó a su nueva cliente hasta el estudio. La doncella aguardaba en la escalera, pero Adela de Otero no parecía tener prisa en marcharse. Pidió un vaso de agua y se demoró un rato observando con descarada curiosidad los títulos de los libros alineados en los estantes.

—Daría mi mejor florete por saber quién fue su maestro de esgrima, señora de Otero.

—¿Y cuál es su mejor florete? —preguntó ella sin volver la cabeza, mientras pasaba delicadamente un dedo por el lomo de unas *Memorias* de Talleyrand.

—Una hoja milanesa, forjada por D'Arcadi.

La joven frunció los labios como valorando, divertida, la cuestión.

—La oferta es tentadora, pero la rechazo. Si una mujer quiere conservar algo de su atractivo, es preciso que se rodee de un poquito de misterio. Limitémonos a considerar que el mío era un buen maestro.

—Lo he podido observar. Y usted resultó aventajada alumna.

—Gracias.

—Es la pura verdad. De todas formas, si me permite aventurar un juicio, me atrevería a jurar que era italiano. Algunos de sus movimientos son característicos de tan honorable escuela.

Adela de Otero se llevó dulcemente un dedo a los labios.

—Hablaremos de eso otro día, maestro —dijo en voz baja, con el tono de quien comparte un secreto. Miró a su alrededor e indicó el sofá con un gesto—. ¿Puedo sentarme?

—Se lo ruego.

Se dejó caer sobre la gastada piel color tabaco con suave crujido de faldas. Jaime Astarloa permaneció en pie, sintiéndose vagamente incómodo.

—¿Dónde se inició usted en la esgrima, maestro?

El viejo profesor la miró, socarrón.

—Me encanta su desparpajo, señora mía. Se niega a ilustrarme sobre su joven vida, y acto seguido me interroga a mí... Eso no es justo.

Ella le dedicó una seductora sonrisa.

—Nunca se es lo bastante injusta con los hombres, don Jaime.

—Ésa es una respuesta cruel.

—Y sincera.

El maestro de esgrima miró pensativo a la joven.

—Doña Adela —dijo al cabo de un instante, repentinamente serio, con una sencillez tan abrumadora que situaba sus palabras muy lejos de cualquier cortés fanfarronada—, daría cualquier cosa por enviarle una tarjeta y mis padrinos al hombre que puso en sus labios tan amarga reflexión.

Ella lo miró, divertida al principio y gratamente sorprendida después, cuando pareció comprender que su interlocutor no bromeaba. Estuvo a punto de decir algo y se detuvo con los labios entreabiertos, complacida, como saboreando lo que acababa de escuchar.

—Ése es —dijo al cabo de un momento— el más galante requiebro que he oído en mi vida.

Jaime Astarloa se apoyó en el respaldo de un sillón. Tenía fruncido el ceño y reflexionaba, algo azorado. Lo cierto es que no había sido su intención parecer galante, limitándose a comentar en voz alta un sentimiento. Ahora temía haberse expresado de forma ridícula. A sus años.

Ella se dio cuenta del embarazo y, acudiendo en su ayuda, volvió con naturalidad al tema inicial de la conversación.

—Iba a contarme cómo se inició en la esgrima, maestro.

Sonrió don Jaime, agradecido, mientras imitaba con resignación el gesto de bajar la guardia.

—Cuando estaba en el Ejército.

Ella lo miró con renovado interés.

—¿Fue usted militar?

—Sí. Durante un breve período de mi vida.

—Debió de lucir una apuesta figura con uniforme. Todavía la tiene.

—Señora, le ruego que no tienda lazos a mi vanidad. Los viejos somos muy sensibles a ese tipo de cosas, especialmente cuando provienen de una linda joven, cuyo esposo, sin duda...

Dejó las palabras en el aire y permaneció al acecho, sin resultado. Adela de Otero se limitó a mirarlo como si aguardase a que se concluyera la frase. Al cabo de un momento sacó un abanico del bolso y lo sostuvo entre los dedos, sin abrirlo. Cuando habló, la expresión de sus ojos se había endurecido.

—¿Le parezco una linda joven?

El maestro de armas titubeó, confuso.

—Claro que sí —dijo después de un instante, con la mayor sencillez de que fue capaz.

—¿Es así como me definiría ante sus amigos, en el casino? ¿Una linda joven?

Se enderezó Jaime Astarloa como si hubiera recibido un insulto.

—Señora de Otero: creo mi deber comunicarle que ni frecuento el casino, ni tengo amigos. Y considero oportuno añadir que, en el improbable caso de que se diesen ambas circunstancias, jamás cometería la bajeza de pronunciar allí el nombre de una dama.

Ella lo miró largamente, como si calculase la sinceridad de sus palabras.

—De todas formas —añadió don Jaime— hace un momento usted ha calificado de apuesta mi figura, y no me ofendí. Tampoco le pregunté si me definiría así entre sus amigas, a la hora del té.

La joven rió de buena gana, y Jaime Astarloa terminó por hacer lo mismo. El abanico se deslizó hasta la alfombra, y se apresuró a recogerlo el maestro de esgrima. Lo devolvió, todavía con una rodilla en el suelo, y en aquel momento sus rostros quedaron a sólo unas pulgadas de distancia uno del otro.

—Ni tengo amigas ni tomo el té —dijo ella, y don Jaime contempló a placer los ojos violeta, que nunca antes había visto tan de cerca—. ¿Tuvo usted amigos alguna vez? Quiero decir amigos de verdad, gente en cuyas manos hubiera confiado su vida...

Se incorporó despacio. Responder a aquella pregunta no exigía ningún esfuerzo de la memoria.

—Una vez; pero no se trataba exactamente de amistad. Tuve el honor de pasar varios años junto al maestro Lucien de Montespan. Él me enseñó cuanto sé.

Adela de Otero repitió el nombre en voz baja; era evidente que le resultaba desconocido. Sonrió Jaime Astarloa.

—Por supuesto, usted es demasiado joven... —miró un momento al vacío y luego a ella—. Era el mejor. Nadie, en su tiempo, logró superarlo —meditó un momento su propia afirmación—. Absolutamente nadie.

—¿Ejerció usted en Francia?

—Sí. Once años como maestro de armas. Regresé a España mediado el siglo, en mil ochocientos cincuenta.

Los ojos de color violeta lo miraron con fijeza, como si su propietaria experimentase cierta mórbida satisfacción sacando a la luz las nostalgias del viejo maestro de esgrima.

—Tal vez añoraba su país. Sé lo que es eso.

Jaime Astarloa tardó en responder. Se daba perfecta cuenta de que aquella joven lo estaba forzando a hablar de sí mismo, hábito al que no se inclinaba demasiado su naturaleza. Sin embargo, de Adela de Otero emanaba una extraña atracción que lo invitaba, dulce y peligrosamente, a confiarse cada vez más.

—Algo de ello hubo, sí —dijo al fin, rindiéndose a la magia de su interlocutora—. Pero en realidad se trataba de algo más... complejo. En cierto modo podría definirse como una fuga.

—¿Fuga? No parece usted de los que huyen.

Sonrió inquieto don Jaime. Sentía aflorar tibiamente los recuerdos, y eso era más de lo que deseaba concederle a Adela de Otero.

—Hablaba en sentido figurado —pareció recapacitar—. Bueno, quizás no tanto. Después de todo, es posible que se tratase de una fuga en regla.

Ella se mordió el labio inferior, interesada.

—Tiene que contarme eso, maestro.

—Quizás más adelante, señora mía. Es posible que más adelante... En realidad, no es una historia que me haga feliz rememorar —se detuvo, como si acabase de recordar algo—. Y se equivoca usted cuando dice que no parezco de los que huyen; todos huimos alguna vez. Incluso yo.

Adela de Otero se quedó pensativa, con los labios entreabiertos, observando a don Jaime de forma que parecía tomarle medida. Después cruzó las manos sobre el regazo y lo miró con simpatía.

—Tal vez me la cuente algún día. Me refiero a su historia —hizo una pausa para observar el visible embarazo del maestro de esgrima—. No comprendo cómo alguien de su fama... No es mi intención ofenderlo. Tengo entendido que conoció tiempos mejores.

Jaime Astarloa se irguió con altivez. Quizás, como la joven acababa de decir, no había tenido intención de ofenderlo. Pero se sentía ofendido.

—Nuestro arte cae en desuso, señora —respondió, picado su amor propio—. Los lances de honor con arma blanca se hacen raros, pues la pistola es de más fácil manejo y no requiere una disciplina tan rigurosa. Por otra parte, la esgrima se ha convertido en un pasatiempo frívolo —saboreó con desprecio sus propias palabras—. Ahora la llaman *sport*... ¡Como si se tratase de hacer gimnasia en camiseta!

Ella abrió el abanico cuyo país, decorado a mano, punteaban las manchas blancas de estilizados almendros en flor.

—Usted, por supuesto, se niega a considerar de ese modo la cuestión...

—Por supuesto. Enseño un arte y lo hago tal y como lo aprendí: con seriedad y respeto. Yo soy un clásico.

La joven hizo chasquear las varillas de nácar y movió la cabeza con aire ausente. Tal vez por su mente desfilaban imágenes que sólo ella podía ver, e interpretar.

—Usted nació tarde, don Jaime —dijo al fin, con voz neutra—... O no murió en el momento oportuno.

La miró, sin ocultar su sorpresa.

—Es curioso que diga eso.

—¿El qué?

—Lo de morir en el momento oportuno —el maestro de esgrima hizo un gesto evasivo, como si se disculpara por seguir vivo. El giro de la conversación parecía divertirle, pero era evidente que no bromeaba—. En este siglo y a partir de cierta edad, morir como es debido se hace cada vez más difícil.

—Me encantaría saber a qué llama usted, maestro, morir como es debido.

—No creo que lo entendiese.

—¿Está seguro?

—No, no lo estoy. Puede que lo entendiese, pero me da lo mismo. No se trata de cosas que puedan contarse a...

—¿A una mujer?

—A una mujer.

Adela de Otero cerró el abanico y lo levantó despacio, hasta rozarse con él la cicatriz de la boca.

—Usted debe de ser un hombre muy solo, don Jaime.

El maestro de armas miró con fijeza a la joven. Ya no había diversión en sus ojos grises; el brillo se había vuelto opaco.

—Lo soy —su voz sonó cansada—. Pero no hago a nadie responsable. En realidad se trata de una especie de fascinación; un estado de gracia egoísta, íntimo, que sólo se obtiene montando guardia en los viejos caminos olvidados por los que nadie transita... ¿Le parezco un viejo absurdo?

Ella negó con la cabeza. Sus ojos eran ahora dulces.

—No. Simplemente estoy aterrada ante su falta de sentido práctico.

Jaime Astarloa hizo una mueca.

—Una de las muchas virtudes que me precio de no poseer, señora, es el sentido práctico de la vida. Sin duda ya se habrá dado cuenta... Mas no tengo la pretensión de hacerle creer que haya en ello un móvil moral. Limitémonos, se lo ruego, a considerar el asunto como una cuestión de pura estética.

—De la estética no se come, maestro —murmuró ella con gesto burlón, como si la inspirasen pensamientos que se guardaba de expresar en voz alta—. Le aseguro que de eso entiendo bastante.

Don Jaime se miró la punta de los escarpines sonriendo con timidez; su expresión era la de un muchacho que confesara un desliz.

—Si usted, por desgracia, entiende bastante de ello, crea que lo lamento —dijo en voz baja—. En lo que a mí respecta, déjeme decirle que, al menos, eso me permite mirarme francamente a la cara cuando me afeito ante el espejo cada mañana. Y eso, señora mía, es más de lo que pueden afirmar muchos de los hombres que conozco.

Empezaban a encenderse las primeras farolas, iluminando a trechos las calles con su luz de gas. Provistos de largas pértigas, los empleados municipales realizaban la tarea sin apresurarse demasiado, haciendo de vez en cuando alto en una taberna para saciar la sed. Todavía quedaba hacia el palacio de Oriente un rastro de claridad, sobre la que se recortaba la silueta de los tejados próximos al Teatro Real. Las ventanas, abiertas a la tibia brisa del crepúsculo, se iluminaban con la luz oscilante de los quinqués de petróleo.

Jaime Astarloa murmuró un «buenas noches» al pasar junto a un grupo de vecinos que charlaban en la esquina de la calle Bordadores, sentados a la fresca sobre sillas de enea. Por la mañana había tenido lugar en las cercanías de la Plaza Mayor una algarada de estudiantes; poca cosa, a decir de sus contertulios del café Progreso, que le habían informado del incidente. Según don Lucas, un grupo de alborotadores que gritaba «Prim, Libertad, abajo los Borbones» había sido disuelto de forma contundente por las fuerzas del orden. Por supuesto, la versión de Agapito Cárceles difería mucho de la proporcionada —inflexión desdeñosa y suspiro libertario— por el señor Rioseco, acostumbrado a buscar alborotadores donde sólo había patriotas sedientos de justicia. Las fuerzas represivas, único sostén en que se apoyaba la vacilante monarquía de *la Señora* —retintín y mueca maliciosa— y su nefasta camarilla, habían, una vez más, aplastado a golpes y sablazos la sagrada causa, etcétera. El caso es que, según pudo comprobar don Jaime, alguna pareja de guardias civiles a caballo rondaba todavía por las proximidades, sombras de mal agüero bajo los acharolados tricornios.

Al llegar frente a Palacio, el maestro de esgrima observó a los alabarderos que montaban guardia, y fue a acodarse a la balaustrada que daba sobre los jardines. La Casa de Campo era una gran mancha oscura, en cuyo horizonte la noche comprimía la última débil línea de claridad azulada. Aquí y allá, como don Jaime, algunos paseantes permanecían inmóviles, contemplando el último estertor del día que se apagaba en aquel instante con plácida mansedumbre.

Sin saber exactamente por qué, el maestro de esgrima se sentía derivar hacia la melancolía. Por su carácter, más inclinado a recrearse en el pasado que a considerar el presente, al viejo profesor le gustaba acariciar a solas sus particulares nostalgias; pero esto solía ocurrir sin estridencias, de un modo que no le causaba amargura alguna sino que, por el contrario, lo instalaba en un estado de placentera ensoñación que podría definirse como agridulce. Se recreaba en ello de forma consciente, y cuando por azar resolvía dar forma concreta a sus divagaciones, solía resumirlas como su escaso equipaje personal, la única riqueza que había sido capaz de atesorar en su vida, que bajaría con él a la tumba, extinguiéndose a la par que su espíritu. Se encerraba en ella todo un universo, una vida de sensaciones y recuerdos cuidadosamente conservados. Sobre aquello fiaba Jaime Astarloa para conservar lo que él definía como serenidad: la paz del alma, el único atisbo de sabiduría a que la imperfección humana podía aspirar. La vida entera ante sus ojos, mansa, ancha y ya definitiva; tan poco sujeta a incertidumbre como un río en el curso final hacia su desembocadura. Y, sin embargo, había bastado la aparición casual de unos ojos violeta para que la fragilidad de aquella paz interior se manifestara en toda su inquietante naturaleza.

Quedaba por averiguar si podía paliarse el desastre considerando que, al fin y al cabo, lejos su espíritu de pasiones que en otro tiempo se habrían manifestado en el acto, sólo encontraba ahora en su interior una sensación de ternura otoñal, velada de suave tristeza. «¿Eso es todo?»... se preguntaba a medio camino entre el alivio y la decepción mientras, apoyado en la balaustrada, se recreaba con el espectáculo de las sombras que triunfaban en el horizonte: «¿Eso es todo cuanto puedo ya esperar de mis sentimientos?»... Sonrió pensando en sí mismo, en su propia imagen, en su vigor ya en declive; en su espíritu, que aunque también viejo y cansado, de tal forma se rebelaba contra la indolencia impuesta por la lenta degeneración de su organismo. Y en aquella sensación que lo embargaba, tentándolo con su dulce riesgo, el maestro de esgrima supo reconocer el débil canto del cisne, proferido, a modo de postrera y patética rebeldía, por su espíritu todavía orgulloso.

CAPÍTULO CUARTO

ESTOCADA CORTA

«La estocada corta en extensión, normalmente expone al que la ejecuta sin tino ni prudencia. Por otra parte, nunca debe hacerse la extensión en terreno embarazado, desigual o resbaladizo.»

Entre calores y rumores, los días transcurrían lentamente. Don Juan Prim anudaba lazos de conspiración a orillas del Támesis mientras largas cuerdas de presos serpenteaban a través de campos calcinados por el sol, camino de los presidios de África. A Jaime Astarloa todo aquello le traía sin cuidado, pero resultaba imposible sustraerse a los efectos. Había revuelo en la tertulia del Progreso. Agapito Cárceles blandía como una bandera un ejemplar de *La Nueva Iberia* con fecha atrasada. En un sonado editorial, bajo el título «La última palabra», se revelaban ciertos acuerdos secretos establecidos en Bayona entre los exiliados partidos de izquierda y la Unión Liberal con vistas a la destrucción del régimen monárquico y la elección por sufragio universal de una Asamblea Constituyente. El asunto databa de tiempo atrás, pero *La Nueva Iberia* había hecho saltar la liebre. Todo Madrid hablaba de ello.

—Más vale tarde que nunca —aseguraba Cárceles, agitando provocador el periódico ante el enfurruñado bigote de don Lucas Rioseco—. ¿Quién decía que ese pacto era contra natura?

¿Quién? —puñetazo exultante sobre el papel impreso, ya bastante manoseado por los contertulios—. Los obstáculos tradicionales tienen los días contados, caballeros. La *Niña,* a la vuelta de la esquina.

—¡Nunca! ¡Revolución, nunca! ¡Y república mucho menos! —a pesar de su indignación, a don Lucas se le veía algo apabullado por las circunstancias—. Como mucho, y digo como mucho, don Agapito, Prim tendrá prevista una solución de recambio para mantener la monarquía. El de Reus jamás daría vía libre al marasmo revolucionario. ¡Jamás! A fin de cuentas es un soldado. Y todo soldado es un patriota. Y como todo patriota es monárquico, pues...

—¡No tolero insultos! —bramó Cárceles, exaltado—. Exijo que se retracte, señor Rioseco.

Don Lucas, cogido de través, miró a su antagonista con visible desconcierto.

—Yo no lo he insultado, señor Cárceles.

Congestionado por la ira, el periodista puso al cielo y a los contertulios por testigos:

—¡Dice que no me ha insultado! ¡Dice que no me ha insultado, cuando todos ustedes han oído perfectamente a este caballero asegurar, de forma gratuita e inoportuna, que yo soy monárquico!

—Yo no he dicho que usted...

—¡Niéguelo ahora! ¡Niéguelo usted, don Lucas, que se dice hombre de honor! ¡Niéguelo, ante el juicio de la Historia que lo contempla!

—Me digo y soy hombre de honor, don Agapito. Y el juicio de la Historia me importa un rábano. Además, no viene al caso... ¡Diantre!, tiene usted la virtud de hacer que pierda el hilo. ¿De qué diablos estaba hablando?

El dedo acusador de Cárceles apuntó al tercer botón del chaleco de su interlocutor.

—Usted, señor mío. Usted acaba de afirmar que todo patriota es monárquico. ¿Es cierto o no lo es?

—Es cierto.

Cárceles soltó una carcajada sarcástica, de acusador público a punto de enviar al reo convicto y confeso al garrote vil.

—¿Acaso soy yo monárquico? ¿Acaso soy yo monárquico, señores?

Todos los presentes, incluido Jaime Astarloa, se apresuraron a declarar que ni por asomo. Triunfante, Cárceles se volvió hacia don Lucas:

—¡Ya lo ve!

—¿Qué es lo que tengo que ver?

—Yo no soy monárquico, y sin embargo, soy un patriota. Usted me ha insultado, y exijo una satisfacción.

—¡Usted no es un patriota ni harto de vino, don Agapito!

—¿Que yo...?

En este punto fue precisa la ritual intervención del resto de la tertulia para evitar que Cárceles y don Lucas llegaran a las manos. Serenados los ánimos, volvió la conversación general a discurrir por las cábalas políticas que se hacían sobre una eventual sucesión para Isabel II.

—Quizás el duque de Montpensier —apuntó Antonio Carreño a media voz—. Aunque aseguran que Napoleón III le tiene puesto el veto.

—Sin descartar —puntualizó don Lucas, ajustándose el monóculo caído durante la reciente refriega— la posible abdicación en el infante don Alfonso...

Aquí volvió a saltar Cárceles como si le hubiesen mentado a la madre:

—¿El Puigmoltejo? Usted sueña, señor Rioseco. No más Borbones. Se acabó. *Sic transit gloria borbónica* y otros latines que me callo. Bastante hemos tenido ya que sufrir los españoles con el abuelo y con la mamá. Sobre el padre no me pronuncio por falta de pruebas.

Terció Antonio Carreño con sensatez de funcionario técnico, detalle que lo ponía a salvo de quedar cesante fueran por donde fuesen los tiros.

—Tendrá que reconocer, don Lucas, que las gotas han colmado el vaso de la paciencia española. Algunas de las crisis palatinas organizadas por Isabelita responden a motivos que sonrojarían al más pintado.

—¡Calumnias!

—Bueno, calumnias o lo que sean, en las logias consideramos que se han rebasado los límites de lo tolerable...

Don Lucas, congestionado el rostro de fervor monárquico, se defendía en las últimas trincheras bajo el ojo guasón de Cárceles. Volvióse hacia Jaime Astarloa, en angustiosa demanda de auxilio.

—¿Usted los oye, don Jaime?... Diga algo, por Dios. Usted es hombre razonable.

El aludido se encogió de hombros mientras removía apaciblemente el café con la cucharilla.

—Lo mío es la esgrima, don Lucas.

—¿Esgrima? ¿Quién piensa en esgrima estando en peligro la monarquía?

Marcelino Romero, el profesor de música, se apiadó del acosado don Lucas. Dejando de masticar su media tostada, hizo una candorosa observación sobre el casticismo y simpatía que, eso nadie podía negarlo, tenía la reina. Sonó la risita sardónica de Carreño mientras Agapito Cárceles cerraba sobre el pianista con clamorosa indignación:

—¡Con casticismo no se gobiernan reinos, señor mío! —espetó—. Para eso es preciso tener patriotismo —mirada de soslayo a don Lucas— y vergüenza.

—Vergüenza torera —remachó Carreño, frívolo.

Don Lucas golpeó el suelo con el bastón, impaciente ante tanto desafuero.

—¡Qué fácil es condenar! —exclamó moviendo tristemente la cabeza—. ¡Qué fácil hacer leña del pobre árbol que se tambalea! Y precisamente usted, don Agapito, que fue cura...

—¡Alto ahí! —interrumpió el periodista—. ¡Eso dígalo en pretérito pluscuamperfecto!

—Lo fue, lo fue aunque le pese —insistió don Lucas, encantado de haber tocado un punto que fastidiaba a su contertulio.

Cárceles se llevó una mano al pecho y puso al cielo raso por testigo.

—¡Reniego de la sotana que vestí en momentos de juvenil obcecación, negro símbolo del oscurantismo!

Asintió gravemente Antonio Carreño, en mudo homenaje a tal alarde retórico. Don Lucas seguía a lo suyo:

—Usted que fue cura, don Agapito, debe saber mejor que nadie una cosa: la caridad es la más excelsa de las virtudes cristianas. Hay que ser generoso y tener caridad cuando se enjuicia la figura histórica de nuestra soberana.

—Su soberana de usted, don Lucas.

—Llámela como quiera.

—La llamo de todo: caprichosa, voluble, supersticiosa, inculta y otras cosas que me callo.

—No estoy dispuesto a tolerar sus impertinencias.

Los contertulios se vieron de nuevo en la obligación de pedir calma. Ni don Lucas ni Agapito Cárceles eran capaces de matar una mosca, pero todo aquello formaba parte de la liturgia repetida cada tarde.

—Hemos de tener en cuenta —don Lucas se retorcía las guías del bigote, procurando no darse por enterado de la mirada socarrona que le dirigía Cárceles— el desgraciado matrimonio de nuestra soberana, a espaldas de todo atractivo físico, con don Francisco de Asís... Las desavenencias conyugales, que son del dominio público, facilitaron la actuación de camarillas cortesanas y políticos sin escrúpulos, favoritos y mangantes. Ésos, y no la pobre Señora, son los responsables de la triste situación que hoy vivimos.

Cárceles ya se había contenido demasiado tiempo:

—¡Vaya a contarle eso a los patriotas presos en África, a los deportados a Canarias o Filipinas, a los emigrados que pululan por Europa! —el periodista estrujaba *La Nueva Iberia* entre las manos, embargado de ira revolucionaria—. El actual Gobierno de Su Majestad Cristianísima está haciendo buenos a los anteriores, lo que ya es decir bastante. ¿Es que no ve usted el panorama?... Hasta politicastros y espadones que no tienen una gota de sangre demócrata en sus venas han sido desterrados por el mero hecho de ser sospechosos, o de dudosa adhesión a la infame política de González Bravo. Pase revista, don Lucas. Pase revista: desde Prim a Olózaga, pasando por Cristino Martos y los demás. Ya ve que incluso la Unión Liberal, como acabamos de leer, pasó por el trágala en cuanto el viejo O'Donnell se fue a criar malvas. La causa de Isabel ya no tiene otro apoyo que las divididas y ruinosas fuerzas moderadas, que se tiran los trastos a la cabeza porque el poder se les escapa de las manos y ya no saben a qué santo encomendarse... Su monarquía de usted hace agua y aguas, don Lucas. Aguas menores... y mayores.

—La verdad es que Prim está al caer —susurró confidencialmente Antonio Carreño, en un rasgo de originalidad que fue acogido con guasa por sus contertulios. Cárceles cambió la dirección de su implacable artillería.

—Prim, como hace poco apuntaba nuestro amigo don Lucas, es un militar. Un *miles* más o menos *gloriosus,* pero *miles* al fin y al cabo. No me fío un pelo.

—El conde de Reus es un liberal —protestó Carreño.

Cárceles dio un puñetazo sobre el velador de mármol, estando a punto de derramar el café de las tazas.

—¿Liberal? Permita que me ría, don Antonio. ¡Prim un liberal!... Cualquier auténtico demócrata, cualquier patriota probado como el que suscribe, debe desconfiar por principio de lo que un militar tenga en la cabeza, y Prim no es una excepción. ¿Olvidan ustedes su pasado autoritario? ¿Sus ambiciones políticas?... En el fondo, por mucho que las circunstancias lo obliguen a conspirar entre nieblas británicas, cualquier general necesita tener a mano un rey de la baraja para seguir jugando a ser el caballo de espadas... A ver, señores. ¿Cuántos pronunciamientos hemos tenido en lo que va de siglo? ¿Y cuántos han sido para proclamar la república?... Ya lo ven. Nadie le regala graciosamente al pueblo lo que sólo el pueblo es capaz de exigir y conquistar. Caballeros, a mí Prim me da mala espina. Seguro de que, en cuanto llegue, se nos saca un rey de la manga. Ya lo dijo el gran Virgilio: *Timeo Danaos et dona ferentis.*

Se oyó bullicio en la calle Montera. Un grupo de transeúntes se agolpaba al otro lado de la ventana, señalando hacia la Puerta del Sol.

—¿Qué pasa? —preguntó ávidamente Cárceles, olvidándose de Prim. Carreño se había acercado a la puerta. Ajeno a las conmociones políticas, el gato dormitaba en su rincón.

—¡Parece que hay jarana, señores! —informó Carreño—. ¡Habrá que echar un vistazo!

Salieron los contertulios a la calle. Grupos de curiosos se congregaban en la Puerta del Sol. Se veía movimiento de carruajes y guardias que invitaban a los desocupados a tomar otro camino. Varias mujeres subían calle arriba con apresurado sofoco, echando temerosas miradas por encima del hombro. Jaime Astarloa se acercó a un guardia.

—¿Ha ocurrido alguna desgracia?

El guindilla se encogió de hombros; saltaba a la vista que los acontecimientos rebasaban su capacidad de análisis.

—No lo veo muy claro, caballero —dijo con visible embarazo, tocándose con los dedos la visera al comprobar el distinguido aspecto de quien lo interpelaba—. Parece que han detenido a media docena de generales... Dicen que los llevan a la prisión militar de San Francisco.

Don Jaime puso al corriente a sus contertulios, siendo acogidas sus noticias con exclamaciones de consternación. Resonó en mitad de la calle Montera la voz triunfante del irreductible Agapito Cárceles:

—¡Señores, esto está cantado! ¡Pintan bastos!... ¡Es el último zarpazo de la represión ciega!

Estaba frente a él, bella y enigmática, con un florete en la mano y pendiente de los gestos del maestro de armas.

—Es muy simple. Fíjese bien, por favor —Jaime Astarloa levantó su acero y lo cruzó suavemente con el de ella, de un modo tan leve que parecía una metálica caricia—. La estocada de los doscientos escudos se inicia con lo que llamamos *tiempo marcado:* un falso ataque presentando al adversario una apertura en cuarta, para incitarlo a tirar a esa posición... Así, eso es. Respóndame en cuarta. Perfecto. Yo paro con la contra de tercia, ¿ve?... Desengancho y tiro, manteniendo siempre la apertura para inducirla a usted a oponerme una contra de tercia y que vuelva a tirar en cuarta de inmediato... Muy bien. Como puede comprobar, hasta aquí no hay secreto alguno.

Adela de Otero se detuvo, pensativa, con los ojos clavados en el florete del maestro de esgrima.

—¿No es peligroso ofrecerle dos veces al adversario esa apertura?

Don Jaime negó con la cabeza.

—En absoluto, señora mía. Siempre y cuando se domine la contra de tercia, lo que es su caso. Es evidente que mi estocada encierra un riesgo, por supuesto; pero sólo en el caso de que quien recurra a ella no sea persona avezada en nuestro arte, y la domine a la perfección. Nunca se me ocurriría enseñársela a un aprendiz de esgrimista, porque estoy seguro de que se haría matar en el acto al ejecutarla... ¿Comprende ahora la reserva inicial, cuando usted me hizo el honor de solicitar mis servicios?

La joven le dedicó una sonrisa encantadora.

—Le ruego me excuse, maestro. Usted no podía saber...

—En efecto. No podía saberlo. Y todavía ahora sigo sin explicarme bien cómo usted... —se interrumpió brevemente, mirándola absorto—. Bueno, basta de charla. ¿Proseguimos?

—Adelante.

—Bien —los ojos del maestro eludían los de la joven, al hablar—. Apenas el adversario tira por segunda vez, en el preciso instante en que rozan los aceros, hay que doblar con esta contraparada, así, tirando de inmediato en cuarta por fuera del brazo... ¿Lo ve? Es normal que el adversario recurra a la parada de punta volante, doblando el codo y levantando su florete casi vertical para desviar el ataque. Eso es.

Jaime Astarloa se detuvo de nuevo, con el extremo de su arma apoyado en el hombro derecho de Adela de Otero. Sintió que se alteraba el latir de su corazón ante el contacto con la carne de ella, que parecía llegarle a través del acero que sostenía entre los dedos, como si aquél fuese una simple prolongación de éstos... «*Sentiment du fer*», murmuró para sus adentros mientras se estremecía imperceptiblemente. La joven miró de soslayo el florete, y la cicatriz de su boca se acentuó en una sutil sonrisa. Avergonzado, el maestro de esgrima levantó el acero una pulgada. Ella parecía haber penetrado sus sentimientos.

—Bien. Ahora viene el momento decisivo —continuó don Jaime, esforzándose por recobrar la concentración que durante unos instantes se le había escapado por completo—. En vez de lanzar la estocada en toda su extensión, cuando el adversario ya ha iniciado el movimiento se vacila durante un segundo, como si se estuviese realizando un falso ataque con intención de dar una estocada diferente... Lo haré despacio para que se fije usted bien: así. Lo ejecutamos, ¿ve?, de forma que el oponente no llegue a realizar la parada por completo, sino que la interrumpa a la mitad mientras se dispone a parar la otra estocada, que él cree vendrá a continuación.

Los ojos de Adela de Otero lanzaron un destello de júbilo. Había comprendido.

—¡Y es ahí donde el adversario comete el error! —exclamó gozosa, paladeando el descubrimiento.

El maestro hizo un gesto de benévola complicidad.

—Exacto. Es ahí donde surge el error que nos da el triunfo. Observe: tras la brevísima vacilación, proseguimos el movimiento acortando la distancia en el mismo gesto, de esta forma, para evitar que él retroceda, y dejándole muy poco espacio para obrar. En ese punto, se gira el puño un cuarto de vuelta, esto es, de forma que la punta del florete suba no más de un par de pulgadas. ¿Ve qué simple? Si se ejecuta bien el movimiento, podemos alcanzar con facilidad al adversario en la base del cuello, junto a la clavícula derecha... O bien, puestos a zanjar la cuestión, en mitad de la garganta.

La punta embotonada del florete rozó el cuello de la joven, que miró al maestro de esgrima con la boca entreabierta y los ojos relampagueando de excitación. Jaime Astarloa la estudió detenidamente; tenía dilatadas las aletas de la nariz, y su pecho se estremecía bajo la blusa con respiración agitada. Estaba radiante; como una niña que acabase de abrir el envoltorio de un regalo maravilloso.

—Es excelente, maestro. Increíblemente simple —dijo en un susurro, envolviéndolo en una mirada de cálida gratitud—. ¡Increíblemente simple! —repitió pensativa, mirando después, fascinada, el florete que tenía en la mano. Parecía subyugada por la nueva dimensión mortal que a partir de ese momento cobraba aquella hoja de acero.

—Ahí radica quizá su mérito —comentó el maestro de armas—. En esgrima, lo simple es inspiración. Lo complejo es técnica.

Ella sonrió, feliz.

—Poseo el secreto de una estocada que no figura en los tratados de esgrima —murmuró, como si ello le produjese un íntimo placer—. ¿Cuántas personas la conocen?

Don Jaime hizo un gesto vago.

—No sé. Diez, tal vez doce... Quizás algunos más. Pero ocurre que unos se la enseñarán a otros, y al cabo de poco tiempo perderá su eficacia. Como ha visto, es muy fácil de parar cuando se la conoce.

—¿Ha matado a alguien con ella?

El maestro de esgrima miró a la joven con sobresalto. Aquélla no era una pregunta conveniente en labios de una dama.

—No creo que eso venga al caso, señora mía... Con todos mis respetos, no creo que eso venga al caso en absoluto —hizo una pausa, mientras por su mente pasaba el lejano recuerdo de un infeliz desangrándose a borbotones en un prado, sin que nadie pudiera hacer nada por restañar la profunda sangría que brotaba de su garganta atravesada—. Y aunque así hubiera sido, no encuentro en ello nada de lo que pueda sentirme especialmente orgulloso.

Adela de Otero hizo una mueca burlona, como si la cuestión fuera discutible. Y Jaime Astarloa pensó, preocupado, que había un punto de oscura crueldad en el brillo de aquellos ojos color violeta.

Fue Luis de Ayala el primero que planteó la cuestión. Habían llegado hasta él ciertos rumores.

—Inaudito, don Jaime. ¡Una mujer! ¿Y dice usted que es buena tiradora?

—Excelente. Yo fui el primer sorprendido.

El marqués se inclinó, visiblemente interesado.

—¿Hermosa?

Jaime Astarloa hizo un gesto que pretendía ser imparcial.

—Mucho.

—¡Es usted el mismo diablo, maestro! —Luis de Ayala lo amonestó con un dedo mientras le guiñaba un ojo con aire cómplice—. ¿Dónde encontró esa joya?

Protestó suavemente don Jaime. Era absurdo pensar que a sus años, etcétera. Relación exclusivamente profesional. Seguro que Su Excelencia se hacía cargo.

Luis de Ayala se hizo cargo en el acto.

—Tengo que conocerla, don Jaime.

Dio el maestro de esgrima una ambigua respuesta. No lo hacía muy feliz la perspectiva de que el marqués de los Alumbres conociese a Adela de Otero.

—Naturalmente, Excelencia. Cualquier día de éstos. Ningún problema.

Luis de Ayala lo tomó por el brazo; ambos paseaban bajo los frondosos sauces del jardín. El calor se hacía sentir incluso a la sombra, y el aristócrata vestía sólo un ligero pantalón de casimir y una camisa de seda inglesa, cerrada en los puños por gemelos blasonados de oro.

—¿Casada?

—Lo ignoro.

—¿No conoce su domicilio?

—Estuve una vez. Pero sólo la vi a ella y a una sirvienta.

—¡Vive sola, entonces!

—Esa impresión me causó, mas no puedo asegurarlo —don Jaime empezaba a sentirse molesto con aquel interrogatorio, y se esforzaba en zafarse de él sin pecar de descortés con su cliente y protector—. La verdad es que doña Adela no habla demasiado sobre ella misma. Ya le he dicho a Su Excelencia que nuestra relación, inútil insistir en ello, es exclusivamente profesional: profesor y cliente.

Se detuvieron junto a una de las fuentes de piedra, mofletudo angelote que vertía agua de un cántaro. Un par de gorriones alzaron el vuelo ante la proximidad de los paseantes. Luis de Ayala los observó hasta que desaparecieron entre las ramas de un árbol cercano y después se volvió hacia su interlocutor. Ofrecían notable contraste, la fornida y vigorosa humanidad del marqués junto a la enjuta distinción del maestro de esgrima. A simple vista, cualquiera hubiese pensado que era Jaime Astarloa el aristócrata.

—Nunca es demasiado tarde, entonces, para revisar ciertos principios que parecían inmutables... —aventuró el de los Alumbres con guiño malicioso. Se sobresaltó don Jaime, visiblemente vejado.

—Le ruego que no siga por ese camino, Excelencia —el tono le salió algo picado—. Nunca habría aceptado a esa joven como cliente, de no haber visto en ella indudables dotes técnicas. Puede tener la más completa seguridad.

Suspiró Luis de Ayala, amistosamente socarrón.

—El progreso, don Jaime. ¡Mágica palabra! Los nuevos tiempos, las nuevas costumbres, nos alcanzan a todos. Ni siquiera usted está a salvo de eso.

—Ofreciéndole de antemano mis disculpas, creo que se equivoca, don Luis —era evidente que al maestro de armas le incomodaba mucho el giro que había tomado la conversación—. Le concedo que considere toda esta historia como el capricho profesional de un viejo maestro, si quiere. Una cuestión... estética. Pero de ahí a afirmar que tal cosa suponga abrir la puerta al progreso y las nuevas costumbres, media un abismo. Ya tengo demasiados años como para encarar seriamente cambios notables en mi modo de pensar. Me considero a salvo tanto de las locuras de juventud como de dar mayor importancia a lo que sólo es, a fe mía, un pasatiempo técnico.

Sonrió aprobador el de los Alumbres ante la mesurada exposición de don Jaime.

—Tiene razón, maestro. Soy yo quien le debe disculpas. Por otra parte, usted nunca ha defendido el progreso...

—Jamás. Toda mi vida me he limitado a sostener una cierta idea de mí mismo, y eso es todo. Hay que conservar una serie de valores que no se deprecian con el paso del tiempo. Lo demás son modas del momento, situaciones fugaces y mutables. En una palabra, pamplinas.

El marqués lo miró con fijeza. El tono ligero de la conversación se había disipado por completo.

—Don Jaime, su reino no es de este mundo. Y conste que se lo digo con el máximo respeto, el que usted me inspira... Hace ya tiempo que me honro con su trato, y sin embargo sigo sorprendiéndome a diario con esa peculiar obsesión suya por el sentido del deber. Un deber ni dogmático, ni religioso, ni moral... Tan sólo, y eso es lo insólito en estos tiempos en que todo se compra con dinero, un deber hacia sí mismo, impuesto por su propia voluntad. ¿Usted sabe lo que eso significa hoy en día?

Jaime Astarloa frunció el ceño con testaruda expresión. El nuevo derrotero de la conversación lo incomodaba aún más que el anterior.

—No lo sé, ni me interesa, Excelencia.

—Eso es precisamente lo extraordinario de usted, maestro. Que ni lo sabe ni le interesa. ¿Sabe una cosa? A veces me pregunto si en esta pobre España nuestra, los papeles no estarán lamentablemente cambiados, y si la nobleza por derecho no le correspondería a usted en vez de a muchos de mis conocidos, incluido yo mismo.

—Por favor, don Luis...

—Déjeme hablar, hombre de Dios. Déjeme hablar... Mi abuelo, que en paz descanse, compró el título porque se enriqueció comerciando con Inglaterra durante la guerra contra Napoleón. Eso lo sabe todo el mundo. Pero la auténtica nobleza, la antigua, no se hizo por importar de contrabando paño inglés, sino por el valor de la espada. ¿Es o no cierto?... Y no irá a decirme, querido maestro, que usted, con una espada en la mano, vale menos que cualquiera de ellos. O que yo.

Jaime Astarloa levantó la cabeza y clavó sus ojos grises en los de Luis de Ayala.

—Con una espada en la mano, don Luis, valgo tanto como el que más.

Un leve soplo de aire cálido agitó las ramas de los sauces. El marqués desvió la mirada hacia el angelote de piedra y chasqueó la lengua, como si hubiera ido demasiado lejos.

—De todas formas, hace mal en aislarse de ese modo, don Jaime; permita la entrañable opinión de un amigo... La virtud no es rentable, se lo aseguro. Ni divertida. Por Belcebú, no vaya a pensar que, a sus años, intento colocarle un sermón... Sólo pretendo decirle que resulta apasionante asomar la cabeza a la calle y mirar lo que ocurre alrededor. Y más en momentos históricos como los que estamos viviendo... ¿Sabe la última?

—¿Qué última?

—La última conspiración.

—No estoy muy fuerte en esa materia. ¿Se refiere a los generales detenidos?

—¡Quiá! Ésa se ha quedado vieja. Hablo del acuerdo entre los progresistas y la Unión Liberal, que acaba de salir a la luz. Abandonando definitivamente el terreno de la oposición legal, como se veía venir, han decidido apoyar la revolución militar. Programa: deponer a la reina y ofrecer el trono al duque de Montpensier, que ha comprometido en la empresa la linda cantidad de tres millones de reales. Muy dolida por el asunto, Isabelita ha decidido desterrar a su hermana y a su cuñado, se dice que a Portugal. En cuanto a Serrano, Dulce, Zabala y los

otros, han sido deportados a Canarias. Los partidarios de Montpensier están ahora trabajando a Prim, a ver si logran que le
eche sus bendiciones como candidato al trono, pero nuestro
bravo espadón cataláunico no suelta prenda. Así están las cosas.

—¡Bonito embrollo!

—Y que lo diga. Por eso es apasionante seguir los detalles
desde la barrera, como yo. ¡Qué quiere que le diga!... Hay que
mojar en todas las salsas, sobre todo en materia de política y
de mujeres, sin dejar que se nos indigesten ni la una ni las
otras. Ésa es mi filosofía y aquí me tiene usted; gozo de la vida
y sus sorpresas mientras duren. Después, que me quiten lo bai-
lado. Me disfrazo con calañés y capa y la corro por los tendu-
chos de la pradera de San Isidro con la misma curiosidad cien-
tífica que desplegué durante los tres meses que estuve
desempeñando aquella dichosa secretaría de Gobernación con
la que me honró mi difunto tío Joaquín... Hay que vivir, don
Jaime. Y eso se lo dice a usted un vividor que ayer dejó tres
mil duros sobre el tapete del casino, con una desdeñosa sonrisa en los labios que fue comentadísima por el respetable.
¿Me entiende?

Sonrió indulgente el maestro de armas.

—Tal vez.

—No lo veo muy convencido.

—Me conoce lo suficiente, Excelencia, para saber qué
opino al respecto.

—Sé lo que opina. Usted es el hombre que se siente extranjero en todas partes. Si Jesucristo le dijera: «déjalo todo y sí-
gueme», le sería fácil hacerlo. No hay una maldita cosa que
aprecie lo bastante como para lamentar su pérdida.

—Si acaso, un par de floretes. Concédame al menos eso.

—Valgan los floretes. Suponiendo que fuese usted partidario de seguir a Jesucristo, o a cualquier otro. Que tal vez sea
demasiado suponer —el marqués parecía divertido con la
idea—. Nunca le he preguntado si es monárquico, don Jaime.
Me refiero a la monarquía como abstracción, no a nuestra pobre farsa nacional.

—Antes le he oído decir, don Luis, que mi reino no es de este mundo.

—Ni del otro, estoy seguro. La verdad es que admiro sin reservas su capacidad para situarse al margen.

El maestro de esgrima levantó la cabeza; sus ojos grises contemplaban las nubes que corrían en la distancia, como si encontrase algo familiar en ellas.

—Es posible que yo sea demasiado egoísta —dijo—. Un viejo egoísta.

El aristócrata hizo una mueca.

—A menudo eso tiene un precio, amigo mío. Un precio muy alto.

Jaime Astarloa movió las manos con las palmas hacia arriba, resignado.

—A todo se acostumbra uno, especialmente cuando ya no hay otro remedio. Si hay que pagar, se paga; es cuestión de actitudes. En un momento de la vida se toma una postura, equivocada o no, pero se toma. Se decide ser tal o cual. Se queman las naves, y después ya no queda más que sostenerse a toda costa, contra viento y marea.

—¿Aunque sea evidente que se vive en el error?

—Más que nunca en ese caso. Ahí entra en juego la estética.

La dentadura perfecta del marqués resplandeció en una ancha sonrisa.

—La estética del error. ¡Bonito tema académico!... Habría mucho que hablar sobre eso.

—No estoy de acuerdo. En realidad, no existe nada sobre lo que haya mucho que hablar.

—Salvo la esgrima.

—Salvo la esgrima, es cierto —Jaime Astarloa se quedó en silencio, como si diese por zanjada la conversación; pero al cabo de un instante movió la cabeza y apretó los labios—. El placer no sólo se encuentra en el exterior, como decía Su Excelencia hace un rato. También puede hallarse en la lealtad a determinados ritos personales, y más aún cuando todo lo establecido parece desmoronarse alrededor de uno.

El marqués adoptó un tono irónico.

—Creo que Cervantes escribió algo sobre eso. Con la diferencia de que usted es el hidalgo que no sale a los caminos, porque los molinos de viento los lleva dentro.

—En todo caso, un hidalgo introvertido y egoísta, no lo olvide Su Excelencia. El manchego quería deshacer entuertos; yo sólo aspiro a que me dejen en paz —se quedó un rato pensativo, analizando sus propios sentimientos—. Ignoro si eso es compatible con la honestidad, pero en realidad sólo pretendo ser honesto, se lo aseguro. Honorable. Honrado. Cualquier cosa que tenga su etimología en la palabra honor —añadió con sencillez; nadie hubiese tomado su tono por el de un fatuo.

—Original obsesión, maestro —dijo el marqués, sinceramente admirado—. Sobre todo en los tiempos que corren. ¿Por qué esa palabra, y no cualquier otra? Se me ocurren docenas de alternativas: dinero, poder, ambición, odio, pasión...

—Supongo que porque un día escogí ésa, y no otra. Quizás por azar, o porque me gustaba su sonido. Tal vez, de algún modo, la relacionaba con la imagen de mi padre, de cuya forma de morir siempre estuve orgulloso. Una buena muerte justifica cualquier cosa. Incluso cualquier vida.

—Ese concepto del tránsito —Ayala sonreía, encantado de prolongar la conversación con el maestro de esgrima— tiene un sospechoso tufillo católico, ya sabe. La buena muerte como puerta de la salvación eterna.

—Si se espera la salvación, o lo que sea, la cosa ya no tiene mucho mérito... Yo me refería al último combate en el umbral de una oscuridad eterna, sin más testigo que uno mismo.

—Se olvida usted de Dios.

—No me interesa. Dios tolera lo intolerable; es irresponsable e inconsecuente. No es un caballero.

El marqués miró a don Jaime con sincero respeto.

—Siempre sostuve, maestro —dijo después de un silencio—, que la Naturaleza hace las cosas tan bien que convierte a los lúcidos en cínicos, para permitirles sobrevivir... Usted es la única prueba que conozco de la inexactitud de mi teoría. Y tal vez sea precisamente eso lo que me gusta de su carácter; más aún que los golpes de esgrima. Me reconcilia con ciertas cosas que habría jurado sólo existen en los libros. Es algo así como mi conciencia dormida.

Callaron ambos, escuchando el rumor de la fuente, y la suave racha de aire tibio volvió a agitar las ramas de los sauces. Entonces el maestro de esgrima pensó en Adela de Otero, miró de soslayo a Luis de Ayala y percibió en su propio interior un ingrato murmullo de remordimiento.

Ajeno a la agitación política que aquel verano tenía lugar en la corte, Jaime Astarloa cumplía puntualmente los compromisos contraídos con sus clientes, incluyendo las tres horas semanales dedicadas a Adela de Otero. Las sesiones transcurrían desprovistas de cualquier situación equívoca, ciñéndose al aspecto técnico que motivaba la relación entre ambos. Aparte de los asaltos, en que la joven seguía haciendo gala de consumada destreza, apenas tenían ocasión de conversar brevemente sobre temas sin trascendencia. No había vuelto a repetirse el carácter un tanto íntimo de la conversación mantenida la tarde en que ella acudió por segunda vez a la galería del maestro de armas. Por lo general, ahora se limitaba a plantear a don Jaime determinadas cuestiones sobre esgrima, a las que él respondía con sumo placer y considerable alivio. Por su parte, el maestro contenía con aparente naturalidad su interés por conocer detalles sobre la vida de su cliente, y cuando alguna vez rozaba el tema, ella no se daba por enterada o lo eludía con ingeniosas evasivas. De todo aquello sólo pudo sacar en claro que vivía sola, sin parientes próximos, y que procuraba, por razones cuyo secreto sólo ella poseía, mantenerse al margen de la vida social que por su situación le habría correspondido en Madrid. Los únicos datos probados eran la razonable fortuna de que parecía gozar, muy próxima al lujo aunque habitase el segundo piso y no el principal del edificio de la calle

Riaño, y el hecho incontestable de que había residido durante algunos años en el extranjero; posiblemente en Italia, según creía adivinar merced a ciertos detalles y expresiones sorprendidos durante sus conversaciones con la joven. Por otra parte, no había modo de saber si era soltera o viuda, aunque su forma de vida parecía ajustarse más a la segunda hipótesis. La desenvoltura de Adela de Otero, el escepticismo que parecía empañar todas sus observaciones sobre la condición masculina, no eran justificables en una joven soltera. Resultaba evidente que aquella mujer había amado y había sufrido; Jaime Astarloa tenía los años suficientes para reconocer el aplomo al que, todavía en la juventud, sólo es posible acceder mediante la superación de intensas y extremas experiencias personales. A ese respecto, ignoraba si era justo, o no lo era, calificarla como lo que, en términos vulgares al uso, se denominaba una aventurera. Quizás lo fuera, después de todo; de hecho, había en ella rasgos de tan insólita independencia que a duras penas era posible catalogarla entre lo que el maestro de armas entendía por mujeres de corte convencional. Sin embargo, algo en su fuero interno le decía que eso sería ceder, demasiado fácilmente, al impulso de una torpe simplificación.

A pesar de la reticencia de Adela de Otero a la hora de revelar detalles sobre sí misma, la relación que mantenía con el profesor de esgrima podía considerarse, en términos generales, satisfactoria para éste. La juventud y personalidad de su cliente femenino, realzadas por su belleza, producían en Jaime Astarloa una saludable animación que se acentuaba con el paso de los días. Ella lo trataba con respeto no exento de una muy peculiar coquetería. Aquel escarceo era seguido con agrado por el viejo maestro, hasta el punto de que, según pasaba el tiempo, aguardaba cada vez con mayor ansiedad el momento en que ella, con su pequeña bolsa de viaje bajo el brazo, se presentaba en la galería. Ya estaba acostumbrado a que dejase entornada la puerta del vestidor, y allí acudía apenas se marchaba, para aspirar con otoñal ternura el suave aroma de agua de rosas que permanecía en el aire como rastro de su presencia. Y había momentos, cuando las miradas se sostenían demasiado tiempo, cuando algún golpe de esgrima violento los llevaba al borde del contacto físico, en que sólo a fuerza de autodisciplina lograba el maestro ocultar, bajo una capa de paternal cortesía, la turbación que aquella mujer calaba en su ánimo.

Llegó así el día en que, durante un asalto, ella se proyectó hacia adelante en una estocada, con tanta fuerza que llegó a chocar contra el pecho de don Jaime. Sintió éste el golpe del cuerpo femenino, tibio y elástico entre sus brazos, y con puro acto reflejo sujetó a la joven por la cintura, para ayudarla a recobrar el equilibrio. Ella se incorporó con extrema rapidez; pero su rostro, cubierto por la rejilla metálica de la careta, quedó durante un momento vuelto hacia el del maestro, muy cerca, de forma que éste sintió su respiración y el brillo de los ojos que lo miraban intensamente. Después de nuevo en guardia, él estaba tan afectado por lo ocurrido que la joven le asestó dos limpios botonazos sobre el peto antes de que pudiese pensar en oponer una defensa en regla. Feliz por haber realizado con éxito dos ataques seguidos, Adela de Otero iba y venía sobre la tarima, acosándolo con estocadas rápidas como relámpagos, con ataques y fintas que improvisaba fogosamente, saltando desbordada de alegría, como una chiquilla entregada en cuerpo y alma a un juego que la entusiasmaba. Jaime Astarloa, ya rehecho, la observaba mientras mantenía la distancia con el brazo extendido, tanteando el florete de la joven, que tintineaba contra el suyo cuando ella se detenía un instante, estudiando sagazmente la defensa contraria mientras buscaba una apertura por donde tirarse a fondo con rapidez y valor. El maestro de esgrima jamás la había amado con más intensidad que en aquel momento.

Más tarde, cuando ella regresaba del vestidor, ya con ropa de calle, pareció alterada. Estaba pálida y caminaba con poca seguridad. Pasándose una mano por la frente, dejó caer el sombrero al suelo y se apoyó vacilante en la pared. Acudió el maestro, solícito y preocupado.

—¿Se encuentra bien?

—Creo que sí —sonreía desmayadamente—. Sólo es el calor.

Le ofreció el brazo y ella se sostuvo en él. Inclinaba la cabeza, casi rozándole el hombro con la mejilla.

—Es el primer signo de debilidad que sorprendo en usted, doña Adela.

Una sonrisa iluminó el pálido rostro de la joven.

—Considérelo entonces un privilegio —dijo.

La acompañó hasta el estudio, deleitándose en la suave presión que la mano de ella ejercía sobre su brazo, hasta que la retiró para sentarse en el viejo sofá de piel cuarteada por el tiempo.

—Necesita usted un tónico. Quizás un sorbo de coñac le daría vigor.

—No se moleste. Me encuentro mucho mejor.

Insistió don Jaime, alejándose para buscar en una alacena. Regresó con una copa en la mano.

—Beba un poco, se lo ruego. Tonifica la sangre.

Ella mojó los labios en el licor, haciendo una graciosa mueca. El maestro de armas abrió de par en par los postigos de la ventana para que entrase bien el aire y fue a sentarse frente a la joven, guardando la conveniente distancia. Permanecieron así durante un rato en silencio. Don Jaime la observaba, so pretexto de interesarse por su estado, con mayor insistencia de lo que se hubiera atrevido en condiciones normales. Maquinalmente se pasó los dedos por el brazo donde ella había apoyado la mano; aún le parecía sentirla allí.

—Beba un sorbito más. Parece que le hace un efecto saludable.

Asintió, obediente. Después lo miró a los ojos y sonrió agradecida, sosteniendo en el regazo la copa de coñac que apenas había probado. Ya recobraba el color cuando hizo un gesto con la barbilla, señalando los objetos que llenaban la habitación.

—¿Sabe que su casa —dijo en voz baja, como de confidencia— se le parece a usted? Todo se ve tan amorosamente conservado que resulta confortable, y transmite seguridad. Aquí parece estarse a resguardo de todo, como si no transcurriese el tiempo. Estas paredes conservan...

—¿Toda una vida?

Hizo ella un gesto como si fuese a batir palmas, satisfecha de que él hubiera dado con el término justo.

—Toda su vida —respondió, seductora.

Se levantó Jaime Astarloa y dio unos pasos por la habitación, contemplando en silencio los objetos a que ella se refería: el viejo diploma de la Academia de París; el escudo de armas tallado en madera con la divisa: *A mí;* un juego de antiguas pistolas de duelo en una urna de cristal; la insignia de teniente de la Guardia Real sobre fondo de terciopelo verde, en un pequeño marco colgado de la pared... Pasó suavemente la mano por el lomo de los libros alineados en las estanterías de roble. Adela de Otero lo miraba con los labios entreabiertos, atenta, intentando captar el lejano rumor de todas las cosas que rodeaban al maestro de esgrima.

—Es hermoso no resignarse a olvidar —dijo la joven al cabo de unos instantes.

Hizo él un gesto de impotencia, dando a entender que nadie podía escoger sus propios recuerdos.

—No estoy seguro de que hermoso sea la palabra exacta —dijo, señalando las paredes cubiertas de objetos y libros—. A veces creo hallarme en un cementerio... La sensación es muy parecida: símbolos y silencio —meditó sobre lo que acababa de decir y sonrió con tristeza—. El silencio de todos los fantasmas que uno ha ido dejando tras de sí. Como Eneas al huir de Troya.

—Sé a qué se refiere.

—¿Lo sabe? Sí, tal vez. Empiezo a creer que sí lo sabe.

—Las sombras de quienes pudimos ser y no fuimos... ¿No se trata de eso?... De quienes soñamos ser y nos hicieron despertar —ella hablaba en tono monocorde, sin inflexiones, como si recitase de memoria una lección aprendida mucho tiempo atrás—. Las sombras de aquellos a quienes una vez amamos y no conseguimos jamás; de quienes nos amaron y cuya esperanza matamos por maldad, estupidez o ignorancia...

—Sí. Veo que lo sabe perfectamente.

La cicatriz intensificó el sarcasmo de la sonrisa:

—¿Y por qué no había de saberlo? ¿O acaso cree que sólo los hombres pueden tener una Troya ardiendo a sus espaldas?

Se la quedó mirando, sin saber qué decir. La joven había cerrado los ojos, identificando voces lejanas que únicamente ella podía oír. Después parpadeó, como si regresara de un sueño, y sus ojos buscaron al maestro de esgrima.

—Sin embargo —dijo—, no hay en usted amargura, don Jaime. Ni rencor. Me gustaría saber de dónde saca la fuerza suficiente para mantenerse intacto; para no caer de rodillas y pedir misericordia... Siempre ese aire de eterno extranjero, como ausente. Se diría que, empeñado en sobrevivir, atesora fuerzas en su interior, como un avaro.

Se encogió de hombros el viejo maestro.

—No soy yo —dijo en voz baja, casi con timidez—. Son mis casi sesenta años de vida, con todo lo bueno y lo malo que hubo en ella. En cuanto a usted... —se detuvo, inseguro, e inclinó la barbilla sobre el pecho.

—En cuanto a mí... —los ojos violeta se habían vuelto inexpresivos, como si un velo invisible hubiera caído sobre ellos. Don Jaime movió la cabeza con inocencia, igual que lo habría hecho un niño.

—Usted es muy joven. Se encuentra al comienzo de todo.

Ella lo miró fijamente. Después levantó las cejas y rió sin alegría.

—Yo no existo —dijo, con voz suavemente ronca.

Jaime Astarloa la miró, confuso. La joven se inclinó para dejar la copa de coñac sobre una mesita. Al hacerlo, el maestro de esgrima contempló el fuerte y hermoso cuello desnudo bajo la masa azabache del cabello recogido en la nuca. Los últimos rayos de sol llegaban sobre la ventana, que enmarcaba un rectángulo de nubes rojizas. El reflejo de un cristal fue menguando en la pared hasta desvanecerse por completo.

—Es curioso —murmuró don Jaime—. Siempre me precié de conocer a un semejante tras haber cruzado los floretes durante un tiempo razonable. No resulta difícil, ejercitando el tacto, calar en la persona. Cada uno se muestra en la esgrima tal y como es.

Ella lo miraba con aire ausente, como si estuviese pensando en cosas remotas.

—Es posible —murmuró inexpresiva.

El maestro cogió un libro al azar, y tras sostenerlo un momento entre las manos lo devolvió distraídamente a su lugar.

—Con usted no ocurre eso —dijo. Ella pareció volver muy despacio en sí; sus ojos mostraron un leve destello de interés.

—Hablo en serio —continuó él—. De usted, doña Adela, sólo he sido capaz de adivinar su vigor, su agresividad. Los movimientos son pausados y seguros; demasiado ágiles para una mujer, demasiado gráciles para un hombre. Emana cierta sensación magnética; energía contenida, disciplinada... A veces un oscuro e inexplicable encono, ignoro contra qué. O contra quién. Tal vez la respuesta se encuentre bajo las cenizas de esa Troya que tan bien parece conocer.

Adela de Otero pareció meditar sobre aquellas palabras.

—Continúe —dijo.

Jaime Astarloa hizo un gesto de impotencia.

—No hay mucho más que decir —confesó, en tono de disculpa—. Soy capaz, como ve, de adivinar todo eso; pero no logro llegar hasta aquello que lo motiva. Sólo soy un viejo maestro de esgrima, sin pretensiones de filósofo, o de moralista.

—No está mal, para tratarse de un viejo maestro de esgrima —observó la joven con sonrisa burlona e indulgente. Algo parecía estremecerse con languidez bajo su piel mate. Al otro lado de la ventana, el cielo se oscurecía sobre los tejados de Madrid. Un gato pasó por el alféizar, taimado y silencioso, echó un vistazo a la habitación que empezaban a cubrir las sombras y siguió su camino.

Ella se movió, con suave rumor de faldas.

—En un momento equivocado —dijo, reflexiva y misteriosa—. En un día equivocado... En una ciudad equivocada —inclinó los hombros, sonriendo de forma fugitiva—. Lástima —añadió.

Don Jaime la miró, desorientado. Al sorprender su gesto, la joven entreabrió los labios con dulzura y, en graciosa mudanza, palmeó la piel del sofá a su lado.

—Venga a sentarse aquí, maestro.

De pie junto a la ventana, Jaime Astarloa hizo un gesto de cortés negativa. La habitación ya estaba en penumbra, velada de grises y sombras.

—¿Amó alguna vez? —preguntó ella. Sus facciones empezaban a difuminarse en la oscuridad creciente.

—Varias —contestó él con melancolía.

—¿Varias? —la joven pareció sorprendida—. Ya entiendo. No, maestro. Quiero decir si alguna vez *amó*.

El cielo ya oscurecía rápidamente hacia el oeste. Don Jaime miró el quinqué, sin decidirse a encenderlo. Adela de Otero no parecía incómoda por la paulatina ausencia de luz.

—Sí. Una vez, en París. Hace mucho tiempo.

—¿Era hermosa?

—Sí. Tanto... como usted. Además, París la embellecía: Quartier Latin, elegantes trastiendas de la rue Saint Germain, bailes de la Chaumière y Montparnasse...

Los recuerdos llegaron con una punzada de nostalgia que le contrajo el estómago. Miró otra vez el quinqué.

—Creo que deberíamos...

—¿Quién dejó a quién, don Jaime?

Sonrió dolorosamente el maestro de esgrima, consciente de que Adela de Otero ya no podía ver su gesto.

—Fue algo más complejo. Al cabo de cuatro años, la obligué a escoger. Y lo hizo.

La joven era ahora una sombra inmóvil.

—¿Casada?

—Era casada. Y usted es una joven inteligente.

—¿Qué hizo después?

—Liquidé cuanto tenía, y regresé a España. De eso hace mucho tiempo.

En la calle, pértiga y chuzo, alguien encendía los faroles. Una débil claridad de luz de gas penetró por la ventana abierta. Ella se levantó del sofá y cruzó la oscuridad hasta llegar cerca del maestro. Se quedó allí, inmóvil junto a la ventana.

—Hay un poeta inglés —dijo en voz baja—. Lord Byron.

Don Jaime aguardó, en silencio. Podía sentir el calor que emanaba del cuerpo joven que tenía a su lado, casi rozando el suyo. Tenía la garganta seca, oprimida por el temor de que se escuchasen los latidos de su corazón. La voz de Adela de Otero sonó queda, como una caricia:

«The devil speaks truth much oftener than he's deemed. He has an ignorant audience...»

Se acercó más a él. Desde la calle, el resplandor iluminaba la parte inferior de su rostro, la barbilla y la boca:

«El Diablo dice la verdad más a menudo de lo que se cree, pero tiene un auditorio ignorante...»

Sobrevino un silencio absoluto, con apariencia de eternidad. Y sólo cuando aquel silencio se hizo insoportable, sonó de nuevo la voz de ella:

—Siempre hay una historia que contar.

Había hablado en tono tan bajo que don Jaime tuvo que adivinar las palabras. Sentía casi en la piel, muy cerca, el suave aroma de agua de rosas. Comprendió que empezaba a perder la cabeza, y buscó desesperadamente algo que lo anclase a la realidad. Entonces alargó la mano hacia el quinqué y encendió un fósforo. La humeante llama temblaba en sus manos.

Se empeñó en acompañarla hasta la calle Riaño. No eran horas, dijo sin atreverse a mirarla a los ojos, para que anduviese sola en busca de un coche. Así que se puso una levita, tomó bastón y chistera y bajó los peldaños delante de ella. En el portal se detuvo y, tras un breve titubeo que no pasó inadvertido a Adela de Otero, terminó por ofrecerle un brazo con toda la helada cortesía de que fue capaz. La joven se apoyó en él, y mientras caminaban se volvía de vez en cuando a mirarlo de soslayo, con gesto en el que se adivinaba una oculta burla. Requirió don Jaime un calesín cuyo cochero dormitaba apoyado en el farol, subieron y dio la dirección. Trotó el coche calle Arenal abajo, torciendo a la derecha al llegar frente al palacio de Oriente. Permanecía silencioso el maestro de armas, con las manos apoyadas sobre el pomo del bastón, esforzándose inútilmente por mantener en blanco sus propios pensamientos. Lo que pudo llegar a ocurrir no había ocurrido, pero no estaba seguro de si debía felicitarse o despreciarse por ello. En cuanto a lo que Adela de Otero pensaba en aquel momento, no quería, bajo ningún concepto, averiguarlo. Flotaba, sin embargo, una certeza en el aire: aquella noche, al término de la conversación que, en apariencia, tenía que haberlos acercado más el uno al otro, algo se había roto entre ambos, definitivamente y para siempre. Ignoraba qué, pero eso era lo de menos; lo inconfundible era el ruido de los pedazos al caer a su alrededor. La joven no iba a perdonarle jamás su cobardía. O su resignación.

Iban en silencio, ocupando cada uno su rincón del asiento tapizado de rojo. A veces, cuando pasaban junto a una farola encendida, un fragmento de claridad recorría el interior, permitiendo a don Jaime atisbar por el rabillo del ojo el perfil de su acompañante, absorta en la contemplación de las sombras que cubrían las calles. El viejo maestro hubiese querido decir cualquier cosa que aliviase la desazón que lo atormentaba; pero temía empeorar las cosas. Todo aquello resultaba endiabladamente absurdo.

Al cabo de un rato, Adela de Otero se volvió hacia él.

—Me han dicho, don Jaime, que entre su clientela hay gente de calidad. ¿Es cierto?

—Así es.

—¿También nobles? Me refiero a condes, duques y todo eso.

Jaime Astarloa se alegró de que surgiera un tema de conversación con giro muy distinto al que había tenido lugar en su casa un rato antes. Sin duda ella era consciente de que las cosas habían podido ir demasiado lejos. Tal vez, adivinando la incomodidad del maestro de armas, intentaba romper el hielo tras la embarazosa situación, a la que no había sido en absoluto ajena.

—Algunos hay —respondió—. Pero no muchos, lo confieso. Pasaron los tiempos en que un maestro de armas con prestigio se establecía en Viena o San Petersburgo y lo nombraban capitán de un regimiento imperial... La nobleza actual no se inclina demasiado a practicar mi arte.

—¿Y quiénes son las honrosas excepciones?

Don Jaime se encogió de hombros.

—Dos o tres. El hijo del conde de Sueca, el marqués de los Alumbres...

—¿Luis de Ayala?

La miró sin ocultar su sorpresa.

—¿Conoce usted a don Luis?

—Me han hablado de él —dijo ella con perfecta indiferencia—. Tengo entendido que es uno de los mejores espadachines de Madrid.

Asintió complacido el maestro.

—Así es.

—¿Mejor que yo? —ahora sí había un punto de interés en su voz.

Resopló, puesto en un brete:

—Es otro estilo.

Adela de Otero adoptó un tono frívolo:

—Me encantaría tirar con él. Dicen que es un hombre interesante.

—Imposible. Lo siento, pero es imposible.

—¿Por qué? No veo la dificultad.

—Bueno... Quiero decir que...

—Me gustaría sostener con él un par de asaltos. ¿También le enseñó usted la estocada de los doscientos escudos?

Don Jaime se removió inquieto en el asiento del calesín. Empezaba a preocuparle su propia preocupación.

—Su pretensión, doña Adela, es un poco... hum, irregular —el maestro había fruncido el ceño—. No sé yo si el señor marqués...

—¿Tiene usted mucha confianza con él?

—Bueno; me honra con su amistad, si es a eso a lo que se refiere.

La joven se colgó de su brazo, con tan voluble entusiasmo que Jaime Astarloa tuvo que hacer un esfuerzo para reconocer a la Adela de Otero que, media hora antes, conversaba con él en la grave intimidad de su estudio.

—¡No hay problema, entonces! —exclamó, satisfecha—. Usted le habla de mí; le dice la verdad, que manejo bien el florete, y seguro que siente curiosidad por conocerme: ¡Una mujer que tira esgrima!

Farfulló don Jaime un par de excusas poco convincentes, pero ella volvió a la carga una y otra vez:

—A estas alturas, maestro, usted sabe que no conozco a nadie en Madrid. A nadie más que a usted. Soy mujer, y no es cuestión de que vaya por ahí llamando a las puertas con un florete bajo el brazo...

—¡Ni pensarlo! —la exclamación de Jaime Astarloa surgía esta vez de su propio sentido del decoro.

—¿Lo ve? Me moriría de vergüenza.

—No es sólo eso. Don Luis de Ayala es demasiado estricto en materia de esgrima. No sé qué pensaría si una mujer...

—Usted me aceptó, maestro.

—Lo ha dicho usted misma. Mi profesión es la de maestro de armas. La de don Luis de Ayala es ser marqués.

La joven soltó una breve carcajada, maliciosa y alegre.

—El primer día, cuando me visitó en casa, también dijo usted que me rechazaba por cuestión de principios...

—Se impuso mi curiosidad profesional.

Cruzaron la calle de la Princesa, pasando junto al palacio de Liria. Algunos transeúntes bien vestidos paseaban a la fresca, bajo la luz temblorosa de los faroles. Un aburrido sereno se tocó la gorra ante el calesín, creyendo que se dirigía a la residencia de los duques de Alba.

—¡Prométame que le hablará de mí al marqués!

—Jamás prometo algo que no estoy dispuesto a cumplir.

—Maestro... Voy a terminar pensando que está usted celoso.

Jaime Astarloa sintió una oleada de sofoco subirle a la cara. No podía verse el rostro, pero estaba seguro de que había enrojecido hasta las orejas. Se quedó con la boca abierta, incapaz de articular palabra, sintiendo cómo una extraña sensación se le anudaba en la garganta. «Tiene razón —se dijo atropelladamente—. Tiene toda la razón del mundo. Me estoy comportando como un chiquillo.» Respiró hondo, avergonzado de sí mismo, y golpeó el suelo del calesín con la contera de su bastón.

—Bueno... Lo intentaremos. Pero no le aseguro el éxito.

Batió palmas como una niña feliz, e inclinándose sobre él le apretó cálidamente una mano. Demasiado, tal vez, para tratarse de un simple capricho satisfecho. Y el maestro de esgrima pensó que Adela de Otero, sin la menor duda, era una mujer desconcertante.

Jaime Astarloa cumplió su palabra a regañadientes, abordando con mucho tacto el tema durante una sesión en casa del marqués de los Alumbres. «*Joven esgrimista, ya sabe a quién me refiero, mostró usted curiosidad en cierta ocasión. A la juventud le gusta romper moldes y todo eso. Innegablemente una apasionada de nuestro arte, dotada para el asalto, buena mano, nunca me atrevería en otro caso. Si a usted le parece que...*»

Luis de Ayala se acariciaba con suma complacencia el bigote engomado. No faltaría más. Gran interés por su parte.

—¿Y dice usted que es hermosa?

Don Jaime estaba irritado consigo mismo, y se daba a todos los diablos con aquel alcahueteo que se le antojaba innoble. Por otra parte, lo que Adela de Otero había dicho en el calesín retornaba a su mente una y otra vez, con dolorosa persistencia. A sus años, era ridículo descubrir que todavía podía sentirse aguijoneado por los celos.

Las presentaciones tuvieron lugar en la galería de don Jaime cuando, dos días después, el marqués se dejó caer por allí con aire casual durante la sesión de esgrima de Adela de Otero. Se intercambiaron las cortesías de rigor y Luis de Ayala, corbata de raso malva con alfiler de brillantes, calcetines de seda bordados y bigote rizado con sumo esmero, pidió humildemente permiso para presenciar un asalto. Se apoyó en la pared con los brazos cruzados y grave expresión de conocedor en el semblante, mientras la joven, con absoluto aplomo, realizaba frente a don Jaime una de las mejores exhibiciones de esgrima que éste recordaba haber visto en un cliente. Desde su rincón, el marqués rompió a aplaudir, visiblemente encantado.

—Señora, es para mí un honor.

Los ojos violeta se clavaron en los de Ayala con tal intensidad que el aristócrata se pasó un dedo por el cuello de la camisa. Había en ellos un chispazo de desafío, de prometedora provocación. El marqués aprovechó la primera ocasión para acercarse al maestro de esgrima en un discreto aparte.

—¡Qué mujer fascinante!

Don Jaime asistía a todo aquello con un mal humor que a duras penas lograba disimular bajo una actitud de fría profesionalidad. Cuando finalizó el asalto, Luis de Ayala se enfrascó en una prolija conversación técnica con la joven, mientras el maestro devolvía a su sitio floretes, petos y caretas. El de los Alumbres se estaba ofreciendo con exquisita galantería a acompañarla a su domicilio. Su faetón con cochero inglés aguardaba en la calle, y era un maravilloso placer ponerlo a disposición de la señora; tenían sin duda mucho que hablar de su común afición por la esgrima. Quizás le apeteciese asistir, a las nueve, al concierto en los jardines de los Campos Elíseos. La Sociedad de Profesores, dirigida por el maestro Gaztambide, interpretaba *La Gazza Ladra,* de Rossini, y una miscelánea de motivos de *Roberto el Diablo.* Adela de Otero hizo una graciosa inclinación, aceptando encantada. El ejercicio había enrojecido sus mejillas dándole un seductor aspecto.

Mientras ella se cambiaba, con la puerta cerrada esta vez, Luis de Ayala hizo extensiva la invitación a don Jaime por pura fórmula, aunque era patente que sin excesivo afán en que aceptase. Sintiéndose convidado de piedra en todo aquello, el maestro declinó y se limitó a sonreír torpemente, con muda angustia. El marqués era adversario de mucha talla, e intuyó Jaime Astarloa que había perdido su propia partida sin llegar siquiera a osar iniciarla. Se marcharon los dos del brazo, conversando animadamente, y el maestro de armas escuchó con dolorida impotencia los pasos que se alejaban por la escalera.

Anduvo por casa el resto de la jornada como un león enjaulado, dándose a todos los diablos. En una ocasión se detuvo y contempló su rostro en los espejos de la galería.

—¿Y qué otra cosa podías esperar? —se interrogó con desprecio.

Desde el reflejo, la imagen encanecida de un anciano le hizo una mueca amarga.

Pasaron varios días. Los periódicos, amordazados por la censura, informaban entre líneas de los avatares políticos. Se decía que don Juan Prim había obtenido permiso de Napoleón III para tomar las aguas en Vichy. Inquieto por la proximidad del conspirador, el gobierno de González Bravo hacía llegar por diversos conductos su malestar el emperador de Francia. En Londres, mientras preparaba las maletas, el conde de Reus mantenía intensas reuniones con sus correligionarios y se las ingeniaba para que diversas personalidades aflojasen la bolsa

por la causa. Una revolución que no gozara del debido respaldo económico corría el riesgo de convertirse en una cha-
puza, y el héroe de los Castillejos, retorcido el colmillo por los
anteriores fracasos, ya no estaba dispuesto más que a jugarse
el tipo sobre seguro.

En Madrid, González Bravo repetía con cierto chulesco do-
naire las palabras pronunciadas el día de su toma de posesión
en el Congreso:

—Somos un Gobierno de resistencia a la revolución; tenemos confianza en el país, y los conspiradores nos encontrarán
en la brecha. Yo no presido el consejo de ministros, sino que
está aquí la sombra del general Narváez.

Pero la difunta sombra del Espadón de Loja tenía a los revoltosos sin el menor cuidado. Viéndolas venir, los generales
que antaño habían acuchillado al pueblo sin el menor reparo
se pasaban ahora en masa al bando de la revolución, si bien no
estaban dispuestos a dar el grito hasta que la cosa estuviese
hecha. A remojo en Lequeitio, lejos del hervidero madrileño,
Isabel II no las tenía todas consigo, y se apoyaba como último
recurso en el general Pezuela, conde de Cheste, que acariciaba
el pomo del sable mientras hacía fervientes promesas de lealtad isabelina:

—Si hay que morir defendiendo la regia cámara, se muere.
Para eso estamos.

Confiando de momento en tan bizarro recurso, la prensa gu-
bernamental procuraba tranquilizar al país con profusas gace-
tillas sobre la normalidad reinante. Una copla se había puesto
de moda en los papeles oficialistas:

> *Muchos con la esperanza*
> *viven alegres,*
> *muchos son los borricos*
> *que comen verde...*

Jaime Astarloa había perdido un cliente: Adela de Otero ya
no acudía a las sesiones de esgrima. Se la veía por Madrid inde-

fectiblemente escoltada por el marqués de los Alumbres, paseando por el Retiro, en calesa por el Prado, en el teatro Rossini o en un palco de la Zarzuela. Entre golpes de abanico y discretos codazos cloqueaba la buena sociedad madrileña, preguntándose quién era aquella desconocida que de tal modo le había puesto los puntos al calavera de Ayala. Nadie supo decir de dónde había caído, se ignoraba todo sobre su familia y no se le conocía relación social ninguna, exceptuando al de los Alumbres. Las más afiladas lenguas capitalinas pasaron un par de semanas en arduas cábalas e investigaciones, pero terminaron por declararse vencidas. Sólo pudo establecerse que la joven había llegado recientemente del extranjero y que, sin duda debido a ello, algunas de sus costumbres eran impropias de una dama.

Llegaban hasta don Jaime algunos de estos rumores, debidamente amortiguados por la distancia, y él los encajaba con el debido estoicismo. Por otra parte, su exquisita prudencia se imponía en las sesiones diarias que seguía manteniendo con Luis de Ayala. Jamás mostró curiosidad alguna por averiguar cómo transcurría la vida de la joven, y tampoco el marqués parecía inclinado a ponerlo al corriente. Tan sólo una vez, mientras ambos saboreaban la habitual copa de jerez tras un par de asaltos, el aristócrata le puso una mano en el hombro y sonrió, amistoso y confidencial:

—Maestro, le debo a usted mi felicidad.

Acogió don Jaime el comentario con la debida frialdad, y eso fue todo. Pocos días después, el maestro de esgrima recibió la segunda orden de pago firmada por Adela de Otero, en la que se le abonaban sus honorarios por las últimas semanas. Venía acompañada de una escueta esquela:

Lamento no seguir disponiendo de tiempo para continuar con nuestras interesantes sesiones de esgrima. Quiero agradecerle sus deferencias, asegurándole que guardo de usted un recuerdo inolvidable.

De mi más distinguida consideración

Adela de Otero

Leyó el maestro varias veces la carta, pensativo y ceñudo. Después la dejó sobre la mesa y, cogiendo un lápiz, hizo cuentas. Tomó a continuación recado de escribir y mojó la pluma en el tintero:

Estimada señora:
Observo con sorpresa que en la segunda orden de pago por usted remitida, abona nueve sesiones de esgrima como correspondientes al mes en curso, cuando en realidad sólo tuve el placer de dedicarle tres durante esta mensualidad. Sobra, por tanto, la cantidad de 360 reales, que le devuelvo con orden de pago adjunta.
Reciba Vd. mi más atento saludo

Jaime Astarloa
Maestro de Armas

Firmó y después tiró la pluma sobre la mesa con irritado impulso. Algunas gotas de tinta salpicaron la carta de Adela de Otero. La agitó en el aire para que se secasen los borrones, contemplando la escritura nerviosa y picuda de la joven: los rasgos eran largos y aguzados como puñales. Dudó entre romperla o conservarla, decidiéndose finalmente por la última solución. Cuando el dolor se hubiese atenuado, aquel trozo de papel constituiría un recuerdo más. Mentalmente, don Jaime lo incluyó en el rebosante baúl de sus nostalgias.

Aquella tarde, la tertulia del Progreso se disolvió antes de lo habitual. Agapito Cárceles estaba muy atareado con un artículo que debía entregar por la noche en el *Gil Blas,* y Carreño aseguraba que tenía sesión extraordinaria en la logia de San Miguel. Don Lucas se había retirado pronto, aquejado de un leve catarro estival, así que Jaime Astarloa se quedó solo con Marcelino Romero, el profesor de piano. Decidieron ambos dar un paseo, aprovechando que el calor del día daba paso a una tibia brisa vespertina. Bajaron por la Carrera de San Jerónimo; don

Jaime se quitó la chistera al cruzarse con algún conocido ante el restaurante Lhardy y en la puerta del Ateneo. Romero, apacible y melancólico según su costumbre, caminaba mirándose la punta de los pies, ensimismado en sus pensamientos. Llevaba una arrugada chalina en el cuello y el sombrero cuidadosamente echado hacia atrás, sobre el cogote. Las puntas de su camisa no se veían muy limpias.

El Paseo del Prado hervía de paseantes bajo los árboles. En los bancos de hierro forjado, soldados y criadas tejían y destejían requiebros y chirigotas mientras gozaban de los últimos rayos de sol. Algunos elegantes caballeros, acompañando a damas o en grupos de amigos, paseaban entre las fuentes de Cibeles y Neptuno, movían los bastones con afectación y se llevaban la mano a la chistera al pasar cerca el frufrú de alguna falda respetable o interesante. Por la enarenada avenida central, sombreros y sombrillas multicolores circulaban en carruajes descubiertos bajo la luz rojiza del atardecer. Un rubicundo coronel de Ingenieros, cruzado el pecho de heroica ferretería, fajín y sable, fumaba plácidamente un veguero mientras conversaba en voz baja con su ayudante, un capitán de rostro conejil que asentía con grave circunspección; era evidente que hablaban de política. Unos pasos más atrás seguía la señora coronela, a duras penas encorsetadas sus jamonas carnes bajo el vestido cuajado de encajes y lacitos, mientras la doncella, delantal y cofia, pastoreaba un rebaño de media docena de niños de ambos sexos, vestidos con puntillas y medias negras. En la glorieta de las Cuatro Fuentes, un par de lechuguinos con brillantina y raya en medio se retorcían los engomados bigotes mientras lanzaban furtivas miradas a una joven que, bajo estrecha vigilancia de su aya, leía un tomito de doloras de Campoamor, ajena a la expectación que su pequeño y fino pie, junto a dos tentadoras pulgadas de delicado tobillo enfundado en media blanca, suscitaba en los mirones.

Pasearon tranquilamente los amigos, gozando de la agradable temperatura; contrastaban de forma singular la elegancia pasada de moda del maestro de esgrima y el desaliñado aspecto del pianista. Romero observó durante unos instantes a

un vendedor de barquillos que hacía girar la ruleta de su artilugio entre un corro de niños, y se volvió hacia su contertulio
con aire apesadumbrado.

—¿Cómo anda usted de fondos, don Jaime?

El aludido lo miró con cierta amable guasa.

—No me irá usted a decir que le apetece un barquillo...

Sonrojóse el profesor de música. La mayoría de sus alum-
nas se había marchado de vacaciones, y él se encontraba a la
última pregunta. En verano solía vivir de discretos sablazos a
los amigos.

Don Jaime echó mano al bolsillo del chaleco.

—¿Qué necesita?

—Con veinte reales me apaño.

Sacó el maestro de armas un duro de plata, y lo deslizó dis-
cretamente en la mano que su amigo alargaba con timidez.
Murmuró Romero una atropellada excusa:

—Mi patrona...

Cortó Jaime Astarloa la explicación con gesto comprensivo;
se hacía cargo de la situación. El otro suspiró, agradecido.

—Vivimos tiempos difíciles, don Jaime.

—Y que lo diga.

—Tiempos de angustia, de zozobra... —se llevó el pianista
una mano al corazón, tanteándose una inexistente cartera—.
Tiempos de soledad.

Emitió Jaime Astarloa un gruñido que a nada comprometía.
Romero lo interpretó como una señal de asentimiento, y pareció confortado.

—El amor, don Jaime. El amor —prosiguió al cabo de un
momento de triste reflexión—. Eso es lo único que puede ha-
cernos felices y, paradójicamente, es lo que nos condena a los
peores tormentos. Amar equivale a esclavitud.

—Sólo es esclavo quien espera algo de los demás —el
maestro de esgrima miró a su interlocutor hasta que aquél parpadeó, confuso—. Tal vez sea ése el error. Quien no necesita
nada de nadie, permanece libre. Como Diógenes en su barril.

El pianista movió la cabeza; no estaba de acuerdo.

—Un mundo en el que no esperásemos algo de los otros sería un infierno, don Jaime... ¿Sabe usted qué es lo peor?

—Lo peor siempre es cosa muy personal. ¿Qué es lo peor para usted?

—Para mí, la ausencia de esperanza: sentir que se ha caído en la trampa y... Quiero decir que hay momentos terribles, en que parece no haber una salida.

—Hay trampas que no la tienen.

—No diga eso.

—Le recuerdo, de todas formas, que ninguna trampa tiene éxito sin la complicidad inconsciente de la víctima. Nadie obliga al ratón a buscar el queso en la ratonera.

—Pero la búsqueda del amor, de la felicidad... Yo mismo, sin ir más lejos...

Jaime Astarloa se volvió hacia su contertulio con cierta brusquedad. Sin saber muy bien por qué, lo irritaba aquella mirada melancólica, tan semejante a la de un cervatillo acosado. Sintió la tentación de ser cruel.

—Entonces ráptela, don Marcelino.

La nuez del otro subió y bajó rápidamente, tragando saliva.

—¿A quién?

En la pregunta había alarma y desconcierto. También una súplica que el maestro de esgrima se negó a escuchar.

—Sabe perfectamente a quién me refiero. Si tanto ama a su honesta madre de familia, no se resigne a languidecer bajo el balcón el resto de su vida. Introdúzcase otra vez en la casa, échese a sus pies, sedúzcala, pisotee su virtud, arránquela de allí a la fuerza... ¡Péguele un tiro al marido, o pégueselo usted! Haga un acto heroico o haga el ridículo, pero haga algo, hombre de Dios. ¡Si apenas tiene usted cuarenta años!

Inesperada, la brutal elocuencia del maestro de armas había borrado del rostro de Romero hasta el menor indicio de vida. La sangre se le había retirado de las mejillas, y por un momento pareció que iba a darse la vuelta, echando a correr.

—Yo no soy un hombre violento —balbució al cabo de un rato, como si aquello lo justificase todo.

Jaime Asrtaloa lo miró con dureza. Por primera vez desde que se conocían, la timidez del pianista no le inspiraba compasión, sino desdén. ¡Qué distinto habría sido todo si Adela de Otero hubiese llegado a él cuando, como Romero, contaba veinte años menos!

—No hablo de la violencia que Cárceles predica en la tertulia —dijo—. Me refiero a la que nace del coraje personal —señaló su propio pecho—. De aquí.

Romero había pasado de la turbación al recelo; se manoseó nerviosamente la chalina mientras eludía la mirada de su interlocutor.

—Estoy en contra de cualquier tipo de violencia, personal o colectiva.

—Pues yo no. Hay en ella matices muy sutiles, se lo aseguro. Una civilización que renuncia a la posibilidad de recurrir a la violencia en sus pensamientos y acciones, se destruye a sí misma. Se convierte en un rebaño de corderos, a degollar por el primero que pase. Lo mismo les ocurre a los hombres.

—¿Y qué me dice de la Iglesia Católica? Es contraria a la violencia, y se ha mantenido durante veinte siglos sin necesidad de ejercerla nunca.

—No me haga reír a estas horas, don Marcelino. Al Cristianismo lo sostuvieron las legiones de Constantino y las espadas de los cruzados. Y a la Iglesia Católica, las hogueras de la Inquisición, las galeras de Lepanto y los tercios de los Habsburgo... ¿Quién espera que sostenga su causa por usted?

El pianista bajó los ojos.

—Me decepciona, don Jaime —dijo al cabo de un instante, hurgando en el suelo enarenado con la punta del bastón—. Nunca sospeché que compartiera los argumentos de Agapito Cárceles.

—Yo no comparto argumentos con nadie. Entre otras cosas, el principio de igualdad que con tanto brío defiende nuestro contertulio, me trae al fresco. Y ya que menciona el tema, le diré que prefiero ser gobernado por César o Bonaparte, a quienes siempre puedo intentar asesinar si no me placen, antes que ver decidirse mis aficiones, costumbres y compañía por el voto del tendero de la esquina... El drama de nuestro siglo, don Marcelino, es la falta de genio; que sólo es comparable a la falta de coraje y a la falta de buen gusto. Sin duda, eso se debe a la ascensión irrefrenable de los tenderos de todas las esquinas de Europa.

—Según Cárceles, esos tenderos tienen los días contados —respondió Romero con un apunte de tímido rencor; el marido de su amada era un conocido comerciante de ultramarinos.

—Peor nos lo pone Cárceles, porque conocemos bien lo que ofrece como alternativa... ¿Sabe usted cuál es el problema? Nos encontramos en la última de tres generaciones que la Historia tiene el capricho de repetir de cuando en cuando. La primera necesita un Dios, y lo inventa. La segunda levanta templos a ese Dios e intenta imitarlo. Y la tercera utiliza el mármol de esos templos para construir prostíbulos donde adorar su propia codicia, su lujuria y su bajeza. Y es así como a los dioses y a los héroes los suceden siempre, inevitablemente, los mediocres, los cobardes y los imbéciles. Buenas tardes, don Marcelino.

Permaneció el maestro de esgrima apoyado en el bastón, viendo alejarse sin remordimientos la miserable figura del pianista, que caminaba con la cabeza hundida entre los hombros; sin duda camino de su desesperada ronda bajo el balcón de la calle Hortaleza. Jaime Astarloa se quedó un rato observando a los paseantes, aunque su pensamiento se hallaba absorto en la propia situación. Sabía muy bien que algunas de las cosas que le había dicho a Romero podían serle aplicadas a él mismo, y esa certeza no lo hacía precisamente feliz. Al cabo de un rato decidió marcharse a casa. Subió por la calle Atocha, sin prisas, y entró en su botica habitual para comprar alcohol y linimento, cuya provisión empezaba a escasearle. El mancebo cojitranco lo atendió con su habitual amabilidad, preguntándole por su estado de salud.

—No me quejo —respondió don Jaime—. Ya sabe que estos remedios son para mis alumnos.

—¿No se marcha usted de veraneo? La reina ya está en Lequeitio. Allí veremos reunirse a toda la Corte, si don Juan Prim no lo remedia. ¡Ése sí que es un hombre! —el mancebo se golpeó orgullosamente la pierna mutilada—. Tenía usted que haberlo visto en los Castillejos, sobre su caballo, más tranquilo que un domingo de agosto mientras los moros nos cerraban como diablos. Allí tuve el honor de estar a su lado, y quedar mutilado por la Patria. Cuando caí con un chinazo en esta pierna, don Juan se volvió a mirarme y dijo con ese acento catalán tan suyo: «Eso no es nada, chaval»... Allí mismo le solté tres vivas antes de que se me llevaran en camilla... ¡Seguro que todavía se acuerda de mí!

Salió don Jaime a la calle con el paquete bajo el brazo, pasó frente al palacio de Santa Cruz y anduvo por los soportales hasta la Plaza Mayor, donde permaneció unos minutos entre el corro de personas que escuchaban los marciales acordes de una banda militar, bajo la estatua ecuestre de Felipe III. Salía a la calle Mayor, dispuesto a cenar algo en la fonda Pereira antes de subir a casa, cuando se detuvo como si hubiese recibido un golpe. Al otro lado de la calle, asomando medio rostro por la ventanilla de una berlina, estaba Adela de Otero. Ella no se percató de la presencia del maestro de esgrima, ocupada como estaba en discreto diálogo con cierto caballero de mediana edad, vestido de frac con chistera y bastón, que se apoyaba con naturalidad en el marco de la ventanilla.

Don Jaime se quedó inmóvil, contemplando la escena. El caballero, de espaldas a él, se inclinaba hacia la joven y le hablaba en voz baja, con aire comedido. Ella estaba inusitadamente seria, y negaba de vez en cuando con la cabeza. Susurró un par de graves comentarios, llegándole a su interlocutor el turno de asentir. Hizo don Jaime ademán de seguir su camino, pero la curiosidad pudo más que su intención y permaneció en el mismo lugar, intentando acallar sus escrúpulos de conciencia por la inequívoca actitud de espionaje a que de tan indigna forma se abandonaba. Aguzó el oído en un intento por captar fragmentos de conversación, pero su esfuerzo resultó estéril. Estaban demasiado lejos de él.

El caballero seguía de espaldas, pero de cualquier modo estuvo seguro don Jaime de que le era desconocido. Adela de Otero hizo de pronto un gesto negativo con el abanico que tenía en la mano, y después empezó a decir algo mientras sus ojos vagaban distraídamente por la calle. De pronto se fijaron en Jaime Astarloa, que inició un gesto de saludo llevándose la mano a la chistera. Su movimiento, sin embargo, quedó interrumpido a la mitad cuando vio la singular expresión de alarma que se pintó en los ojos de la joven. Ésta retiró al punto el rostro, y se ocultó en el interior del coche mientras el caballero se volvía a medias, con visible preocupación, hacia don Jaime. Ella pareció dar una brusca orden, porque de improviso se sobresaltó el cochero que haraganeaba en el pescante y, agitando el látigo, hizo arrancar a los caballos. Se apartó el desconocido de la portezuela y, balanceando el bastón, alejóse rápidamente por la dirección opuesta. Apenas tuvo tiempo el maestro de esgrima de ver un momento sus facciones, por lo que retuvo tan sólo unas largas patillas a la inglesa y un fino bigote recortado. Era un individuo elegante, de mediana estatura y distinguido aspecto, que sostenía un bastón de marfil y parecía tener mucha prisa.

Caviló mucho don Jaime sobre todo aquello, y por último se declaró incapaz de interpretar la escena de la que había sido testigo. Le dio vueltas en la cabeza mientras despachaba su frugal cena, y todavía en la soledad de su estudio volvió, inútilmente, a intentar arrojar luz sobre el misterio. Sentía una inmensa curiosidad por saber quién era aquel hombre.

Pero algo lo intrigaba todavía más. Al ser descubierto, Jaime Astarloa había vislumbrado en la joven una expresión jamás vista hasta entonces. No había en ella ni sorpresa ni irritación, emociones explicables al saberse observada con tan indiscreta impertinencia. El sentimiento percibido por el maestro de esgrima respondía a algo mucho más oscuro e inquietante, hasta el punto de que tardó un buen rato en decidir que su intuición no lo engañaba. Porque, durante una fracción de segundo, a los ojos de Adela de Otero había asomado el miedo.

Se despertó bruscamente, incorporándose angustiado en el lecho. Tenía el cuerpo empapado de sudor a causa de la horrible pesadilla que ahora, aunque sus ojos estaban abiertos en la oscuridad, permanecía grabada con toda nitidez en su retina. Una muñeca de cartón flotaba boca abajo, como ahogada. Sus cabellos estaban enredados entre nenúfares y viscosa vegetación acuática, sobre el agua estancada cubierta de verdín. Jaime Astarloa se inclinaba sobre ella con exasperante lentitud, y al tomarla en sus manos veía el rostro, en el que los ojos de cristal habían sido arrancados de las cuencas. Aquellas órbitas vacías le produjeron un escalofrío de terror.

Permaneció así durante horas, sin poder conciliar el sueño, hasta que la primera rendija de claridad se filtró entre los postigos que cerraban la ventana.

Luis de Ayala llevaba algunos días inquieto. Le costaba concentrarse en los asaltos, como si sus pensamientos se hallasen muy lejos de la esgrima.

—Tocado, Excelencia.

El marqués movía tristemente la cabeza, disculpándose.

—No llevo una buena racha, maestro.

Su habitual jovialidad cedía paso a una extraña melancolía. Ayala se quedaba abstraído con frecuencia, y sus bromas escaseaban. Al principio, don Jaime atribuyó todo aquello a la situación política, que estaba al rojo vivo. Prim había estado en Vichy, desapareciendo después misteriosamente. La Corte veraneaba en el Norte, pero los principales personajes de la política y la milicia permanecían en Madrid, a la expectativa. Soplaban en el aire vientos que nada bueno auguraban para la monarquía.

Una mañana, ya agonizante agosto, Luis de Ayala se excusó al efectuar el maestro de esgrima su visita diaria.

—Hoy no me encuentro con ánimos, don Jaime. Tengo un pulso infame.

A cambio le propuso pasear un rato por el jardín. Salieron ambos bajo los sauces, por la avenida cubierta de gravilla a cuyo extremo canturreaba el agua en la fuente del angelote de piedra. Un jardinero trabajaba a lo lejos, entre macizos de flores que se inclinaban patéticamente bajo el calor de la mañana.

Caminaron durante un rato, intercambiando triviales comentarios. Llegados junto a un templete de hierro forjado, el marqués de los Alumbres se volvió hacia Jaime Astarloa con aire casual, muy pronto desmentido por sus palabras:

—Maestro... Tengo curiosidad por saber cómo conoció usted a la señora de Otero.

Sorprendióse el maestro de armas, pues era la primera vez que Luis de Ayala pronunciaba el nombre de la dama en su presencia, desde el día en que don Jaime había oficiado en la presentación de ambos. Sin embargo, con la mayor naturalidad de que fue capaz, lo puso al corriente con pocas palabras. Escuchaba el marqués en silencio, asintiendo levemente. Parecía preocupado. Se interesó después por si conocía don Jaime alguna de sus relaciones sociales: amigos o parientes, y respondió éste reiterando lo que ya había manifestado durante la conversación mantenida semanas atrás. Lo ignoraba todo de ella, salvo que vivía sola y era una excelente esgrimista. Por un momento estuvo tentado de confiarle también la misteriosa entrevista que había presenciado junto a la Plaza Mayor, pero finalmente resolvió guardar silencio. Él no era quién para traicionar lo que, en vista de la actitud de la joven, debía de ser un secreto.

El marqués se mostró también muy interesado en averiguar si Adela de Otero había pronunciado alguna vez su nombre antes de que él se presentase en casa de don Jaime, y si en algún momento había mostrado especial interés por conocerlo. Tras una ligera vacilación, respondió el maestro de esgrima que así había sido, en efecto, e hizo un sucinto resumen de la conversación mantenida en el simón de alquiler la noche en que la acompañó a su casa.

—Sabía que es usted un excelente tirador, e insistió en conocerlo —dijo con honestidad, aunque presentía que algo inusual estaba latiendo tras la curiosidad de Luis de Ayala. Se mantuvo sin embargo discreto, sin esperar aclaración alguna por parte del marqués. Éste sonreía ahora con aire mefistofélico.

—Observo que le divierten mis palabras —apuntó don Jaime algo picado, creyendo ver en el gesto de su cliente una burlona alusión al desagradable papel de tercería que él había desempeñado en todo aquel asunto. El de los Alumbres captó de inmediato el sentido de su comentario:

—No me interprete mal, maestro —le rogó afectuosamente—. Pensaba en mí mismo... Usted no puede imaginarlo, pero esta historia descubre ahora para mí facetas apasionantes, se lo aseguro. De hecho —añadió sonriendo de nuevo, como si se recreara en divertidos pensamientos— usted acaba de confirmar un par de ideas que en los últimos tiempos me rondaban la cabeza. Nuestra joven amiga es, en efecto, una excelente tiradora de esgrima. Veamos ahora cómo se las arregla para acertar en el blanco.

Jaime Astarloa se agitó, incómodo. El imprevisto giro de la conversación lo sumía en un mar de confusiones.

—Disculpe, Excelencia. No llego a comprender...

El marqués le pidió paciencia con un gesto.

—Calma, don Jaime. Cada cosa a su tiempo. Le prometo contárselo a usted todo... más tarde. Digamos que cuando haya solventado un pequeño asunto que tengo pendiente.

Se sumió el maestro de armas en un desconcertado silencio. ¿Tenía aquello algo que ver con la misteriosa conversación que sorprendió semanas atrás? ¿Contaba de por medio una rivalidad amorosa?... Fuera lo que fuese, Adela de Otero no era asunto suyo. Ya no lo era, se dijo. Estaba a punto de abrir la boca para decir cualquier cosa que alterase el curso de la conversación, cuando Luis de Ayala le puso una mano en el hombro. Había en sus ojos una inusitada seriedad.

—Maestro, voy a pedirle un favor.

Se irguió don Jaime, viva imagen de la honestidad y la confianza.

—Estoy a sus órdenes, Excelencia.

Vaciló un instante el marqués y pareció finalmente romper los últimos escrúpulos. Bajó el tono.

—Necesito confiarle algo, un objeto. Hasta ahora lo he conservado conmigo; pero, por razones que pronto podré aclararle, considero preciso trasladarlo a un lugar seguro durante algún tiempo... ¿Puedo contar con usted?

—Por supuesto.

—Se trata de un legajo... Unos papeles que son para mí de vital importancia. Aunque le cueste creerlo, hay muy pocas personas en las que puedo fiar este asunto. Usted sólo se limitaría a guardarlos en su casa, en lugar conveniente hasta que yo se los reclamase de nuevo. Van en sobre lacrado, con mi sello. Naturalmente, doy por sentada su palabra de honor de que no indagará su contenido, y guardará sobre el tema absoluto silencio.

Frunció el ceño el maestro de esgrima. Aquello era algo extraño, pero el marqués había mencionado los sustantivos honor y confianza. No había más que hablar.

—Tiene usted mi palabra.

Sonrió el de los Alumbres, repentinamente relajado.

—Con ello, don Jaime, se hace usted acreedor a mi eterno agradecimiento.

Permaneció en silencio el maestro de esgrima, cavilando sobre si el asunto tendría alguna relación con Adela de Otero. La pregunta le quemó los labios, pero logró dominarse. El marqués confiaba en su honor de caballero, y por Dios que era más que suficiente. Ya habría ocasión, había prometido Ayala, de aclarar las cosas.

Sacó el marqués del bolsillo una lujosa petaca de piel de Rusia y extrajo un largo cigarro habano. Ofreció a don Jaime, que rechazó cortésmente.

—Hace mal —comentó el aristócrata—. Son cigarros de Vuelta Abajo, Cuba. Heredé la afición de mi difunto tío Joaquín. Nada que ver con esas infectas tagarninas que se encuentran a tres cuartos en los estancos.

Con aquello parecía dar por zanjado el asunto. El maestro de esgrima tenía, sin embargo, una sola pregunta por formular:

—¿Por qué yo, Excelencia?

Luis de Ayala se detuvo con el cigarro a medio encender y miró a los ojos de su interlocutor por encima de la llama del fósforo.

—Por algo elemental, don Jaime. Es usted el único hombre honrado que conozco.

Y aplicando la llama al veguero, el marqués de los Alumbres aspiró el humo con voluptuosa satisfacción.

CAPÍTULO QUINTO

ATAQUE DE GLISADA

«La glisada es uno de los ataques más ciertos de la esgrima, por lo que obliga necesariamente a ponerse en guardia.»

Madrid se mecía a la siesta, adormecido por los últimos calores del verano. La vida política de la capital discurría sumida en la calma de un septiembre bochornoso, bajo nubes plomizas que filtraban un sofocante torpor estival. La prensa oficialista, entre líneas, daba a entender que los generales desterrados en Canarias seguían tranquilos, desmintiendo que los tentáculos conspiradores se hubieran extendido a la Escuadra, que, a pesar de malintencionados rumores subversivos, se mantenía, como siempre, leal a Su Augusta Majestad. En lo referente al orden público, hacía ya varias semanas que no se registraba en Madrid tumulto alguno, tras el ejemplar escarmiento dado por la autoridad a los cabecillas de las últimas agitaciones populares, que ahora tenían tiempo de sobra para meditar sus desvaríos bajo la poco acogedora sombra del presidio de Ceuta.

Antonio Carreño llevaba rumores frescos a la tertulia del café Progreso.

—Señores, oído al parche. Sé de buena tinta que la cosa está en marcha.

Lo acogió un coro de guasón escepticismo. Carreño se llevó una mano al corazón, ofendido.

—No irán ustedes a dudar de mi palabra...

Puntualizó don Lucas Rioseco que nadie ponía en duda su palabra, sino la veracidad de sus fuentes; llevaba casi un año anunciando el Santo Advenimiento. Carreño les hizo inclinar hacia él las cabezas sobre el velador de mármol, adoptando su habitual tono de precavida confidencia:

—Esta vez va en serio, caballeros. López de Ayala se ha ido a Canarias para entrevistarse con los generales desterrados. Y, agárrense, don Juan Prim ha desaparecido de su domicilio de Londres. Paradero desconocido... ¡Ya saben lo que eso significa!

Agapito Cárceles fue el único que dio crédito a la cosa:

—Eso quiere decir que se prepara el órdago a la grande.

Jaime Astarloa cruzó las piernas. Aquellas cábalas de calendario habían llegado a aburrirle lo indecible. En tono furtivo, Carreño seguía aportando datos sobre la conspiración en curso:

—Dicen que el conde de Reus ha sido visto en Lisboa, disfrazado de lacayo. Y que la escuadra del Mediterráneo sólo espera su llegada para dar el grito.

—¿Qué grito? —preguntó el cándido Marcelino Romero.

—Qué grito va a ser, hombre. El de libertad.

Sonó la risita incrédula de don Lucas:

—Lo suyo es un folletín de Dumas, don Antonio. Por entregas.

Guardó silencio Carreño, ofendido por la reticente actitud del viejo carcamal. Acometió Agapito Cárceles, para vengar a su contertulio, una encendida soflama revolucionaria que le calentó las orejas a don Lucas.

—¡Ha llegado el momento de escoger sitio en las barricadas! —finalizó, con el énfasis de un personaje de Tamayo y Baus.

—¡Allí nos veremos! —proclamó, también teatral, el amostazado don Lucas—. Usted a un lado y yo a otro, por supuesto.

—¡Por supuesto! Nunca dudé, señor Rioseco, que el puesto de usted está en las filas de la represión y el oscurantismo.

—A mucha honra.

—¡De honra, nada! La España con honra es la España revolucionaria, la fetén. ¡Su mansedumbre crispa los nervios de cualquier patriota, don Lucas!

—Pues tome usted tila.

—¡Viva la república!

—Allá usted.

—¡Viva la Federal!

—Que sí, hombre, que sí. ¡Fausto! ¡Una media tostada! ¡De abajo!

—¡Viva el imperio de la Ley!

—¡La única ley que necesita este país es la ley de fugas!

Retumbó un trueno sobre los tejados de Madrid. Abriendo sus entrañas, el cielo dejó caer un violento aguacero. Al otro lado de la calle se veía correr a los transeúntes en busca de refugio. Jaime Astarloa bebió un sorbo de café mientras miraba, melancólico, golpear la lluvia contra el vidrio de la ventana. El gato, que había salido a dar una vuelta, regresó de un salto, con el pelo húmedo y erizado, escuálida imagen de miseria que clavó en el maestro de armas el recelo de sus ojos malignos.

—La esgrima moderna, caballeros, tiende a prescindir de esa feliz libertad de movimientos que confieren a nuestro arte una gracia especial. Eso limita mucho las posibilidades.

Los hermanos Cazorla y Alvarito Salanova escuchaban con atención, floretes y caretas bajo el brazo. Faltaba Manuel de Soto, que veraneaba con su familia en el Norte.

—Todas estas desgraciadas circunstancias —continuó Jaime Astarloa— empobrecen la esgrima de forma lastimosa. Por ejemplo, algunos tiradores omiten ya en los asaltos el movimiento de descubrirse y de saludar a los padrinos...

—Pero en los asaltos no hay padrinos, maestro —intervino tímidamente el más joven de los Cazorla.

—Precisamente por eso, señor mío. Precisamente por eso. Usted acaba de poner el dedo en la llaga. Ya se va a la esgrima sin pensar en su aplicación práctica en el campo del honor. Un *sport*, ¿no es cierto?... Ni más ni menos que una aberración; como si, pongamos un ejemplo disparatado, los sacerdotes oficiasen la misa en castellano. Sin duda eso sería más actual, ¿verdad? Más popular, si quieren; más a tono con el curso de los tiempos, ¿no es cierto?... Sin embargo, prescindir de la bella sonoridad un tanto hermética de la lengua latina desvincularía ese hermoso ritual de sus raíces más entrañables, degradándolo, haciéndolo vulgar. La belleza, la Belleza con mayúscula, sólo puede hallarse en el culto a la tradición, en el ejercicio riguroso de aquellos gestos y palabras que han venido siendo repetidas, conservadas por los hombres a lo largo de los siglos... ¿Comprenden lo que les quiero decir?

Asintieron gravemente los tres jóvenes, más por respeto al maestro de armas que por convicción. Alzó don Jaime una mano, ejecutando en el aire algunos movimientos de esgrima, como si sostuviera un florete.

—Por supuesto, no hemos de cerrar los ojos a las innovaciones útiles —prosiguió en tono de desdeñosa concesión—. Pero ante todo hemos de tener presente que lo bello reside en conservar precisamente lo que los demás dejan en desuso... ¿No encuentran ustedes mucho más digno de lealtad a un monarca caído que al sentado en el trono? Por eso nuestro arte ha de seguir siendo puro, incontaminado. Clásico. Ante todo, clásico. Debemos compadecer sinceramente a los que se limitan a acceder a una técnica. Ustedes, mis jóvenes amigos, tienen la maravillosa oportunidad de acceder a un arte. Algo, créanme, que no se paga con dinero. Algo que se lleva aquí, en el corazón y en la cabeza.

Calló el maestro de esgrima, contemplando los tres rostros que lo miraban con reverente atención. Designó con un gesto al mayor de los Cazorla.

—Bueno, ya está bien de charla. Usted, don Fernando, va a practicar conmigo la parada de círculo de segunda, cruzada

con segunda. Le recuerdo que este método exige mucha limpieza; nunca recurra a él cuando la superioridad física del adversario sea excesiva... ¿Recuerda la teoría?

El joven inclinó la cabeza, con orgulloso gesto afirmativo.

—Sí, maestro —recitó de carrerilla, como un escolar—. Si
paro con círculo en segunda y no puedo encontrar el florete
contrario, cruzo en segunda, desengancho y tiro en cuarta sobre el brazo.

—Perfecto —don Jaime cogió un florete de la panoplia
mientras Fernando Cazorla se calaba la careta—. ¿Listo? Pues
a nuestro asunto. Por supuesto, no olvidemos el saludo. Eso
es... Se extiende el brazo y se eleva el puño, así. Hágalo como
si llevase puesto un sombrero imaginario. Se lo quitaría usted
con la mano izquierda, de forma elegante. Perfecto —se volvió el maestro hacia los otros dos espectadores—. Deben tener
presente que los movimientos de saludo en cuarta y tercia son
para los padrinos y los testigos. Al fin y al cabo, se supone que
lances de este género suelen tener lugar entre gentes bien na-
cidas. Nada debemos objetar a que dos hombres se maten el
uno al otro si el honor los empuja a ello, ¿no es cierto?... Pero,
¡diantre!, lo menos que podemos exigirles es que lo hagan de
la forma más educada posible.

Cruzó el maestro su florete con el de Fernando Cazorla. El
alumno jugaba la muñeca mientras aguardaba a que don Jaime
le sirviese la estocada que daría inicio al movimiento. En los
espejos de la galería, sus imágenes se multiplicaban como si el
salón estuviese lleno de contendientes. Sonaba la voz serena y
paciente del maestro de esgrima:

—Eso es, muy bien. A mí. Bien. Atención ahora, círculo en
segunda... No; repita, por favor. Eso es. Círculo en segunda.
¡Cruce!... No, por favor, recuerde. Hay que cruzar en segunda,
desenganchando en el acto. Otra vez, si es tan amable. Sobre
las armas. A mí. Parada. Eso es. ¡Cruce! Bien. Ahora. ¡Perfecto! Cuarta sobre el brazo, excelente —había legítima satisfacción, de autor contemplando su obra, en el comentario de
don Jaime—. Vamos a ello de nuevo, pero tenga cuidado. Esta

vez voy a cerrarle más fuerte. Sobre las armas. A mí. Bien. Parada. Bien. Así. ¡Cruce!... No. Anduvo muy lento, don Fernando, por eso lo he tocado. Volvamos a empezar.

De la calle llegó rumor de tumulto. Se escuchaban cascos de
caballos a paso de carga sobre el empedrado. Alvarito Salanova
y el menor de los Cazorla se asomaron a una de las ventanas.

—¡Hay trifulca, maestro!

Interrumpió don Jaime el asalto, reuniéndose con sus alumnos en la ventana. Por la calle brillaban charoles y sables. A
caballo, la Guardia Civil desbandaba a un grupo de revoltosos
que corrían en todas direcciones. Sonaron dos tiros cerca del
Teatro Real. Los jóvenes esgrimistas contemplaban el espectáculo, fascinados por la algarada.

—¡Fijaos cómo corren!

—¡Vaya tunda!

—¿Qué habrá pasado?

—¡A lo mejor es la revolución!

—¡Nada de eso! —Alvarito Salanova, fiel a su apellido,
fruncía con desdén el labio superior—. ¿No ves que son cuatro gatos? Los guardias les están dando lo suyo.

Bajo la ventana, un transeúnte buscaba precipitado refugio
en un portal. Un par de viejas enlutadas asomaban la nariz,
como pájaros de mal agüero, observando con prudencia el panorama. En los balcones se agolpaban los vecinos; algunos ja-
leaban a los revoltosos, otros a los guardias.

—¡Viva Prim! —gritaban tres mujeres de mala pinta, con la
impunidad que les otorgaba su sexo y el hallarse en el balcón
de un cuarto piso—. ¡A ver si cuelgan a Marfori!

—¿Quién es ese Marfori? —preguntó Paquito Cazorla.

—Un ministro —le aclaró su hermano—. Dicen que la reina
y él...

Juzgó don Jaime que ya era suficiente, y cerró los postigos
de la ventana, haciendo caso omiso del murmullo desencan-
tado de sus alumnos.

—Estamos aquí para practicar esgrima, caballeretes —dijo
en tono que no admitía réplica—. Sus señores padres me pa-

gan para que los adiestre en cosas de provecho, no para que
sean espectadores de algo que no nos incumbe. Prosigamos
con lo nuestro —echó una mirada de supremo desdén hacia
el postigo cerrado y acarició con los dedos la empuñadura
de su florete—. Nada tenemos que ver con lo que pueda
ocurrir ahí fuera. Eso lo dejamos para la chusma, y para los
políticos.

Volvieron a ocupar sus posiciones y retornó a la galería el
metálico chasquido de los floretes. En las paredes, las viejas
panoplias seguían cubriéndose de polvo, herrumbrosas e inmutables. Había bastado con cerrar la ventana para que el
tiempo detuviese su curso en la casa del maestro de esgrima.

Fue la portera quien lo puso al corriente cuando se cruzó
con ella en la escalera.

—Buenas tardes, don Jaime. ¿Qué le parecen las noticias?

—¿Qué noticias?

Se santiguó la vieja. Era una viuda parlanchina y regor-
deta, que vivía con una hija solterona. Oía dos misas diarias
en San Ginés y aseguraba que todos los revolucionarios eran
unos herejes.

—¡No me diga que no está al tanto de lo que pasa! ¿Es que
no lo sabe?

Jaime Astarloa enarcó una ceja, cortésmente interesado.

—Cuénteme, doña Rosa.

Bajó la portera el tono, mirando desconfiada a su alrededor,
como si las paredes tuviesen oídos.

—Don Juan Prim desembarcó ayer en Cádiz, y dicen que la
Escuadra se ha sublevado... ¡Así le pagan a nuestra pobre reina
su bondad!

Subió el maestro de armas por la calle Mayor hacia la
Puerta del Sol, camino del café Progreso. Aun sin el informe
de la portera, hubiera sido evidente que algo grave ocurría.

Grupos alborotados comentaban en corrillos los acontecimientos, y una veintena de curiosos observaban de lejos a un piquete que montaba guardia en la esquina de la calle Postas. Los soldados, con el ros sobre el rapado cogote y la bayoneta en la boca del fusil, estaban bajo el mando de un barbudo oficial de fiero semblante, que se paseaba arriba y abajo con la mano apoyada en la empuñadura del sable. Los sorches eran muy jóvenes y se daban aires de importancia disfrutando de la expectación que su presencia suscitaba. Un caballero de buen aspecto pasó junto a don Jaime y se acercó al teniente.

—¿Se sabe algo?

Contoneóse el mílite con digna fanfarronería.

—Yo cumplo órdenes de la superioridad. Circule.

Azules y solemnes, unos guardias requisaban periódicos a mozalbetes que los habían estado voceando entre la gente; se proclamaba el estado de guerra, imponiéndose la censura sobre toda noticia relacionada con la sublevación. Algunos comerciantes, avivados por la experiencia de recientes algaradas, echaban el cierre de sus tiendas e iban a engrosar los grupos de curiosos. Por Carretas brillaban los tricornios de la Guardia Civil. Se comentaba que González Bravo había presentado telegráficamente su dimisión a la reina, y que las tropas levantadas por Prim avanzaban ya sobre Madrid.

En el Progreso, la tertulia estaba al completo, y Jaime Astarloa fue puesto de inmediato al corriente de la situación. Prim había llegado a Cádiz en la noche del 18, y el 19 por la mañana, al grito de «Viva la soberanía nacional», la escuadra del Mediterráneo se había pronunciado por la revolución. El almirante Topete, a quien todos consideraban leal a la reina, estaba entre los sublevados. Las guarniciones del Sur y de Levante se sumaban una tras otra al alzamiento.

—La incógnita —explicaba Antonio Carreño— reside ahora en la actitud de la reina. Si no cede, tendremos guerra civil; porque esta vez no se trata de una vulgar intentona, caballeros. Lo sé de buena tinta. El de Reus cuenta ya con un poderoso ejército que engrosa por momentos. Y Serrano está en el ajo. Hasta se especula con ofrecerle una regencia a don Baldomero Espartero.

—Isabel II no cederá jamás —terció don Lucas Rioseco.

—Eso lo veremos —dijo Agapito Cárceles, visiblemente encantado con el curso de los acontecimientos—. De todas formas, es mejor que intente resistir.

Lo miraron todos los contertulios con extrañeza.

—¿Resistir? —censuró Carreño—. Eso llevaría al país a la guerra civil...

—A un baño de sangre —apuntó Marcelino Romero, satisfecho de poder meter baza.

—Exacto —puntualizó radiante el periodista—. ¿Es que no lo comprenden ustedes? A mí, fíjense, me parece evidente. Si Isabelita nos sale con medias tintas, se pone a disposición o abdica en su niño, tendremos las mismas. Hay mucho monárquico entre los sublevados, y al final terminarían por colocarnos al Puigmoltejo, o a Montpensier, o a don Baldomero, o a la sota de copas. Y eso sí que no. ¿Para eso hemos luchado tanto tiempo?

—¿En dónde dice que ha luchado usted? —preguntó don Lucas con mucha guasa.

Cárceles lo miró con republicano desprecio.

—En la sombra, señor mío. En la sombra.

—Ya.

El periodista resolvió ignorar a don Lucas.

—Les estaba diciendo —continuó, dirigiéndose a los otros— que lo que España necesita es una buena y encarnizada guerra civil con mucho mártir, con barricadas en las calles y con el pueblo soberano asaltando el Palacio Real. Comités de salvación pública, y los figurones monárquicos y sus lacayos —torva ojeada de soslayo a don Lucas— arrastrados por las calles.

Aquello se le antojó excesivo a Carreño.

—Hombre, don Agapito. No se pase usted tampoco. En las logias...

Pero Cárceles estaba lanzado.

—Las logias son tibias, don Antonio.

—¿Tibias? ¿Las logias tibias?

—Sí, señor. Tibias, se lo digo yo. Si la revolución la han desencadenado los generales descontentos, hay que procurar que termine en manos de su legítimo propietario: el pueblo —se le iluminó el rostro en un éxtasis—. ¡La república, caballeros! La cosa pública, ni más ni menos. Y la guillotina.

Don Lucas saltó con un rugido. La indignación le empañaba el monóculo incrustado en su ojo izquierdo.

—¡Por fin se quita usted la máscara! —exclamó apuntando a Cárceles con dedo acusador, tembloroso de santa ira—. ¡Por fin descubre usted su maquiavélico rostro, don Agapito! ¡Guerra civil! ¡Sangre! ¡Guillotina!... ¡Ése es su verdadero lenguaje!

El periodista miró a su contertulio con genuina sorpresa.

—Nunca he utilizado otro, que yo sepa.

Don Lucas hizo ademán de levantarse, pero pareció pensarlo mejor. Aquella tarde pagaba Jaime Astarloa, y los cafés estaban en camino.

—¡Es usted peor que Robespierre, señor Cárceles! —masculló sofocado—. ¡Peor que el impío Dantón!

—No mezcle usted las churras con las merinas, amigo mío.

—¡Yo no soy su amigo! ¡La gente de su clase ha sumido a España en la ignominia!

—Huy, qué mal perder tiene usted, don Lucas.

—¡Aún no hemos perdido! La reina ha nombrado presidente al general Concha, que es todo un hombre. De momento, ya le ha confiado a Pavía el mando del ejército que se enfrentará a los rebeldes. Y supongo que no me pondrá en duda el probado valor del marqués de Novaliches... Verdes las ha segado usted, don Agapito.

—Lo veremos.

—¡Pues claro que lo veremos!

—Lo estamos viendo.

—¡Lo vamos a ver!

Jaime Astarloa, aburrido por la eterna polémica, se retiró antes de lo acostumbrado. Cogió su bastón y su chistera, se despidió hasta el día siguiente y salió a la calle, resuelto a dar un corto paseo antes de regresar a casa. Por el camino fue observando el caldeado ambiente callejero con cierto fastidio; sentía que todo aquello lo afectaba sólo muy superficialmente. Ya empezaba a estar harto de las polémicas entre Cárceles y don Lucas, como lo estaba también del país en que le había tocado vivir.

Pensó, malhumorado, que podían ahorcarse todos ellos con sus malditas repúblicas y sus malditas monarquías, con sus patrióticas arengas y con sus estúpidas reyertas de café. Habría dado cualquier cosa por que unos y otros dejaran de amargarle la vida con tumultos, disputas y sobresaltos cuyos motivos le importaban un bledo. A lo único que aspiraba era a que lo dejasen vivir en paz. En lo que al maestro de esgrima se refería, podían irse todos al diablo.

Sonó un trueno en la distancia mientras una violenta turbonada de aire recorría las calles. Inclinó don Jaime la cabeza y se sujetó el sombrero, apretando el paso. A los pocos minutos rompió a llover con fuerza.

En la esquina de la calle Postas, el agua empapaba el paño azul de los uniformes y corría en gruesas gotas por el rostro de los soldados. Seguían montando guardia con su aire tímido y paleto, la punta de la bayoneta rozándoles la nariz, pegados a la pared para resguardarse de la lluvia. Desde un portal, el teniente contemplaba taciturno los charcos, sosteniendo una pipa humeante en el ángulo de la boca.

Diluvió durante todo el fin de semana. Desde la soledad de su estudio, inclinado a la luz del quinqué sobre las páginas de un libro, escuchó don Jaime la interminable sucesión de truenos y relámpagos que restallaban en la negrura exterior, rasgándola con resplandores que recortaban las siluetas de los edificios cercanos. Sobre el tejado golpeaba el agua con fuerza, y un par de veces tuvo que levantarse para colocar recipientes bajo las goteras que se desplomaban del techo con irritante y líquida monotonía.

Hojeó distraído el libro que tenía en las manos, y sus ojos se detuvieron en una cita, subrayada a lápiz años atrás por él mismo:

«...Todas sus sensaciones alcanzaron una elevación hasta entonces ignorada para él. Vivió las experiencias de una vida infinitamente variada; murió y resucitó, amó hasta la pasión más ardiente y viose separado de nuevo y para siempre de su amada. Al fin, hacia el alba, cuando las primeras luces quebraban la penumbra, en su alma empezó a reinar una creciente paz, y las imágenes se tornaron más claras y permanentes...»

Sonrió con infinita tristeza el maestro de esgrima, todavía con un dedo sobre aquellas líneas. Tales palabras no parecían haber sido escritas para Enrique de Ofterdingen, sino para él mismo. En los últimos años se había visto retratado en aquella página con singular maestría; todo estaba allí. Sin duda se trataba del más ajustado resumen de su vida que jamás nadie sería capaz de formular. Sin embargo, en las últimas semanas, algo estaba fallando en el concepto. La creciente paz, las imágenes claras y permanentes que había estimado definitivas, volvían a enturbiarse bajo un extraño influjo que le arrancaba, sin piedad, fragmentos de aquella serena lucidez en la que creyó poder pasar el resto de sus días. Se había introducido en su existencia un factor nuevo, una influencia misteriosa, perturbadora, que le obligaba a plantearse preguntas cuya respuesta se esforzaba en eludir. Era imprevisible adónde podía conducirle todo aquello.

Cerró bruscamente el libro, arrojándolo sobre la mesa con violencia. Angustiado, tomaba conciencia de su helada soledad. Aquellos ojos de color violeta se habían valido de él para algo que ignoraba, pero que no podía esforzarse en imaginar sin que lo estremeciese una irracional sensación de oscuro espanto. Y lo que era aún más grave: a su viejo y cansado espíritu le habían arrebatado la paz.

Despertó con las primeras luces del alba. Últimamente dormía mal; el suyo era un sueño inquieto, desapacible. Se aseó en regla y extendió después sobre una mesita, junto al espejo y la jofaina con agua caliente, el estuche con sus navajas de afeitar. Enjabonó cuidadosamente las mejillas, rasurándolas con esmero, según era su costumbre. Con las viejas tijeritas de plata recortó algunos pelos del bigote, y pasó después un peine de concha por los húmedos cabellos blancos. Satisfecho de su apariencia se vistió con parsimonia, anudándose al cuello una corbata de seda negra. De sus tres trajes de verano escogió uno de diario, de ligera alpaca color castaño, cuya larga levita pasada de moda le prestaba el distinguido porte de un viejo dandy de principios de siglo. Cierto era que el fondillo de los pantalones estaba algo ajado por el uso, pero los faldones de la levita lo disimulaban de forma satisfactoria. De entre los pañuelos limpios escogió el que le pareció en mejor estado, y vertió en él una gota de agua de colonia antes de colocárselo en el bolsillo. Al salir, se puso una chistera y tomó bajo el brazo el estuche de sus floretes.

El día era gris y volvía a amenazar chubasco. Había estado lloviendo toda la noche, y grandes charcos en mitad de la calle reflejaban los aleros de los tejados bajo un pesado cielo color de plomo. Saludó atentamente a la portera, que regresaba con la cesta de la compra, y cruzó la calle para desayunar, según su costumbre, chocolate y buñuelos en el modesto cafetín de la esquina. Fue a instalarse en su mesa habitual, al fondo, bajo el globo de cristal que cubría un apagado mechero de gas. Eran las nueve de la mañana y había pocos parroquianos en el local. Valentín, el propietario, acudió con una jícara y un junquillo de buñuelos.

—Esta mañana no hay periódicos, don Jaime. Tal y como está la cosa, todavía no han salido. Y me malicio yo que no saldrán.

Se encogió de hombros el maestro de esgrima. La ausencia de la prensa diaria no le causaba trastorno alguno.

—¿Hay novedades? —preguntó, más por cortesía que por auténtico interés.

El dueño del cafetín se limpió las manos en el grasiento delantal.

—Parece que el marqués de Novaliches está en Andalucía con el ejército, y va a enfrentarse a los sublevados de un momento a otro... Dicen también que Córdoba, que se pronunció cuando los otros, se despronunció al día siguiente, en cuanto le vio la oreja a las tropas del Gobierno. No está la cosa clara, don Jaime. A saber en qué termina todo esto.

Despachado el desayuno, salió a la calle el maestro de armas para dirigirse a casa del marqués de los Alumbres. Ignoraba si a Luis de Ayala le apetecería practicar esgrima, habida cuenta del ambiente que se respiraba en Madrid; pero Jaime Astarloa sí estaba dispuesto a cumplir, como de costumbre, su parte del compromiso. En el peor de los casos, todo quedaría en un paseo hecho en balde. Como ya era tarde, no deseando verse retrasado por cualquier imprevisto callejero, subió a un simón que aguardaba desocupado junto a un arco de la Plaza Mayor.

—Al palacio de Villaflores.

Chasqueó el cochero su látigo mientras los dos aburridos pencos se ponían en movimiento sin demasiado entusiasmo. Los soldaditos seguían en la esquina de Postas, pero al teniente no se le veía por ninguna parte. Frente a Correos, guardias municipales obligaban a circular a los grupos de curiosos, aunque sin desplegar excesivo celo en la tarea. Funcionarios de ayuntamiento al fin y al cabo, con la espada de Damocles de la cesantía pendiente sobre sus cabezas, ignoraban quién mandaría mañana en el país, y no las tenían todas consigo.

Los guardias civiles a caballo de la tarde anterior ya no estaban apostados en la calle Carretas. Jaime Astarloa se cruzó con ellos más abajo, tricornios y capotes patrullando entre el Congreso y la fuente de Neptuno. Tenían los negros bigotes enhiestos y los sables enfundados, observando a los viandantes con la ceñuda seguridad emanada de una certeza: fuera quien fuese el vencedor, seguiría recurriendo a ellos para mantener el orden público. Como ya se había comprobado bajo gobiernos progresistas o moderados, los miembros de la Benemérita nunca quedaban cesantes.

Don Jaime iba recostado en el asiento del simón, contemplando el panorama con aire abstraído; pero al llegar cerca del palacio de Villaflores dio un respingo y se asomó a la ventanilla, alarmado. Reinaba una insólita animación frente a la residencia del marqués de los Alumbres. Más de un centenar de personas se arremolinaba en la calle, contenido ante la entrada por varios guardias. En su mayor parte se trataba de vecinos de los alrededores, de toda condición social, a los que se sumaban numerosos desocupados que curioseaban. Algunos fisgones más atrevidos habían trepado a la verja, y desde allí atisbaban el jardín. Aprovechando el bullicio, un par de vendedores ambulantes iban y venían entre los carruajes estacionados, voceando sus mercancías.

Con un presentimiento que nada bueno auguraba, pagó don Jaime al cochero y se dirigió apresuradamente hacia la puerta, hendiendo la multitud. Los curiosos se empujaban unos a otros para ver mejor, con morbosa expectación.

—Es algo terrible. Terrible —murmuraban unas comadres haciéndose cruces.

Un individuo canoso, de bastón y levita, se aupó sobre las puntas de los zapatos intentando divisar el panorama. Colgada de su brazo, la esposa lo miraba interrogante, a la espera del informe.

—¿Puedes ver algo, Paco?

Se abanicaba una de las comadres, con gesto de enterada:

—Fue durante la noche; me lo ha dicho uno de los guardias, que es primo de mi cuñada. Acaba de llegar el señor juez.

—¡Una tragedia! —comentaba alguien.

—¿Se sabe cómo ha sido?

—Lo encontraron los criados esta mañana.

—Se decía que era un poco tarambana...

—¡Calumnias! Era un caballero, y un liberal. ¿No se acuerdan de que dimitió siendo ministro?

Volvió a abanicarse con sofoco la comadre.

—¡Una tragedia! ¡Con la buena facha que tenía ese hombre!

Con la muerte en el alma, don Jaime llegó hasta uno de los guindas que montaban guardia en la puerta. El municipal le cortó el paso con la firmeza que confería la autoridad del uniforme.

—¡No se puede pasar!

Señaló torpemente el maestro de esgrima el estuche de floretes que llevaba bajo el brazo.

—Soy amigo del señor marqués. Estoy citado con él esta mañana...

Lo miró el guardia de arriba abajo, moderando su actitud ante el distinguido aspecto de su interlocutor. Se volvió hacia un compañero que estaba al otro lado de la verja.

—¡Cabo Martínez! Aquí hay un caballero que dice ser amigo de la casa. Por lo visto, tenía una cita.

Acudió el cabo Martínez, tripón y reluciente tras sus botones dorados, mirando con suspicacia al maestro de esgrima.

—¿Cuál es su gracia?

—Jaime Astarloa. Estoy citado con don Luis de Ayala a las diez.

Movió el cabo gravemente la cabeza y entreabrió la verja.

—Sírvase acompañarme.

Siguió el maestro de esgrima al guardia por la avenida engravillada, bajo la familiar sombra de los sauces. Había más municipales en la puerta, y un grupo de caballeros conversaba en el recibidor, al pie de la amplia escalera adornada con jarrones y estatuas de mármol.

—Sírvase esperar un momento.

El cabo se acercó al grupo y cambió, en voz baja, unas respetuosas palabras con un caballero bajito y pulcro, de erizados bigotes teñidos de negro y peluquín sobre la calva. El personaje vestía con afectación algo vulgar y usaba quevedos con cristales azules, sujetos por un cordón a la solapa de la levita, en cuyo ojal lucía una cruz a algún tipo de mérito civil. Tras escuchar al guardia, volvióse a mirar al recién llegado, murmuró unas palabras a sus acompañantes y vino al encuentro de don Jaime. Sus ojos, astutos y acuosos, brillaban tras los espejuelos.

—Soy el jefe superior de policía, Jenaro Campillo. ¿A quién tengo el honor?

—Jaime Astarloa, maestro de armas. Don Luis y yo solemos...

Lo interrumpió el otro con un gesto.

—Estoy al corriente —lo observó con fijeza, como si estuviese calibrando a su interlocutor. Después detuvo la mirada en el estuche que don Jaime sostenía bajo el brazo y lo señaló con gesto inquisitivo—. ¿Son sus instrumentos?

Asintió el maestro de esgrima.

—Son mis floretes. Ya le he dicho que don Luis y yo... Quiero decir que cada mañana suelo presentarme aquí —Jaime Astarloa se interrumpió, mirando al policía con estupor. Absurdamente, cayó en la cuenta de que era en ese momento, y no antes, cuando tomaba conciencia real de lo que allí había podido ocurrir, como si su mente se hubiera bloqueado hasta entonces, negándose a asumir lo que resultaba evidente—. ¿Qué le ha pasado al señor marqués?

El otro lo miró pensativo; parecía evaluar la sinceridad de las emociones que se dibujaban en la aturdida actitud del maestro de armas. Al cabo de un momento emitió una tosecita, metió la mano en el bolsillo y sacó un cigarro habano.

—Mucho me temo, señor Astarloa... —dijo con parsimonia, al tiempo que agujereaba un extremo del cigarro con un palillo—. Mucho me temo que el marqués de los Alumbres no esté hoy en condiciones de practicar esgrima. Desde un punto de vista forense, yo diría que no anda bien de salud.

Hizo un gesto con la mano mientras hablaba, invitando a don Jaime a acompañarlo a una de las habitaciones. Contuvo éste el aliento al entrar en una pequeña salita, que conocía a la perfección por haberla visitado casi a diario en los últimos dos años: se trataba de la antesala de la galería en que solía practicar con el marqués. En el umbral que comunicaba ambas estancias había un cuerpo inmóvil, tendido sobre el parquet y cubierto por una manta. Un largo reguero de sangre salía de ésta para bifurcarse en el centro de la habitación. Allí, el rastro tomaba dos direcciones, desembocando en sendos charcos de sangre coagulada.

Jaime Astarloa dejó caer el estuche de los floretes sobre un sillón y se apoyó en el respaldo; su expresión era de absoluto desconcierto. Miró a su acompañante como exigiéndole explicaciones por lo que parecía una broma pesada, pero el policía se limitó a encoger los hombros mientras encendía un fósforo y daba largas chupadas al cigarro, sin dejar de observar sus reacciones.

—¿Está muerto? —preguntó don Jaime. La cuestión era tan estúpida que el otro enarcó una ceja con ironía.

—Completamente.

El maestro de esgrima tragó saliva.

—¿Suicidio?

—Compruébelo usted mismo. La verdad es que me gustaría escuchar su opinión al respecto.

Jenaro Campillo exhaló una bocanada de humo y se inclinó sobre el cadáver para descubrirlo hasta la cintura, echándose después atrás a fin de observar el efecto que la escena producía en Jaime Astarloa. Luis de Ayala conservaba la expresión con que lo había sorprendido la muerte: estaba boca arriba, la pierna derecha doblada en ángulo bajo la izquierda; los ojos semiabiertos tenían un tono opaco y el labio inferior parecía descolgado, impresa en la boca lo que sin duda había sido postrera mueca de agonía. Se hallaba en camisa, con la corbata deshecha. En el lado derecho del cuello tenía un orificio redondo y perfecto, que salía por la nuca. De allí se había escapado el reguero de sangre que cruzaba el suelo de la habitación.

Sintiéndose como en una pesadilla de la que esperaba despertar de un momento a otro, Jaime Astarloa contempló el cadáver, incapaz de hilvanar un solo pensamiento coherente. La habitación, el cuerpo rígido, las manchas de sangre, todo daba vueltas a su alrededor. Sintió que las piernas le flaqueaban y aspiró profundamente el aire, sin atreverse a soltar el respaldo del sillón sobre el que se apoyaba. Después, cuando por fin impuso disciplina a su organismo y logró ordenar los pensamientos, la realidad de lo que allí había ocurrido llegó hasta él de forma súbita y dolorosa, como si le hubiesen asestado un golpe en mitad del alma. Miró a su acompañante con ojos espantados; frunció éste el ceño, devolviéndole la mirada con un leve gesto de asentimiento; parecía adivinar lo que don Jaime pensaba, animándolo a expresarlo. Entonces el maestro de esgrima se inclinó sobre el cadáver y alargó una mano hacia la herida como si pretendiese tocarla con los dedos; pero la detuvo a pocas pulgadas de ésta. Cuando se incorporó, tenía el rostro desencajado y los ojos desmesuradamente abiertos, porque acababa de toparse con el horror desnudo. Su mirada experta no podía engañarse ante una herida como aquella. A Luis de Ayala lo habían matado con un florete, de una sola y limpia estocada en la yugular: la estocada de los doscientos escudos.

—Sería muy útil para mí, señor Astarloa, saber cuándo vio usted al marqués de los Alumbres por última vez.

Estaban sentados en una sala contigua a la del cadáver, rodeados de tapices flamencos y hermosos espejos venecianos con molduras doradas. El maestro de esgrima parecía haber envejecido diez años: se inclinaba hacia adelante hasta apoyar los codos en las rodillas, con el rostro entre las manos. Sus ojos grises contemplaban obstinadamente el suelo, fijos e inexpresivos. Las palabras del jefe de policía le llegaban lejanas, entre las brumas de un mal sueño.

—El viernes por la mañana —hasta el sonido de su propia voz le resultaba extraño a Jaime Astarloa—. Nos despedimos poco después de las once, al terminar la sesión de esgrima...

Jenaro Campillo contempló unos instantes la ceniza del habano, como si en aquel momento valorase más la correcta combustión de éste que el penoso asunto que los ocupaba.

—¿Detectó usted algún indicio? ¿Algo que permitiese predecir tan funesto desenlace?

—En absoluto. Todo transcurrió con normalidad, y nos despedimos como cada día.

La ceniza estaba a punto de caer. Sosteniendo cuidadosamente el habano entre los dedos, el jefe de policía miró a su alrededor en busca de un cenicero, sin encontrarlo. Entonces dirigió una mirada furtiva hacia la puerta de la habitación donde yacía el cadáver, y optó por dejar caer disimuladamente la ceniza sobre la alfombra.

—Usted visitaba con frecuencia al, ejem, finado. ¿Tiene alguna idea sobre el móvil del asesinato?

Se encogió de hombros don Jaime.

—No sé. Quizás el robo...

Su interlocutor hizo un gesto negativo mientras daba una profunda chupada al cigarro.

—Ya han sido interrogados los dos criados de la casa, el cochero, la cocinera y el jardinero. En una primera inspección ocular no se ha echado en falta ningún objeto de valor —el policía hizo aquí una pausa, mientras Jaime Astarloa, poco interesado por sus palabras, intentaba ordenar sus propias ideas. Tenía la íntima certeza de poseer algunas claves del misterio; la cuestión era confiarlas a aquel hombre o, antes de dar semejante paso, atar algunos cabos que permanecían sueltos.

—¿Me escucha usted, señor Astarloa?

Se sobresaltó el maestro de esgrima, ruborizándose como si el jefe de policía hubiera penetrado sus pensamientos.

—Naturalmente —respondió con cierta precipitación—. Eso descarta, entonces, el robo como móvil del crimen...

El otro hizo un gesto de cautela mientras introducía el índice bajo el peluquín para rascarse disimuladamente sobre la oreja izquierda.

—En parte, señor Astarloa. Sólo en parte. Al menos, en lo que se refiere a un latrocinio convencional —precisó—. La inspección ocular... ¿Sabe a qué me refiero?

—Supongo que es una inspección que se hace con los ojos.

—Muy gracioso, de verdad —Jenaro Campillo lo miró con resentimiento—. Celebro comprobar que conserva su sentido del humor. La gente muere asesinada y usted hace chistes.

—También usted los hace.

—Sí, pero yo soy la autoridad competente.

Se miraron unos instantes en silencio.

—La inspección ocular —continuó por fin el policía— confirma que una persona, o personas desconocidas, entraron durante la noche en el gabinete privado del marqués y pasaron un rato violentando las cerraduras y revolviendo cajones. También abrieron, esta vez con llave, el cofre de seguridad. Una caja muy buena, por cierto, de Bossom e Hijo, Londres... ¿No va a preguntarme usted si se llevaron algo?

—Creí que las preguntas las hacía usted.

—Es la costumbre, pero no la regla.

—¿Se llevaron algo?

Sonrió misteriosamente el jefe de policía, como si su interlocutor acabase de poner el dedo en la llaga.

—Eso es lo curioso. El asesino, o asesinos, resistieron estoicamente la tentación de llevarse cierta apetecible cantidad de dinero y joyas que allí había. Extraños criminales, convendrá conmigo. ¿No es cierto?... —le dio una larga chupada al puro antes de exhalar el humo, satisfecho del aroma y de su propio razonamiento—. En resumidas cuentas, resulta imposible averiguar si se llevaron algo, puesto que ignoramos lo que se guardaba allí. Ni siquiera tenemos la certeza de que hallasen lo que buscaban.

Se estremeció interiormente don Jaime, procurando no hacer visible su emoción. Él sí tenía sobrados motivos para pensar que los asesinos no habían dado con lo que buscaban: sin duda cierto sobre lacrado que estaba en su casa, oculto tras una fila de libros... La mente le trabajaba a toda prisa, para encajar en el lugar adecuado cada uno de los dispersos fragmentos de la tragedia. Situaciones, palabras, actitudes que en los últimos tiempos habían ido sucediéndose sin aparente conexión, ajustaban ahora lenta y dolorosamente, con tan atroz evidencia que le hizo sentir una punzada de angustia. Aunque todavía era incapaz de contemplarlo todo en su conjunto, los primeros indicios perfilaban ya el papel que él mismo había desempeñado en el suceso. Tomó conciencia de ello con una aguda sensación de zozobra, humillación y espanto.

El jefe de policía lo estaba mirando, inquisitivo; esperaba la respuesta a una pregunta que don Jaime, absorto en sus pensamientos, no había oído.

—¿Perdón?

Los ojos de su interlocutor, húmedos y saltones como los de un pez en un acuario, lo observaban tras el cristal azul de los quevedos. Asomaba a ellos una especie de amistosa benevolencia, aunque era difícil precisar si ésta respondía a causas naturales o, por el contrario, se trataba de una actitud profesional encaminada a inspirar confianza. Tras una breve consideración, don Jaime decidió que, a pesar de su estrafalario aspecto y sus modales, Jenaro Campillo no tenía nada de tonto.

—Le preguntaba, señor Astarloa, si pudo usted observar en el pasado algún detalle que pueda ayudarme a progresar en la investigación.

—Mucho me temo que no.

—¿De veras?

—No suelo jugar con las palabras, señor Campillo.

Hizo el otro un gesto conciliador.

—¿Puedo hablarle con franqueza, señor Astarloa?

—Se lo ruego.

—Para ser usted una de las personas que más regularmente se relacionaban con el difunto, no está siéndome de mucha utilidad.

—Hay otras personas que también mantenían una relación regular, y acaba de reconocer hace un momento que sus declaraciones han sido inútiles... Ignoro por qué pone tantas esperanzas en mi testimonio.

Campillo contempló el humo del cigarro y sonrió.

—La verdad es que no lo sé —dejó pasar un momento, pensativo—. Quizás porque tiene un aspecto... honorable. Sí, tal vez sea por eso.

Hizo don Jaime un gesto evasivo.

—Sólo soy un maestro de esgrima —respondió, procurando dar a su voz un tono de adecuada indiferencia—. Nuestra relación era exclusivamente profesional; don Luis nunca me hizo el favor de convertirme en su confidente.

—Usted lo vio el pasado viernes. ¿Estaba nervioso, alterado?... ¿Observó en su comportamiento algo poco usual?

—Nada que me llamase la atención.

—¿Y en días anteriores?

—Tal vez, no me fijé. No recuerdo bien. De todas formas, son muchos los que dan prueba de cierto nerviosismo en los tiempos que corren, así que tampoco habría reparado en ello.

—¿Alguna conversación sobre política?

—En mi opinión, don Luis se mantenía al margen. Solía comentar que le gustaba observarla de lejos, a modo de pasatiempo.

Hizo un gesto dubitativo el jefe de policía.

—¿Pasatiempo? Hum, ya veo... Sin embargo, como usted no ignora, el finado marqués ocupó una importante secretaría en Gobernación. Nombrado por el ministro; claro, su tío materno don Joaquín Vallespín, que en paz descanse —Campillo sonrió con sarcasmo, dando a entender que tenía ideas propias sobre el nepotismo de la aristocracia española—. De eso hace tiempo, pero son cosas que suelen crear enemigos... Fíjese en mi caso, si no. Siendo ministro, Vallespín me tuvo bloqueado seis meses el ascenso a comisario... —chasqueó la lengua, evocador—. ¡Las vueltas que da la vida!

—Es posible. Pero no creo ser la persona indicada para ilustrarle sobre el tema.

Campillo había terminado con el habano y sostenía la colilla entre los dedos, sin saber dónde dejarla.

—Hay otro ángulo, más frívolo quizás, desde el que puede considerarse el asunto —optó por arrojar el resto del cigarro en un jarrón de porcelana china—. El marqués era bastante proclive a las faldas... Ya sabe a qué me refiero. Tal vez algún marido celoso... Usted me entiende. Honor mancillado y tal.

Parpadeó el maestro de esgrima. Aquella salida le parecía de pésimo gusto.

—Me temo, señor Campillo, que tampoco en ese particular puedo serle útil. Sólo diré que, en mi consideración, don Luis de Ayala era todo un caballero —miró los ojos acuosos y levantó después la vista hacia el peluquín del jefe de policía, algo torcido. Aquello le dio ánimo, hasta el punto de alzar un poco el tono, desafiante—. Por otra parte, en lo que a mí se refiere, doy por sentado que merezco de usted idéntica opinión, y no espero sórdidos chismorreos sobre el particular.

Se disculpó el otro de inmediato, algo incómodo, tocándose disimuladamente el postizo con la punta de los dedos. Por supuesto. Le rogaba que no malinterpretase sus palabras. Sólo se trataba de puro formulismo. Jamás hubiera osado insinuar...

Don Jaime apenas escuchaba. Reñía en su interior una sorda pugna consigo mismo, porque estaba ocultando, a sabiendas, datos valiosos que, tal vez, podrían esclarecer los móviles de la tragedia. Comprendió que intentaba proteger a cierta persona cuya turbadora imagen le había acudido a la mente apenas vio el cadáver en la habitación. ¿Proteger? De ser acertado el curso de sus propias deducciones, más que protección aquello suponía un flagrante encubrimiento; una actitud que no sólo vulneraba la Ley, sino que atentaba frontalmente contra los principios éticos que sustentaban su vida. Sin embargo, no quería precipitarse. Se requería tiempo para analizar la situación.

Campillo lo miraba ahora con fijeza, fruncido ligeramente el ceño, tamborileando con los dedos sobre el brazo del sillón. En ese momento, por primera vez, pensó don Jaime que también él podía ser considerado sospechoso a ojos de las autoridades. En resumidas cuentas, a Luis de Ayala lo habían matado con un florete.

Fue entonces cuando el jefe de policía pronunció las palabras que había estado temiendo durante toda la conversación:

—¿Conoce a una tal Adela de Otero?

El viejo corazón del maestro de esgrima se detuvo un instante y reemprendió alocadamente sus palpitaciones. Tragó saliva antes de contestar.

—Sí —respondió con toda la sangre fría de que era capaz—. Fue cliente de mi galería.

Campillo se inclinó hacia él, sumamente interesado.

—Ignoraba eso. ¿Ya no lo es?

—No. Prescindió de mis servicios hace varias semanas.

—¿Cuántas?

—No sé. Cosa de mes y medio.

—¿Por qué?

—Lo ignoro.

El jefe de policía se echó hacia atrás en el sillón y sacó otro cigarro del bolsillo mientras miraba a don Jaime con aire de profunda meditación. Esta vez no agujereó el habano con un palillo, sino que se limitó a morder distraídamente un extremo.

—¿Estaba usted al tanto de su... amistad con el marqués?

El maestro de armas hizo un gesto afirmativo.

—Muy superficialmente —aclaró—. Que yo sepa, su relación se inició después de que ella dejase de asistir a mi galería. No volví... —dudó un momento antes de terminar la frase—. No volví a ver a esa dama.

Campillo encendía el cigarro entre una nube de humo que irritó el olfato de Jaime Astarloa. En la frente del maestro de armas brillaban minúsculas gotas de sudor.

—Hemos interrogado a los sirvientes —dijo el policía al cabo de un rato—. Gracias a ellos sabemos que la señora de Otero visitaba esta casa con asiduidad. Todos coinciden en asegurar que el difunto y ella mantenían relaciones de tipo, ejem, íntimo.

Don Jaime sostuvo la mirada de su interlocutor como si todo aquello no le afectase en lo más mínimo.

—¿Y bien? —preguntó, procurando adoptar un aire distante. Sonrió a medidas el jefe de policía, pasándose un dedo por las guías del teñido bigote.

—A las diez de la noche —explicó en tono casi confidencial, como si el cadáver de la habitación vecina pudiera oírlos— el marqués despidió a los criados. Sabemos que acostumbraba a hacerlo cuando esperaba visitas que podríamos definir como... galantes. Los sirvientes se retiraron a su pabellón, que está al otro lado del jardín. No escucharon nada sospechoso; sólo lluvia y truenos. Esta mañana, sobre las siete, al entrar en la casa, encontraron el cadáver de su amo. En el otro extremo de la habitación había un florete con la hoja manchada de sangre. El marqués estaba frío y rígido, llevaba varias horas muerto. Fiambre total.

Se estremeció el maestro de esgrima, incapaz de compartir el macabro humor del jefe de policía.

—¿Conocen la identidad del visitante?

Chasqueó Campillo la lengua con desaliento.

—No. Sólo podemos deducir que entró por una discreta puerta que se abre al otro lado del palacio, en el pequeño callejón sin salida que a menudo usaba el marqués como cochera... Buena cochera, dicho sea de paso: cinco caballos, una berlina, un cupé, un tílburi, un faetón, un cochero inglés... —suspiró melancólicamente, dando a entender que, a su juicio, el difunto marqués no se privaba de nada—. Pero, volviendo al tema que nos ocupa, reconozco que nada hay que nos permita saber si el asesino fue hombre o mujer, una o varias personas. No hay huellas de ningún tipo, a pesar de que llovía a cántaros.

—Una situación difícil, por lo que veo.

—Así es. Difícil e inoportuna. Con la zarabanda política que vivimos estos días, el país al borde de la guerra civil y todo lo demás, me temo que la investigación se presenta laboriosa. El ruido que puede hacer el asesinato de un marqués se convierte en mera anécdota cuando está en juego un trono, ¿no es cierto?... Como ve, el asesino supo escoger el momento apropiado —Campillo soltó una bocanada de humo y miró apreciativamente el cigarro. Observó don Jaime que era de Vuelta Abajo, con la misma vitola que solía fumar Luis de Ayala. Sin duda, en el curso de sus pesquisas, la autoridad competente había tenido ocasión de meter mano en la tabaquera del fallecido—. Pero volvamos a doña Adela de Otero, si no le importa. Ni siquiera sabemos si es señora o señorita... ¿Está usted al corriente?

—No. Siempre la llamé señora, y nunca me corrigió.

—Me dicen que es guapa. Una mujer de bandera.

—Supongo que cierta clase de gente la puede definir así.

El jefe de policía pasó por alto la alusión.

—Ligera de cascos, por lo que veo. Esa historia de la esgrima...

Campillo guiñó un ojo con aire cómplice, y Jaime Astarloa decidió que eso era mucho más de lo que estaba dispuesto a soportar. Se puso en pie.

—Ya le he dicho antes que es muy poco lo que sé sobre esa dama —dijo con sequedad—. De un modo u otro, si tanto interés tiene en ella, puede ir a interrogarla directamente. Vive en el número catorce de la calle Riaño.

El jefe de policía no se movió, y el maestro de esgrima comprendió en el acto que algo no funcionaba como era debido en alguna parte. Campillo lo miraba desde el sillón, con el cigarro entre los dedos. Tras los cristales de las gafas, sus ojos de pez brillaban con maliciosa ironía, como si todo aquello pudiera contemplarse desde un ángulo muy divertido.

—Naturalmente —parecía encantado con la situación, saboreando una broma que hubiera estado reservando para el final—. Por supuesto, usted no tenía por qué saberlo, señor Astarloa. No podía saberlo, es cierto... Su ex cliente, doña Adela de Otero, ha desaparecido de su domicilio. ¿No es una curiosa coincidencia?... Matan al marqués y ella se esfuma sin dejar rastro, fíjese. Como si se la hubiera tragado la tierra.

CAPÍTULO SEXTO

DESENGANCHE FORZADO

«Desenganche forzado es aquel con cuyo auxilio el adversario ha logrado la ventaja.»

Terminadas las diligencias oficiales, el jefe de policía acompañó a don Jaime hasta la puerta, dándole cita para el día siguiente en su despacho de Gobernación. «Si los acontecimientos lo permiten», había añadido mientras esbozaba una mueca resignada, en clara alusión a los críticos momentos por los que atravesaba el país. Se alejó sombrío el maestro de esgrima. Experimentaba alivio por dejar atrás el lugar de la tragedia y el desagradable interrogatorio policial, pero al mismo tiempo se enfrentaba a una ingrata evidencia: ahora tendría tiempo para meditar a solas sobre los recientes sucesos, y no lo hacía muy feliz la perspectiva de dar libre curso a sus pensamientos.

Se detuvo junto a la verja del Retiro, apoyando la frente en los barrotes de hierro forjado mientras su mirada vagaba por los árboles del parque. La estima que había sentido por Luis de Ayala, el doloroso estupor tras su muerte, no bastaban, sin embargo, para colmar de indignación sus sentimientos. La existencia de cierta sombra de mujer, sin duda relacionada de algún modo con todo aquello, alteraba profundamente lo que, en principio, debía ser objetiva evaluación de los hechos por su parte. Don Luis había sido asesinado, y don Luis era un hombre al que él apreciaba. Aquello, pensó, tenía que ser motivo suficiente para desear que la justicia cayese sobre los autores del crimen. ¿Por qué, entonces, no había sido sincero con Campillo, contándole cuanto sabía?

Movió la cabeza, desalentado. En realidad, no estaba seguro de que Adela de Otero fuese responsable de lo ocurrido... El pensamiento sólo se sostuvo unos instantes, retirándose después ante el peso de lo evidente. Era inútil engañarse. No sabía si la joven había clavado un florete en la garganta del marqués de los Alumbres, pero lo innegable era que, de forma directa o indirecta, algo había tenido que ver con ello. Su inesperada aparición, el interés demostrado por conocer a Luis de Ayala, su actitud en las últimas semanas, su sospechosa y oportuna desaparición... Todo, hasta el menor detalle, hasta la última palabra pronunciada por ella, parecía ahora responder a un plan ejecutado con implacable frialdad. Además estaba aquella estocada. *Su* estocada.

¿Con qué objeto? A tales alturas ya no le cabía la menor duda de que había sido utilizado como medio para llegar hasta el marqués de los Alumbres. Pero, ¿para qué? Un crimen no se explicaba por sí solo; había tras él, tenía que haberlo, un objetivo de tal envergadura que justificaba, a juicio del criminal, tan grave paso. Por lógica deducción, el pensamiento del maestro de esgrima voló hacia el sobre lacrado, oculto tras los libros de su estudio. Presa de violenta excitación, se apartó de la verja y echó a andar hacia la puerta de Alcalá, apretando vivamente el paso. Tenía que llegar a casa, abrir aquel sobre y leer su contenido. Sin duda, allí estaba la clave de todo.

Detuvo un coche de alquiler y le dio su dirección, aunque durante un momento pensó si no sería mejor ponerlo todo en manos de la policía y asistir al desenlace del asunto como un espectador más. Pero comprendió enseguida que no podía hacerlo así. Alguien le había obligado a jugar en todo aquello un papel desairado, establecido de antemano, con el mismo despego de quien manejaba los hilos de una marioneta. Su viejo orgullo se rebelaba, exigiendo satisfacción; nadie se había atrevido jamás a jugar con él de aquella forma, y eso le hacía sentirse humillado y furioso. Quizás acudiese más tarde a la policía; pero antes necesitaba saber qué era lo que había ocurrido. Quería comprobar si iba a tener ocasión de ajustar la cuenta pendiente que Adela de Otero había dejado en el aire. En el fondo, no se trataba de vengar al marqués de los Alumbres; lo que Jaime Astarloa deseaba era obtener cumplida satisfacción para sus propios sentimientos traicionados.

Mecido por el balanceo del coche de alquiler, se apoyó en el respaldo del asiento. Comenzaba a sentir una tranquila lucidez. Por mero reflejo profesional, comenzó a repasar cuidadosamente los acontecimientos, con un método clásico en él: movimientos de esgrima. Eso le ayudaba, generalmente, a imponer orden en sus pensamientos cuando se trataba de analizar situaciones complejas. El adversario, o adversarios, habían establecido su plan a partir de una finta, de un ataque falso. Al venir a él lo hicieron en busca de otro objetivo; el falso ataque no era otra cosa que amenazar con una estocada diferente a la que se tenía intención de asestar. No apuntaban a él, sino hacia Luis de Ayala, y Jaime Astarloa había sido tan torpe como para no prever la profundidad del movimiento, cometiendo el imperdonable error de facilitarlo.

Así, todo comenzaba a encajar. Logrado el primer movimiento, habían pasado al segundo. Para la hermosa Adela de Otero no resultaba muy difícil, ante el marqués, ejecutar lo que en esgrima se llamaba *forzar el ataque:* forzar el florete del contrario era apartarlo por su parte débil, a fin de descubrir al oponente antes de tirarle la estocada. Y el punto débil de Luis de Ayala eran la esgrima y las mujeres.

¿Qué había ocurrido después? El marqués, buen tirador de florete, había intuido que su adversario le estaba *dando llamada,* procurando sacarlo de su posición de defensa. Hombre de recursos, se había puesto en guardia de inmediato, confiando a don Jaime lo que sin duda era el objetivo buscado por los movimientos del adversario: aquel misterioso legajo lacrado. Sin embargo, aunque consciente del peligro, Luis de Ayala era jugador además de esgrimista. Conociendo su estilo, don Jaime tuvo la certeza de que el marqués había abusado de su propia suerte, sin decidirse a interrumpir el asalto hasta ver en qué terminaba todo aquello. Sin duda confiaba en desviar a última hora el florete enemigo cuando éste, descubierto el juego, se tirase a fondo; pero ése había sido su error. Un tirador veterano como Ayala debía ser el primero en saber que siempre era peligroso recurrir a la flanconada como parada de ataque. Especialmente si andaba por medio una mujer como Adela de Otero.

Si, como sospechaba don Jaime, el objeto del ataque había sido hacerse con los documentos del marqués, era indudable que los asesinos habían ejecutado incompleto el movimiento. Por puro azar, la intervención involuntaria del maestro de armas frustraba el éxito de la maniobra. Lo que en principio debía haberse zanjado con una simple estocada de cuarta sobre la yugular de Ayala, se convertía en una de tercia, que no se realizaba con la misma facilidad. La cuestión vital, que afectaba ahora a la propia supervivencia del maestro, consistía en saber si los adversarios estaban al corriente del papel decisivo que había jugado en todo aquello, merced a la precavida actitud del difunto marqués: ¿Sabían ellos que los documentos se hallaban a buen recaudo en su casa?... Meditó detenidamente el asunto, llegando a la tranquilizadora conclusión de que eso era imposible. Ayala jamás habría sido tan incauto como para descubrir el secreto a Adela de Otero, ni a nadie más. Él mismo había afirmado que Jaime Astarloa era la única persona en quien podía confiar para tan delicada tarea.

Rompía a llover otra vez cuando bajó del coche en la esquina de la calle Bordadores. Entró en el portal sacudiéndose el agua del sombrero, y subió directamente al último piso, por la crujiente escalera cuya barandilla de hierro oscilaba bajo su mano. En el rellano recordó que había olvidado el estuche de los floretes en el palacio de Villaflores y torció el gesto, contrariado. Pasaría a buscarlos más tarde, pensó mientras sacaba la llave del bolsillo, la hacía girar en la cerradura y empujaba la puerta. Muy a su pesar, no pudo evitar una cierta aprensión cuando entró en la casa, vacía y oscura.

Manifestó su desasosiego echando un vistazo por las habitaciones antes de tranquilizarse por completo. Como era lógico, allí no había nadie más que él, y se avergonzó de haberse dejado inquietar por su imaginación. Puso el sombrero sobre el sofá, se quitó la levita y abrió los postigos de la ventana para que entrase la grisácea luz del exterior. Entonces se acercó a la estantería, metió la mano tras una fila de libros y sacó el sobre que le había entregado Luis de Ayala.

Las manos le temblaban y sentía contraído el estómago cuando rompió el sello de lacre. El sobre era de tamaño folio, cosa de una pulgada de grueso. Rasgó el envoltorio y extrajo un cartapacio atado con cintas, que contenía varias hojas de papel manuscrito. En su precipitación por deshacer los nudos abrió la carpeta, y las hojas se esparcieron por el suelo, al pie de la cómoda. Se agachó para recogerlas mientras maldecía su torpeza, y se irguió de nuevo con ellas en la mano. Tenían aspecto oficial, la mayoría eran cartas y documentos con membrete. Fue a sentarse tras la mesa de escritorio y colocó ante sí los papeles. En los primeros momentos, a causa de su excitación, las líneas parecían bailar ante sus ojos; era incapaz de leer una sola palabra. Cerró los párpados y se obligó a contar hasta diez. Después respiró profundamente y empezó la lectura. En su mayor parte eran, en efecto, cartas. Y el maestro de esgrima se estremeció al leer algunas de las firmas.

MINISTERIO DE LA GOBERNACIÓN
D. Luis Álvarez Rendruejo
Inspector general de Seguridad y Policía Gubernativa. Madrid

Por la presente, establézcase estrecha vigilancia sobre las personas indicadas a continuación, al recaer sobre ellas razonables sospechas de conspiración contra el Gobierno de Su Majestad la Reina, q. D. g.

Debido a la condición de algunos de los presuntos implicados, doy por sentado que la tarea se realizará con toda la discreción y el tacto oportunos, comunicándoseme directamente los resultados de la investigación.

Martínez Carmona, Ramón. Abogado. C/ del Prado, 16. Madrid.

Miravalls Hernández, Domiciano. Industrial. C/ Corredera Baja. Madrid.

Cazorla Longo, Bruno. Apoderado de la Banca de Italia. Plaza de Santa Ana, 10. Madrid.

Cañabate Ruiz, Fernando. Ingeniero de Ferrocarriles. C/ Leganitos, 7. Madrid.

Porlier y Osborne, Carmelo. Financiero. C/ Infantas, 14. Madrid.

Para mayor seguridad, conviene que lleve usted personalmente todo lo relacionado con este asunto.

Joaquín Vallespín Andreu
Ministro de la Gobernación.
Madrid, a 3 de octubre de 1866

* * *

Sr. D. Joaquín Vallespín Andreu
Ministro de la Gobernación.
Madrid

Querido Joaquín:
He meditado sobre nuestra conversación de ayer por la tarde y la propuesta de que me hablas parece aceptable. Te confieso que me da cierto reparto beneficiar a ese canalla, pero el resultado merece la pena. ¡Nada se consigue gratis en estos tiempos!

Lo de la concesión minera en la sierra de Cartagena está hecho. Hablé con Pepito Zamora y no pone objeciones, a pesar de que no le he dado ningún detalle. Debe de creer que es-

*toy tratando de sacar tajada, pero me da igual. Ya soy dema-
siado viejo como para preocuparme de nuevas calumnias. Por
cierto, me he informado debidamente y creo que nuestro pájaro se va a forrar. Te lo dice uno de Loja, que para esas cosas
me sobra olfato.*

*Tenme al corriente. Por supuesto, el tema ni mencionarlo
en el Consejo. Saca también a Álvarez Rendruejo de esto. A
partir de ahora, el asunto podemos gobernarlo entre tú y yo.*

Ramón María Narváez
8 de noviembre

* * *

MINISTERIO DE LA GOBERNACIÓN
D. Luis Álvarez Rendruejo
*Inspector general de Seguridad y Policía Gubernativa. Ma-
drid*

*Por la presente, díctese orden de detención contra las per-
sonas indicadas a continuación, sospechosas de conspiración
criminal contra el Gobierno de Su Majestad la Reina, q. D. g.:*
Martínez Carmona, Ramón.
Porlier y Osborne, Carmelo.
Miravalls Hernández, Domiciano.
Cañabate Ruiz, Fernando.
Mazarrasa Sánchez, Manuel María.
*Todos ellos serán detenidos por separado e incomunicados
de inmediato.*

Joaquín Vallespín Andreu
Ministro de la Gobernación.
Madrid, a 12 de noviembre

* * *

INSPECCIÓN GENERAL DE PENADOS Y REBELDES
D. Joaquín Vallespín Andreu
Ministro de la Gobernación.
Madrid

Excelentísimo Señor:
Por la presente pongo en su conocimiento que los llamados
Martínez Carmona, Ramón; Porlier y Osborne, Carmelo; Mi-
ravalls Hernández, Domiciano, y Cañabate Ruiz, Fernando,
han ingresado con fecha de hoy y sin novedad en el penal de
Cartagena, en espera de su traslado a los presidios de África
donde cumplirán condena.
Sin otro particular, siempre a las gratas órdenes de V. E.,
q. D. g.

Ernesto de Miguel Marín
Inspector general de Penados y Rebeldes.
Madrid, a 28 de noviembre de 1866

* * *

Excelentísimo Señor D. Ramón María Narváez
Presidente del Consejo.
Madrid

Mi general:
Tengo la satisfacción de remitirle los segundos resultados,
consignados en la relación que acompaña esta esquela, llega-
dos a mis manos esta misma noche.
Quedo a su disposición para ampliar más detalles.

Joaquín Vallespín Andreu
Madrid, 5 de diciembre
(Es copia única)

* * *

Sr. D. Joaquín Vallespín Andreu
Ministro de la Gobernación.
Madrid

Querido Joaquín:
Sólo encuentro una palabra: excelente. Lo que nos ha dado
nuestro pájaro supone el golpe más importante que le vamos a
dar a nuestro intrigante J. P. Te envío con nota aparte instrucciones precisas sobre cómo encarar el asunto. Esta tarde,
cuando vuelva de Palacio, ampliaremos detalles.
    Mano dura. No hay otro sistema. En cuanto a los militares
implicados, pienso recomendar a Sangonera el máximo rigor.
Hay que hacer un buen escarmiento.
    Ánimo, y a seguir en la brecha.

                                        Ramón María Narváez
                                        6 de diciembre

                        * * *

MINISTERIO DE LA GOBERNACIÓN
D. Luis Álvarez Rendruejo
Inspector general de Seguridad y Policía Gubernativa.
Madrid

    Por la presente, díctese orden de detención contra las per-
sonas indicadas a continuación, bajo los cargos de alta traición y conspiración criminal contra el Gobierno de Su Majestad la Reina, q. D. g.:
    De la Mata Ordóñez, José. Industrial. Ronda de Toledo, 22
duplicado. Madrid.
    Fernández Garre, Julián. Funcionario del Estado. C/ Cer-
vantes, 19. Madrid.
    Gal Rupérez, Olegario. Capitán de Ingenieros. Cuartel de
la Jarilla. Alcalá de Henares.

Gal Rupérez, José María. Teniente de Artillería. Cuartel de la Colegiata. Madrid.

Cebrián Lucientes, Santiago. Teniente coronel de Infantería. Cuartel de la Trinidad. Madrid.

Ambrona Páez, Manuel. Comandante de Ingenieros. Cuartel de la Jarilla. Alcalá de Henares.

Figuero Robledo, Ginés. Comerciante. C/ Segovia, 16. Madrid.

Esplandiú Casals, Jaime. Teniente de Infantería. Cuartel de Vicálvaro.

Romero Alcázar, Onofre. Administrador de la finca «Los Rocíos». Toledo.

Villagordo López, Vicente. Comandante de Infantería. Cuartel de Vicálvaro.

En lo que se refiere al personal militar incluido en esta relación, se actuará en coordinación con la autoridad castrense correspondiente, que ya se encuentra en posesión de las órdenes oportunas emitidas por el Excmo. Sr. Ministro de la Guerra.

Joaquín Vallespín Andreu
Ministro de la Gobernación.
Madrid, a 7 de diciembre de 1866
(Es copia)

* * *

INSPECCIÓN GENERAL DE SEGURIDAD Y POLICÍA GUBERNATIVA
D. Joaquín Vallespín Andreu
Ministro de la Gobernación.

Excelentísimo Señor:
Pongo en conocimiento de V. E. que esta mañana, dando curso a las instrucciones recibidas con fecha de ayer, se han efectuado las diligencias oportunas por funcionarios de este Departamento, en coordinación con la Autoridad Militar, pro-

cediéndose a la detención de todos los individuos requeridos en las mismas.

Dios guarde a V. E. muchos años.

Luis Álvarez Rendruejo
Inspector Gral. de Seguridad y Policía Gubernativa.
Madrid, 8 de diciembre de 1866

* * *

INSPECCIÓN GENERAL DE PENADOS Y REBELDES
D. Joaquín Vallespín Andreu
Ministro de la Gobernación.

Excelentísimo Señor:
Por la presente pongo en su conocimiento que, con fecha de hoy, han ingresado en la prisión de Cádiz, en espera de su deportación a Filipinas, las personas que a continuación se consignan:
De la Mata Ordóñez, José.
Fernández Garre, Julián.
Figuero Robledo, Ginés.
Romero Alcázar, Onofre.
Sin otro particular, reciba V. E. un respetuoso saludo.

Ernesto de Miguel Marín
Inspector gral. de Penados y Rebeldes.
Madrid, a 19 de diciembre de 1866

* * *

MINISTERIO DE LA GUERRA
D. Joaquín Vallespín Andreu
Ministro de la Gobernación.
Madrid

Querido Joaquín:
Sirva esta carta de notificación oficial para comunicarte que esta tarde, a bordo del vapor «Rodrigo Suárez», han sa-

lido deportados a Canarias el teniente coronel Cebrián Lucientes y los comandantes Ambrona Páez y Villagordo López. El capitán Olegario Gal Rupérez y su hermano José María Gal Rupérez quedan confinados en la prisión militar de Cádiz a la espera del próximo embarque de deportados a Fernando Poo.
Sin otro particular, recibe un fuerte abrazo

Pedro Sangonera Ortiz
Ministro de la Guerra.
Madrid, a 23 de diciembre

* * *

MINISTERIO DE LA GUERRA
D. Joaquín Vallespín Andreu
Ministro de la Gobernación.
Madrid

Querido Joaquín:
De nuevo tengo el deber, esta vez penoso, de tomar la pluma para notificarte oficialmente que, al no haberse concedido el indulto por parte de S. M. la Reina, y cumplido el plazo estipulado en la sentencia, esta madrugada a las cuatro horas ha sido pasado por las armas, en los fosos del castillo de Oñate, el teniente Jaime Esplandiú Casals, condenado a la última pena por sedición, alta traición y conspiración criminal contra el Gobierno de S. M.
Sin otro particular

Pedro Sangonera Ortiz
Ministro de la Guerra.
Madrid, a 26 de diciembre

* * *

Seguía una serie de notas oficiales, así como otras breves esquelas de carácter confidencial cruzadas entre Narváez y el ministro de la Gobernación, con fechas posteriores, en las que se mencionaban diversas actividades de los agentes de Prim en España y en el extranjero. De su lectura dedujo Jaime Astarloa que el Gobierno había estado siguiendo muy de cerca los movimientos clandestinos de los conspiradores. Continuamente se citaban nombres y lugares, se recomendaba la vigilancia de Fulano o la detención de Mengano, se avisaba del nombre falso con que un agente de Prim se disponía a embarcar en Barcelona... El maestro de esgrima volvió atrás en la lectura para comprobar las fechas. La correspondencia allí contenida abarcaba el período de un año y se interrumpía bruscamente. Hizo memoria don Jaime y pudo recordar que esa interrupción coincidía con el fallecimiento en Madrid de Joaquín Vallespín, el titular de Gobernación en quien parecía centrarse aquel legajo. Vallespín, eso lo recordaba bien, había sido una de las bestias negras de Agapito Cárceles en la tertulia del Progreso; hombre catalogado como absolutamente leal a Narváez y a la monarquía, destacado miembro del partido moderado, se distinguió durante el ejercicio de su cargo por una sólida afición a utilizar la mano dura. Había muerto de una enfermedad del corazón, y su entierro se celebró con el adecuado luto oficial; Narváez presidió el duelo. Poco después, el propio Narváez lo había seguido a la tumba, privando así a Isabel II de su principal apoyo político.

Jaime Astarloa se mesó el cabello, desconcertado. Aquello no tenía pies ni cabeza. No estaba muy al corriente de maquinaciones de gabinete, pero tenía la impresión de que los documentos, posible causa de la muerte de Luis de Ayala, no contenían materia que justificase su celo por ocultarlos; y mucho menos el asesinato. Volvió a leer algunas páginas con obstinada concentración, esperando descubrir algún indicio que se le hubiese escapado en la primera lectura. Tarea inútil. Tan sólo se detuvo largo rato sobre la esquela, un tanto críptica, que ocupaba el segundo lugar del legajo; la breve carta dirigida por Narváez a Vallespín en términos familiares. En ella, el duque de Valencia se refería a una propuesta, sin duda hecha por el ministro de la Gobernación, que consideraba «*aceptable*», al parecer relacionada con cierto asunto sobre una «*concesión minera*». Narváez lo habría consultado con alguien llamado «*Pepito Zamora*», sin duda el que fue ministro de Minas por aquella época, José Zamora... Pero eso parecía ser todo. Ninguna clave, ningún nombre más. «*Me da cierto reparo beneficiar a ese canalla...*», había escrito Narváez... ¿A qué canalla podía referirse? Quizás estuviese allí la respuesta, en ese nombre que no aparecía por ninguna parte... ¿O sí?

Suspiró el maestro de armas. Tal vez para alguien versado en la materia, todo aquello encerrase un sentido; pero a él no lo llevaba a conclusión alguna. No lograba comprender qué era lo que convertía esos documentos en algo tan importante, tan peligroso, por cuya posesión había gente que no se detenía ni ante el crimen. Además, ¿por qué Luis de Ayala se los había confiado a él? ¿Quién iba a querer robarlos, y para qué?... Por otro lado, ¿cómo pudo el marqués de los Alumbres, que se autoproclamaba al margen de la política, hacerse con aquellos papeles, que pertenecían a la correspondencia privada del fallecido ministro de Gobernación?

Para eso, al menos, había una explicación lógica. Joaquín Vallespín Andreu era pariente del marqués de los Alumbres; hermano de su madre, creía recordar don Jaime. La secretaría de Gobernación que Ayala tuvo entre manos durante su breve paso por la vida pública se la había ofrecido aquél, en uno de los últimos gobiernos de Narváez. ¿Coincidían las fechas? De eso no se acordaba bien, aunque quizás el paso de Ayala por el Ministerio hubiera sido posterior... Lo importante era que, en efecto, el marqués de los Alumbres podía haber conseguido los documentos mientras desempeñaba su cargo oficial, o tal vez a la muerte de su tío. Eso era razonable; hasta bastante probable, incluso. Pero, en tal caso, ¿qué significaban exactamente, y por qué tanto interés en conservarlos como un secreto? ¿Tan peligrosos eran, tan comprometedores que podía hallarse en ellos una justificación para el asesinato?

Se levantó de la mesa para caminar por la habitación, abrumado por aquella historia de tintes tan sombríos que escapaba por completo a su capacidad de análisis. Todo era endiabladamente absurdo, en especial el papel involuntario que él había jugado —y jugaba todavía, pensó estremeciéndose— en la tragedia. ¿Qué tenía que ver Adela de Otero con aquel entramado de conspiraciones, cartas oficiales, listas de nombres y apellidos?... Nombres entre los que ninguno le resultaba familiar. Sobre los hechos a que se hacía referencia recordaba, eso sí, haber leído algo en los periódicos, o escuchar comentarios de tertulia, antes y después de cada intentona de Prim por hacerse con el poder. Incluso recordaba la ejecución de aquel pobre teniente, Jaime Esplandiú. Pero nada más. Estaba en un callejón sin salida.

Pensó en acudir a la policía, entregar el legajo y desentenderse del asunto. Pero no era tan sencillo. Con viva inquietud recordó el interrogatorio a que lo había sometido por la mañana el jefe de policía junto al cadáver de Ayala. Le había mentido a Campillo, ocultando la existencia del sobre lacrado. Y si aquellos documentos eran comprometedores para alguien, lo eran también para él, puesto que había sido su inocente depositario... ¿Inocente? La palabra le hizo torcer los labios en una desagradable mueca. Ayala ya no vivía para explicar el embrollo, y la inocencia la decidían los jueces.

En su vida se había sentido tan confuso. Su naturaleza honrada se rebelaba ante la mentira; pero, ¿había elección? Un instinto de prudencia le aconsejaba destruir el legajo, alejarse voluntariamente de la pesadilla, si es que todavía estaba a tiempo. Así, nadie sabría nada. Nadie, se dijo con aprensión; pero tampoco él. Y Jaime Astarloa necesitaba saber qué sórdida historia estaba latiendo en el fondo de todo aquello. Tenía derecho, y las razones eran muchas. Si no desvelaba el misterio, jamás recobraría la paz.

Más tarde decidiría qué hacer con los documentos, si destruirlos o entregárselos a la policía. Ahora, lo que urgía era descifrar la clave. Sin embargo, resultaba evidente que él no era capaz por sus propios medios. Quizás alguien más avezado en cuestiones políticas...

Pensó en Agapito Cárceles. ¿Por qué no? Era su contertulio, su amigo, y además seguía con apasionamiento los sucesos políticos del país. Sin duda, los nombres y los hechos contenidos en el legajo le serían familiares.

Recogió apresuradamente los papeles, ocultándolos de nuevo tras la fila de libros, cogió bastón y chistera, y se lanzó a la calle. Al salir del zaguán sacó el reloj del bolsillo del chaleco y consultó la hora: casi las seis de la tarde. Sin duda Cárceles estaba en la tertulia del Progreso. El lugar estaba cerca, en Montera, apenas diez minutos a pie; pero el maestro de esgrima tenía prisa. Detuvo un simón y pidió al cochero que lo llevase allí con toda la rapidez posible.

Encontró a Cárceles en su habitual rincón del café, enfrascado en un monólogo sobre el nefasto papel que Austrias y Borbones habían jugado en los destinos de España. Frente a él, con la chalina arrugada en torno al cuello y su eterno aire de incurable melancolía, Marcelino Romero lo miraba sin escuchar, chupando distraídamente un terrón de azúcar. Contra su costumbre, Jaime Astarloa no se anduvo con excesivos cumplidos; disculpándose ante el pianista hizo un aparte con Cárceles, poniéndolo, a medias y con todo tipo de reservas, al corriente del problema:

—Se trata de unos documentos que obran en mi poder, por razones que no vienen al caso. Necesito que alguien de su experiencia me esclarezca un par de dudas. Por supuesto, confío en la discreción más exquisita.

El periodista se mostró encantado con el asunto. Había finalizado su disertación sobre la decadencia austro-borbónica y, por otra parte, el profesor de música no era precisamente un contertulio ameno. Tras excusarse con Romero, ambos salieron del café.

Resolvieron ir caminando hasta la calle Bordadores. Por el camino, Cárceles se refirió de pasada a la tragedia del palacio de Villaflores, que se había convertido en la comidilla de todo Madrid. Estaba vagamente al tanto de que Luis de Ayala había sido cliente de don Jaime, y requirió detalles del suceso con una curiosidad profesional tan acusada que el maestro de esgrima se vio en apuros serios para soslayar el tema con respuestas evasivas. Cárceles, que no perdía ocasión para meter baza con su desprecio a la clase aristocrática, no se mostraba en absoluto apenado por la extinción de uno de sus vástagos.

—Trabajo que se le ahorra al pueblo soberano cuando llegue la hora —proclamó, lúgubre, cambiando inmediatamente de tema ante la mirada de reconvención que le dirigió don Jaime. Pero al poco rato volvía a la carga, esta vez para argumentar su hipótesis de que en la muerte del marqués había de por medio un asunto de faldas. Para el periodista, la cosa estaba clara: al de los Alumbres le habían dado el pasaporte, zas, por alguna cuestión de honor ofendido. Se comentaba que con un sable o algo por el estilo, ¿no era eso? Quizás don Jaime estuviese al corriente.

El maestro de esgrima vio con alivio que ya llegaban a la puerta de su casa. Cárceles, que visitaba por primera vez la vivienda, observó con curiosidad el pequeño salón. Apenas descubrió las hileras de libros se dirigió hacia ellas en línea recta, estudiando con ojo crítico los títulos impresos en sus lomos.

—No está mal —concedió finalmente, con magnánimo gesto de indulgencia—. Personalmente, echo en falta varios títulos fundamentales para comprender la época en que nos ha tocado vivir. Yo diría que Rousseau, quizás un poquito de Voltaire...

A Jaime Astarloa le importaba un bledo la época en que le había tocado vivir, y mucho menos los trasnochados gustos de Agapito Cárceles en materia literaria o filosófica, así que interrumpió a su contertulio con el mayor tacto posible, encauzando la conversación hacia el tema que los ocupaba. Cárceles se olvidó de los libros y se dispuso a encarar el asunto con visible interés. Don Jaime sacó los documentos de su escondite.

—Ante todo, don Agapito, fío en su honor de amigo y caballero para que considere todo este asunto con la máxima discreción —hablaba con suma gravedad, y comprobó que el periodista quedaba impresionado por el tono—. ¿Tengo su palabra?

Cárceles se llevó la mano al pecho, solemne.

—La tiene. Claro que la tiene.

Pensó don Jaime que quizás cometía un error, después de todo, al confiarse de aquella forma; pero a tales alturas ya no había modo de retroceder. Extendió el contenido del legajo sobre la mesa.

—Por razones que no puedo revelarle, ya que el secreto no me pertenece, obran en mi poder estos documentos... En su conjunto encierran un significado oculto, algo que se me escapa y que, por ser de gran importancia para mí, debo desvelar —había ahora una absorta mueca de atención en el rostro de Cárceles, pendiente de las palabras que salían, no sin esfuerzo, de la boca de su interlocutor—. Quizás el problema resida en mi desconocimiento de los asuntos políticos de la nación; el caso es que soy incapaz, con mi corto entender, de dar un sentido coherente a lo que, sin duda, lo tiene... Por eso he decidido recurrir a usted, versado en este tipo de cosas. Le ruego que lea esto, intente deducir con qué se relaciona, y luego me dé su autorizada opinión.

Cárceles se quedó inmóvil unos instantes, observando con fijeza al maestro de esgrima, y éste comprendió que estaba impresionado. Después se pasó la lengua por los labios y miró los documentos que había sobre la mesa.

—Don Jaime —dijo por fin, con mal reprimida admiración—. Jamás hubiera pensado que usted...

—Yo tampoco —le atajó el maestro—. Y debo decirle, en honor a la verdad, que esos papeles se encuentran en mis manos contra mi voluntad. Pero ya no puedo escoger; ahora debo saber lo que significan.

Cárceles miró otra vez los documentos, sin decidirse a tocarlos. Sin duda intuía que algo grave se ocultaba en todo aquello. Por fin, como si la decisión le hubiera venido de golpe, se sentó ante la mesa y los tomó en sus manos. Don Jaime se quedó en pie, junto a él. Dada la situación, había resuelto dejar a un lado sus habituales formalismos y releer el contenido del legajo por encima del hombro de su amigo.

Cuando vio los membretes y las firmas de las primeras cartas, el periodista tragó ruidosamente saliva. Un par de veces se volvió a mirar al maestro de esgrima con la incredulidad pintada en el rostro, pero no hizo comentario alguno. Leía en silencio, pasando cuidadosamente las páginas, deteniéndose con el índice en algún nombre de las listas en ellas contenidas. Cuando estaba a la mitad de la lectura se detuvo de pronto como si hubiera tenido una idea y volvió atrás con precipitación, releyendo las hojas iniciales. Una débil mueca, parecida a una sonrisa, se dibujó en su rostro mal afeitado. Volvió a leer durante un rato mientras don Jaime, que no osaba interrumpirlo, aguardaba expectante, con el alma en vilo.

—¿Saca usted algo en claro? —preguntó por fin, sin poder contenerse más. El periodista hizo un gesto de cautela.

—Es posible. Pero de momento se trata sólo de una corazonada... Necesito cerciorarme de que estamos en el buen camino.

Volvió a enfrascarse en la lectura con el ceño fruncido. Al cabo de un momento movió lentamente la cabeza, como si rozase una certidumbre que había estado buscando. Se detuvo de nuevo y levantó los ojos hacia el techo, evocador.

—Hubo algo... —comentó sombrío, hablando para sí mismo—. No recuerdo bien, pero debió de ser... a primeros del año pasado. Sí, minas. Hubo una campaña contra Narváez; se decía que estaba en el negocio. ¿Cómo se llamaba aquel...?

Jaime Astarloa no recordaba haber estado tan nervioso en su vida. De pronto, el rostro de Cárceles se iluminó.

—¡Claro! ¡Qué estúpido soy! —exclamó, golpeando la mesa con la palma de la mano—. Pero necesito comprobar el nombre... ¿Será posible que sea...? —hojeó rápidamente las páginas, otra vez buscando las primeras—. ¡Por los clavos de Cristo, don Jaime! ¿Es posible que no se haya dado cuenta? ¡Lo que tiene aquí es un escándalo sin precedentes! ¡Le juro que...!

Llamaron a la puerta. Cárceles enmudeció bruscamente, mirando hacia el recibidor con ojos recelosos.

—¿Espera usted a alguien?

Negó con la cabeza el maestro de esgrima, tan desconcertado como él por la interrupción. Con una presencia de ánimo inesperada, el periodista recogió los documentos, miró a su alrededor y, levantándose con presteza, fue a meterlos bajo el sofá. Después se volvió hacia don Jaime.

—¡Despache a quien sea! —le susurró al oído—. ¡Usted y yo tenemos que hablar!

Aturdido, el maestro de esgrima se arregló maquinalmente la corbata y cruzó el recibidor hacia la puerta. La certeza de que estaba a punto de desvelarse el misterio que había llevado hasta él a Adela de Otero y costado la vida a Luis de Ayala, iba calando poco a poco, produciéndole una sensación de irrealidad. Por un instante se preguntó si no iba a despertar de un momento a otro, para comprobar que todo había sido una broma absurda, brotada de su imaginación.

Había un policía en la puerta.

—¿Don Jaime Astarloa?

El maestro de esgrima sintió que se le erizaban los cabellos de la nuca.

—Soy yo.

El guardia tosió levemente. Tenía el rostro agitanado y una barba recortada a trasquilones.

—Me envía el señor jefe superior de policía, don Jenaro Campillo. Le ruega se sirva acompañarme para proceder a una diligencia.

Don Jaime lo miró sin comprender.

—¿Perdón? —preguntó, intentando ganar tiempo. El guardia percibió su desconcierto y sonrió, tranquilizador:

—No se preocupe usted; es puro trámite. Por lo visto, hay nuevos indicios sobre el asunto del señor marqués de los Alumbres.

Parpadeó el maestro, irritado por la inoportunidad del caso. De todas formas, el guardia había hablado de nuevos indicios. Quizás fuera importante. Tal vez habían localizado a Adela de Otero.

—¿Le importa esperar un momento?

—En absoluto. Tome el tiempo que quiera.

Dejó al municipal en la puerta y volvió al salón, donde aguardaba Cárceles, que había estado escuchando la conversación.

—¿Qué hacemos? —preguntó don Jaime en voz baja. El periodista le hizo un gesto que aconsejaba calma.

—Vaya usted —le dijo—. Yo lo espero aquí, aprovechando para leer todo con más detenimiento.

—¿Ha descubierto algo?

—Creo que sí, pero todavía no estoy seguro. Tengo que profundizar más. Vaya usted tranquilo.

Hizo don Jaime un gesto afirmativo. No había otra solución.

—Tardaré lo menos posible.

—No se preocupe —en los ojos de Agapito Cárceles había un brillo que inquietaba un poco al maestro de armas—. ¿Tiene algo que ver eso —señaló hacia la puerta— con lo que acabo de leer?

Se ruborizó Jaime Astarloa. Todo aquello comenzaba a escapar a su control. Desde hacía un momento se afianzaba en él cierta sensación de desquiciada fatiga.

—Todavía no lo sé —a aquellas alturas, mentirle a Cárceles se le antojaba innoble—. Quiero decir que... Hablaremos a mi regreso. He de poner algo de orden en mi cabeza.

Estrechó la mano de su amigo y salió, acompañando al policía. Un carruaje oficial esperaba abajo.

—¿Adónde vamos? —preguntó.

El guardia había pisado un charco e intentaba sacudirse el agua de las botas.

—Al depósito de cadáveres —respondió. Y, acomodándose en el asiento, se puso a silbar una tonadilla de moda.

Campillo aguardaba en un despacho del Instituto Forense. Tenía gotas de sudor en la frente, ladeado el peluquín, y los quevedos le colgaban de la cinta sujeta a la solapa. Cuando vio entrar al maestro de esgrima se levantó con una cortés sonrisa.

—Lamento, señor Astarloa, que debamos vernos por segunda vez el mismo día en tan penosas circunstancias...

Don Jaime miraba a su alrededor con suspicacia. Se obligaba a sí mismo a hacer acopio de energías para conservar los últimos restos de aplomo, que parecían escapársele por todos los poros del cuerpo. Aquello empezaba a rebasar los límites en que solían moverse las controladas emociones a que estaba habituado.

—¿Qué ocurre? —preguntó, sin ocultar su inquietud—. Me encontraba en casa, solventando un asunto de importancia...

Jenaro Campillo hizo un gesto de excusa.

—Sólo le incomodaré unos minutos, se lo aseguro. Me hago cargo de lo molesta que es para usted esta situación; pero, créame, se han presentado acontecimientos imprevistos —chasqueó la lengua, como expresando su propio fastidio por todo aquello—. ¡Y en qué día, Santo Dios! Las noticias que acabo de recibir tampoco son tranquilizadoras. Las tropas sublevadas avanzan hacia Madrid, se rumorea que la reina puede verse obligada a pasar a Francia, y aquí se teme una revuelta callejera... ¡Ya ve usted el panorama! Pero, al margen de los acontecimientos políticos, la justicia común debe seguir su curso inexorable. *Dura lex, sed lex.* ¿No le parece?

—Discúlpeme, señor Campillo, pero estoy confuso. No me parece éste el lugar más apropiado para...

El jefe de policía levantó una mano, rogando paciencia a su interlocutor.

—¿Tendría la bondad de acompañarme?

Hizo un gesto con el dedo índice, señalando el camino. Bajaron unas escaleras, y se internaron por un corredor sombrío, con paredes cubiertas por azulejos blancos y manchas de humedad en el techo. El lugar estaba iluminado por mecheros de gas, cuyas llamas hacía oscilar una fría corriente de aire que hizo a Jaime Astarloa estremecerse bajo la ligera levita de verano. El ruido de los pasos se perdía al extremo del corredor, arrancando siniestros ecos a la bóveda.

Campillo se detuvo ante una puerta de cristal esmerilado y la empujó, invitando a su acompañante a entrar el primero. Se encontró el maestro de esgrima en una pequeña sala amueblada con viejos ficheros de madera oscura. Detrás de su pupitre, un empleado municipal se puso en pie al verlos entrar. Era flaco, de edad indefinida, y su bata blanca estaba salpicada de manchas amarillas.

—El número diecisiete, Lucio. Haznos el favor.

El empleado tomó un impreso que tenía sobre la mesa y, con él en la mano, abrió una de las puertas batientes que había al otro lado de la habitación. Antes de seguirlo, el policía sacó un cigarro habano del bolsillo, y se lo ofreció a don Jaime.

—Gracias, señor Campillo. Ya le dije esta mañana que no fumo.

El otro enarcó una ceja, reprobador.

—El espectáculo que me veo obligado a ofrecerle no es muy agradable... —comentó mientras se ponía el cigarro en la boca y encendía un fósforo—. El humo del tabaco suele ayudar a soportar este tipo de cosas.

—¿Qué tipo de cosas?

—Ahora lo verá.

—Sea lo que sea, no necesito fumar.

El policía se encogió de hombros.

—Como guste.

Entraron ambos en una sala espaciosa, de techo bajo, con las paredes cubiertas por los mismos azulejos blancos e idénticas manchas de humedad en el techo. En una esquina había una especie de lavadero grande, con un grifo que goteaba continuamente.

Don Jaime se detuvo de forma involuntaria, mientras el intenso frío que reinaba en aquel lugar penetraba hasta lo más profundo de sus entrañas. Jamás había visitado antes una morgue, ni imaginó tampoco que su aspecto fuese tan desolado y tétrico. Media docena de grandes mesas de mármol estaban alineadas a lo largo de la sala; sobre cuatro de ellas había sábanas bajo las que se perfilaban inmóviles formas humanas. Cerró un momento los ojos el maestro de esgrima, llenando sus pulmones de aire que expulsó enseguida con una arcada de angustia. Había un extraño olor flotando en el ambiente.

—Fenol —aclaró el policía—. Se usa como desinfectante.

Asintió don Jaime en silencio. Sus ojos estaban fijos en uno de los cuerpos tendidos sobre el mármol. Por el extremo inferior de la sábana asomaban dos pies humanos. Tenían un color amarillento y parecían relucir bajo la luz de gas con tonos cerúleos.

Jenaro Campillo había seguido la dirección de su mirada.

—A ése ya lo conoce —dijo con una desenvoltura que al maestro de armas le pareció monstruosa—. Es aquel otro el que nos interesa.

Señalaba con el cigarro hacia la mesa contigua, cubierta por su correspondiente sábana. Bajo ella se adivinaba una silueta más menuda y frágil.

El policía exhaló una densa bocanada de humo e hizo detenerse a don Jaime junto al cadáver cubierto.

—Apareció a media mañana, en el Manzanares. Más o menos a la hora en que usted y yo charlábamos amenamente en el palacio de Villaflores. Sin duda fue arrojada allí durante la pasada noche.

—¿Arrojada?

—Eso he dicho —soltó una risita sarcástica, como si en todo aquello hubiese algo que no dejaba de tener su gracia—. Puedo asegurarle que se trata de cualquier cosa menos un suicidio, o accidente... ¿De verdad no sigue mi consejo y le da unas chupadas a un cigarro? Como guste. Mucho me temo, señor Astarloa, que lo que va a ver tarde bastante tiempo en olvidarlo; es un poco fuerte. Pero su testimonio resulta necesario para completar la identificación. Una identificación que no es tarea fácil... Ahora mismo va usted a comprobar por qué.

Mientras hablaba, hizo una señal al empleado y éste retiró la sábana que cubría el cuerpo. El maestro de esgrima sintió una profunda náusea subirle desde el estómago, y a duras penas pudo contenerla aspirando desesperadamente el aire. Las piernas le flaquearon hasta el punto en que hubo de apoyarse en el mármol para no caer al suelo.

—¿La reconoce?

Don Jaime se obligó a mantener la vista fija en el cadáver desnudo. Era el cuerpo de una mujer joven, de mediana estatura, que quizás hubiera sido atractivo unas horas antes. La piel tenía el color de la cera, el vientre estaba profundamente hundido entre los huesos de las caderas, y los pechos, que posiblemente fueron hermosos en vida, caían a cada lado, hacia los brazos inertes y rígidos que se extendían a los costados.

—Un trabajo fino, ¿verdad? —murmuró Campillo a su espalda.

Con un supremo esfuerzo, el maestro de esgrima miró de nuevo lo que había sido un rostro. En lugar de facciones había una carnicería de piel, carne y huesos. La nariz no existía, y la boca era sólo un oscuro agujero sin labios, por la que se veían algunos dientes rotos. En el lugar de los ojos había sólo dos rojizas cuencas vacías. El cabello, negro y abundante, estaba sucio y revuelto, conservando todavía el légamo del río.

Sin poder soportar durante más tiempo aquel espectáculo, estremecido de horror, don Jaime se apartó de la mesa. Sintió bajo su brazo la precavida mano del policía, el olor del cigarro y luego la voz, que le llegó en un grave susurro.

—¿La reconoce?

Negó don Jaime con la cabeza. Por su mente alterada pasó el recuerdo de una vieja pesadilla: una muñeca ciega flotaba en un charco. Pero fueron las palabras que Campillo pronunció después las que hicieron que un frío mortal se deslizase lentamente hasta el rincón más oculto de su alma:

—Sin embargo, señor Astarloa, debería usted poder reconocerla, a pesar de la mutilación... ¡Se trata de su antigua cliente, doña Adela de Otero!

CAPÍTULO SÉPTIMO

DE LA LLAMADA

«Dar una llamada, en esgrima, es hacer que el adversario salga de su posición de guardia.»

Tardó algún tiempo en percatarse de que el jefe de policía le estaba hablando desde hacía rato. Habían salido del sótano y se encontraban de nuevo al nivel de la calle, sentados en un pequeño despacho del Instituto Forense. Jaime Astarloa permanecía inmóvil, echado hacia atrás en el asiento, mirando sin ver un borroso grabado que colgaba de la pared, un paisaje nórdico, con lagos y abetos. Tenía los brazos colgando a los costados y un tono opaco, desprovisto de toda expresión, velaba sus ojos grises.

—... Apareció enredada entre los juncos, bajo el puente de Toledo, en la orilla izquierda. Es extraño que no la arrastrase la corriente, si consideramos la tormenta que cayó durante la noche; eso nos permite suponer que la echaron al agua poco antes de que amaneciese. Lo que no logro entender es por qué se tomaron la molestia de llevarla hasta allí, en vez de dejarla en su casa.

Campillo hizo una pausa, mirando inquisitivo al maestro de esgrima, como dándole oportunidad de hacer alguna pregunta. Al no observar ninguna reacción, encogió los hombros. Aún tenía el habano entre los dientes, y limpiaba el cristal de sus quevedos con un arrugado pañuelo que había sacado del bolsillo.

—Cuando me avisaron del hallazgo del cuerpo, ordené que forzasen la puerta de la casa. Debíamos haberlo hecho mucho antes, porque allí dentro el panorama era muy feo: huellas de lucha, algunos destrozos en el mobiliario, y sangre. Mucha sangre, a decir verdad. Un gran charco en el dormitorio, un reguero en el pasillo... Parecía que hubiesen degollado a una ternera, si me permite el término —miró al maestro de esgrima acechando el efecto de sus palabras; parecía interesado en comprobar si la descripción era bastante realista para impresionarlo. Debió de opinar que no, porque frunció el ceño, frotó con más energía los quevedos y siguió enumerando detalles macabros sin dejar de espiarlo por el rabillo del ojo—. Parece que la mataron de esa forma tan... concienzuda, y después la sacaron ocultamente, para arrojarla al río. Ignoro si hubo alguna etapa intermedia, ya me entiende, tortura o algo similar; aunque en vista del estado en que la dejaron, mucho me temo que sí. De lo que no cabe la menor duda es de que la señora de Otero pasó un mal rato antes de salir, bastante muerta, de su piso de la calle Riaño...

Campillo hizo una pausa para colocarse cuidadosamente los anteojos, tras mirarlos al trasluz con aire satisfecho.

—Bastante muerta —repitió, pensativo, intentando retomar el hilo de su discurso—. Encontramos también en el dormitorio varios mechones de pelo que, ya lo hemos comprobado, corresponden a la difunta. Había además un trozo de tela azul, posiblemente arrancado en la lucha, que se corresponde también con el que le falta al vestido que tenía puesto cuando la encontraron en el río —el policía metió dos dedos en el bolsillo superior del chaleco y sacó un pequeño anillo en forma de fino aro de plata—. El cadáver tenía esto en el dedo anular de la mano izquierda. ¿Lo ha visto alguna vez?

Jaime Astarloa entornó los párpados y volvió a abrirlos como si despertara de un largo sueño. Cuando se volvió lentamente hacia Campillo estaba muy pálido; hasta la última gota de sangre parecía habérsele retirado del rostro.

—¿Perdón?

El policía se removió en el asiento; era evidente que había esperado mayor cooperación por parte de Jaime Astarloa, y empezaba a sentirse irritado por su actitud, muy parecida a la de un sonámbulo. Tras la emoción de los momentos iniciales, éste se encerraba ahora en un obstinado mutismo, como si toda aquella tragedia le fuera indiferente.

—Le preguntaba si ha visto alguna vez este anillo.

El maestro dc armas alargó la mano, cogiendo entre los dedos el fino aro de plata. En su memoria brotó el doloroso recuerdo de ese brillo metálico en una mano de piel morena. Lo dejó sobre la mesa.

—Era de Adela de Otero —confirmó con voz neutra.

Campillo hizo otro intento.

—Lo que no logro entender, señor Astarloa, es por qué se ensañaron con ella de ese modo. ¿Una venganza, quizás?... ¿Tal vez quisieron arrancarle una confesión?

—No sé.

—¿Sabe usted si esa mujer tenía enemigos?

—No sé.

—Una pena lo que le hicieron. Debió de ser muy hermosa.

Pensó don Jaime en un cuello desnudo de tez mate, bajo el cabello negro recogido en la nuca por un pasador de nácar. Recordó una puerta entreabierta y un rumor de enaguas, una piel bajo la que parecía estremecerse una cálida languidez. «Yo no existo», había dicho ella una vez, la noche en que todo fue posible y nada ocurrió. Ahora era cierto; ya no existía. Tan sólo carne muerta pudriéndose sobre una mesa de mármol.

—Mucho —respondió al cabo de un rato—. Adela de Otero era muy hermosa.

El policía consideró que ya había perdido demasiado tiempo con el maestro de esgrima. Guardó el anillo, tiró el cigarro a una escupidera y se puso en pie.

—Está usted conmocionado por los sucesos del día, y me hago perfectamente cargo —dijo—. Si le parece, mañana por la mañana, cuando haya descansado y se encuentre en mejores condiciones, podríamos reanudar nuestra conversación. Estoy seguro de que la muerte del marqués y la de esta mujer están directamente relacionadas, y usted es una de las pocas personas que pueden proporcionarme alguna pista sobre el particular... ¿Le parece en mi despacho de Gobernación, a las diez?

Jaime Astarloa miró al policía como si lo viera por primera vez.

—¿Soy sospechoso? —preguntó.

Campillo hizo un guiño con sus ojos de pez.

—¿Quién de nosotros no lo es, en los tiempos que corren? —comentó en tono frívolo. Pero el maestro de esgrima no parecía satisfecho con la respuesta.

—Le hablo en serio. Quiero saber si sospecha de mí.

Campillo se balanceó sobre los pies, con una mano en el bolsillo del pantalón.

—No especialmente, si eso le tranquiliza —respondió al cabo de unos instantes—. Lo que ocurre es que no puedo descartar a nadie, y usted es lo único que tengo a mano.

—Celebro serle útil.

El policía sonrió conciliador, como pidiendo ser comprendido.

—No se ofenda, señor Astarloa —dijo—. A fin de cuentas, convendrá conmigo en que hay una serie de cabos que se empeñan en anudarse solos, unos con otros: mueren dos de sus clientes; factor común, la esgrima. A uno lo matan con un florete... Todo gira alrededor de lo mismo, aunque ignoro dos datos importantes: cuál es el punto en torno al que se mueven los hechos y qué papel juega usted en todo esto. Si es que realmente juega alguno.

—Comprendo su problema; pero lamento no poder ayudarle.

—Yo lo lamento más. Pero también comprenderá que, tal y como están las cosas, no pueda descartarlo a usted como posible implicado... A mis años, y con lo que llevo visto en el oficio, yo en estos asuntos no descarto ni a mi santa madre.

—Dicho en plata: estoy bajo vigilancia.

Hizo Campillo una mueca, como si tratándose del maestro de esgrima tal definición fuese excesiva.

—Diremos que sigo requiriendo su estimada colaboración, señor Astarloa. La prueba es que está usted citado mañana en mi despacho. Y que le ruego, con todo respeto, que no abandone la ciudad y se mantenga localizable.

Asintió don Jaime en silencio, casi distraídamente, mientras se ponía en pie y cogía su sombrero y el bastón.

—¿Han interrogado a la criada? —preguntó.

—¿Qué criada?

—La que servía en casa de doña Adela. Creo que se llama Lucía.

—¡Ah! Perdone usted. No le había entendido bien. Sí, la criada, naturalmente... Pues no. Quiero decir que no la hemos podido localizar. Según la portera, fue despedida hace cosa de una semana y no ha vuelto por allí. Huelga decirle que estoy removiendo cielo y tierra para dar con ella.

—¿Y qué más han contado los porteros del edificio?

—Tampoco han sido de mucha utilidad. Anoche, con la tormenta que cayó sobre Madrid, no oyeron nada. Respecto a la señora de Otero, es muy poco lo que saben. Y si saben algo, se lo callan, por prudencia o miedo. La casa no era suya; la había alquilado hace tres meses a través de una tercera persona, un agente comercial que también hemos interrogado infructuosamente. Se instaló allí con poco equipaje. Nadie sabe de dónde venía, aunque hay indicios de que vivió cierto tiempo en el extranjero... Hasta mañana, señor Astarloa. No olvide que tenemos una cita.

El maestro de esgrima lo miró con frialdad.

—No lo olvido. Buenas noches.

Se detuvo largo rato en mitad de la calle, apoyado en el bastón, observando el cielo negro; el manto de nubes se había desgarrado para descubrir algunas estrellas. Cualquier transeúnte que hubiese pasado junto a él, se habría sorprendido sin duda por la expresión de su rostro, apenas iluminada por la pálida llama de las farolas de gas. Las delgadas facciones del maestro de armas parecían talladas en piedra, como lava que momentos antes ardiese y hubiera quedado solidificada bajo el soplo de un frío glacial. Y no se trataba sólo de su rostro. Sentía el corazón palpitarle muy lentamente en el pecho, tranquilo y pausado, como la pulsación que recorría sus sienes. Ignoraba el motivo, o para ser más exactos se negaba a ahondar en ello; pero desde que había visto el cadáver desnudo y mutilado de Adela de Otero, la confusión que en las últimas horas desquiciaba su mente se había disipado como por ensalmo. Parecía que la atmósfera helada del depósito de cadáveres hubiese dejado fría huella en su interior. La mente estaba ahora despejada; podía sentir el control perfecto del último de los músculos de su cuerpo. Era como si el mundo a su alrededor hubiese retornado a su exacta dimensión, y otra vez pudiera contemplarlo a su manera, un poco distante, con la vieja serenidad reencontrada.

¿Qué había ocurrido en él? El propio maestro de esgrima lo ignoraba. Tan sólo sentía la certeza de que, por algún oscuro motivo, la muerte de Adela de Otero lo había liberado, haciendo desvanecerse aquella sensación de vergüenza, de humillación, que lo atormentó hasta la locura durante las últimas semanas. ¡Qué retorcida satisfacción experimentaba ahora, al descubrir que no había sido engañado por un verdugo, sino por una víctima! Eso cambiaba las cosas. Por fin tenía el triste consuelo de saber que aquello no había sido la intriga de una mujer, sino un plan meticulosamente ejecutado por alguien sin escrúpulos, un cruel asesino, un desalmado cuya identidad todavía ignoraba; pero quizás ese hombre estuviese esperándolo a pocos pasos de allí, gracias a los documentos que Agapito Cárceles debía ya de haber descifrado en la casa de la calle Bordadores. Llegaba el momento de volver la página. La marioneta salía del juego, rompía los hilos. Ahora iba a actuar por su propia iniciativa; por eso no le había dicho nada al policía. Alejada la turbación, en su interior se afianzaba una fría cólera, un odio inmenso, lúcido y tranquilo.

El maestro de esgrima aspiró profundamente el aire fresco de la noche, empuñó con fuerza el bastón y emprendió el camino de su casa. Había llegado el momento de saber, porque sonaba la hora de la venganza.

Tuvo que dar algunos rodeos. Aunque ya eran las once de la noche, las calles estaban agitadas. Piquetes de soldados y guardias a caballo patrullaban por todas partes, y en la esquina de la calle Hileras vio los restos de una barricada, que varios vecinos desmontaban bajo supervisión de las fuerzas del orden. Hacia la Plaza Mayor se escuchaba un lejano rumor de tumulto, y un piquete de alabarderos de la Guardia se paseaba frente al Teatro Real con las bayonetas caladas en los fusiles. La noche se presentaba agitada, pero Jaime Astarloa apenas se fijó en lo que ocurría a su alrededor, concentrado como iba en sus pensamientos. Subió apresuradamente los peldaños de la escalera y abrió la puerta, esperando encontrar allí a Cárceles. Pero la casa estaba vacía.

Encendió un fósforo y lo acercó a la mecha del quinqué de petróleo, sorprendido por la ausencia del periodista. Asaltado por malos presentimientos miró en el dormitorio y en la galería de esgrima, sin resultado. Al regresar al estudio escudriñó bajo el sofá y tras los libros de la estantería, pero tampoco estaban allí los documentos. Aquello era absurdo, se dijo. Agapito Cárceles no podía marcharse tranquilamente sin haber hablado antes con él. ¿Dónde habría guardado el legajo?... El curso de sus pensamientos lo llevó a un punto que no pudo abordar sin sobresalto: ¿Se los había llevado consigo?

Sus ojos tropezaron con una hoja de papel colocada sobre la mesa de escritorio. Antes de salir, Cárceles escribió una nota:

Apreciado don Jaime:
El asunto va por buen camino. Me veo obligado a ausentarme para hacer unas comprobaciones. Confíe en mí.

Ni siquiera estaba firmada la esquela. El maestro de esgrima la sostuvo un momento entre los dedos antes de arrugarla, tirándola al suelo. Estaba claro que Cárceles se había llevado los documentos, y eso le hizo sentir una súbita ira. Inmediatamente lamentó haber depositado su confianza en el periodista, y se maldijo en voz alta por su propia torpeza. Sabía Dios por dónde se estaría paseando aquel individuo con los documentos que habían costado la vida de Luis de Ayala y Adela de Otero.

Tardó muy poco en tomar una resolución, y antes de considerarla a fondo se encontró bajando por la escalera. Conocía el domicilio de Cárceles; estaba dispuesto a presentarse allí, recuperar los documentos y obligarlo a contar cuanto sabía, aunque se viera obligado a arrancárselo por la fuerza.

Se detuvo de pronto en el descansillo, y se forzó a reflexionar. Aquella historia había tomado un rumbo que distaba mucho de ser un juego. «No vamos a empezar otra vez perdiendo la cabeza», se dijo mientras procuraba conservar la calma que estaba a punto de abandonarlo. Allí, a oscuras en la escalera desierta, se apoyó contra la pared y calculó sus próximos pasos. Por supuesto, tenía que ir primero a casa de Cárceles; eso era evidente. ¿Y después?... Lo razonable, después, sólo pasaba por un camino: el que conducía, derecho, a Jenaro Campillo; ya estaba bien de jugar con él al escondite. Meditó amargamente sobre el tiempo precioso que sus propias reticencias habían echado a perder, y decidió no repetir aquel error. Se franquearía con el jefe de policía, entregándole el legajo de Ayala, y que al menos la Justicia siguiera su curso convencional. Sonrió tristemente al imaginar la cara de Campillo, al verlo aparecer a la mañana siguiente con los documentos bajo el brazo.

También consideró la posibilidad de acudir a la policía antes de ver a Cárceles, pero eso planteaba ciertas dificultades. Una cosa era llegar con las pruebas en la mano y otra muy distinta narrar una historia que podía ser creída o no; una historia que, además, encerraba graves contradicciones con lo manifestado por él en las dos entrevistas que había mantenido con Campillo durante el día. Además, Cárceles, cuyas intenciones ignoraba, podía limitarse a negarlo todo; ni siquiera había firmado la nota y en ella no hacía la menor referencia al asunto que los ocupaba... No. Estaba claro. Había que buscar primero al amigo infiel.

Fue en ese momento, tan sólo entonces, cuando tomó conciencia de algo que le hizo sentir un desagradable escalofrío. Quienquiera que fuese el responsable de lo que estaba ocurriendo, ya había asesinado dos veces, y posiblemente estuviese dispuesto, en caso necesario, a hacerlo una tercera. Sin embargo, el descubrimiento de que también él corría peligro, de que podía ser asesinado como los otros, no le causó excesiva inquietud. Meditó sobre aquello durante unos instantes, descubriendo con sorpresa que tal posibilidad le inspiraba menos temor que curiosidad. Bajo aquella perspectiva las cosas se tornaban más simples, podían ser abordadas a la luz de sus propios esquemas personales. Ya no se trataba de tragedias ajenas en las que se veía envuelto a su pesar, forzado a la impotencia; ésa, y no otra, había sido hasta aquel momento la causa de su turbación, de su espanto. Pero si él podía ser la próxima víctima, entonces todo era más fácil, ya que no tendría que limitarse a presenciar el sangriento rastro de los asesinos; éstos vendrían a él. *A él.* La sangre del viejo maestro de esgrima batió acompasadamente en sus gastadas venas, dispuesta a la pelea. Demasiadas veces a lo largo de su vida se había visto forzado a parar todo tipo de estocadas para que un golpe más lo inquietase, aunque fuera a venir por la espalda. Quizás Luis de Ayala o Adela de Otero no hubiesen estado lo bastante sobre aviso; pero él sí lo estaría. Como solía decir a sus alumnos, la estocada de tercia no se ejecutaba con la misma facilidad que la de cuarta. Y él era bueno parando estocadas en tercia. Y asestándolas.

Había tomado su decisión. Iba a recobrar aquella misma noche los documentos de Luis de Ayala. Con ese pensamiento subió otra vez la escalera, abrió la puerta, dejó su bastón en el paragüero y cogió otro, de caoba con puño de plata, algo más pesado que el anterior. Volvió a descender con él en la mano, rozando distraídamente los barrotes de hierro del pasamanos. En el interior de aquel bastón había un estoque del mejor acero, tan afilado como una navaja de afeitar.

Se detuvo en el portal, para echar un vistazo prudente a uno y otro lado antes de aventurarse entre las sombras que cubrían la calle desierta. Bajó hasta la esquina de la calle Arenal, y consultó el reloj a la luz de una farola, junto al muro de ladrillo de la iglesia de San Ginés. Faltaban veinte minutos para la media noche.

Caminó un poco. Apenas se veía a nadie en la calle. En vista del cariz que estaban tomando los acontecimientos, la gente había resuelto encerrarse en sus casas y sólo algún que otro noctámbulo se atrevía a circular por Madrid, que tenía el aspecto de una ciudad fantasma a la débil luz del alumbrado nocturno. Los soldados de la esquina de Postas dormían envueltos en mantas sobre la acera, junto a los fusiles montados en pabellón. Un centinela, con el rostro en sombra bajo la visera del ros, se llevó la mano a la gorra para responder al saludo de Jaime Astarloa. Frente a Correos, algunos guardias civiles vigilaban el edificio con la mano apoyada en la empuñadura del sable y la carabina al hombro. Una luna redonda y rojiza despuntaba sobre las negras siluetas de los tejados, al extremo de la Carrera de San Jerónimo.

Hubo suerte. Una berlina de alquiler se cruzó con el maestro de esgrima en la esquina de Alcalá, cuando ya desesperaba de encontrar un carruaje. El cochero iba de recogida y aceptó de mala gana al pasajero. Se acomodó don Jaime en el asiento y dio la dirección de Agapito Cárceles, una vieja casa próxima a la Puerta de Toledo. Conocía el lugar por pura casualidad, y se felicitó por ello. En una ocasión, Cárceles se había empeñado en invitar allí a toda la tertulia del Progreso para leerles el primero y segundo actos de un drama compuesto por él bajo el título: *Todos a una o el pueblo soberano,* una tormentosa composición en verso libre cuyas dos primeras páginas, de haberse representado alguna vez sobre un escenario, hubieran bastado para enviar al autor a pasar una larga temporada en cualquier presidio de África, sin que el hecho de que se tratase de un descarado plagio del *Fuenteovejuna* hubiese servido como atenuante.

Las sombrías callejuelas desfilaban, desiertas, al otro lado de la ventanilla del simón; en ellas sólo resonaban los cascos del caballo junto con algún chasquido del látigo del cochero. Jaime Astarloa meditaba sobre la conducta adecuada cuando se hallase frente a su amigo. Sin duda el periodista había encontrado en los documentos algo escandaloso, de lo que tal vez quisiera hacer uso particular. Eso no estaba dispuesto a tolerarlo, entre otras razones porque lo indignaba el abuso de confianza de que había sido objeto. Tranquilizándose un poco, pensó después que también cabía la posibilidad de que Agapito Cárceles no hubiese obrado de mala fe al llevarse el legajo; quizás tan sólo pretendiera hacer algunas comprobaciones con los documentos en la mano, consultando datos que tuviese archivados en casa. De todas formas, pronto iba a salir de dudas. El simón se había detenido y el cochero se inclinaba desde el pescante.

—Aquí es, señor. Calle de la Taberna.

Se trataba de un estrecho callejón sin salida, mal iluminado, que olía a suciedad y a vino rancio. Pidió don Jaime al cochero que aguardara media hora, pero éste se negó diciendo que ya era demasiado tarde. Pagó el maestro de esgrima y se alejó el carruaje. Entonces se adentró en el callejón, intentando reconocer la casa de su amigo.

Tardó algún tiempo en encontrarla. Lo logró gracias a que la recordaba en un patio interior al que se entraba por un arco. Una vez allí, buscó casi a tientas la escalera y subió hasta el último piso apoyándose en la barandilla, mientras escuchaba crujir los peldaños de madera bajo sus pies. Cuando se halló en la galería interior que discurría a lo largo de las cuatro paredes del patio, sacó una caja de fósforos del bolsillo y encendió uno. Esperaba no haberse equivocado de puerta, porque de lo contrario tendría que perder tiempo en enojosas explicaciones; no eran horas para despertar a los vecinos. Llamó dos veces, tres golpes en cada ocasión, con la empuñadura del bastón.

Aguardó inútilmente. Volvió a llamar y acercó la oreja a la puerta esperando escuchar algo; pero en el interior reinaba el más absoluto silencio. Descorazonado, pensó que tal vez Cárceles no estuviese allí. ¿Dónde podría encontrarse a aquellas horas? Titubeó, indeciso, y volvió después a llamar más fuerte, esta vez con el puño. Quizás el periodista durmiese profundamente. Escuchó de nuevo, sin resultado.

Retrocedió, apoyándose de espaldas en la barandilla de la galería. Aquello bloqueaba la situación hasta el día siguiente, lo que no era en absoluto alentador. Tenía que ver a Cárceles en el acto o, al menos, rescatar los documentos. Tras un momento de vacilación, decidió atribuirles el calificativo de robados. Porque era evidente que, fueran cuales fuesen sus motivos, lo que había cometido Cárceles en su casa era pura y simplemente un robo. Ese pensamiento lo enfureció.

Una idea le rondaba la cabeza desde hacía rato, y se halló luchando contra sus propios escrúpulos: violentar la puerta. Al fin y al cabo, ¿por qué no?... Cuando se llevó los papeles, el periodista había obrado de modo censurable. El caso de Jaime Astarloa era distinto. Sólo pretendía recobrar lo que, en trágicas circunstancias, había terminado por ser suyo.

Se acercó otra vez a la puerta y volvió a llamar, ya sin esperanza. Al diablo los miramientos. En esa ocasión ya no aguardó respuesta, sino que palpó la cerradura, intentando comprobar su solidez. Encendió otro fósforo y la estudió detenidamente. No era cuestión de echarla abajo, porque aquello haría acudir a los vecinos. Por otra parte, la cerradura no parecía muy resistente. Era curioso, pero al inclinarse y pegar un ojo a ella, creyó distinguir la punta de la llave, como si estuviese puesta por dentro. Se irguió, intrigado, retorciéndose las manos con impaciencia. Después de todo, quizás Cárceles estuviese dentro. Tal vez, imaginando quién era su visitante, se negaba a abrir, para hacerle creer que no se hallaba en casa. Aquello no le gustó al maestro de esgrima, que sentía afianzarse por momentos su resolución. Le pagaría a Cárceles los desperfectos, pero estaba resuelto a entrar.

Miró a su alrededor en busca de algo que le ayudase a forzar la cerradura. No tenía experiencia en aquel tipo de tareas, pero imaginó que si lograba hacer palanca con algo, la puerta terminaría por ceder. Recorrió la galería alumbrándose con fósforos protegidos en la palma de la mano, sin resultado, y se detuvo a punto de perder la esperanza. Sólo le quedaban tres fósforos y no encontraba nada que sirviera a su propósito.

Cuando ya lo daba todo por perdido, encontró unos oxidados barrotes de hierro que se empotraban en la pared, como una escala. Miró hacia arriba y vio una trampilla en el techo de la galería, que sin duda comunicaba con el tejado. Se le aceleró el pulso al recordar que la casa de Cárceles tenía una pequeña terraza al otro lado; quizás fuese aquel camino más practicable que la puerta principal. Quitóse chistera y levita, sujetó el bastón entre los dientes y trepó hasta la trampilla. La abrió sin dificultad, bajo la bóveda celeste llena de estrellas. Con suma precaución sacó todo el cuerpo fuera, tanteando las tejas. No tendría la menor gracia resbalar e ir a estrellarse contra el suelo, tres pisos más abajo. El ejercicio constante de la esgrima lo mantenía en forma aceptable a pesar de su edad; pero de cualquier modo ya no era un joven vigoroso. Resolvió moverse con toda la precaución de que era capaz, buscando asideros sólidos y moviendo sólo una extremidad cada vez, para mantener las otras tres fijas como puntos de apoyo. En la lejanía, un reloj dio cuatro campanadas, las de los cuartos, y después una. A gatas sobre el tejado, el maestro de armas pensó que todo aquello era endiabladamente grotesco, y agradeció a la oscuridad de la noche que nadie pudiese descubrirlo en tan incómoda actitud.

Fue moviéndose sobre el tejado con infinita prudencia, sin hacer ruidos que alarmasen a los vecinos; evitó de milagro varias tejas sueltas y se encontró asomado a un pequeño alero, sobre la terraza de Agapito Cárceles. Asiéndose al canalón de desagüe se descolgó hacia ella, y pudo asentar los pies sin novedad. Permaneció allí unos instantes, en chaleco y mangas de camisa, con el bastón en la mano, mientras recobraba el aliento. Después encendió otro fósforo y se acercó a la puerta. Era simple, acristalada, con un sencillo picaporte de resbalón que podía accionarse desde el exterior. Antes de abrir miró a través del cristal; la casa estaba a oscuras.

Apretó los dientes mientras levantaba el picaporte lo más silenciosamente de que fue capaz, y se encontró después en una estrecha cocina, junto a un fogón y una pila de agua. Por la ventana, la luna filtraba una débil claridad que le permitió distinguir varias cazuelas sobre una mesa, junto a lo que parecían restos de comida. Encendió su penúltimo fósforo en busca de algo que le sirviese para iluminarse, y encontró una palmatoria sobre una alacena. Con un suspiro de alivio encendió la vela para alumbrar el camino. Por el suelo correteaban las cucarachas, alejándose de sus pies.

Pasó de la cocina a un corto pasillo cuyo empapelado se caía a jirones. Iba a apartar la cortina que daba a una habitación, cuando le pareció escuchar algo tras una puerta que tenía a su izquierda. Se detuvo, aguzando el oído, pero sólo escuchó su propia respiración alterada. Tenía la lengua seca, pegada al paladar, y le zumbaban los tímpanos; se sentía como si estuviese viviendo algo irreal, un sueño del que podía despertar de un momento a otro. Empujó muy despacio la puerta.

Era el dormitorio de Agapito Cárceles y éste se encontraba allí; pero Jaime Astarloa, que había imaginado varias veces lo que iba a decirle cuando lo hallase, no estaba preparado para lo que vieron sus ojos dilatados por el espanto. El periodista estaba tumbado boca arriba, completamente desnudo, atado de pies y manos a cada una de las esquinas de la cama. Su cuerpo, desde el pecho a los muslos, era una sangría de cortes hechos con una navaja de afeitar que relucía a la luz de la vela, sobre la colcha empapada en sangre. Pero Cárceles no estaba muerto. Al percibir la luz movió desmayadamente la cabeza, sin reconocer al recién llegado, y de sus labios hinchados por el sufrimiento brotó un ronco gemido de terror animal, ininteligible y profundo, que suplicaba misericordia.

Jaime Astarloa había perdido la facultad de decir palabra. De forma maquinal, como si la sangre se le hubiera cuajado en las venas, dio dos pasos hacia la cama, mirando atónito el cuerpo torturado de su amigo. Éste, al sentir su proximidad, se agitó débilmente.

—No... Se lo suplico... —murmuró con un hálito de voz, mientras lágrimas y gotas de sangre le caían por las mejillas—. Por piedad... Basta ya, por piedad... Es todo... Lo he dicho todo... Por misericordia... No... ¡Basta ya, por el amor de Dios!

La súplica se quebró en un chillido. Los ojos, muy abiertos, miraban la luz de la vela y el pecho del infeliz Cárceles se estremeció en agónico estertor. Alargando una mano, Jaime Astarloa le tocó la frente; quemaba como si tuviese fuego dentro. Su propia voz sonó en un susurro, estrangulada por el horror:

—¿Quién le ha hecho esto?

Cárceles movió lentamente los ojos en su dirección, esforzándose por reconocer al que le hablaba.

—El Diablo —murmuró con un gemido de angustia infinita. Una espuma amarillenta le salía por la comisura de la boca—. Ellos son... el Diablo.

—¿Dónde están los documentos?

Cárceles puso los ojos en blanco y se estremeció en un sollozo:

—Sáqueme de aquí, por piedad... No permita que sigan... Sáqueme de aquí, se lo suplico... Lo he dicho todo... Él, los tenía él, Astarloa... No tengo nada que ver con eso, lo juro... Vayan a verlo a él y lo confirmará... Yo sólo quería... No sé nada más... ¡Por piedad, no sé nada más...!

Don Jaime se sobresaltó al escuchar su nombre en labios del moribundo. Ignoraba quiénes eran los verdugos, pero estaba claro que Agapito Cárceles lo había delatado. Sintió cómo se le erizaba el cabello en la nuca. No había tiempo que perder; tenía que...

Algo se movió a su espalda. Intuyendo una presencia extraña, el maestro de esgrima se volvió a medias, y quizás aquel gesto le salvó la vida. Un objeto duro pasó rozando su cabeza y le golpeó en el cuello. Aturdido por el dolor, tuvo la presencia de ánimo suficiente para dar un salto de costado, y presintió una sombra que se abalanzaba sobre él antes de que la vela cayese de sus manos, apagándose al rodar por el suelo.

Retrocedió mientras tropezaba con los muebles en la oscuridad, escuchando frente a él la respiración de su agresor, muy cerca. Con desesperada energía empuñó el bastón que aún conservaba en la mano derecha, y lo interpuso en el espacio que debía recorrer su atacante para llegar hasta él.

Si hubiese tenido tiempo para analizar su estado de ánimo, le habría sorprendido comprobar que no sentía temor alguno, sino una helada determinación a vender muy cara su vieja piel. Era el odio lo que le daba ahora fuerzas para batirse, y el vigor de su brazo tenso como un resorte respondía al deseo de hacer daño, de matar al verdugo que se movía frente a él. Pensaba en Luis de Ayala, en Cárceles, en Adela de Otero. Por la sangre de Dios, que a él no lo iban a degollar como a los otros.

Ni siquiera fue consciente de ello, pero en aquel momento, aguardando a pie firme la acometida en la oscuridad, el anciano maestro de armas adoptó instintivamente la posición de guardia a la que solía recurrir cuando tiraba esgrima.

—¡A mí! —gritó desafiante a las tinieblas. Sintió entonces un jadeo cercano y algo tocó la punta de su bastón. Una mano agarró aquel extremo con fuerza, intentando arrancárselo de la mano, y entonces Jaime Astarloa rió silenciosamente al escuchar el roce de la mitad inferior del bastón al deslizarse a lo largo de la hoja de acero a la que servía de vaina. Eso era lo que había esperado; su propio atacante acababa de liberarle el arma, además de indicar involuntariamente situación y distancia aproximada. Entonces el maestro de esgrima echó el brazo atrás, extrayendo totalmente el estoque, y dejándose caer tres veces sucesivas sobre la pierna derecha flexionada, lanzó tres estocadas a fondo, a ciegas, contra las sombras. Algo sólido se interpuso en el camino de la tercera, y al mismo tiempo alguien emitió un gemido de dolor.

—¡A mí! —volvió a gritar don Jaime, lanzándose en dirección a la puerta con el estoque por delante. Se oyó estrépito de muebles al caer al suelo, y un objeto pasó junto a él, rompiéndose en pedazos al chocar contra la pared. La inofensiva mitad inferior del bastón lo golpeó sin demasiada fuerza en un brazo cuando dejó atrás el lugar en que debía de hallarse su enemigo.

—¡Cógelo! —gritó una voz a casi dos palmos de él—. ¡Se escapa hacia la puerta!... ¡Me ha clavado un estoque!

Por lo visto, el asesino sólo había resultado herido. Y lo que resultaba más grave: no estaba solo. Cargó don Jaime contra la puerta, saliendo al pasillo, asestando estocadas a las tinieblas.

—¡A mí!

La salida debía de quedar a la izquierda, al final del pasillo, al otro lado de la cortina que había visto cuando entró en la casa. Un bulto oscuro se interpuso en su camino y algo golpeó la pared junto a su cráneo. Agachó don Jaime la cabeza, avanzando siempre con el arma en la mano. Escuchó una respiración entrecortada y una mano lo agarró por el cuello de la camisa; sintió muy cerca un olor áspero, a sudor, mientras unos fuertes brazos intentaban sujetarlo. La tenaza se cerraba cada vez más en torno a su pecho. Sofocado por la presión, incapaz de alejarse para recurrir al estoque, don Jaime logró liberar la mano izquierda, y palpó un rostro mal afeitado. Entonces, haciendo acopio de sus ya menguadas fuerzas, sujetó a su adversario por el pelo y echó hacia adelante la cabeza con toda la brutalidad de que fue capaz, golpeándolo con la frente. Sintió un dolor agudo entre las cejas al mismo tiempo que algo crujía bajo el impacto. Un líquido caliente y viscoso le corrió por la cara; ignoraba si la sangre era suya o si había logrado romperle la nariz a su agresor, pero lo cierto es que se vio nuevamente libre. Pegó la espalda a la pared y se deslizó a lo largo de ella, describiendo semicírculos con la punta del estoque. Derribó algo que se vino abajo con estrépito.

—¡A mí, canallas!

Alguien fue, en efecto, a él. Presintió su presencia antes de tocarlo, escuchó el roce de sus pies en el suelo y tiró estocadas a ciegas hasta que lo hizo retroceder. Apoyóse de nuevo en la pared, jadeante, en un esfuerzo por recobrar el aliento. Estaba agotado y no se creía capaz de resistir durante mucho tiempo más; pero en la oscuridad le era imposible encontrar la puerta de salida. Por otra parte, aunque llegase a ella, no tendría tiempo para encontrar la llave y hacerla girar en la cerradura antes de que se le echasen otra vez encima. «Hasta aquí has llegado, viejo amigo», se dijo, escudriñando sin demasiada esperanza las sombras que lo rodeaban. Lo cierto es que no lamentaba morir allí, en las tinieblas; únicamente lo entristecía el hecho de irse sin conocer la respuesta.

Sonó un ruido a su derecha. Lanzó una estocada en aquella dirección y el acero del estoque se curvó con violencia al encontrar un obstáculo; alguno de los asesinos recurría a una silla para protegerse mientras avanzaba hacia él. Volvió a deslizarse por la pared hacia la izquierda hasta que su hombro encajó contra un mueble, quizás un armario. Sacudió el estoque como un látigo, escuchando complacido el amenazador siseo de la hoja al cortar el aire; sin duda sus enemigos también lo escuchaban, y aquel sonido les aconsejaba prudencia; lo que para el maestro de armas suponía algunos segundos más de vida.

Estaban de nuevo cerca; los presintió antes de oírlos moverse. Saltó hacia adelante, tropezando con muebles invisibles, derribando objetos por el suelo, y llegó hasta otra pared. Allí se quedó inmóvil, conteniendo el aliento, pues el ruido del aire al entrar y salir por su boca y nariz le impedía escuchar los otros sonidos de la habitación. Algo cayó con estrépito a su izquierda, muy próximo a él. Sin vacilar un instante, se apoyó en la pierna izquierda para lanzar dos nuevas estocadas, y escuchó un gemido furioso.

—¡Me ha clavado eso otra vez!

Decididamente, aquel tipo era imbécil. Jaime Astarloa aprovechó la ocasión para cambiar de sitio, ahora sin tropezar con nada en el camino. Sonriendo para sus adentros, pensó que todo aquello se parecía mucho al juego infantil de las cuatro esquinas. Se preguntó cuánto tiempo más podría resistir. Desde luego, no demasiado. Pero no era aquélla, después de todo, una mala forma de morir. Mucho mejor que dentro de unos años, extinguiéndose en un asilo, con las monjas sisándole los últimos ahorros que guardaría bajo la cama, y renegando de un Dios en el que jamás logró creer.

—*¡A mí!*

Esta vez, su ya desfalleciente grito de pelea resonó en vano. Una sombra pasó fugaz a su lado, pisoteando loza rota, y de pronto un rectángulo de claridad se abrió en la pared. La sombra se deslizó rápidamente por la puerta abierta, seguida por otra silueta fugitiva que se alejó cojeando. En la galería se escuchaban ya voces de vecinos a los que había despertado el rumor de la pelea. Había ruido de pasos, postigos y puertas que se abrían, preguntas alarmadas, gritos de comadres. El maestro de esgrima fue tambaleándose hasta la puerta y se apoyó desmayadamente en el umbral, llenándose con deleite los pulmones del aire fresco de la noche. Bajo la ropa sentía el cuerpo empapado en sudor, y la mano que sostenía el estoque temblaba como la hoja de un árbol. Le costó un rato hacerse a la idea de que, después de todo, iba a tener que seguir viviendo.

Poco a poco vio congregarse a su alrededor temerosos vecinos en camisa de dormir que se apiñaban curioseando, iluminándose con bujías y quinqués mientras lanzaban recelosas miradas hacia el interior de la casa, en la que no se atrevían a entrar. Farol y chuzo en mano, un sereno subía por la escalera de la galería; los vecinos abrieron paso a la autoridad, que llegó mirando con suspicacia el estoque que aún sostenía don Jaime en la mano.

—¿Los han cogido? —preguntó el maestro de esgrima sin demasiada esperanza.

Negó el sereno, rascándose el cogote bajo la gorra.

—Ha sido imposible, caballero. Un vecino y un servidor perseguimos a dos hombres que escapaban calle abajo a todo correr; pero, cerca de la Puerta de Toledo, subieron a un carruaje que los esperaba, dándose a la fuga sin remedio... ¿Hay que lamentar alguna desgracia?

Don Jaime asintió, señalando el interior de la casa.

—Hay un hombre malherido ahí dentro; vean lo que se puede hacer por él. Sería conveniente llamar a un médico —la energía que la lucha había inyectado en su cuerpo se estaba desvaneciendo ahora, dando paso a una gran lasitud; de pronto se sentía muy viejo y cansado—. También conviene enviar a alguien en busca de la policía. Es de suma urgencia avisar al jefe superior, don Jenaro Campillo.

Se mostró servicial el representante de la autoridad.

—Ahora mismo —miró con atención a don Jaime, observando aprensivo su rostro manchado de sangre—. ¿Está usted herido, caballero?

El maestro de armas se tocó la frente con los dedos. Sólo notó las cejas hinchadas, sin duda por el cabezazo asestado durante la pelea.

—Esta sangre no es mía —respondió con una débil sonrisa—. Y si necesitan la descripción de los dos sujetos que estaban aquí, lamento no poder ser de mucha ayuda. Sólo puedo decir que uno lleva la nariz rota, y el otro dos estocadas en alguna parte del cuerpo.

Los ojos de pez lo miraban fríamente tras los cristales de los quevedos.

—¿Eso es todo?

Jaime Astarloa contempló los posos de la taza de café que tenía entre las manos. Todavía estaba un poco avergonzado.

—Eso es todo. Ahora sí que le he dicho cuanto sé.

Campillo se levantó de su mesa de despacho, dio unos pasos por la habitación y se quedó mirando a través de la ventana, con los pulgares en las sisas del chaleco. Al cabo de un rato se volvió lentamente y miró con hosquedad al maestro de esgrima.

—Señor Astarloa... Permita que le diga que en todo este asunto se ha comportado usted como un niño.

El anciano parpadeó.

—Soy el primero en admitirlo.

—No me diga. Lo admite, vaya. Pero me pregunto para qué diantre nos sirve ahora que usted lo admita. A ese Cárceles lo han estado haciendo filetes, como si fuese una pieza de ternera, porque a usted se le metió en la cabeza ponerse a jugar con Rocambole.

—Yo sólo quería...

—Sé muy bien lo que quería. Y prefiero no pensar demasiado en ello, para evitar la tentación de meterlo a usted en la cárcel.

—Mi intención era proteger a doña Adela de Otero.

El jefe de policía soltó una risita sarcástica.

—Lo estaba viendo venir —movió la cabeza, como un médico al diagnosticar un caso perdido—. Y ya hemos visto para lo que sirvió su protección: un fiambre, otro en camino y usted vivo de milagro. Sin contar a Luis de Ayala.

—Siempre intenté permanecer al margen...

—Menos mal. Si llega usted a meter baza como Dios manda, esto habría sido la de San Quintín —Campillo sacó un pañuelo del bolsillo y procedió a limpiar con esmero los cristales de sus lentes—. No sé si se hace cargo, señor Astarloa, de la gravedad de su situación.

—Me hago cargo. Y asumo las consecuencias.

—Intentó proteger a una persona que podía estar implicada en el asesinato del marqués... Mejor dicho: que sin duda estaba implicada; porque ni siquiera su muerte desmiente que fuese cómplice de la intriga. Es más: tal vez exactamente eso le costó la vida...

Campillo hizo una pausa, se puso los quevedos y utilizó el pañuelo para secarse el sudor de la cara.

—Respóndame sólo a una pregunta, señor Astarloa... ¿Por qué me ocultó la verdad sobre esa mujer?

Transcurrieron unos instantes. Después, el maestro de esgrima levantó despacio la cabeza y miró a través del jefe de policía como si no lo viese, observando algo invisible situado a su espalda, muy lejos. Entornó los párpados, endureciéndose la expresión de sus ojos grises:

—Yo la amaba.

Por la ventana abierta ascendía el ruido de los carruajes circulando calle abajo. Campillo permaneció inmóvil, en silencio; era evidente que, por primera vez, no sabía qué decir. Dio unos pasos por la habitación; carraspeó, incómodo, y fue a sentarse tras su mesa de despacho sin decidirse a mirar a la cara del maestro de esgrima.

—Lo siento —dijo al cabo de un rato.

Jaime Astarloa hizo un gesto afirmativo con la cabeza, sin responder.

—Voy a serle sincero —añadió el jefe de policía tras una pausa de circunstancias, suficiente para que el eco de las últimas palabras intercambiadas se extinguiera entre ambos—. Conforme pasan las horas, se hace cada vez más improbable solucionar este asunto; al menos, echarles el guante a los culpables. Su amigo Cárceles, o lo que queda de él, es la única persona viva que los conoce; confiemos en que viva lo suficiente como para contárnoslo... ¿De veras no logró identificar a ninguno de los individuos que torturaban a ese desgraciado?

—Imposible. Todo ocurrió a oscuras.

—Tuvo usted mucha suerte anoche. A estas horas podría encontrarse en cierto lugar que ya conoce, sobre una mesa de mármol.

—Lo sé.

El policía sonrió levemente, por primera vez en toda la mañana.

—Tengo entendido que resultó usted duro de pelar —dio unos mandobles imaginarios en el aire—. A sus años... Quiero decir que no es común, vaya. Un hombre de su edad haciendo frente de esa forma a dos asesinos profesionales...

Jaime Astarloa se encogió de hombros.

—Luchaba por mi vida, señor Campillo.

El otro se puso un cigarro en la boca.

—Es una razón de peso —aprobó, con gesto comprensivo—. Sin duda es una razón de peso. ¿Sigue sin fumar, señor Astarloa?

—Sigo sin fumar.

—Resulta curioso, señor mío —Campillo encendió un fósforo y aspiró con visible placer las primeras bocanadas de humo—. Pero, a pesar de su... poco sensata actuación en toda esta historia, no puedo evitar sentir una extraña simpatía por usted. En serio. ¿Me permite que le exponga cierto símil un poco atrevido? Con todo respeto, por supuesto.

—Se lo permito.

Los ojos acuosos lo miraron fijamente.

—Hay en usted algo de... De inocencia, a ver si me entiende. Quiero decir que su comportamiento podría compararse, salvando las distancias, al de un monje de clausura que de pronto se viera envuelto en el torbellino del mundo. ¿Me sigue? Usted discurre a lo largo de esta tragedia como si flotase en un limbo personal, ajeno a los imperativos de la lógica y dejándose llevar por un sentido de lo real extremadamente particular... Un sentido que, por supuesto, nada tiene que ver con lo *realmente real.* Y a lo mejor es justamente esa inconsciencia, disculpe el término, lo que, por una extraña paradoja, ha permitido que nuestra nueva entrevista tenga lugar en este despacho y no en el depósito de cadáveres. Resumiendo: creo que en ningún momento, quizás ni siquiera en éste, ha valorado usted en toda su gravedad el embrollo en que se ha metido.

Jaime Astarloa dejó la taza de café sobre la mesa y miró a su interlocutor con el ceño fruncido.

—Espero que no esté insinuando que soy un imbécil, señor Campillo.

—No, no. Por supuesto que no —el policía levantó las manos en el aire, como si pretendiese encajar sus anteriores palabras en el lugar apropiado—. Veo que no me he explicado bien, señor Astarloa; perdone mi torpeza. Verá usted... Cuando hay asesinos de por medio, y especialmente cuando esos asesinos se comportan de forma tan fría y profesional como hasta ahora, el asunto debe ser encarado por la autoridad competente, que en su cometido es tan profesional como ellos, o más. ¿Me sigue?... Por eso resulta insólito que alguien, tan ajeno a esto como lo es usted, circule arriba y abajo, entre asesinos y víctimas, con tanta suerte que ni siquiera reciba un rasguño. A eso lo llamo tener buena estrella, señor mío; muy buena estrella. Pero la suerte, un día u otro, termina esfumándose. ¿Conoce el juego de la ruleta rusa?... Se hace con los modernos revólveres, ¿no es cierto? Bueno, pues cuando se prueba suerte, hemos de tener en cuenta que siempre hay una bala en el tambor. Y si seguimos apretando y apretando el gatillo, a la larga la bala termina por salir, y bang. Fin de la historia. ¿Me entiende?

El maestro de esgrima asintió en silencio. Satisfecho de su propia exposición, el policía se repantigó en el asiento con el humeante cigarro entre los dos.

—Mi consejo es que, en el futuro, permanezca usted al margen. Para mayor seguridad, lo mejor sería que abandonase temporalmente su domicilio habitual. Quizás un viaje le fuese bien, después de tantas emociones. Tenga en cuenta que ahora los asesinos saben que usted tenía esos documentos, y estarán interesados en cerrarle la boca para siempre.

—Lo pensaré.

Campillo levantó la palma de una mano hacia arriba, como dando a entender que le había ofrecido al maestro de armas cuantos consejos razonables estaban a su alcance.

—Me gustaría darle a usted alguna protección oficial, pero no hay manera. El momento es crítico. Las tropas sublevadas por Serrano y Prim avanzan hacia Madrid, se prepara una batalla que puede ser decisiva, y tal vez la familia real no regrese, sino que permanezca en San Sebastián, dispuesta a refugiarse en Francia... Como puede imaginar, por razones del cargo que ocupo hay asuntos más importantes que debo atender.

—¿Me está diciendo que no hay forma de coger a los asesinos?

El policía hizo un gesto ambiguo.

—Para coger a alguien, primero hay que saber quién es. Y carezco de datos. Casi no ha quedado títere con cabeza: dos cadáveres, un pobre infeliz mutilado y medio loco, que posiblemente no salve la vida, y nada más. Quizás la detenida lectura de los misteriosos documentos nos hubiese ayudado, pero gracias a su... llamémosla piadosamente absurda negligencia, esos papeles han desaparecido, me temo que para siempre. Mi única carta ahora es su amigo Cárceles; si logra restablecerse, quizás pueda decirnos cómo supieron los asesinos que él tenía el legajo en su poder, qué hay dentro de éste y, tal vez, el nombre que buscamos... ¿De veras no recuerda usted nada?

El maestro de esgrima negó, desalentado.

—Ya le he dicho todo cuanto sé —murmuró—. Sólo pude leerlos una vez, muy superficialmente, y apenas recuerdo más que las notas oficiales y relaciones de nombres, entre ellos varios militares. Nada que tuviese sentido para mí.

Campillo lo miró como se mira una curiosidad exótica.

—Le aseguro, señor Astarloa, que usted me desconcierta, palabra de honor. En un país donde la afición nacional consiste en disparar el trabuco sobre el primero que dobla la esquina, donde dos personas discuten y en el acto se congregan allí doscientas para ver lo que pasa, tomando partido por el uno o por el otro, usted desentona. Me gustaría saber...

Sonaron unos golpes en la puerta, y un policía de paisano se detuvo en el umbral. Campillo se volvió hacia él, haciendo un gesto de asentimiento, y el recién llegado se acercó a la mesa, inclinándose para susurrarle unas palabras al oído. El jefe de policía frunció el ceño y movió la cabeza gravemente. Cuando el otro saludó y se fue, Campillo miró a don Jaime.

—Acaba de esfumarse nuestra última esperanza —informó en tono lúgubre—. A su amigo Cárceles ya no le duele nada.

Jaime Astarloa dejó caer las manos sobre las rodillas y contuvo el aliento. Sus ojos grises, bordeados de arrugas, se clavaron en los de su interlocutor.

—¿Perdón?

El policía cogió un lápiz de la mesa, quebrándolo entre sus dedos. Después le mostró los dos trozos al maestro de esgrima, como si aquello tuviese algún significado.

—Cárceles acaba de fallecer en el hospital. Mis agentes no han podido arrancarle ni una palabra, porque no llegó a recobrar la razón: murió loco de horror —los ojos de pez del representante de la autoridad sostuvieron la mirada de don Jaime—. Ahora, señor Astarloa, usted se ha convertido en el último eslabón intacto de la cadena.

Campillo hizo una pausa y utilizó su pedazo del lápiz roto para rascarse bajo el peluquín.

—De encontrarme en su piel —añadió, con helada ironía— yo no me alejaría demasiado de ese precioso bastón estoque.

CAPÍTULO OCTAVO

A PUNTA DESNUDA

«En el combate a punta desnuda no debe reinar la misma consideración, y no se debe omitir circunstancia alguna que conduzca a la defensa, con tal de que no se oponga a las leyes del honor.»

Casi daban las cuatro de la tarde cuando salió de Gobernación. El calor era sofocante, y se quedó un rato bajo el toldo de una librería próxima, observando distraído los carruajes que circulaban por el corazón de Madrid. Un vendedor ambulante de horchata voceaba su mercancía a pocos pasos. Jaime Astarloa se acercó al carrito y pidió un vaso; el lechoso líquido refrescó su garganta con una pasajera sensación de alivio. A pleno sol, una gitana ofrecía ajados ramilletes de claveles, con un crío de pies descalzos pegado a su falda negra. El chiquillo echó a correr junto a un ómnibus que pasaba cargado de sudorosos pasajeros; ahuyentado por el látigo del conductor, regresó junto a su madre sorbiéndose ruidosamente los mocos.

El sol hacía ondular los adoquines del empedrado. El maestro de esgrima se quitó la chistera para enjugarse el sudor de la frente. Permaneció allí un rato, sin dar un paso. Realmente no sabía adónde ir.

Pensó en acercarse al café, pero no deseaba responder a las preguntas que, sin duda, sus contertulios iban a plantearle so-

bre lo ocurrido en casa de Cárceles. Recordó que había faltado
a los compromisos con sus alumnos, y ese pensamiento pareció desazonarlo más que todo lo ocurrido en los últimos días.
Decidió que lo más urgente era escribir unas cartas con algún
tipo de disculpa...

Alguien, entre los ociosos que conversaban en grupos por
los alrededores, parecía observarlo. Se trataba de un hombre
joven, modestamente vestido, con aspecto de obrero. Cuando
Jaime Astarloa se fijó en él, éste rehuyó su mirada, enfrascán-
dose en la conversación que mantenía con otros cuatro que se
hallaban a su lado, en la esquina de la carrera de San Jerónimo. Receloso, el maestro examinó con desconfianza al desconocido. ¿Lo vigilaban? Su inicial aprensión dio paso a una
íntima irritación consigo mismo. La verdad era que veía un
sospechoso en cada transeúnte, un asesino en cada rostro que
se cruzaba con él y, por una u otra razón, sostenía un instante
su mirada.

Abandonar su domicilio, salir de Madrid. Tal había sido el
consejo de Campillo. Ponerse a salvo. Huir, en una palabra.
Huir. Meditó sobre aquello con creciente malestar. Al diablo,
fue la única conclusión a la que fue capaz de llegar. Al diablo
con todos ellos. Ya era demasiado viejo para ir a esconderse
como un gazapo. Además, resultaba indigno considerarlo siquiera. Su vida había sido larga y llena de experiencias; atesoraba suficientes recuerdos para justificarla hasta aquel momento. ¿Por qué alterar a última hora la imagen que había
logrado conservar de sí mismo, empañándola con la deshonra
de una fuga? De todas formas, tampoco sabía de quién o de
qué debía huir. No estaba dispuesto a pasar lo que le quedase
de vida de sobresalto en sobresalto, escurriendo el bulto ante
cada rostro desconocido. Y tenía ya demasiados años sobre las
espaldas como para emprender una nueva vida en otra parte.

De vez en cuando retornaba aquella angustiosa punzada de
dolor que aparecía al recordar los ojos de Adela de Otero, la
risa franca del marqués de los Alumbres, las encendidas soflamas del pobre Cárceles... Resolvió bloquear su mente a todo

aquello, so pena de dejarse arrastrar por la melancolía y el desconcierto, tras los que vislumbraba el miedo que se negaba por principio a asumir. No tenía edad ni carácter para sentir miedo de nada, se dijo. La muerte era lo peor que podía sobrevenirle, y para encararla estaba preparado. Y no sólo eso, pensó con profunda satisfacción. De hecho, ya la había afrontado a pie firme durante la pasada noche en un combate sin esperanza, y el recuerdo de su comportamiento le hizo ahora entornar los ojos como si algo acariciase suavemente su orgullo. El viejo lobo solitario había demostrado que todavía conservaba algunos dientes para morder.

No iba a huir. Por el contrario, esperaría dando la cara. *A mí,* rezaba su vieja divisa familiar, y eso era precisamente lo que haría: esperar que volvieran a él. Sonrió para sus adentros. Siempre había opinado que a todo hombre debía dársele la oportunidad de morir de pie. Ahora, cuando el futuro cercano sólo ofrecía la vejez, la decadencia del organismo, la lenta consunción en un asilo o el desesperado pistoletazo, Jaime Astarloa, maestro de armas por la Academia de París, tenía ante sí la oportunidad de jugarle una mala pasada al Destino, asumiendo voluntariamente lo que otro en su lugar rechazaría con horror. No podía ir a buscarlos, porque ignoraba quiénes eran y dónde se hallaban; pero Campillo había dicho que tarde o temprano vendrían a él, último eslabón intacto de la cadena. Recordó algo que había leído días antes, en una novelita francesa: «*Si su alma estaba tranquila, el mundo entero conjurado contra él no le causaría un ápice de tristeza*»... Iban a ver aquellos miserables lo que valía la piel de un viejo maestro de esgrima.

El rumbo que habían tomado sus pensamientos le hizo sentirse mejor. Miró a su alrededor con el aire de quien lanzaba un reto al Universo, se irguió y emprendió el camino de su casa, balanceando el bastón. En realidad, para quienes se cruzaban con él en ese momento, Jaime Astarloa sólo ofrecía el vulgar aspecto de un viejo malhumorado, flaco, vestido con un traje pasado de moda, que sin duda realizaba su paseo diario para calentar sus cansados huesos. Pero si se hubiesen detenido a mirar sus ojos habrían descubierto con sorpresa el gris destello de una resolución inaudita, templada como el acero de sus floretes.

Cenó algunas legumbres hervidas y puso después café a hervir en un puchero. Mientras aguardaba a que estuviese listo, extrajo un libro de su estante y fue a sentarse en el ajado sofá. Tardó poco en hallar la cita subrayada cuidadosamente a lápiz, diez o quince años atrás:

«Un carácter moral se liga a las escenas del otoño: esas hojas que caen como nuestros años, esas flores que se marchitan como nuestras horas, esas nubes que huyen como nuestras ilusiones, esa luz que se debilita como nuestra inteligencia, ese sol que se enfría como nuestros amores, esos ríos que se hielan como nuestra vida, tejen secretos lazos con nuestro destino...»

Leyó varias veces aquellas líneas, moviendo silenciosamente los labios. Semejante reflexión bien podría servirle como epitafio, se dijo. Con un gesto de ironía que supuso nadie apreciaría más que él, dejó el libro abierto por aquella página sobre el sofá. El aroma que llegaba de la cocina indicó que el café estaba listo; fue hasta allí y se preparó una taza. Con ella en la mano retornó al estudio.

Anochecía. Venus brillaba solitaria más allá de la ventana, en la distancia infinita. Bebió un sorbo de café bajo el retrato de su padre. «Un hombre guapo», había dicho Adela de Otero. Después se acercó a la insignia enmarcada del antiguo regimiento de la Guardia Real, que había supuesto el principio y el final de su breve carrera militar. A su lado, el diploma de la Academia de París ya amarilleaba con los años; la humedad de muchos inviernos había hecho brotar manchas en el pergamino. Rememoró sin esfuerzo el día en que lo recibió de manos de un tribunal compuesto por los más acreditados maestros de esgrima de

Europa. El anciano Lucien de Montespan, sentado al otro lado de la mesa, había mirado a su discípulo con legítimo orgullo. «El alumno supera al maestro», le diría más tarde.

Acarició con la punta de los dedos la pequeña urna que contenía un abanico desplegado; era cuanto le quedaba de la mujer por la que un día abandonó París. ¿Dónde estaría ella ahora? Sin duda era una venerable abuela, todavía distinguida y dulce, que vería crecer a sus nietos mientras, ocupadas las manos que tan hermosas fueron tiempo atrás en un bordado, acariciaba en silencio escondidas nostalgias de juventud. O tal vez ni siquiera eso; quizás, simplemente, había olvidado al maestro de esgrima.

Algo más allá, en la pared, colgaba un rosario de madera, de cuentas gastadas y ennegrecidas por el uso. Amelia Bescós de Astarloa, viuda de un héroe de la guerra contra los franceses, había conservado aquel rosario entre las manos hasta el día de su muerte, y un piadoso familiar se lo había remitido después al hijo. Su contemplación producía en Jaime Astarloa una peculiar sensación: el recuerdo de las facciones de su madre se había ido difuminando con el paso de los años; era ahora incapaz de recordarla. Sólo sabía que fue bella, y su memoria conservaba el tacto de unas manos finas y suaves que le acariciaban el pelo cuando niño, y el palpitar de un cuello cálido contra el que hundía el rostro cuando creía sufrir. También conservaba su memoria una imagen desvaída como un viejo cuadro: la mujer inclinada, en escorzo, atizando los rescoldos de una gran chimenea que llenaba de reflejos rojizos las paredes de un salón oscuro y sombrío.

El maestro de esgrima apuró la taza de café, volviendo la espalda a sus recuerdos. Permaneció después largo rato inmóvil, sin que ningún otro pensamiento turbase la paz que parecía reinar en su espíritu. Entonces dejó la taza sobre la mesa, fue hasta la cómoda y abrió un cajón, sacando de él un estuche largo y aplastado. Soltó los cierres y extrajo un pesado objeto envuelto en un paño. Al deshacer el envoltorio apareció una pistola-revólver *Lefaucheux* con culata de madera y capacidad para cinco cartuchos de gran calibre. Aunque poseía aquel arma, regalo de un cliente, desde hacía cinco años, jamás había querido servirse de ella. Su código del honor se oponía por principio al empleo de armas de fuego, a las que definía como el recurso de los cobardes para matar a distancia. Sin embargo, en aquella ocasión, las circunstancias permitían dejar de lado ciertos escrúpulos.

Puso el revólver sobre la mesa y procedió a cargarlo cuidadosamente, alojando una cápsula en cada alvéolo del tambor. Terminada la operación, sopesó un momento el arma en la palma de la mano y después la dejó otra vez sobre la mesa. Miró a su alrededor con los brazos en jarra, fue hasta un sillón y lo movió hasta ponerlo de cara a la puerta. Acercó una mesita y colocó sobre ella el quinqué de petróleo con una caja de fósforos. Tras un nuevo vistazo para ver si todo estaba en orden, fue apagando uno a uno los mecheros de gas de la casa, a excepción del que ardía en el pequeño recibidor que quedaba entre la puerta de la calle y la del estudio; a éste se limitó a cerrarle un poco la llave, hasta que apenas emitió una pálida claridad azulada que dejaba en penumbra el vestíbulo y a oscuras el salón. Entonces desenvainó el bastón estoque, cogió el revólver y puso ambos sobre la mesita situada frente al sillón. Se detuvo así un rato en las sombras, contemplando el efecto, y pareció satisfecho. Después fue al vestíbulo y le quitó el cerrojo a la puerta.

Silbaba entre dientes cuando pasó por la cocina para llenar una jarra con el café del puchero, y coger de paso una taza limpia. Con ellas en las manos fue hasta el sillón y las puso sobre la mesita, junto al quinqué, los fósforos, el revólver y el bastón estoque. Encendió entonces el quinqué con la mecha muy baja, llenó una taza de café y, llevándosela a los labios, se dispuso a esperar. Ignoraba cuántas serían; pero tenía la certeza de que, en el futuro, sus noches iban a ser muy largas.

Se le cerraban los ojos. Dio una cabezada y sintió un tirante dolor en la nuca. Parpadeó, desconcertado. A la amortiguada luz del quinqué alargó una mano hacia la jarra de café y vertió un poco en la taza. Sacó el reloj del bolsillo para observar las manecillas: dos y cuarto de la madrugada. El café estaba frío, pero lo bebió de un solo trago, haciendo una mueca. El silencio era absoluto a su alrededor y pensó que, después de todo, quizás ellos no vinieran. Sobre la mesita, el revólver y la hoja desnuda del estoque reflejaban con destellos mate el suave resplandor de la lámpara de petróleo.

El sonido de un carruaje que pasaba por la calle le llegó a través de la ventana abierta y atrajo su atención durante algún tiempo. Contuvo el aliento mientras escuchaba, atento al menor sonido que indicase peligro, y permaneció así hasta que el ruido se alejó calle abajo, apagándose en la distancia. En otra ocasión le pareció percibir un crujido en la escalera y mantuvo largo rato los ojos clavados en la azulada penumbra del vestíbulo, mientras su mano derecha rozaba la culata del revólver.

Un ratón iba y venía sobre el cielo raso. Levantó los ojos hacia el techo, escuchando el suave roce con que el pequeño animal se movía entre las vigas. Hacía varios días que intentaba darle caza, y a tal efecto había dispuesto un par de trampas en la cocina, junto a un orificio próximo a la chimenea por donde el roedor solía lanzar nocturnas incursiones contra la despensa. Sin duda se trataba de un ratón astuto, pues siempre aparecía el queso mordisqueado junto al resorte, sin que las trampas de alambre hubiesen llegado a funcionar. Por lo visto se las había con un roedor de talento, factor que establecía la diferencia entre cazar o ser cazado. Y, escuchándolo deslizarse por el techo, el maestro de esgrima se alegró de no haberlo podido atrapar todavía. Su menuda compañía, allá arriba, aliviaba la soledad de la larga espera.

Extrañas imágenes se le agitaban en la mente, instalada en un estado de tensa duermevela. Tres veces creyó ver algo perfilarse en el vestíbulo y se incorporó sobresaltado, y las tres volvió a recostarse en el sillón, tras comprobar que había sido engañado por sus sentidos. En las cercanías, el reloj de San Ginés dio los cuartos y después tres campanadas.

Esta vez no cabía la menor duda. Algo había sonado en la escalera, como un roce contenido. Se inclinó hacia adelante muy despacio, concentrando hasta el último rincón de su ser en escuchar con toda atención. Algo se movía cautelosamente al otro lado de la puerta. Conteniendo el aliento, con la garganta crispada por la tensión, apagó la luz del quinqué. La única claridad, ahora, era la débil penumbra del vestíbulo. Sin levantarse, cogió el revólver en la mano derecha, lo amartilló apagando el sonido del percutor entre las piernas y, con los codos apoyados sobre la mesa, apuntó hacia la puerta. No era tirador de pistola; pero a aquella distancia resultaba difícil errar el blanco. Y en el tambor había cinco balas.

Le sorprendió escuchar unos suaves golpes en la puerta. Era insólito, se dijo, que un asesino pidiera permiso para entrar en casa de su víctima. Permaneció inmóvil y silencioso en la oscuridad, aguardando. Quizás pretendiesen comprobar si dormía.

Volvieron a sonar los golpes, un poco más fuertes, aunque sin excesiva energía. Estaba claro que el misterioso visitante no deseaba despertar a los vecinos. Jaime Astarloa comenzaba a sentirse desconcertado. Esperaba que intentasen forzar la entrada, pero no que alguien llamase a su puerta a las tres de la madrugada. De todas formas la había dejado sin cerrojo, y bastaba mover el picaporte para abrirla. Esperó mientras contenía el aire en los pulmones, sosteniendo con firmeza el revólver, el índice rozando el gatillo. Quienquiera que fuese, terminaría por entrar.

Sonó un crujido metálico. Alguien movía el picaporte. Se escuchó un leve chirrido cuando la puerta giró sobre los goznes. El maestro dejó salir suavemente el aire de los pulmones, volvió a respirar hondo y contuvo otra vez el aliento. Su índice se apoyó con mayor presión sobre el gatillo. Dejaría que la primera silueta se enmarcase en mitad del recibidor, y entonces le pegaría un tiro.

—¿Don Jaime?

La voz había sonado en un susurro, interrogante. Un frío glacial brotó en mitad del corazón del maestro de esgrima y se extendió por sus venas, helándole los miembros. Sintió cómo sus dedos aflojaban la presión, cómo el revólver caía sobre la mesa. Se llevó una mano a la frente mientras se ponía en pie, rígido como un cadáver. Porque aquella voz suavemente ronca, con leve acento extranjero, que venía del vestíbulo, le llegaba desde las brumas del Más Allá. No era otra que la de Adela de Otero.

La silueta femenina se perfiló en la penumbra azulada, deteniéndose ante el umbral del salón. Se escuchó un ligero rumor de faldas y después la voz sonó de nuevo:

—¿Don Jaime?

Alargó éste una mano, buscando a tientas los fósforos. Rascó uno, y la pequeña llama hizo bailar un siniestro juego de luces y sombras en sus facciones crispadas. Los dedos le temblaban cuando encendió el quinqué y lo levantó en alto para iluminar la aparición que acababa de clavarle la muerte en el alma.

Adela de Otero seguía inmóvil en la puerta, con las manos en el regazo de su vestido negro. Se cubría con un sombrero de paja oscura con cintas también negras, y llevaba el cabello recogido en la nuca. Parecía tímida e insegura, como una chica díscola que pidiera disculpas por regresar a casa a horas intempestivas.

—Creo que le debo una explicación, maestro.

Jaime Astarloa tragó saliva mientras dejaba el quinqué sobre la mesa. Por su mente pasó la imagen de otra mujer mutilada sobre la mesa de mármol de la morgue, y pensó que, en efecto, Adela de Otero le debía bastante más que una explicación.

Abrió por dos veces la boca para hablar, pero las palabras rehusaron asomarse a sus labios. Permaneció así, apoyado en el borde de la mesa, viendo cómo la joven se acercaba unos pasos hasta que el círculo de luz le llegó a la altura del pecho.

—He venido sola, don Jaime. ¿Puede escucharme?

La voz del maestro de esgrima sonó con un siseo apagado.

—Puedo escuchar.

Ella se movió ligeramente y la luz del quinqué alcanzó su barbilla, la boca y la pequeña cicatriz en la comisura de los labios.

—Es una larga historia...

—¿Quién era la mujer muerta?

Hubo un silencio. Boca y barbilla se retiraron del círculo de luz.

—Tenga paciencia, don Jaime. Cada cosa a su tiempo —hablaba en tono muy quedo, dulcemente, con aquella modulación algo ronca que tan encontrados sentimientos suscitaba en el viejo maestro de esgrima—. Tenemos todo el tiempo del mundo.

Jaime Astarloa tragó saliva. Temía despertar de un momento a otro, cerrar los ojos un instante y, al abrirlos de nuevo, comprobar que Adela de Otero ya no estaba allí. Que nunca había estado allí.

Una mano de ella se movió lentamente en la claridad, con los dedos extendidos, como si no tuviera nada que ocultar.

—Para que usted comprenda lo que he venido a decirle, don Jaime, debo remontarme a mucho tiempo atrás. Cosa de diez años, más o menos —ahora la voz sonaba neutra, distante. El maestro de esgrima no podía verle los ojos, pero los imaginó ausentes, fijos en un punto del infinito. O quizás, pensó más tarde, al acecho, estudiando el reflejo en su rostro de los sentimientos suscitados por los recuerdos que narraba—. Por aquella época, cierta jovencita vivía una hermosa historia de amor. Una historia de amor eterno...

Calló un instante, como si valorase la palabra.

—Amor eterno —repitió—. Para simplificar, evitaré detalles que podrían parecerle de mal gusto, diciendo que la hermosa historia de amor terminó seis meses después en un país extranjero, una tarde de invierno, a orillas de un río desde cuyo cauce ascendía la niebla, entre lágrimas y en la más absoluta soledad. Aquellas aguas grises fascinaban a la niña, ¿sabe? La fascinaban tanto que pensó buscar en ellas eso que los poetas llaman la dulce paz del olvido... Como puede ver, la primera parte de mi narración tiene aires de folletín. Un folletín bastante vulgar.

Adela de Otero hizo una pausa, riendo con su risa de contralto, sin alegría. Jaime Astarloa no se había movido una pulgada y seguía escuchando en silencio.

—Fue entonces cuando ocurrió —continuó ella—. Cuando la joven se disponía a franquear su particular muro de niebla, apareció en su vida otro hombre... —se detuvo un momento; su voz se había dulcificado casi imperceptiblemente, y aquella fue la única vez que ella suavizó la frialdad del relato—. Un hombre que, sin pedir nada a cambio, impulsado sólo por un sentimiento de piedad, cuidó de la niña perdida a orillas del río gris, cerró sus heridas, le devolvió la sonrisa. Se convirtió en el padre que ella no había conocido, en el hermano que jamás tuvo, en el esposo que ya nunca tendría y que, llevando hasta el límite su nobleza, jamás osó imponer sobre ella ninguno de los derechos que quizás le hubieran correspondido como tal... ¿Comprende lo que le estoy contando, don Jaime?

El maestro de esgrima seguía sin ver sus ojos, pero supo que Adela de Otero lo estaba mirando fijamente.

—Empiezo a comprender.

—Dudo que lo comprenda del todo —comentó en tono tan bajo que don Jaime intuyó más que escuchó sus palabras. Siguió un largo silencio, hasta el punto de que el viejo maestro llegó a temer que la joven no prosiguiera su narración; pero ella habló de nuevo al cabo de un momento—. Durante dos años, aquel hombre se dedicó a modelar una mujer nueva, muy distinta a la niña que temblaba contemplando la corriente del río. Y siguió sin pedir nada a cambio.

—Un altruista, sin duda.

—Tal vez no, don Jaime. Tal vez no —pareció detenerse un instante, como si meditase la cuestión—. Supongo que había algo más. En realidad su actitud no estaba exenta de egoísmo... Se trataba posiblemente de la satisfacción de una obra propia, el orgullo de sentir una especie de posesión no ejercida pero que latía allí, en alguna parte. «Eres lo más hermoso que he creado», dijo una vez. Tal vez fuera cierto, porque nada escatimó en la tarea: ni esfuerzos, ni dinero, ni paciencia. Hubo lindos vestidos, maestros de baile, de equitación, de música... De esgrima. Sí, don Jaime. Aquella jovencita, por un insólito azar de la naturaleza, estaba bien dotada para la esgrima... Un día, a causa de sus ocupaciones, aquel hombre se vio obligado a regresar a su patria. Tomó a la joven por los hombros, la llevó ante un espejo y la hizo contemplarse allí durante un largo rato. «Eres bella y libre —le dijo—. Mírate bien. Ésa es mi recompensa.» Él era casado, tenía una familia y unas obligaciones. Pero estaba dispuesto a seguir velando por su obra, a pesar de todo. Antes de marcharse, le ofreció como regalo una casa donde ella podría vivir de forma conveniente. Y desde muy lejos, su benefactor siguió velando escrupulosamente por que nada le faltase. Así transcurrieron siete años.

Calló un momento y después repitió «siete años» en voz baja. Al hacerlo se movió un poco y el círculo de luz ascendió por su cuerpo hasta llegar a los ojos violeta, que destellaron al reflejar la oscilante llama del quinqué. La cicatriz de la boca seguía marcando en ella su indeleble y enigmática sonrisa.

—Usted, don Jaime, ya sabe quién era ese hombre.

Parpadeó sorprendido el maestro de esgrima, y estuvo a punto de expresar su desconcierto en voz alta. Una súbita inspiración le aconsejó, sin embargo, abstenerse de hacer comentario alguno, por miedo a cortar el hilo de las confidencias. Ella lo miró, como calibrando su silencio.

—El día en que se despidieron —continuó al cabo de un instante— la joven sólo fue capaz de expresar a su benefactor la inmensidad de la deuda que había contraído, con una frase: «Si alguna vez me necesitas, llámame. Aunque sea para bajar a los infiernos»... Estoy segura, maestro, de que si usted hubiese tenido ocasión de conocer el temple de aquella joven, no habría hallado fuera de lugar semejantes palabras en labios femeninos.

—Me hubiera sorprendido otra cosa —reconoció don Jaime. Ella acentuó la sonrisa e hizo un leve gesto con la cabeza, como si acabase de escuchar un elogio. El maestro de esgrima se pasó una mano por la frente, fría como el mármol. Las piezas iban encajando lenta y dolorosamente.

—Y así llegó el día —añadió él— en que le pidió que bajara a los infiernos...

Adela de Otero lo miró sorprendida por lo exacto de la observación. Levantó las manos y las juntó con lentitud, brindándole un silencioso aplauso.

—Excelente definición, don Jaime. Excelente.

—Me limito a repetir sus palabras.

—Excelente, a pesar de todo —su voz estaba cargada de ironía—. Bajar a los infiernos... Eso es lo que le pidió que hiciera.

—¿Tan grande era la deuda?

—Ya le he dicho que inmensa.

—¿Tan inevitable la empresa?

—Sí. La joven había recibido de aquel hombre cuanto poseía. Y lo que es más importante: cuanto era. Nada de lo que por él hiciese sería comparable a lo que él puso en ella... Pero déjeme continuar. El hombre de quien estamos hablando ocupaba un alto cargo en una importante sociedad. Por razones que le será fácil deducir, se vio envuelto en determinado juego político. Un juego muy peligroso, don Jaime. Sus intereses comerciales lo llevaron a mezclarse con Prim y cometió el error de financiar una de las intentonas revolucionarias, que terminó en el más completo desastre. Para su desgracia, fue descubierto. Aquello suponía el destierro, la ruina. Pero su elevada posición social y ciertos factores adicionales podían permitirle salvarse —Adela de Otero hizo aquí una pausa; cuando habló de nuevo, había en su voz un tono metálico, más duro e impersonal—. Entonces decidió cooperar con Narváez.

—¿Y qué hizo Prim al enterarse de la traición?

Ella se mordió el labio inferior, pensativa, meditando sobre el término.

—¿Traición...? Sí, creo que puede llamársele así —lo miró con aire malicioso, como una niña que compartiese un secreto—. Prim no lo supo nunca, por supuesto. Y sigue sin saberlo.

Ahora el maestro de esgrima estaba sinceramente escandalizado:

—¿Me está diciendo que todo eso lo ha hecho usted por un hombre que fue capaz de traicionar a los suyos?

—Usted no comprende nada de lo que le estoy contando —los ojos violeta lo miraban ahora con desprecio—. No comprende nada en absoluto. ¿Todavía cree en los buenos y en los malos, en las causas justas y en las injustas?... ¿Qué me importa a mí el general Prim o cualquier otro? He venido aquí esta noche para hablarle del hombre a quien debo todo cuanto soy. ¿Acaso no fue siempre bueno y leal conmigo? ¿Acaso me traicionó *a mí?*... Hágame el favor de guardarse sus mojigatos escrúpulos, señor mío. ¿Quién es usted para juzgar?

Jaime Astarloa exhaló lentamente el aire de los pulmones. Estaba muy cansado, y con gusto se hubiera dejado caer sobre el sofá. Anhelaba dormir, alejarse, reducirlo todo a un mal sueño que se desvaneciera con las primeras luces del alba. Ya ni siquiera sabía con certeza si deseaba conocer el resto de la historia.

—¿Qué ocurrirá si lo descubren? —preguntó.

Adela de Otero hizo un gesto indolente.

—Ya no lo descubrirán jamás —dijo—. Sólo dos personas trataron el asunto con él: el presidente del Consejo y el ministro de la Gobernación, con quien se comunicaba directamente. Por suerte, ambos fallecieron... de muerte natural. Ya no había obstáculo que impidiera seguir en contacto con Prim, como si nada hubiera ocurrido. En teoría, no quedaban testigos molestos.

—Y ahora, Prim y los suyos están ganando...

Ella sonrió.

—Sí. Están ganando. Y él es uno de quienes financian la empresa. Imagine las ventajas que eso va a proporcionarle.

El maestro de armas entornó los ojos y movió la cabeza, en mudo gesto de asentimiento. Ahora todo estaba claro.

—Pero había un cabo suelto —murmuró.

—Exacto —confirmó ella—. Y Luis de Ayala era ese cabo suelto. Durante su paso por la vida pública, el marqués desempeñó un cargo importante junto a su tío Vallespín, el ministro de Gobernación que se entendía con mi amigo. A la muerte de Vallespín, Ayala tuvo ocasión de acceder a sus archivos privados, y allí dio con una serie de documentos que contenían buena parte de la historia.

—Lo que no entiendo es qué interés podía tener el marqués... Siempre afirmó haberse alejado de la política.

Adela de Otero enarcó las cejas. El comentario de don Jaime parecía divertirla mucho.

—Ayala estaba arruinado. Las deudas se le acumulaban, y tenía pendientes graves hipotecas sobre la mayor parte de sus bienes. El juego y las mujeres —en este punto la voz de Adela de Otero adoptó una inflexión de infinito desdén— eran sus dos puntos débiles, y ambos le costaban mucho dinero...

Aquello era demasiado para Jaime Astarloa.

—¿Insinúa que el marqués estaba haciendo chantaje?

Ella sonrió, burlona.

—No me limito a insinuar: lo afirmo. Luis de Ayala amenazó con hacer públicos los documentos, incluso con enviárselos directamente a Prim, si no se le satisfacían ciertos créditos a fondo perdido, o poco menos. Nuestro querido marqués era hombre que sabía vender muy caro su silencio.

—No puedo creerlo.

—Me tiene sin cuidado que lo crca o no. El caso es que las exigencias de Ayala convirtieron la situación en algo muy delicado. Mi amigo no tenía elección: era necesario neutralizar el peligro, silenciar al marqués y recobrar los documentos. Pero Ayala era hombre precavido...

El maestro apoyó las manos en el borde de la mesa y hundió la cabeza entre los hombros.

—Era hombre precavido —repitió con voz opaca—. Pero le gustaban las mujeres.

Adela de Otero le dirigió una sonrisa indulgente.

—Y la esgrima, don Jaime. Ahí fue donde entramos en escena usted y yo.

—Cielo santo.

—No se lo tome así. Usted no podía imaginar...

—Cielo santo.

Ella extendió una mano, como si fuese a tocarle el brazo, pero el movimiento se detuvo apenas iniciado. Jaime Astarloa había retrocedido como si acabase de ver una serpiente.

—A mí se me hizo venir de Italia —explicó ella al cabo de un instante—. Y usted fue el medio para que yo llegase hasta él sin ponerlo sobre aviso. Pero entonces no podíamos imaginar que terminaría por convertirse en un problema. ¿Cómo íbamos a suponer que Ayala podía confiarle los documentos?

—Luego su muerte fue inútil.

Ella lo miró con genuina sorpresa.

—¿Inútil? De ningún modo. Ayala tenía que morir, con documentos o sin ellos. Era demasiado peligroso, y demasiado listo. En los últimos tiempos incluso cambió su actitud para conmigo, como si estuviese entrando en sospechas. Había que liquidar la cuestión.

—¿Lo hizo usted misma?

La mirada de la joven se clavó en el maestro de esgrima como una aguja de acero.

—Por supuesto —había en su voz tanta naturalidad, tanta calma, que don Jaime se sintió aterrado—. ¿Quién iba a hacerlo, si no? Los acontecimientos se precipitaron y apenas quedaba tiempo... Aquella noche, como otras veces, cenamos en su salón. En la intimidad. Recuerdo que Ayala estaba demasiado amable; era evidente que andaba sobre mi pista. Eso no me preocupó demasiado, pues yo sabía que iba a ser la última vez que nos viésemos. Mientras descorchaba una botella de champaña, fingiendo una alegría que ninguno de los dos sentíamos, lo encontré especialmente guapo, con aquella melena suya, tan viril, y esos dientes blancos y perfectos, que reían siempre. Hasta pensé que era una pena lo que el Destino le tenía reservado.

Se encogió de hombros, atribuyéndole toda la responsabilidad al Destino.

—Mis anteriores intentos por arrancarle el secreto —añadió tras un silencio— habían resultado inútiles; sólo conseguí que desconfiase de mí. Ya daba igual, así que resolví plantear sin más rodeos la cuestión. Dije exactamente lo que quería, haciendo una oferta que estaba autorizada a hacer: mucho dinero por los documentos.

—Y él no aceptó —dijo Jaime Astarloa.

Ella lo miró de un modo extraño.

—En efecto. En realidad la oferta era un ardid para ganar tiempo, pero Ayala no tenía por qué saberlo. El caso es que se me rió en la cara. Dijo que los papeles estaban en lugar seguro y que mi amigo tendría que seguir pagando por ellos el resto de su vida, si no quería verlos en manos de Prim. También dijo que yo era una puta.

Calló Adela de Otero, y sus últimas palabras quedaron en el aire. Las había pronunciado de forma objetiva, sin inflexiones, y el maestro de esgrima supo en el acto que aquella noche ella había actuado del mismo modo en el palacio del marqués: sin arrebatos ni reacciones temperamentales. Más bien con el calculado método de quien antepone la eficacia a la pasión. Lúcida y fría como sus golpes de esgrima.

—Pero usted no lo mató por eso...

Observó la joven a don Jaime con atención, como si le sorprendiese la exactitud del comentario.

—Tiene razón. No lo maté por eso. Lo maté porque ya estaba decidido que debía morir. Me dirigí a la galería para coger tranquilamente un florete desprovisto de botonadura; él pareció tomar aquello como una broma. Estaba seguro de sí mismo, mirándome con los brazos cruzados, como si esperase ver en qué paraba todo. «Voy a matarte, Luis —le dije con mucha calma—. Tal vez te quieras defender»... Soltó una carcajada, aceptando lo que le parecía un juego excitante, y cogió otro florete de combate. Supongo que después tenía la intención de llevarme al dormitorio y hacerme el amor. Se acercó luciendo aquella blanca y cínica sonrisa suya; guapo, apuesto, en mangas de camisa, y cruzó su acero con el mío mientras en la punta de los dedos de la mano izquierda me enviaba un beso burlón. Entonces lo miré a los ojos, hice una finta y le clavé el florete en la garganta sin más preámbulos: estocada corta y vuelta de puño. El más purista de los maestros no habría puesto ninguna objeción, y Ayala tampoco la puso. Me dirigió una mirada de estupor, y antes de llegar al suelo ya estaba muerto.

Adela de Otero miró desafiante a don Jaime, con el mismo descaro que si acabase de referir una simple travesura. No podía éste apartar los ojos de ella, fascinado por la expresión de su rostro: ni odio, ni remordimiento, ni pasión alguna. Tan sólo la ciega lealtad a una idea, a un hombre. Había en su terrible belleza algo de hipnótico y estremecedor a un tiempo, como si el ángel de la muerte se hubiera encarnado en sus facciones. Pareciendo adivinar sus pensamientos, la joven retrocedió hasta salir fuera del círculo de luz proyectada por el quinqué.

—Después registré a fondo cuanto pude, aunque sin demasiada esperanza —de las sombras llegaba ahora, otra vez, su voz sin rostro, y el maestro de esgrima no pudo decidir qué era más inquietante—. No encontré nada, aunque permanecí allí hasta casi el amanecer. De todas formas la sublevación ya había estallado en Cádiz y Ayala tenía que morir, tuviésemos o no los documentos. No había otra solución. Sólo quedaba salir pronto de allí y confiar en que, si los papeles estaban tan bien ocultos, no los encontraría nadie, como tampoco los había encontrado yo... Hecho cuanto estaba en mi mano, me marché. El paso siguiente era desaparecer de Madrid sin dejar rastro. Tenía... —pareció dudar, buscando las palabras adecuadas— tenía que volver a la oscuridad de la que había salido. Adela de Otero se iba de escena definitivamente. Y también eso estaba previsto...

Jaime Astarloa ya no podía resistir más en pie. Sentía flaquearle las piernas y su corazón palpitaba débilmente. Se dejó caer muy despacio sobre el sillón, temiendo desfallecer. Cuando habló, su voz era apenas un temeroso susurro, pues intuía la atroz respuesta.

—¿Qué fue de Lucía... De la sirvienta...? —tragó saliva, levantando el rostro para mirar la sombra que estaba en pie frente a él—. Tenía la misma estatura... La edad aproximada de usted, el mismo color de cabello... ¿Qué ocurrió con ella?

Esta vez el silencio fue largo. Al cabo de un rato, la voz de Adela de Otero brotó neutra, sin inflexión alguna:

—Usted no comprende, don Jaime.

Levantó el maestro la mano trémula, apuntando a la sombra con un dedo. Una muñeca ciega en un estanque; así había ocurrido.

—Se equivoca —esta vez sintió vibrar el odio en su propia voz, y supo que Adela de Otero lo percibía con perfecta claridad—. Lo comprendo todo. Demasiado tarde, es verdad; pero lo comprendo todo muy bien. Ustedes la escogieron precisamente así, ¿no es cierto? Por su parecido físico... ¡Todo, hasta ese espantoso detalle, estaba planeado desde el primer momento!

—Veo que hicimos mal en subestimarlo a usted —en su voz había un punto de irritación—. Es un hombre perspicaz, al fin y al cabo.

Una mueca de amargura curvó los labios del maestro de armas.

—¿También se encargó usted de ella? —preguntó, escupiendo las palabras con infinito desprecio.

—No. Contratamos a dos hombres, que apenas conocen nada de la historia... Dos rufianes. Son los mismos a quienes usted encontró en casa de su amigo.

—¡Canallas!

—Quizás se extralimitaron...

—Lo dudo. Estoy seguro de que cumplieron escrupulosamente las dignas instrucciones de usted y su compinche.

—De todas formas, si eso le causa alivio, debo decirle que la chica ya estaba muerta cuando le hicieron... todo aquello. Apenas sufrió.

Jaime Astarloa la miró con la boca abierta, como si no diese crédito a sus propios oídos.

—Lo encuentro muy considerado por su parte, Adela de Otero... Suponiendo que ése sea su verdadero nombre. Muy considerado. ¿Me dice que la infeliz apenas sufrió? Eso honra, sin duda, sus femeninos sentimientos.

—Celebro verle recobrar la ironía, maestro.

—No me llame maestro, se lo ruego. Habrá podido comprobar que tampoco yo la llamo a usted señora.

Esta vez, ella rió francamente.

—*Touché,* don Jaime. Tocada, sí, señor. ¿Desea que continúe, o ya conoce lo demás y prefiere que zanjemos la historia?

—Me gustaría saber cómo supieron del pobre Cárceles...

—Fue muy simple. Nosotros dábamos por perdidos los documentos; por supuesto, ni se nos había ocurrido pensar en usted. De improviso, su amigo se presentó en casa del mío, solicitando una entrevista urgente para tratar un asunto grave. Fue recibido, y expuso sus pretensiones: ciertos documentos habían llegado a su poder, y conociendo la holgada posición económica del interesado, reclamaba cierta cantidad de dinero a cambio de los papeles y de su silencio...

Jaime Astarloa se pasó una mano por la frente, aturdido por el rumor de su mundo, que sentía caer en pedazos.

—¡También Cárceles! —las palabras escaparon de su boca como un lamento.

—¿Y por qué no? —preguntó ella—. Su amigo era ambicioso y miserable, como cualquiera. Apostaba en aquel negocio para salir de su mugre, imagino.

—Parecía honesto —protestó don Jaime—. Era tan radical... Tan intransigente... Yo confiaba en él.

—Me temo que, para un hombre con la edad que usted tiene, ha confiado en demasiadas personas.

—Tiene razón. También confié en usted.

—Oh, vamos —ella parecía irritada—. Sus sarcasmos en este momento no nos llevan a parte alguna. ¿No le interesa saber nada más?

—Me interesa. Continúe.

—Se despidió a Cárceles con buenas palabras, y una hora más tarde nuestros dos hombres se presentaron en su casa a recuperar el legajo. Debidamente... persuadido, su amigo terminó por contar cuanto sabía, incluyendo su nombre. Entonces llegó usted, y hay que reconocer que nos puso a todos en un buen aprieto. Yo aguardaba afuera, en un coche, y los vi llegar como almas que llevase el diablo. ¿Sabe que de no ser por lo apurado de la situación me habría divertido lo que pasó? Para no ser un jovencito, creo que les dio trabajo de sobra: a uno le rompió la nariz y al otro le pegó dos tajos, en un brazo y en la ingle. Dijeron que se defendió usted como el mismo Lucifer.

Adela de Otero guardó silencio un momento y después añadió, intrigada:

—Ahora soy yo quien le hace una pregunta... ¿Por qué metió a ese infeliz en esto?

—Yo no lo metí. Quiero decir que lo hice contra mi voluntad. Leí los documentos, pero no pude descifrar su contenido.

—¿Pretende burlarse de mí? —la sorpresa de la joven parecía sincera—. ¿No acaba de decir que leyó los documentos?

El maestro de esgrima asintió, confuso.

—Ya le he dicho que sí, pero no entendí nada. Aquellos nombres, las cartas y lo demás, encerraban poco sentido para mí. Jamás tuve el menor interés por esos temas. Al leer, sólo pude comprender que alguien estaba delatando a otros, y que había de por medio un asunto de Estado. Pero busqué a Cárceles precisamente porque no lograba averiguar el nombre del responsable. Sin duda él lo dedujo, quizás porque recordaba los hechos a que se hacía referencia.

Adela de Otero se adelantó un poco, y la luz iluminó nuevamente sus facciones. Una pequeña arruga de preocupación se le marcaba entre las cejas.

—Me temo que aquí hay un malentendido, don Jaime. ¿Quiere usted decir que ignora el nombre de mi amigo?... ¿El hombre de quien hemos estado hablando todo este tiempo?

Jaime Astarloa se encogió de hombros, y sus francos ojos grises sostuvieron sin parpadear la inspección a que ella los sometía.

—Lo ignoro.

La joven ladeó ligeramente la cabeza, mirándolo absorta. Su mente parecía trabajar a toda prisa.

—Pero usted tuvo que leer la carta, puesto que la sacó del legajo...

—¿Qué carta?

—La principal, la de Vallespín a Narváez. Aquella en la que figuraba el nombre de... ¿No la ha entregado a la policía? ¿Aún la conserva?

—Le repito que no sé de qué maldita carta me habla.

Esta vez fue Adela de Otero la que se sentó frente a don Jaime, tensa y recelosa. La cicatriz de la boca ya no parecía sonreír; se había convertido en una mueca de desconcierto. Era la primera vez que el maestro de armas la veía así.

—Vamos a ver, don Jaime. Vamos a ver... Yo he venido aquí esta noche por una razón concreta. Entre los documentos de Luis de Ayala había una carta, escrita por el ministro de la Gobernación, en donde se indicaban datos personales del agente que estaba pasando información sobre las conspiraciones de Prim... Esa carta, de la que el propio Luis de Ayala hizo llegar a mi amigo una copia textual cuando empezó a hacerle chantaje, no estaba en el legajo que recuperamos en casa de Cárceles. Luego ha de tenerla usted.

—Jamás he visto esa carta. Si la hubiese leído, me habría ido derecho a casa del criminal que organizó todo esto, a partirle el corazón de una estocada. Y el pobre Cárceles todavía estaría vivo. Yo esperaba que él dedujese algo de todos aquellos documentos...

Adela de Otero hizo un gesto para indicar que en aquel momento Cárceles le importaba un bledo.

—Lo dedujo —aclaró—. Incluso sin la carta principal, cualquiera que estuviese al tanto de los avatares políticos de los dos últimos años habría visto la cosa clara. Se mencionaba allí el asunto de las minas de plata de Cartagena, lo que apuntaba directamente a mi amigo. Había también una relación de sospechosos que la policía debía vigilar, gente de calidad, entre la que se le citaba a él; pero su nombre no figuraba después en las listas de detenidos... En resumen, toda una serie de indicios que, reunidos, permitían averiguar sin demasiada dificultad la identidad del confidente de Vallespín y Narváez. Si usted no fuera un hombre que vive de espaldas al mundo que lo rodea, lo habría averiguado tan fácilmente como cualquier otro.

La joven se levantó y dio unos pasos por la habitación, concentrada en sus pensamientos. A pesar del horror de la situación, Jaime Astarloa no pudo menos que admirar su sangre fría. Había participado en el asesinato de tres personas, se presentaba en su casa arriesgándose a caer en manos de la policía, le había referido con toda naturalidad una historia atroz, y ahora se paseaba tranquilamente por su estudio, ignorando el revólver y el estoque que él tenía sobre la mesa, preocupada por el paradero de una simple carta... ¿De qué materia estaba hecha aquella que se hacía llamar Adela de Otero?

Era absurdo, pero el maestro de esgrima se encontró meditando sobre el paradero de la misteriosa carta. ¿Qué había ocurrido? ¿No llegó a confiar Luis de Ayala en él lo suficiente? De lo que estaba seguro era de no haber leído ninguna...

Se quedó muy quieto, sin respirar siquiera, con la boca entreabierta, mientras intentaba retener un fragmento de algo que por un instante le había cruzado por la memoria. Lo consiguió, con un esfuerzo que llegó a crispar sus facciones, hasta el punto de que Adela de Otero se volvió a mirarlo, sorprendida. No podía ser. Era ridículo imaginar que hubiera ocurrido así. ¡Era absurdo! Y sin embargo...

—¿Qué sucede, don Jaime?

Se levantó muy despacio, sin responder. Cogió el quinqué y se quedó unos instantes inmóvil, mirando a su alrededor como si despertase de un profundo sueño. Ahora podía recordar.

—¿Le ocurre algo?

La voz de la joven le llegaba desde muy lejos mientras su mente trabajaba a toda prisa. Tras la muerte de Ayala, después de abrir el legajo y antes de disponerse a comenzar su lectura, se vio obligado a ordenarlo un poco. Se le había caído de las manos, esparciéndose las hojas por el suelo. Eso ocurrió en un rincón del saloncito, junto a la cómoda de nogal. Llevado por súbita inspiración pasó junto a Adela de Otero y se agachó ante el pesado mueble, introdujo una mano entre las patas y tanteó el suelo debajo. Cuando se levantó, sus dedos sostenían una hoja de papel. La miró de hito en hito.

—Aquí está —murmuró, agitando la cuartilla en el aire—. Ha estado ahí todo este tiempo... ¡Qué estúpido soy!

Adela de Otero se había acercado, mirando la carta con incredulidad.

—¿Pretende decirme que la ha encontrado ahí...? ¿Que se le cayó debajo?

El maestro de esgrima estaba pálido.

—Santo Dios... —murmuró en voz muy baja—. ¡Pobre Cárceles! Aunque fue torturado, no podía hablarles de algo cuya existencia desconocía. Por eso se ensañaron con él de aquel modo...

Dejó el quinqué sobre la cómoda y acercó la carta a la luz. Adela de Otero estaba a su lado, mirando fascinada la hoja de papel.

—Le ruego que no la lea, don Jaime —había una extraña mezcla de orden y súplica en su oscura entonación—. Démela sin leerla, por favor. Mi amigo creía necesario matarlo también a usted, pero yo lo convencí para que me dejara venir sola. Ahora me alegro de haberlo hecho. Quizás todavía estamos a tiempo...

Los ojos grises del anciano la miraron con dureza.

—¿A tiempo de qué? ¿A tiempo de devolver la vida a los muertos? ¿A tiempo de hacerme creer en su virginal inocencia, o en la bondad de sentimientos de su benefactor...? Váyase usted al diablo.

Entornó los párpados mientras leía a la humeante llama del quinqué. En efecto, allí estaba la clave de todo.

Excelentísimo señor don Ramón María Narváez, Presidente del Consejo

Mi general:
El asunto del que el otro día hablamos privadamente se nos presenta bajo un aspecto inesperado, y a mi juicio prometedor. En el asunto Prim está implicado Bruno Cazorla Longo, apoderado de la Banca de Italia en Madrid. Sin duda el nombre no le es desconocido, pues anduvo asociado con Salamanca en el negocio del ferrocarril del Norte. Tengo pruebas de que Cazorla Longo ha estado suministrando generosos préstamos al de Reus, con quien mantiene lazos muy estrechos desde su lujoso despacho de la plaza de Santa Ana. Durante cierto tiempo he mantenido una discreta vigilancia sobre el pájaro, y creo que el asunto ya está maduro para que podamos jugar fuerte. Tenemos en nuestra mano destapar un escándalo que lo lleve a la ruina, e incluso podemos hacerle pasar una larga temporada meditando sobre sus errores en cualquier hermoso lugar de Filipinas o Fernando Poo, lo que, para un hombre acostumbrado al lujo como lo es él, supondría sin duda una experiencia inolvidable.
Sin embargo, recordando lo que hablamos el otro día sobre la necesidad de tener más información sobre lo que trama Prim, se me ocurre que podemos sacar mucho más partido a

este caballero. Así que, tras solicitar una entrevista con él, le he planteado la situación con toda la sutileza posible. Como se trata de un hombre muy inteligente, y como sus conviccio- nes liberales son menos fuertes que sus convicciones comer- ciales, ha terminado por manifestarse resuelto a prestarnos determinados servicios. Al fin y al cabo, comprendo todo lo que puede perder si aplicamos mano dura a sus escarceos re- volucionarios y, como buen banquero, le aterra la palabra bancarrota. Así que está dispuesto a cooperar con nosotros, siempre y cuando todo se lleve a cabo con discreción. Nos ten- drá al corriente de todos los movimientos de Prim y sus agen- tes, a los que seguirá suministrando fondos, pero a partir de ahora nosotros sabemos puntualmente a quién y para qué.

Naturalmente, pone ciertas condiciones. La primera es que nada de esto trascienda fuera de vuestra persona y la mía. La otra condición reside en cierta compensación de tipo econó- mico. A un hombre como él no le bastan treinta monedas, así que exige la concesión que se decide a finales de mes sobre las minas de plata en Murcia, donde tanto él como su banco están muy interesados.

A mi juicio, el asunto conviene al Gobierno y a la Corona, pues nuestro hombre se encuentra en inmejorable relación con Prim y su plana mayor, y la Unión Liberal lo considera uno de sus más firmes pilares en Madrid.

El asunto tiene muchas más vertientes, pero no es cosa de agotarlo por escrito. Añadiré tan sólo que, a mi juicio, Ca- zorla Longo es listo y ambicioso. Con él tendríamos, a un costo razonable, un agente infiltrado en el mismo cogollo de la conspiración.

Como no estimo prudente mencionar el tema durante el Consejo de mañana, sería útil que V. E. y yo discutiéramos en privado sobre el particular.

Reciba Vuestra Excelencia un respetuoso saludo.

Joaquín Vallespín Andreu
Madrid, 4 de noviembre (Es copia única)

Jaime Astarloa terminó la lectura y permaneció en silencio mientras movía lentamente la cabeza.

—Así que ésta era la clave de todo... —murmuró al fin, con un hilo de voz apenas audible.

Adela de Otero lo miraba inmóvil, acechando sus reacciones con el ceño fruncido.

—Ésa era la clave —confirmó con un suspiro, como si deplorase que el maestro de esgrima hubiese accedido al último rincón del misterio—. Espero que esté satisfecho.

El anciano miró a la joven de modo extraño, sorprendido al verla todavía allí.

—¿Satisfecho? —pareció paladear la palabra, y su sabor no le gustó—. Es muy triste la satisfacción que puede hallarse en todo esto... —levantó la carta, agitándola suavemente entre el pulgar y el índice—. Y supongo que ahora va a rogarme que le entregue este papel... ¿Me equivoco?

La luz del quinqué hizo bailar un destello en los ojos de la joven. Adela de Otero extendió una mano.

—Por favor.

Jaime Astarloa la contempló detenidamente, admirado una vez más de su temple. Estaba allí, erguida ante él, en la penumbra de la habitación, exigiendo con la mayor sangre fría que le entregase la prueba escrita en la que constaba el nombre del responsable de aquella tragedia.

—¿Acaso piensa matarme también, si no accedo a su deseo?

Una sonrisa burlona vagó por los labios de Adela de Otero. Su mirada era como la de una serpiente fascinando a la presa.

—No he venido a matarlo, don Jaime, sino a llegar a un arreglo. Nadie cree necesario que usted muera.

Enarcó una ceja el maestro de esgrima, como si aquellas palabras lo decepcionasen.

—¿No piensan matarme? —pareció meditar seriamente la cuestión—. ¡Diantre!, doña Adela. Eso es muy considerado por su parte.

La boca de la joven se torció en otra sonrisa, más traviesa que maligna. Don Jaime intuyó que ella estaba escogiendo cuidadosamente sus palabras.

—Necesito esa carta, maestro.

—Le rogué que no me llame maestro.

—La necesito. He ido demasiado lejos por ella, como usted sabe.

—Lo sé. Diría que lo sé perfectamente. Doy fe de ello.

—Se lo ruego. Todavía estamos a tiempo.

El anciano la miró con ironía.

—Es la segunda vez que me dice usted que estamos a tiempo, pero no logro imaginar a tiempo de qué —contempló el papel que tenía en la mano—. El hombre al que se refiere este escrito es un perfecto miserable; un truhán y un asesino. Espero que no esté pidiéndome que coopere en el encubrimiento de sus crímenes; no estoy acostumbrado a que se me insulte, y mucho menos a estas horas de la noche... ¿Sabe una cosa?

—No. Dígamela.

—Al principio, cuando ignoraba lo que había ocurrido, cuando descubrí su... aquel cadáver sobre la mesa de mármol, decidí vengar la muerte de Adela de Otero. Por eso no dije nada entonces a la policía.

Ella lo miró, pensativa. Parecía haberse dulcificado su sonrisa.

—Se lo agradezco —en su voz despuntó un lejano eco que parecía sincero—. Pero ya puede ver que no era necesaria venganza alguna.

—¿Usted cree? —esta vez le llegó a don Jaime el turno de sonreír—. Pues se equivoca. Todavía queda gente a quien vengar. Luis de Ayala, por ejemplo.

—Era un vividor y un chantajista.

—Agapito Cárceles...

—Un pobre diablo. Lo mató su codicia.

Las pupilas grises del maestro de esgrima se clavaron en la mujer con infinita frialdad.

—Aquella pobre chica, Lucía... —dijo lentamente—. ¿También merecía morir?

Por primera vez, Adela de Otero desvió la mirada ante don Jaime. Y cuando habló, lo hizo con suma cautela.

—Lo de Lucía fue inevitable. Le suplico que me crea.

—Por supuesto. Me basta con su palabra.

—Le hablo en serio.

—Claro. Sería una imperdonable felonía dudar de usted.

Un opresivo silencio se instaló entre ambos. Ella había inclinado la cabeza y parecía ensimismada en la contemplación de sus propias manos, enlazadas sobre el regazo. Las dos cintas negras del sombrero le caían sobre el cuello desnudo. A su pesar, pensó el maestro de armas que, incluso como encarnación del diablo, Adela de Otero seguía siendo enloquecedoramente bella.

La joven levantó el rostro al cabo de unos instantes.

—¿Qué piensa hacer con la carta?

Jaime Astarloa se encogió de hombros.

—Tengo una duda —respondió con sencillez—. No sé si ir directamente a la policía o pasarme antes por casa de su benefactor y meterle un palmo de acero en la garganta. Y no me diga ahora que se le ocurre a usted alguna idea mejor.

Los bajos del vestido de seda negra crujieron suavemente al deslizarse sobre la alfombra. Ella se había acercado, y el maestro pudo percibir, muy próximo, el aroma de agua de rosas.

—Tengo una idea mejor —la joven lo miraba ahora a los ojos, con el mentón levantado, en actitud desafiante—. Una oferta que no podrá rechazar.

—Se equivoca.

—No —ahora su voz era cálida y suave como el ronroneo de un hermoso felino—. No me equivoco. Siempre hay algo escondido en alguna parte... No existe hombre que no tenga un precio. Y yo puedo pagar el suyo.

Ante los atónitos ojos de don Jaime, Adela de Otero levantó las manos y se desabrochó el primer botón del vestido. Sintió el maestro de esgrima una súbita sequedad en la garganta mientras contemplaba, fascinado, los ojos violeta que sostenían su mirada. Ella soltó el segundo botón. Sus dientes, blancos y perfectos, relucían suavemente en la penumbra.

Hizo él un esfuerzo por alejarse, pero aquellos ojos parecían tenerlo hipnotizado. Por fin logró apartar la mirada, pero ésta quedó prendida en la contemplación del cuello desnudo, la delicada insinuación de las clavículas bajo la piel, el voluptuoso palpitar de la tez mate que descendía en suave triángulo entre el nacimiento de los senos de la joven.

La voz volvió a sonar en íntimo susurro:

—Sé que usted me ama. Lo supe siempre, desde el principio. Quizás todo habría sido distinto si...

Las palabras se apagaron. Jaime Astarloa contenía la respiración, sintiéndose flotar lejos de la realidad. Notaba sobre los labios el cercano aliento; la boca se entreabría como una sangrante herida llena de promesas. Ella soltaba ahora los cordones de su corpiño, las cintas se desanudaban entre sus dedos. Después, incapaz de resistir la seducción del momento, el maestro de esgrima sintió cómo las manos de la joven buscaban una de las suyas; su tacto pareció quemarle la piel. Pausadamente, Adela de Otero guió la mano hasta apoyarla sobre sus senos desnudos. Allí, la carne palpitaba tibia y joven, y don Jaime se estremeció al recobrar una sensación casi olvidada, a la que creía haber renunciado para siempre.

Emitió un gemido y entornó los ojos, abandonándose a la dulce languidez que lo embargaba. Ella sonrió quedamente, con insólita ternura, y soltando su mano alzó los brazos para quitarse el sombrero. Al hacerlo levantó levemente el busto, y el maestro de esgrima acercó los labios, muy despacio, hasta sentir la calidez mórbida de aquellos hermosos senos desnudos.

El mundo quedaba muy lejos de allí; no era más que una marea confusa, lejana, que batía débilmente la orilla de una playa desierta cuyo rumor amortiguaba la distancia. No había nada, salvo una vasta extensión clara y luminosa, una ausencia total de realidad, de remordimiento; incluso de sensaciones... Ausencia hasta el punto de que, por no haber, ni siquiera había pasión. La única nota, monocorde y continua, era el gemido de abandono, un murmullo de soledad, largo tiempo contenido, que el contacto con aquella piel hacía aflorar a los labios del viejo maestro.

De pronto, algo en su consciencia adormecida pareció gritar desde el remoto lugar donde ésta permanecía aún alerta. La señal tardó unos instantes en abrirse camino hasta los resortes de su voluntad, y fue al captar aquella sensación de peligro cuando Jaime Astarloa levantó la cara para mirar el rostro de la joven. Entonces se estremeció como si hubiera recibido una descarga eléctrica. Ella tenía las manos ocupadas en quitarse el sombrero, y sus ojos centelleaban igual que carbones encendidos. La boca se le contraía en un tenso rictus, que la cicatriz de la comisura convertía en mueca diabólica. Las facciones estaban crispadas por una concentración inaudita, que el maestro de armas tenía grabada a fuego en la memoria: era el rostro de Adela de Otero cuando se disponía a tirarse a fondo para asestar una estocada violenta y definitiva.

Saltó don Jaime hacia atrás sin poder reprimir un grito de angustia. Ella había dejado caer el sombrero y empuñaba en la mano derecha el largo agujón con el que se lo sujetaba al cabello, dispuesta a clavarlo en la nuca del hombre que un segundo antes se hallaba postrado ante ella. Retrocedió el viejo maestro tropezando con los muebles de la habitación, sintiendo cómo la sangre se le helaba en las venas. Después, paralizado por el horror, vio cómo ella echaba hacia atrás la cabeza y soltaba una carcajada siniestra, que resonó como un fúnebre tañido.

—Pobre maestro... —las palabras salieron lentamente de la boca de la mujer, desprovistas de entonación, como si se estuviesen refiriendo a una tercera persona cuya suerte le era indiferente. No había en ellas odio ni desprecio; tan sólo una fría, sincera conmiseración—. Ingenuo y crédulo hasta el final, ¿no es cierto?... ¡Pobre y viejo amigo mío!

Dejó escapar otra carcajada y observó a don Jaime con curiosidad. Parecía interesada en ver con detalle la alterada expresión que el espanto fijaba en el rostro del maestro de esgrima.

—De todos los personajes de este drama, señor Astarloa, usted ha sido el más crédulo; el más entrañable y digno de lástima —las palabras parecían gotear lentamente en el silencio—. Todo el mundo, los vivos y los muertos, le ha estado tomando el pelo a conciencia. Y usted, como en las malas comedias, con su ética trasnochada y sus tentaciones vencidas, interpretando el papel de marido burlado, el último en enterarse. Mírese, si puede. Busque un espejo y dígame dónde ha ido a parar ahora todo su orgullo, su aplomo, su fatua autocomplacencia. ¿Quién diablos se creía usted que era...? Bien; todo ha sido enternecedor, de acuerdo. Puede, si lo desea, aplaudirse una vez más, la última, porque ya es hora de que bajemos el telón. Usted debe descansar.

Mientras hablaba, sin precipitarse en sus movimientos, Adela de Otero se había vuelto hacia la mesita sobre las que estaban el revólver y el bastón estoque, apoderándose de este último tras arrojar al suelo el ya inútil agujón del sombrero.

—A pesar de su ingenuidad, es hombre sensato —dijo mientras contemplaba apreciativamente la afilada hoja de acero, como si valorase sus cualidades—. Por eso confío en que se haga cargo de la situación. En toda esta historia, yo no he hecho sino desempeñar el papel que me fue asignado por el Destino. Le aseguro que no he puesto en ello ni un ápice de maldad más que la estrictamente necesaria; pero así es la vida... Esa vida de la que usted siempre intentó quedar al margen y que hoy, esta noche, se le cuela de rondón en casa para pasarle la factura de pecados que no cometió. ¿Capta la ironía?

Se le había ido acercando sin dejar de hablar, como una sirena que embrujase con su voz a los navegantes mientras el barco se precipitaba hacia un arrecife. Sostenía el quinqué en una mano y empuñaba el estoque con la otra; estaba frente a él, tan inconmovible como una estatua de hielo, sonriendo como si en lugar de una amenaza hubiese en su gesto una amable invitación a la paz y al olvido.

—Hay que decirse adiós, maestro. Sin rencor.

Cuando dio un paso adelante, dispuesta a clavarle el estoque, Jaime Astarloa volvió a ver la muerte en sus ojos. Sólo entonces, saliendo de su estupor, reunió la presencia de ánimo suficiente para saltar hacia atrás y volver la espalda, huyendo hacia la puerta más próxima. Se encontró en la oscura galería de esgrima. Ella le pisaba los talones, la luz del quinqué ya iluminaba la habitación. Miró don Jaime a su alrededor, buscando desesperado un arma con que hacer frente a su perseguidora, y sólo encontró al alcance de la mano el armero con los floretes de salón, todos con un botón en la punta. Pensando que peor era encontrarse con las manos desnudas, cogió uno de ellos; pero el contacto de la empuñadura sólo le brindó un leve consuelo. Adela de Otero ya estaba en la puerta de la galería, y los espejos multiplicaron la luz del quinqué cuando se inclinó para dejarlo en el suelo.

—Un lugar apropiado para solventar nuestro asunto, maestro —dijo en voz baja, tranquilizada al comprobar que el florete que don Jaime empuñaba era inofensivo—. Ahora tendrá ocasión de comprobar lo aventajada que puedo llegar a ser como discípula —dio dos pasos hacia él, con gélida calma, sin preocuparse de su pecho desnudo bajo el vestido entreabierto, y adoptó la posición de combate—. Luis de Ayala ya sintió en propia carne las excelencias de esa magnífica estocada de usted, la de los doscientos escudos. Ahora le llega el turno de probarla a su creador... Convendrá conmigo en que la cosa no deja de tener su gracia.

Aún no había terminado de hablar cuando, con asombrosa celeridad, ya echaba el puño hacia adelante. Jaime Astarloa retrocedió cubriéndose en cuarta, oponiendo la punta roma de su arma al aguzado estoque. Los viejos y familiares movimientos de la esgrima le devolvían poco a poco el perdido aplomo, lo arrancaban del horrorizado estupor del que había sido presa hasta hacía sólo un instante. Comprendió de inmediato que con su florete de salón no podría lanzar estocada alguna. Debía limitarse a parar cuantos ataques pudiese, manteniéndose siempre a la defensiva. Recordó que en el otro extremo de la galería había un armero cerrado con media docena de floretes y sables dc combate, pero su oponente nunca le permitiría llegar hasta allí. De todas formas, tampoco tendría tiempo para volverse, abrirlo y empuñar uno. O quizás sí. Resolvió batirse en defensa hacia aquella parte de la sala, en espera de su oportunidad.

Adela de Otero parecía haber adivinado sus intenciones y cerraba contra él, empujándolo hacia un ángulo de la sala cubierto por dos espejos. Don Jaime comprendió su propósito. Allí, privado de terreno, sin posibilidad de retroceder, terminaría ensartado sin remedio.

Ella se batía a fondo, fruncido el ceño y apretados los labios hasta verse reducidos a una fina línea, en claro intento por ganarle los tercios del arma; forzándolo a defenderse con la parte de la hoja más próxima a la empuñadura, lo que limitaba mucho sus movimientos. Jaime Astarloa estaba a tres metros de la pared y no quería retroceder más, cuando ella le lanzó una media estocada dentro del brazo que lo puso en serios apuros. Paró, consciente de su incapacidad para responder como habría hecho de usar un florete de combate, y Adela de Otero efectuó con extraordinaria ligereza el movimiento conocido como *vuelta de puño,* cambiando la dirección de su punta cuando las dos hojas se tocaban, y dirigiéndola hacia el cuerpo de su adversario. Algo frío rasgó la camisa del maestro de esgrima, penetrando en su costado derecho, entre la piel y las costillas. Saltó hacia atrás en ese mismo instante, con los dientes apretados para ahogar la exclamación de pánico que pugnaba por salir de su garganta. Era demasiado absurdo morir así, de aquel modo, a manos de una mujer y en su propia casa. Se puso en guardia de nuevo, sintiendo cómo la sangre caliente empapaba la camisa bajo su axila.

Adela de Otero bajó un poco el estoque, se detuvo para aspirar profundamente y le dedicó una mueca maligna.

—No estuvo mal, ¿verdad? —preguntó con una chispa de diversión en los ojos—. Vayamos ahora a la estocada de los doscientos escudos, si le parece bien... ¡En guardia!

Resonaron los aceros. El maestro de armas sabía que era imposible parar la estocada sin una punta de florete que amenazase al adversario. Por otra parte, si él se centraba en cubrirse siempre arriba ante aquel tipo de ataque concreto, Adela de Otero podía aprovechar para largarle otra estocada diferente, baja, con resultados igualmente mortales. Estaba en un callejón sin salida e intuía la pared a su espalda, ya muy próxima; podía ver de reojo el espejo situado a su izquierda. Resolvió que su único recurso era intentar desarmar a la joven, o tirarle continuamente al rostro, donde sí podía hacer daño el arma a pesar de estar embotada.

Optó por la primera posibilidad, de más fácil ejecución, dejando el brazo flexible y el cuerpo apoyado sobre la cadera izquierda. Esperó a que Adela de Otero enganchase en cuarta, paró, volvió la mano sobre la punta del estoque y asestó un latigazo con el fuerte de su florete sobre la hoja enemiga, para comprobar desolado que la joven se mantenía firme. Tiró entonces sin mucha esperanza una cuarta sobre el brazo, amenazándole el rostro. Le salió algo corta, y el botón no logró acercarse más que unas pulgadas, pero fue suficiente para que ella retrocediese un paso.

—Vaya, vaya —comentó la joven con maliciosa sonrisa—. Así que el caballero pretende desfigurarme... Habrá que terminar rápido, entonces.

Frunció el entrecejo y sus labios se contrajeron en una mueca de salvaje alegría mientras, afirmándose sobre los pies, lanzaba a don Jaime una estocada falsa que obligó a éste a bajar su florete a quinta. Comprendió su error a mitad del movimiento, antes de que ella moviese el puño para lanzarse en el tiro decisivo, y sólo fue capaz de oponer la mano izquierda a la hoja enemiga que ya apuntaba hacia su pecho. La apartó con una flanconada, mientras sentía la hoja afilada del estoque cortarle limpiamente la palma de la mano. Ella retiró de inmediato el arma, por miedo a que el maestro la agarrase para arrebatársela, y Jaime Astarloa contempló un instante sus propios dedos ensangrentados, antes de ponerse en guardia para frenar otro ataque.

De pronto, a mitad del movimiento, el maestro de esgrima vislumbró una fugaz luz de esperanza. Había tirado una nueva estocada amenazando el rostro de la joven, que obligó a ésta a parar débilmente en cuarta. Mientras se ponía otra vez en guardia, el instinto de Jaime Astarloa le susurró con la fugacidad de un relámpago que allí, durante un breve instante, había habido un hueco, un tiempo muerto que descubría el rostro de Adela de Otero durante apenas un segundo; y era su intuición, no sus ojos, la que había captado por primera vez la existencia de aquel punto débil. Durante los momentos que vinieron a continuación, los adiestrados reflejos profesionales del viejo maestro de armas se pusieron en marcha de forma automática, con la fría precisión de un mecanismo de relojería. Olvidada la inminencia del peligro, plenamente lúcido tras la súbita inspiración, consciente de que no disponía de tiempo ni de recursos para confirmarla, resolvió confiar la vida a su condición de veterano esgrimista. Y mientras iniciaba por segunda y última vez el movimiento, todavía tuvo la suficiente serenidad para comprender que, si se había equivocado, ya jamás gozaría de oportunidad alguna para lamentar su error.

Respiró hondo, repitió el tiro del mismo modo que la vez anterior, y Adela de Otero, en esta ocasión con más seguridad, opuso una parada de cuarta en posición algo forzada. Entonces, en lugar de ponerse inmediatamente en guardia como hubiera sido lo esperado, don Jaime sólo fingió hacerlo, al tiempo que doblaba su estocada en el mismo movimiento y la lanzaba por encima del brazo de la joven, echando hacia atrás la cabeza y los hombros mientras dirigía la punta embotada hacia arriba. La hoja se deslizó suavemente, sin hallar oposición, y el botón metálico que guarnecía el extremo del florete entró por el ojo derecho de Adela de Otero, penetrando hasta el cerebro.

Cuarta. Parada de cuarta. Doblar en cuarta sobre el brazo. A fondo.

Amanecía. Los primeros rayos de sol se filtraban por las rendijas de los postigos cerrados, y su luminoso trazo se multiplicaba hasta el infinito en los espejos de la galería.

Tercia. Parada de tercia. Tirar tercia sobre el brazo.

En las paredes había viejas panoplias en las que dormían el sueño eterno herrumbrosos aceros condenados al silencio. La suave claridad dorada que iluminaba la sala no lograba ya arrancar reflejos a sus viejas guarniciones cubiertas de polvo, oscurecidas por el tiempo, melladas por antiguas cicatrices metálicas.

Cuarta a fondo. Parada en semicírculo. Tirar en cuarta.

Algunos amarillentos diplomas colgaban de una pared, en sus marcos torcidos. La tinta con que estaban escritos se hallaba desvaída; el paso de los años la había convertido en trazos pálidos, apenas legibles sobre los pergaminos. Los firmaban hombres muertos mucho tiempo atrás, y se fechaban en Roma, París, Viena, San Petersburgo.

Cuarta. Hombros y cabeza atrás. Cuarta baja.

Había en el suelo un estoque abandonado, con mango de plata muy pulido, gastado por el uso, en cuyo pomo serpenteaban finos arabescos junto a una divisa bellamente cincelada: *A mí.*

Cuarta sobre el brazo. Parada en primera. A fondo en segunda.

Sobre una descolorida alfombra había un quinqué que apenas ardía ya, sin llama, chisporroteando humeante su calcinada mecha. Junto a él estaba tendido el cuerpo de una mujer que había sido hermosa. Llevaba un vestido de seda negra, y bajo su nuca inmóvil, junto al cabello recogido con un pasador de nácar en forma de cabeza de águila, había un charco de sangre que empapaba el filo de la alfombra. El reflejo de un fino rayo de luz arrancaba de él suaves destellos rojizos.

Cuarta dentro. Parada de cuarta. Tirar en primera.

En un rincón oscuro de la sala, sobre un viejo velador de nogal, relucía un delgado búcaro de cristal tallado, desde el que se inclinaba el marchito tallo de una rosa. Sus pétalos secos estaban esparcidos por la superficie de la mesa, arrugados y patéticos, componiendo un minúsculo cuadro de decadente melancolía.

Segunda fuera del brazo. El contrario para en octava. Tirar tercia.

De la calle ascendía un rumor lejano, semejante a los emba-
tes de una tormenta en el mar cuando la espuma rompe con furia contra las rocas. A través de los postigos se escuchaba, apagado, un clamor de voces que festejaban alborozadas el nuevo
día que les aportaba la libertad. Un oyente atento habría captado el significado de sus gritos, hablaban de una reina que
marchaba al exilio, y de hombres justos que venían de lejos,
con sus abolladas maletas cargadas de esperanza.

Segunda fuera. Parada de octava. Tirar cuarta sobre el brazo.

Ajeno a todo ello, en aquella galería en la que el tiempo había detenido su discurrir y permanecía tan quieto e inmutable
como los objetos que en su silencio contenía, se encontraba un
anciano de pie frente a un gran espejo. Era delgado y tranquilo, tenía la nariz ligeramente aguileña, despejada la frente,
el pelo blanco y el bigote gris. Estaba en mangas de camisa, y
no parecía incomodarle la gran mancha parduzca, de sangre
seca, que tenía en el costado. Su porte era digno y orgulloso;
en la mano derecha sostenía con airosa desenvoltura un florete
de empuñadura italiana. Tenía las piernas un poco flexionadas
y levantaba el brazo izquierdo en ángulo recto sobre el hombro, dejando caer la mano hacia adelante con el depurado estilo de un viejo esgrimista, sin prestar atención a un profundo
corte que le cruzaba la palma. Se medía silenciosamente con
el reflejo de su propia imagen, concentrado en los movimientos que ejecutaba, mientras sus pálidos labios parecían enume-
rarlos sin que brotase de ellos palabra alguna, repitiendo las
secuencias una y otra vez con metódica exactitud, sin des-
canso. Absorto en sí mismo intentaba recordar, fijando en su
mente desinteresada de cuanto a su alrededor contuviese el
Universo, todas las fases que, encadenadas con absoluta precisión, con matemática certeza, conducían, ahora lo sabía por
fin, a la más perfecta estocada surgida de la mente humana.

La Navata. Julio de 1985

GUÍA DE LECTURA

por Enrique Turpin

Arturo Pérez-Reverte. Foto archivo Espasa

TEXTOS COMPLEMENTARIOS

1. UNA POÉTICA

1.1. *El best-seller*

Soy un novelista profesional, y teorizar sobre literatura se lo dejo a quienes tienen ganas y tiempo para ello, o a quienes viven exclusivamente de sentar cátedra sobre lo que escriben otros; del mismo modo que la faceta artística de la literatura —que sin duda existe— se la dejo a los artistas profesionales, expertos en angustias creativas y duchos en las fascinantes zozobras de lo sublime. Yo me dedico a contar las historias que me apetece contar, y a hacerlo del modo más eficaz posible; así que me importa un bledo si la novela en general o en particular está muerta, o no. En lo que a mí respecta, procuro que la mía siga viva, y eso me mantiene lo bastante ocupado como para no andar perdiendo el tiempo en dimes, diretes y chorradas.

Esta vez, sin embargo, debo hacer una excepción. Después del encuentro que tuve hace unos días en la feria del libro de Francfort con Ken Follet, algún amigo me ha pedido que defina un poco algunas de las ideas que allí apunté, ofreciéndome para ello, con toda gentileza, las páginas de *La Vanguardia*. Así que en eso estoy ahora, dándole a la tecla con la esperanza de que esto no parezca una justificación ni nada por el estilo. Que maldita la necesidad que tengo de justificar

nada; pues todo autor consecuente con su propia obra se justifica muy a fondo, creo, en todas y cada una de las páginas que
escribe.

Le decía yo en Francfort al señor Follet, más o menos, que
toda novela es en principio respetable, desde Marcial Lafuente
Estefanía a Dostoievsky, mientras haya un lector que encuentre en ellas diversión, reflexión, compañía, esperanza, sabiduría, consuelo o cualquiera de las innumerables posibilidades
que ofrecen los libros. En ese contexto, el llamado best-seller,
etiqueta con la que a menudo, en un exceso de simplificación,
se clasifican globalmente los libros más vendidos, constituye
en principio un género tan digno como cualquier otro. Hay
que ser un perfecto bobo para exigir que doña Luisa, que apenas tuvo estudios, que se casó con un animal de bellota a los
dieciocho años, que trabaja catorce horas diarias haciendo de-
sayunos para marido e hijos, yendo a la compra, preparando la
comida, fregando, haciendo la cena, termine su jornada dedi-
cando un rato cada noche a leer el *Ulises,* de Joyce. Bendita
sea para ella Corín Tellado, si eso la hace evadirse, y soñar, e
imaginar otras vidas. Y tal vez, pues los libros son al fin y al
cabo como las cerezas, que tiras de uno y terminan saliendo
otros, eso la lleve un día a leer otras cosas. Y si no, pues qué
diablos. Tampoco pasa nada.

Mejor que las teleseries

Quiero decir con eso que todo libro puede ser útil, y nadie
tiene derecho a despreciar el trabajo de nadie, ni sus consecuencias. Y en ese contexto, el best-seller, entendido como novela popular en su más primario sentido, que es el de entretenimiento o aventura, resulta perfectamente legítimo y
respetable si está bien hecho. Incluso el tan denostado best-seller
anglosajón puro y duro, de usar y tirar, que apunta como mucho a una fugaz trayectoria cinematográfica, cumple una función de entretenimiento nada desdeñable, que por supuesto es

siempre preferible a una estúpida serie de televisión a base de policías y señores de Arkansas, aunque a primera vista parezcan lo mismo. Pero es que, además, dentro de tan amplio género se han producido obras notables, como *Shogun,* de James Clavell, el *Chacal,* de Forsythe o, en otro registro, las novelas de John le Carré, incluyendo *Los pilares de la tierra,* del propio Follet. De cualquier modo, lo que el best-seller anglosajón posee son unas técnicas narrativas altamente eficaces, que arrancan tanto de la novela popular europea del XIX como del lenguaje cinematográfico. Unas técnicas muy interesantes cuyo estudio y aplicación, al menos como referencia, resultan de extraordinaria utilidad a la hora de abordar cualquier materia novelesca de un modo actual, para un público lector que posee —obviarlo es una estupidez suicida— una amplia enciclopedia audiovisual en continua recarga y evolución. Entendida la novela, por supuesto, como se entendió siempre y como algunos —sobre todo los lectores, que es lo que cuenta— seguimos entendiéndola todavía: el planteamiento de un problema narrativo basado en acción, pensamiento, o la combinación de ambos, y la resolución de ese problema mediante las herramientas más eficaces, trama, personajes, estilo y estructura, que el autor sea capaz de aplicar en su trabajo. Porque —y ésa es otra— por mucho arte, talento, imaginación y demás dones estéticos o divinos de que disponga el novelista, sin trabajo riguroso y disciplinado no hay nada que rascar. Y, pese a lo que afirmaba recientemente algún exquisito e imprescindible novelista de diseño, las novelas no se escriben picoteando de flor en flor, un poquito hoy y otro poco el mes que viene, a base de inspiración divina y de hacer vida de escritor en mesas redondas, talleres literarios, columnas periodísticas y barras de bares de moda. Se escriben echándoles muchas horas, y días, y meses de constante disciplina y trabajo.

Dicho todo lo cual, y respetando a todo el mundo, se impone puntualizar un par de cosas. Y precisamente ese par de cosas son las que me llevaron hasta Francfort para conversar con el señor Follet, pese a que tengo a gala no frecuentar ese tipo de eventos. La principal es que, dicho con todos los respetos, no hay que mezclar las churras con las merinas. Quiero decir que quien sitúe *El ojo de la aguja* y *El nombre de la rosa,* ambas indiscutibles best-sellers, o *La tapadera* y *El perfume,* o *El exorcista* y *Peón de rey* en un mismo paquete, es un perfecto simple y un cretino. Porque frente al clásico best-seller anglosajón, frente a un planteamiento novelesco que tiene por objeto exclusivo el mercado, y donde pocas ambiciones suelen plantearse más allá del aquí te pillo y aquí te mato, frente al huérfano ejercicio de la acción y el entretenimiento sin más pretensiones que lograr impactos rentables en las listas de más vendidos, frente al todo vale prepotente y descarado sin otro sostén que las cifras del enorme mercado en lengua inglesa, a menudo la novela europea con éxito de ventas posee en buena parte, y ganado por derecho propio, un amplísimo margen de independencia y de calidad perfectamente compatible con las ventas masivas, y que es al mismo tiempo fiel a sus propias raíces y a su memoria. Y que además goza del respaldo del número de lectores suficiente, pese a los agoreros y a los enterradores prematuros, para justificarla y sostenerla con plena salud.

No podía ser de otro modo, por otra parte. En el panorama de la novela actual, frente a conceptos culturales en materia novelística limitados en el tiempo y el espacio, que a veces rozan el ombliguismo insular, como en el caso británico, o huérfanos —y a veces manifiestamente bastardos—, como en el norteamericano, cuya memoria colectiva directa tiene menos de trescientos años pese a la pervivencia en ella de tradiciones muy importantes, la novela vocacionalmente europea, entendida ésta como un amplio paisaje cultural que incluye Iberoamérica y no excluye absolutamente a nadie, cuenta con un denso y riquísimo pasado a sus espaldas. Una herencia de tres mil años de solera que nace en la Biblia y la cultura mediterránea oriental, pasa por Grecia y Roma, llega a España y al sur de Europa enriquecida por el islam, florece en la latinidad medieval y el Renacimiento, viaja a América en naves españolas y retorna en forma de barroco para estallar en una inmensa fiesta de ideas y de posibilidades en los siglos XVIII y XIX. Es precisamente ese contexto, ese paisaje, el que hace posible una novela actual europea, respaldada por toda aquella historia y memoria, que puede plantar cara con pleno éxito a la invasión del huérfano bastardo —apunté antes— best-seller anglosajón a palo seco.

Las armas del enemigo

Otra cosa es que se haga o no se haga. Otra cosa es que muchos novelistas europeos, a menudo dispuestos a escribir para el qué dirán de ciertos críticos y mandarines que tienen secuestrada la cultura desde hace décadas, sigan siendo víctimas de sus propios complejos; y que en países como Alemania e Italia se resignen a abandonar la cabecera de las listas de ventas a las traducciones de best-sellers norteamericanos, como si escribir historias y que la gente las lea fuese algo de lo que un escritor deba avergonzarse. Otra cosa muy distinta sería que, en vez de pasarse la vida teorizando en debates televisivos y suplementos literarios y llorando sobre el presunto cadáver de la novela, los escritores europeos no se resignaran a pasar por el aro de la crítica «culturalmente correcta» y volvieran la vista hacia ese inmenso caudal narrativo, hacia esa larga tradición e inmensa memoria que es su orgullo y su fuerza. Y que aplicando, eso sí, técnicas narrativas eficaces, modernas, extraídas sin complejos del mismo cine o la misma literatura anglosajones, consolidaran un género de novela de amplias ventas y futuro, que goce del respaldo de sus lectores y tenga, al mismo tiempo, posibilidades de librar en el exterior la batalla de una literatura europea capaz de competir en el mercado internacional con la dignidad de su rica memoria. Usando, ¿por qué no?, las mismas armas del enemigo. Haciendo compatibles tradición, profundidad y entretenimiento.

La prueba de que ése puede ser el camino que sostenga y revitalice la narrativa europea es que —como resulta fácil apreciar si se sigue la evolución de tiradas en países como España en los últimos diez años, con cifras impensables hace veinte— los lectores responden de forma masiva, calurosa, cuando se les plantea ese tipo de oferta narrativa de calidad, referida a su propio ámbito cultural y a su memoria. La prueba, por hablar sólo de tres títulos recientes, es la acogida entusiasta en España, en decenas de miles de lectores, a la magnífica novela *El hereje,* de Miguel Delibes; a *Peón de rey,* de Jesús Fernández, o a la extraordinaria *El lápiz del carpintero,* de Manuel Rivas. Y no me refiero a novela histórica forzosamente, sino a novelas de muy diversa índole que incluso al tratar el presente se asientan en una tradición larga y hermosa: la de los miles de años que nos hicieron posibles y que José María Guelbenzu, en un artículo publicado hace pocos días, destacaba con especial lucidez. Novelas que —y esto es fundamental— en España alcanzan mayor cifra de ventas que las de Ken Follet. Novelas asentadas en una memoria, no lo olvidemos, que también resulta atractiva para el mundo anglosajón y norteamericano, donde Europa sigue fascinando e interesando —¿qué novela más europea que la extraordinaria *V,* de Thomas Pynchon?— y donde, además, la creciente penetración hispana del sur, que lleva consigo su propia memoria latina, crea grandes posibilidades a medio y largo plazo.

El sistema americano

El principal obstáculo en Estados Unidos sigue siendo que allí, donde un sistema comercial eficacísimo es capaz de poner en el mercado internacional de lengua inglesa, de forma masiva y en pocos días, cualquier libro con vocación de muy vendido o muy leído y donde pese a la usual ordinariez del mercado existen, sin embargo, notabilísimos vínculos de memoria histórica europea que incluyen amplias comunidades cultas italianas, judías, etcétera, las editoriales suelen carecer de lectores cualificados capaces de rastrear, leer y descubrir novelas en otras lenguas que la inglesa. Y eso, dificulta la penetración. Aunque las cosas están cambiando y la presencia de autores en lengua castellana, o española, que dicen allí, es cada vez más intensa.

En cuanto a la vieja Europa, yo creo que sólo en el aprovechamiento de la tradición está el futuro; pues eso permite a quien escribe hacerlo con el aplomo de saber de dónde viene y adónde va. Picasso es imposible sin Velázquez, sin Rembrandt, sin Brueghel. Nadie, salvo los soberbios, los cretinos o algunos «bobenzuelos» a quienes vuelven locos los elogios de críticos cantamañanas, puede creerse de veras capaz de escribir nada que merezca la pena o que perviva cuando se trabaja con una memoria literaria o cultural que empieza en Kundera o en la última película de Tarantino. Cervantes, Shakespeare, Tolstoi, Dostoievsky, Galdós, Valle, Stendhal, Quevedo, Virgilio, Homero, Dickens, Dumas, Stevenson, Melville y todos los otros, los de siempre, los viejos maestros que nos enseñaron a contar historias como siempre se contaron, siguen siendo necesarios antes de dar el primer teclazo; porque en ellos obtenemos el aplomo y el equipaje y en ellos afinamos las armas de la lengua, el estilo y la estructura. Y la novela europea todavía puede ser algo más que asaltar una gasolinera porque la vida no tiene sentido, o quedarse seiscientas páginas mirándose el ombligo... ¡Qué diablos! Quienes no tienen nada que contar, y encima pretenden que la gente pague por leer los avatares de un vacío personal que no interesa sino al autor mismo, harían mucho mejor en dejar libres las mesas de novedades y dedicarse a otra cosa. Y quienes sí desean hacerlo, quienes de veras tienen historias hermosas que escribir para que miles de desconocidos reflexionen, gocen, sientan, comprendan, vivan más vidas y las añadan a la propia, deberían abordar la tarea sin complejos y más pendientes de su trabajo que de lo que dirá tal o cual crítico al día siguiente. Para eso, naturalmente, es necesario desvincularse de los clanes de compadres, de los mercachifles y los parásitos que se autoadjudican el papel de árbitros y convierten las páginas de cultura de los diarios en feudos personales, y trabajar sin complejos con la certeza de que, en literatura, el lector es el único que, después del naufragio, cuando por fin el mar se cierra sobre los mástiles del *Pequod,* reconoce a los suyos.

A base de recrearse en su propia agonía, de escribir y aplaudir novelas basadas en personajes incapaces de escribir una novela, cierto tipo de gente mató la novela en Francia y en Italia y han estado a punto de matarla también de verdad en España; no por agotamiento del género, como equivocadamente creen algunos, sino por el imperio del esnobismo y la gilipollez y la vacuidad elevada a teoría literaria, a obra maestra imprescindible y a pequeña miniatura imperecedera. No todos tenemos mala memoria, y además las hemerotecas están llenas de definiciones como ésas, aplicadas por críticos que siguen pontificando impávidos en ciertos suplementos literarios —los mismos que antes afirmaban que Faulkner y Benet eran el canon— elogiando obras y autores «imprescindibles» que, a los dos meses, todo el mundo, y con justicia, olvida piadosamente. Y, al contrario, son ahora algunos de sus ahijados, compadres y pupilos quienes, poco a poco, cada vez con menos complejos —el autor que dice no importarle vender libros miente como un bellaco—, recurren a estructuras y lenguajes tradicionales, al género policiaco como sostén de la trama, a la historia como memoria y clave del presente, al paisaje cultural común iberoamericano, y miran alrededor para contar novelas como siempre se contaron. Novelas que pretenden abarcar una parte del mundo narrando una historia con planteamiento, nudo, desenlace y con los puntos y las comas en su sitio.

Por fortuna, no todos se «benetizaron» en España por una palmadita en la espalda y un elogio en las páginas de turno. Y hubo gente que se arriesgó, con suerte o sin ella. Y gracias a la resistencia individual opuesta por nombres como Mendoza, Marsé, Sampedro, Torrente y algún otro, la novela de toda la vida, la escrita como Dios manda, siguió viva aquí, mantuvo el cordón umbilical con sus lectores de siempre y pudo enlazar con una generación de novelistas más jóvenes que, con una oferta variadísima, constituyen hoy un sólido núcleo de una veintena de nombres que en su mayor parte son, o serán, perfectamente exportables y traducibles. Por ese camino, la vieja Europa, o al menos la parte que nos toca de ella, puede en mi opinión enarbolar, con absoluta tranquilidad, pabellón propio. Porque best-seller como definición de libros más vendidos, de acuerdo. Nada que objetar al término, porque en él caben Ken Follet, Mendoza, Sepúlveda, Eco, Martín Gaite, Le Carré, D'Ormesson, Prada, Grisham, Marías, Gala, Terenci, Vázquez Figueroa, Clancy, Sampedro, King, Rivas, Baricco, Marsé, Almudena y tantos otros. Libros de éxito, vale. Todos en las librerías, y bendita sea la época en que cada lector puede escoger lo que cuadra con su gusto y no verse obligado, como en otro tiempo lo estuvimos, a exiliarse en novelas extranjeras o en los clásicos, renunciando al presente o sintiéndose miserable porque se aburre con *Herrumbrosas lanzas*.

Todos en las librerías y en las listas, digo, pero cada uno en su sitio. Por mucho que se empeñen los malintencionados y los imbéciles, ni Stephen King es lo mismo que Umberto Eco, ni Ken Follet lo mismo que Jean d'Ormesson, o que Antonio Gala. Y además, Carmen Martín Gaite vende aquí más que Tom Clancy. Así que, mucho ojo. Todos juntos, vale. Pero no revueltos. Y que el buen Saramago nos bendiga a todos.

(Arturo Pérez-Reverte, «La vía europea al best-seller», *La Vanguardia,* 30 de octubre de 1998).

1.2. *A propósito del compromiso literario*

Hace unos días, en el Forum de Barcelona, intervine en un debate con Pere Gimferrer y José Saramago sobre si existe, o no, un compromiso moral del escritor con la sociedad. El debate resultó animado, tuvo más repercusión mediática de la que esperábamos, y en días posteriores otros escritores españoles y extranjeros enriquecieron el asunto con interesantes puntos de vista. Ahora, tras escucharlos y leerlos a todos con respeto y consideración, debo insistir en lo que en su momento sostuve: cada vez que alguien habla del compromiso moral del escritor, siento un estallido de pánico y el irrefrenable deseo de salir corriendo. Que no me líen, pienso. Sólo soy un tipo que cuenta historias: un escritor de infantería que pasa de ocho a diez horas diarias dándole a la tecla. El compromiso moral se lo dejo a quienes tienen tiempo —y no saben cuánto los envidio— para esas cosas.

Antes de seguir adelante, una precisión. Hay escritores y novelistas, y no siempre eso significa lo mismo. No todo escritor es novelista. Yo escribo novela: imagino historias y las narro lo mejor que puedo. En ellas, por supuesto, hay una interpretación del mundo: el punto de vista. Pero no siempre se da una relación directa entre ese punto de vista literario, novelesco, y mi punto de vista personal. Mi materia de trabajo es la ficción. Mi punto de vista último, íntimo, es asunto mío y no tengo por qué explicárselo a nadie. Puedo hacerlo, o no. Pero nada me obliga. Lo que cuenta es la confrontación del lector con el texto que le ofrezco. Que él acepte las reglas del viejo contrato nunca escrito: esto es una ficción más o menos compleja, y de ti depende lo que hagas con ella. Yo sólo suministro materiales narrativos de cuyo carácter y efectos no me hago responsable. Respondo de la honradez profesional con que han sido estructurados, y ése es mi compromiso: contar una historia de forma eficaz. Pero cuando el lector pasa las páginas y proyecta en mi novela su mundo, su vida, sus lecturas anteriores, su ideología, eso ya no es cosa mía. Tanto si lo divierte durante unas horas como si cambia su vida, mi libro es ahora *su* libro. Escribí lo que quería porque me gusta escribir, porque así vivo otras vidas además de la mía, porque ajusto cuentas con el mundo, porque me pagan. Por lo que sea. Y me leen porque quieren. Que les aproveche. Mi responsabilidad termina en el momento en que entrego el mejor texto posible a mi editor. A partir de ahí, que cada palo aguante su vela.

No quiero ser referente moral de nadie. Admiro a quienes lo son sin pretenderlo, respeto a quienes lo procuran con merecimientos, y desprecio a quienes lo pretenden sin fundamento. Pero yo estoy fuera. Cuento lo que me apetece, lo que estimo conveniente contar, y lo hago sin sentarme cada día a trabajar con el pesado fardo de la responsabilidad moral sobre los hombros. Soy un leal mercenario de mí mismo, de mis gustos, de mis aficiones, de mis sueños, de mi imaginación, de mis amores y mis odios. Y eso, paradójicamente, me permite quizá ser más fiel a mí mismo, en mi obra, de lo que se puede ser cuando los compromisos son ajenos, exteriores.

Quiero decir con todo esto que lo del compromiso moral del escritor con la sociedad en la que vive y con la gente que lo lee me parece algo muy relativo. Difuso. Que exista, e incluso que sea necesario, no implica su obligatoriedad. Saramago, por ejemplo, con quien tuve el honor de compartir debate en Barcelona, es una referencia moral, ética, comprometida hasta la médula, imprescindible en el mundo actual. Pero sería espantoso un mundo literario poblado exclusivamente por saramagos. Creo que la literatura es mucho más compleja y mucho más ambigua; y palabras como ética, moral, compromiso, responsabilidad y todo eso, dignísimamente pronunciadas en muchos casos —que no siempre, como explicaré más adelante—, no son obligatorias. Hay perfectos hijos de puta que son extraordinarios y muy recomendables escritores. Y a un lector puede gustarle, divertirle o aprovecharle tanto leer a Saramago como a Gimferrer, o al hijo de puta. Todo es compatible en una biblioteca. En realidad eso es exactamente una biblioteca: saramagos, gimferreres, revertes e hijos de puta interactuando en el lector para que éste genere su punto de vista, su propia lucidez. Un escritor, un poeta, y sobre todo un novelista, escriben de lo que quieren y como quieren, y al lector corresponde aceptarlo o no. Es cuestión de talento, de oportunidad y de muchas otras cosas.

No siempre la literatura comprometida con los valores sociales al uso es mejor, más útil o con más influencia positiva que la que rechaza un compromiso ético concreto. Si miramos hacia atrás en la historia de la literatura, creo que pocas veces lo es. Aquí, digan lo que digan los que viven de poner etiquetas a lo que escriben otros, las únicas reglas son: sujeto, verbo y predicado. Y, por supuesto, tener algo que contar y poseer el talento y el oficio necesarios para contarlo bien. Un simple narrador de ficciones puede permitirse contradicciones novelescas según las necesidades de los personajes y las situaciones que describe. Adoptar hoy el punto de vista de un héroe y mañana el de un criminal, y tratar con idéntico vigor y objetividad ambos caracteres. Sin embargo, un escritor comprometido debe ser consecuente de cabo a rabo; y cuando bordea los límites está obligado a conceder un montón de entrevistas y a explicarse: no vayan a creer ustedes que tal, y que cual. Por Dios. Faltaría más. Lo que yo quise plantear fue esto, o lo otro. Explicaciones que, dicho sea de paso, rara vez suenan sinceras. Por eso sospecho siempre de los autores comprometidos que necesitan aclarar su obra personalmente. O que la aclaren sus compadres, o los de su editor, en el suplemento literario correspondiente. En novela, lo que no es capaz de descubrir el lector por sí solo —me refiero al lector contemporáneo y razonablemente culto—, no existe.

También me hace desconfiar del escritor comprometido el mundo en que vivimos, la demagogia, la estupidez y el imperio de lo socialmente correcto, que hacen posible lo que antes resultaba difícil: que estafadores profesionales, mangantes y cantamañanas se codeen sin rubor con auténticos maestros, y que la sociedad los convoque y aplauda a todos revueltos. En este patio de Monipodio, lo del escritor comprometido es un truco que funciona bien. Si la literatura, el acto de escribir, es también un acto de seducción del lector, resulta que, a veces, la incapacidad de seducir escribiendo crea escritores no literarios, sino sociales. A menudo, el presunto compromiso sirve para camuflar la ausencia de talento. Obsérvenlos. Están ahí, en la tele, en los periódicos, en la radio, en las mesas redondas, en los congresos sobre literatura o sobre lo que se tercie.

Opinando de todo. El paisaje rebosa de escritores comprometidos de los que nadie ha leído una línea. Y a veces porque ni siquiera han escrito una línea.

Otras veces la palabra compromiso camufla a quienes trincan del Estado o de organizaciones o entidades. Ahí está el México de toda la vida y sus escritores institucionales orgánicos. España también los tuvo, claro. Y los sigue teniendo. Escritores vinculados a los diversos partidos políticos y grupos mediáticos, que además escriben o campan en ellos: radio, televisión y prensa. Tan orgánicos como los otros. Tampoco faltan en la Cataluña del Forum, claro. Ni faltaron en la anterior a éste. Todo lo contrario. Hay situaciones que favorecen la existencia de ese tipo de escritor mimado por el poder de turno, o viceversa. Las diferencias entre éstos y los otros están a la vista de cualquiera que se fije y tenga memoria. Y que lea. Son, por ejemplo —así no salimos de Barcelona—, las diferencias que hay entre Marsé y Porcel. Decidan ustedes mismos a qué tipo de compromiso corresponde cada cual.

Los autores mediáticos

En otros casos son los grupos de poder los que pretenden apropiarse de escritores con éxito, no por beneficiar al lector, sino por reforzar la posición propia. Se trata menos de publicar libros que de utilizar mediáticamente al autor y a su público. Un día lo invitan a comer, lo llevan a lo alto de la montaña y le dicen: *Todo esto sería tuyo* —le dicen— *si escribiendo en mi editorial o en mi periódico, o saliendo en mi tele, o asesorando a mi ministra, me adoraras*. El paisaje abunda en ejemplos de cómo el pago del escritor por estar en la cima de esa colina se disfraza luego de compromiso político, social, moral. La foto esta. La asistencia al acto aquel. Aunque a veces, por supuesta, se da una honrada coincidencia de intereses, o ideologías, y ese compromiso tiene la suerte, además, de verse felizmente remunerado en distintas especies, de ser sincero.

No siempre el compromiso es deliberado, claro. A veces la sociedad adopta por su cuenta a determinados escritores y les atribuye lo que éstos nunca se plantearon. Ahí está el caso de dos grandes folletinistas franceses del siglo XVIII: Feval y Sue. Mientras que el primero tenía una postura social combativa, que se adivina en buena parte de su obra, Sue escribió *Los misterios de París* ambientándola en los bajos fondos con la única intención de crear una obra folletinesca eficaz. Pero los lectores proyectaron en sus textos el propio punto de vista, atribuyéndoles una intención de denuncia social que no estaba allí, o que al menos no estaba de modo consciente en la intención del autor. Y la faena es que el pobre Sue tuvo que escribir, en adelante, incorporando a sus obras ese compromiso.

Precisión

Aquí quiero hacer una precisión. Cuando me preguntan cómo puedo escribir una novela cada dos años, o casi, siempre respondo que, como no voy nunca a conferencias ni a mesas redondas para hablar de la narrativa del próximo milenio ni del compromiso intelectual del escritor con los indios de la Amazonia, por ejemplo, tengo mucho tiempo libre para escribir. Y fui a la cita del Forum, no porque crea necesario marear en público la perdiz al respecto, sino porque aprecio mucho, tengo deudas pendientes, y era para mí un honor y una satisfacción estar un rato con Saramago y Gimferrer, a los que admiro y respeto, y con Sealtiel Alatriste, que es mi amigo hace años —el respeto y la amistad tienen sus inconvenientes. Y ya que fui para hablar, pues hablé. Pero lo del compromiso del escritor, insisto, como dije allí y repito ahora, me importa literalmente un carajo.

Quiero decir con todo esto lo que ya está claro: no creo en la sujeción del escritor en cuanto a obligación o actitudes públicas. Aplaudo a quien se compromete honradamente con un aspecto concreto de la vida, la sociedad o la política; pero no me gusta que me lo exijan como si formara parte del oficio. Una cosa es mi punto de vista personal como español, hijo de una cultura occidental que tengo muy clara y que nació en la Biblia, en Grecia, en Roma, floreció en la latinidad medieval y en el Renacimiento, viajó a América en naves españolas para retornar felizmente mestiza, y cuajó, al cabo, en la Europa de la Ilustración y en los derechos del hombre. Ése es mi compromiso moral: mi cultura mediterránea, europea, occidental como verdadera patria. Lo que, a modo de telón de fondo, utilizo para situar mis historias. Y cuando escribo, a veces tengo un objetivo moral, o ético, y otras no. Así de simple. Así de fácil.

Lo repito: soy un novelista, y mi ideología es la coyuntural de los personajes en cada novela. Está en función de ella. La ideología personal y la literaria no tienen por qué coincidir. Es más: creo que, para el novelista que apunta a llegar a públicos muy diferentes, o que ya los tiene, esa coincidencia establece una limitación peligrosa. Los códigos éticos de mis lectores japoneses, por ejemplo, no coinciden con los de mis lectores israelíes, o polacos. Y no sólo se trata de eso. Cuando escribía *La reina del Sur,* la historia de una mujer que se dedica al narcotráfico como otros se dedican al comercio de café —y así es en realidad—, no me planteaba en cada página la moralidad o inmoralidad de mi personaje. Habría sido artificial y estúpido. Entre otras cosas, yo quería contar esa historia desde dentro, no desde fuera; y ningún narco, ningún asesino, cuando miente, cuando roba, cuando mata, se dice: «Qué malvado soy». En Estados Unidos, un crítico me reprochó elegir a una perversa narcotraficante como protagonista de una novela. Y en España, otro de aquí me echó en cara que no aproveché para denunciar el narcotráfico, que —aseguraba iluminándonos el crítico— es una actividad muy reprobable, muy mala y muy nefasta. Miren qué abyecto es mi personaje, debía yo incorporar de vez en cuando, como muletilla, a lo largo de la trama. Y oigan. Esa palabra, denunciar, aplicada a la literatura, me produce escalofríos. ¿Qué pasaría si en vez de denunciar, o de utilizar una realidad útil como escenario riguroso para contar mi historia, yo fuese partidario del narcotráfico, y lo defendiese en mi novela? ¿Tendría por eso menos valor literario? ¿Merma la ambigüedad moral de Sam Spade el valor literario de *El Halcón Maltés,* o la infame condición del protagonista, Flashman, el atractivo de las divertidas novelas de G. M. Fraser?... En contra de lo que sostienen algunos imbéciles, tener una determinada ideología, tener la opuesta o incluso no tener ninguna, no te hace mejor o peor escritor.

Pese a lo que se dice en estos tiempos de manifiestos, de firmas y de tomas de postura públicas, negarse a participar en ellas junto a la crema de la intelectualidad profesional —dejando a las personas decentísimas aparte— no es señal de desinterés o cobardía. Son ámbitos diferentes. Un escritor no es un intelectual comprometido por el hecho de darle a la tecla. Es sólo un escritor. En términos estrictamente literarios, Stefan Zweig es tan respetable como Heinrich Mann. Salvando las distancias, las calidades y las obras, insisto en que hay escritores que son, además, individuos a quienes preocupa la influencia moral de su prosa en la sociedad. Eso es bueno y respetable. Allá cada cual con su prosa. Pero es injusto exigir a los escritores que, por serlo, adopten compromisos que, a veces, además, son coyunturales y suelen coincidir con las tendencias sociales de moda. El escritor puede aceptar el compromiso, o considerarlo un deber; pero también puede quedarse al margen si le place. No debe ser juzgado por su ideología o sus actitudes públicas o privadas, sino por su literatura. Eso significa que no puede verse juzgado globalmente por nada en absoluto, pues quienes concretan esa palabra tan compleja y ambigua, literatura, son los lectores, uno por uno. Cada lector es un juicio particular. Incluso tratándose del mismo libro y del mismo autor, no hay dos libros iguales porque no hay dos lectores iguales. Sólo los manipuladores o los bobos trazan claras líneas divisorias entre esto y aquello.

Hay casos diáfanos, por supuesto. He mencionado a Saramago como referente moral, aunque él mismo rechaza ese compromiso como obligatorio. Saramago, le guste o no serlo, es un referente indiscutible. Pero es que *él antes ya era así*. Me refiero a antes del Nobel y antes incluso de su éxito literario, cuando casi nadie, excepto sus lectores de entonces, le hacía aún ni puñetero caso. Es el mismo hombre, y doy fe de ello. También referentes morales de muchas otras clases. Antes cité a Marsé: solitario, bronco, honrado e insobornable, uno de los dos últimos grandes escritores españoles vivos —el otro es Delibes—, sobre quien muchas veces me he preguntado, por cierto, si Barcelona y Cataluña, que tanto lo ignoran, lo merecen. Incluso el delicioso libro *Fortuny* de Gimferrer —por citar al otro participante en el debate del Forum— y muchos de sus poemas, son, en mi opinión, referentes éticos a través de una determinada estética. Y hasta una blasfemia, que cierta clase de lector condena, puede encerrar referentes morales. La lectura de *Mein Kampf,* por ejemplo, fue muy provechosa para mí. Como la de Sabino Arana. Lo son para cualquier lector lúcido que pretenda asomarse a las semillas del horror, o de la imbecilidad. Lo mismo puede decirse de muchos otros: Junger, Sade, Bukowski. ¿Deja de ser *Madrid de corte a checa* una buena novela porque su autor sea Agustín de Foxá y escriba desde el bando vencedor en la guerra civil? ¿Son L. F. Celine y su *Viaje al fin de la noche* menos recomendables en términos literarios que *El talón de Hierro* de Jack London o el *Espartaco* de Koestler? Lo cierto es que, a veces, cuando hay muchas ventas de libros —o sea, éxito—, se da una influencia mayor; y eso impone algunas obligaciones éticas, como en el caso de Sue. En esas circunstancias y aunque tampoco esté obligado a ello, el escritor debe cuidar más lo que dice, e incluso lo que escribe. Quiera o no quiera, es un referente. En mi caso, eso ocurre con las novelas del capitán Alatriste. Lo que empezó como una especie de guiño histórico casi privado —mi editor y yo estábamos seguros de que no íbamos a colocar ni diez mil ejemplares—, está ahora en los colegios: hay chicos entre doce y dieciséis años que se aproximan a la literatura y a la historia de España en el siglo XVII

a través de esos libros. Que los leen, en algunos casos, como
tarea escolar obligatoria. Esto me ha echado encima una responsabilidad que nunca busqué, y a la que procuro hacer
frente de modo honorable cuando me enfrento a tan jóvenes
lectores. Pero en el caso de las novelas de Alatriste, mi responsabilidad moral está limitada a esa obra en particular. A un
soldado y espadachín que es un mercenario y un asesino a
sueldo; pero cuyos peculiares códigos —paradójicamente, y
para mi sorpresa—, se han convertido en referencia de interés para algunos lectores. Se trata, pues, de un compromiso limitado y específico. Si mañana decidiera escribir otra serie de
novelas manejando personajes con valores diferentes, u
opuestos, nadie tendría nada que reprocharme en absoluto.

El filtro ideológico

Todo lector, hasta el menos formado, tiene una ideología.
No puede evitar que le guste más quien se acerca a ésta. Pero
es un error juzgar a los escritores a través de ese filtro, o fuera
de contexto. Incluso es un error juzgarlos fuera de sí mismos, de
su tiempo, de su biografía, de sus intenciones. Recordemos los
juicios de Cervantes sobre los moriscos, el antijudaísmo de
Quevedo, la seca profesionalidad militar de Díaz del Castillo,
la objetiva crueldad medieval de los almogávares descrita en la
prosa de Muntaner: *Tuvimos que cambiar de lugar* —cito de
memoria— *porque allí los habíamos matado a todos y que-
mado todo y ya no había de qué vivir*. Vayan ustedes a pedirle
un compromiso, ético e intelectual, a Muntaner, que cuenta lo
que vio. Precisamente su grandeza es su fría objetividad; que
no le tiemble el pulso ante lo que, en su tiempo, era corriente.
Eso permite que el texto llegue intacto y fresco al lector de
cualquier tiempo, y que, éste sí, aplicando los criterios, principios y éticas al uso, haga su particular lectura. Su propia di-
gestión. Lo malo es que, ahora, hasta a los clásicos se les apli-
can contrastes y valores socialmente correctos que no tienen

nada que ver con el momento en que fueron escritas las obras, perturbando así su carácter y sentido.

He rozado ahora un tema complejo que no pretendo resolver porque mi oficio no es resolver ese tipo de cosas. Me refiero a si es bueno o malo conocer a fondo al autor de la obra. Porque otro fenómeno reciente, no siempre positivo, es la presencia continua del escritor en medios de comunicación: entrevistas, artículos. Eso tiene riesgos y ventajas. Más riesgos que otra cosa, pues —al menos a mí me pasa— suele producirse una decepción cuando conoces demasiado al escritor. A menudo, por la boca muere el pez. Si yo hubiese sabido lo que ahora sé de Mann, Proust, Zweig, Stendhal y otros, tal vez la impresión extraordinaria que me causaron en otro tiempo no hubiese sido la misma; mi limpia avidez juvenil se habría visto perturbada por sensaciones, asociaciones y juicios paralelos. Conocer al autor y sus motivos es bueno para descifrar el texto —como es el caso de Cervantes y de la mayor parte de los grandes clásicos—, pero sólo hasta cierto punto. A partir de ahí, la obra puede verse alterada o perjudicada en el acto lector. Conocer la biografía de Camus propicia, sin duda, una lectura más intensa y placentera de su obra. Pero también se dan casos opuestos. Recuerdo que me fascinó lo bien que un novelista español actual describía a un fascista, hasta que pude leer determinados juicios del escritor. Lo define tan bien, concluí, porque el propio escritor es un fascista. En otro orden de cosas, ciertos juicios y prejuicios de Nabokov, por ejemplo, me han empañado el retorno a obras suyas que adoré en su primera y casi inocente lectura. Por eso, con las reservas y salvedades razonables, creo que para el lector normal, y al menos en los primeros lances librescos, cuanto menos se conozca al autor, mucho mejor. Más amplio puede ser el significado. Más amplia su obra, pues estará más abierta a interpretación. Y eso, a mi juicio, es la verdadera literatura: la biblioteca universal, la red inmensa, borgiana, que en cualquier lector de buena ley conecta a Agatha Christie con Dostoievski, a Cervantes con Dumas, a Corín Tellado con Saramago, a Gimferrer con Stephen

King, a Pérez-Reverte con Marcial Lafuente Estefanía. El lector es quien teje, paciente, esa tela de araña maravillosa.
Quien, bajo su propia responsabilidad, atribuye, asimila, decide, interpreta, rechaza, hace suyos los libros que caen en sus
manos. Sólo los estúpidos, los arrogantes, los que se atreven a
explicar cómo habrían escrito ellos —si escribieran, por supuesto— lo que escriben otros, pretenden fijar reglas a ese
universo rico, ambiguo, maravilloso, que es la literatura.

> (Arturo Pérez-Reverte, «El compromiso de narrar», *El
> País,* 26 de septiembre de 2004.)

2. DE LA NOVELA AL CINE (I). UNA «TRAICIÓN» TEXTUAL

Todo empezó en una comida con el productor de cine Antonio Cardenal y su machaca ejecutiva Marta Murube, que son
mis amigos desde que Antonio se jugó el patrimonio para meterle mano con Pedro Olea a *El maestro de esgrima*. Antonio es
un tipo grandullón, feo, entrañable y valiente, que tiene la extraña fijación patológica de adquirir, a poco que me descuido
—otros coleccionan llaveros—, la mayor parte de los derechos
cinematográficos de mis novelas. Acababa de contratarme *El
club Dumas* y habíamos estado manteniendo reuniones con el
guionista Anthony Shaffer —aquel de *Sommersby* y *La huella*
de Mankievicz— para ver cómo se planteaba el asunto en términos cinematográficos. Shaffer es un inglés encantador pero
minucioso, y además no habla una palabra de español; así que
después de dos sesiones en el hotel Villamagna de Madrid estábamos hechos polvo, y nos fuimos los tres a reponernos co-
miendo algo.

Fue a los postres cuando se me ocurrió la cosa. Antonio, a
quien le encanta complicarse la vida, acababa de decirme que
tenía ganas de producir una película de mediano presupuesto,
con acción y jóvenes y música y cosas así, y mientras él hablaba y yo le daba vueltas a un tocino de cielo y un cortado vi

de pronto la historia mirándome allí, sobre el mantel: un fulano en un camión, hacia el sur, con camiseta y tejanos, y un yogurcito joven de ojos grandes, a su lado. Bares de carretera y faros de automóviles, una persecución, y una playa con el viento agitando el cabello de ella. Antonio seguía contándome no sé qué, pero yo no le escuchaba. Se me había ido la olla junto al camionero y la niña, y acababa de agregarles tres malos muy de caricatura, que los perseguían para darle emoción a la cosa. Muchas peripecias, peleas, entradas y salidas, la niña tierna que era sabia como todas las mujeres lo son, por instinto; y el chico duro que en el fondo era un infeliz buscándose la ruina. Algo así como érase una vez un yogurcito dulce por fuera y un camionero tierno por dentro que se enamora de ella y se la lleva —o en realidad la sigue— hasta el final, sabiendo de antemano que el precio va a ser condenadamente alto. Una historia de amor, de carretera. Y de soledad, y ternura. Y de valor, y de coraje, y de muerte. Pero con final feliz.

«Era la más linda Cenicienta que vi nunca...», pensé. Y de pronto miré a Antonio y le dije que iba a escribirle una película. Un relato corto para que alguien le hiciera un guión y lo llevara a la pantalla. Y me puse a improvisar. Recuerdo muy bien las caras de Antonio y Marta cuando empecé a contarles la historia, construyéndola a medida que lo hacía. Al terminar, Antonio me miró a través de sus gafas siempre torcidas y dijo, muy serio:

—Escríbemela ahora mismo, cabrón.

Y me puse a ello, dispuesto a hacer por primera vez en mi vida algo directamente destinado al cine. Se daba la feliz casualidad de que por aquellas fechas Juan Cruz, mi editor de Alfaguara, quería un relato corto, por entregas, para publicar en agosto en el diario *El País*. El año anterior ya nos habíamos estrenado con *La sombra del águila,* y Juan estaba dispuesto a repetir folletín, con intención de sacar después la historia en forma de libro. La experiencia de *La sombra del águila,* con sus pobres desertores españoles oficiando de héroes a la fuerza en la campaña napoleónica de Rusia, había resultado una experiencia divertida, y no me dolía repetir. Pero acababa de empezar *La piel del tambor,* y le calculaba unas quinientas páginas por término medio. Así que, consciente de que acababa de autosentenciarme a dos años de galeras, le daba largas a mi editor. Lo malo es que cuando a Juan se le mete algo en la cabeza no te lo despegas ni con agua caliente, y el maldito me despertaba de noche fingiendo voces, enviaba anónimos amenazantes y me acorralaba en callejones oscuros. Así que terminé por claudicar, y un día que me desperté más espabilado que otros resolví matar ambos pájaros de un tiro. La historia del camionero se publicaría por entregas, y luego serviría de base para el guión de la película. De ese modo cobraba dos veces por el mismo trabajo, y todos contentos. Así que me puse a trabajar.

Fue una semana de tecla. La historia salió de un tirón, sin más dificultades que las normales, y elegí un tono que permitía escribirla de modo coloquial, rápido, sin detenerse mucho en correcciones ni florituras. La idea era que el papel de Manolo, el protagonista, encajara con Javier Bardem, a quien Antonio Cardenal quería en el papel de camionero. María, el yogurcito, sería una chica joven, de casting. En cuanto al malo, la posibilidad de que el papel recayera sobre Joaquim de Almeida —el magnífico marqués de los Alumbres de *El maestro de esgrima*— me sugirió la idea de convertirlo en el Portugués Almeida, con diente de oro incluido. Antonio estaba dispuesto a que la película la dirigiera Imanol Uribe, que por aquellas fechas acababa de terminar el rodaje de *Días contados* con adaptación libre de la novela de Juan Madrid. Así que a la hora de describir el personaje de Nati lo dejé abierto para una eventual interpretación a cargo de María Barranco. En lo demás me olvidé por completo del cine y escribí la historia disfrutando muchísimo con ella, y convirtiéndola, de modo ya más personal, en un pequeño homenaje al lenguaje y el mundo carcelario, marginal y cutre, de los amigos y compañeros —macarras, lumis, presidiarios, trileros y prendas varias— que durante cinco años me habían acompañado cada noche de viernes en el programa de RNE *La ley de la calle.*

La trama la planteé desde el principio como una especie de cuento de hadas de la Cenicienta y el Caballero de Limpio Corazón, con bruja mala, dragón y final feliz. Lo del final feliz era importante, porque Antonio Cardenal me había hecho jurarle por mis muertos más frescos que la gente saldría sonriendo del cine, en plan oye qué bien. Sin embargo, a medida que tecleaba el asunto iba cobrando vida propia; y ocurrió lo que pasa a menudo con este tipo de cosas: algo que te planteas como una simple diversión superficial va encarnándose en otro plano más profundo, y terminas por implicarte a fondo. De ese modo, y sin pretenderlo, el relato se fue llenando de ángulos menos evidentes y de ese humor desgarrado y amargo que ya figuraba en *La sombra del águila*. Y Manolo Jarales Campos, un personaje plano al servicio de la idea de una película, se transformó poco a poco en la encarnación de muchas otras cosas a medida que su autor le iba dejando, en riguroso préstamo, ciertos personales puntos de vista sobre el mundo, la mujer, el Destino, y lo que Manolo habría definido como puta vida.

El cuanto a los malos, quise salvar un poco al Portugués Almeida. Los cinco años en permanente contacto semanal con chorizos de variopinto pelaje me enseñaron un par de cosas sobre ellos, así que decidí dotarlo de un retorcido sentido del honor, en forma de ese peculiar código que a veces tienen ciertos malandrines. Y en homenaje, sobre todo, a uno de mis mejores amigos: Ángel Ejarque Calvo, ex boxeador, ex delincuente profesional, trilero y estafador callejero a base de arte y labia, que dejó la calle hace seis o siete años y fue, tanto en su vida choricil como en la honrada que lleva desde entonces, uno de los hombres más cabales y cumplidores que he conocido nunca. De ese modo, lo que cuenta en el relato para el Portugués Almeida no es ya tanto el dinero o la virginidad de la niña —el tesoro que codician los piratas— sino ajustar cuentas con su honor mancillado por la pareja fugitiva. El honor del portugués, el honor del camionero, la honra de la niña. El título estaba claro: *Un asunto de honor*.

Pero, mientras le daba a la tecla, lo del final feliz cada vez lo veía menos claro. Tampoco es que a esas alturas de la historia me preocupara mucho, así que me consolaba diciendo que a la hora de hacer el guión ya se las apañarían otros para que la cosa resultara. Yo tenía clarísimo el final en la playa, Manolo y la niña, la navaja, y la ruina patatera que le había caído encima a mi protagonista. Andaba ya en las últimas líneas, buscando que se me perfilara el toro para rematar. Sin tener muy claro si mi héroe se cargaba al Portugués Almeida e iba al talego, o si el pobre Manolo palmaba allí, en la playa, defendiendo a Trocito y a esa cierta idea de la vida y de sí mismo que había descubierto gracias a ella. De pronto, cuando llegué al momento de la arrancada, me dije: para, muchacho. Has llegado al final. Ahí está. Ya no hay nada más que decir, y lo que cuentes a partir de ahora importa un carajo. Y pensé: bueno, pues vale, pues me alegro. Que los guionistas se las arreglen como puedan. Se publicó el relato. Entusiasmado con la historia, con ese calor que pone en todo cuanto se le mete entre ceja y ceja, Antonio Cardenal se la pasó a Imanol Uribe para que éste hiciera el guión, y me desentendí del asunto, decidido a mantenerme al margen. Todavía tuvimos una comida Imanol, otro guionista y yo, en El Escorial, para discutir un poco el asunto e intercambiar ideas. Si hay algo que aprendí en el rodaje de *El maestro de esgrima* es que los autores sólo servimos para incordiar en los rodajes, salvo que seas expresamente requerido para resolver tal o cual situación. Hasta tal punto llega la desconfianza de los directores respecto al padre de la criatura, que algunos incluso ven con malos ojos que sus actores lean el texto original; prefieren que se limiten a la visión de la historia que viene en el guión, a salvo de perniciosas influencias exteriores. No fue ése el caso de Pedro Olea cuando el rodaje de las andanzas de Jaime Astarloa (Omero Antonutti) y Adela de Otero (Assumpta Serna), guión que me fue sometido y en cuya redacción final participé gustoso; pero sí el del productor Ricky Posner y el director Jim MacBride, que rodaron *La tabla de Flandes* con un guión de Michael

Hirst que convertía la segunda mitad de la historia de mi restauradora de arte, el anticuario César y el ajedrecista Muñoz, en un tebeo barato con una trama infantil propia de un telefilme de sobremesa norteamericano. De todas formas, como suelo decir siempre, uno corre esos riesgos cuando le vende una historia al cine. Y cuando vas de remilgado y estrecho, siempre queda el digno recurso de no dejar que nadie haga películas con ella. Así nadie te macula la cosa.

En el caso de Imanol Uribe, procuré no mezclarme para nada, limitándome a discutir las posibilidades de ampliación de los personajes y de la estructura. Antonio Cardenal y él estaban de acuerdo en que la trama venía definida, y sólo quedaba ampliarla para cubrir la hora y media necesaria para la película. Así que me dediqué a otros asuntos. Al cabo de un tiempo, Antonio me dijo que el título *Un asunto de honor* era poco cinematográfico, y yo sugerí *Trocito*. Por fin la cosa quedó en *Cachito* a instancias de Imanol, por aquello de la canción. Me pareció un buen título.

Pasaron varios meses, y el productor me llamó un día para decirme que el guión estaba listo, pero que había un problema. El problema me lo contaron Imanol y él durante una comida en el restaurante La Ancha de Madrid. Tras el éxito de *Días contados,* Uribe acariciaba el proyecto de *Sí, Bwana:* una película sobre el racismo que pensaba rodar con Andrés Pajares y María Barranco.

—Ahora me apetece mantener una línea como de más seriedad —dijo—, a tono con *Días contados.* Quizá *Cachito* tenga un tono de acción, de thriller, demasiado ligero para mí, en este momento.

Antonio Cardenal me miraba sin decir palabra, angustiado, pues Imanol había estado con el guión varios meses antes de comunicarle su cambio de intenciones, y el tiempo se nos echaba encima.

—Pues ten cuidado con el cine trascendente —le dije a Uribe—. Cierto cine demasiado trascendente del que se hace en España suele ser más peligroso que el frívolo. Sobre todo en taquilla.

Imanol aseguró que eso no significaba que él se fuese del proyecto. Iba a seguir trabajando en el guión, cuya primera versión ya estaba lista. Y proponía un nombre para hacerse cargo de la historia: Enrique Urbizu. Un director vasco, joven, que había rodado la excelente *Todo por la pasta* y después un par de encargos sobre las historias de Carmen Rico Godoy. A Antonio, que a tales alturas se le echaban las fechas encima, le pareció una buena opción. Y a mí también. Así quedaron las cosas.

A los dos días recibí la primera versión del guión, que venía firmada por Imanol Uribe y otros dos guionistas. Lo leí muy despacio, página a página, y me quedé estupefacto. Nada de aquello tenía que ver con la historia que yo había escrito. La tierna historia de amor del camionero y su yogurcito se convertía allí en una sórdida y confusa historia de racismo y puterío, de hijas ocultas, de abuelas y de madres, con fantasmas incluidos, que terminaba con un camión cayéndose —lo juro— desde lo alto del peñón de Gibraltar. Para más inri, la tierna Trocito se había convertido en una pequeña zorra maliciosa con muy mala leche, y en el guión de Imanol, mi ingenuo héroe Manolo no sólo no era ingenuo, sino que estaba a punto de casarse con una novia a la que tenía preñada, y no contento con eso, se calzaba a la niña protagonista la noche antes de su boda, y además borracho.

Leí el texto por segunda vez, por si tal vez me había equivocado y no sabía captar la esencia cinematográfica del evento. Luego cerré el guión y cogí el teléfono para hablar con Antonio Cardenal:

—Ahora ya sé por qué Imanol no quiere hacer la película —dije—. Ha intentado convertir *Cachito* en una cosa seria, grave, trascendente, con mucho mensaje, y se ha cargado la historia. No tiene nada que ver con la que escribí para ti.

El pobre Antonio estaba hecho polvo.

—¿Y qué hacemos? —preguntó (luego supe que mientras hablábamos intentaba autoestrangularse con el cable del teléfono, sin éxito).

—Pues no sé —dije—. Igual a Imanol le sale una película buenísima, que no lo dudo. Pero para esto no me necesitabais a mí. De la historia original no ha quedado ni rastro.

—Tiene que arreglarse —decía Antonio—. Una reunión. Discutir el asunto. Cuéntales lo que no te gusta. El rodaje empieza dentro de tres meses y nos pilla el toro.

Se celebró la reunión en la productora Origen, con asistencia de Imanol, sus dos coguionistas, Antonio Cardenal y sus asesores, y Carmen Domínguez, ex colega de TVE en representación ahora de Antena 3, que coproducía en una pequeña parte y compraba los derechos de antena. Yo expuse mis razones sobre el guión, precisé los puntos en que la historia podía, a mi juicio, recuperar parte de lo perdido, y el equipo de Antonio y los de Antena 3 estuvieron de acuerdo. Imanol y sus guionistas tomaron nota de todo y juraron tenerlo en cuenta. Dos semanas después enviaban otro guión absolutamente idéntico al anterior. Estaba claro que a Imanol, ya pendiente de su otra película, *Cachito* lo traía al fresco. Entonces me cabreé, y mucho.

—Paso del tema —le dije a Antonio—. La película es vuestra, así que rodad con este guión lo que os dé la gana, pero yo no quiero saber nada de ella. Y os prohíbo que utilicéis mi nombre ni siquiera en los créditos. No tiene nada que ver conmigo. Así que agur. Que os vayan dando.

Antonio, siempre fiel y buen amigo, hizo un último intento. Enrique Urbizu, a quien yo aún no conocía, estaba dispuesto a reescribir él solo todo el guión, y un encuentro entre ambos podía, quizá, enderezar el asunto. Me mandó la cinta de *Todo por la pasta,* que aún no había visto. La vi y llamé a Antonio:

—Oye, ese Urbizu sabe mover la cámara en escenas de acción como muy poca gente en España. Y en este país, donde a menudo se emplean veinte minutos para contar lo que un director norteamericano resuelve en cuarenta y cinco segundos, la acción no es precisamente estrella de las pantallas.

—Qué me vas a contar a mí —se lamentaba Antonio—. Qué me vas a contar.

Coincidía conmigo en que Urbizu había visto mucho cine norteamericano y lo había visto bien, pero al mismo tiempo era muy español. Así que me picó la curiosidad, fuimos a cenar juntos a un restaurante de Chamberí, y desde el primer momento congenié con aquel joven de pelo recogido en una coleta y botas tejanas, que tenía muy claro el cine que le gustaba hacer y, habiendo leído la historia original, me explicó detalladamente sus proyectos sobre *Cachito*. Para alivio de Antonio Cardenal, que andaba poniéndole velas a la Virgen y rezando novenas a santa Gema para salir del punto muerto —habíamos perdido a Javier Bardem con tanto retraso y malentendidos, y sospecho que también porque le hicieron llegar el guión en su primera o segunda versión—, Enrique Urbizu y yo salimos del restaurante tan de acuerdo que al día siguiente emprendíamos en plan Pili y Mili un viaje de tres días en mi coche, para que se ambientara en la historia antes de reescribir el guión maldito.

En realidad, la película *Cachito* surgió de aquel viaje. Durante mil quinientos kilómetros, basándonos de nuevo en el texto original de *Un asunto de honor,* recorrimos carreteras, bares de camioneros, puticlubs extremeños, hablamos con los guardias de Tráfico, comimos caña de lomo, tomamos copas a lo largo de la geografía andaluza, y nos lo pasamos, como hubiera dicho Manolo Jarales Campos, de cojón de pato. Un día llegamos a las playas de Tarifa y comprendimos que era allí donde iban a amanecer Cachito y Manolo para que ella viera el mar. Y Enrique, que no conocía Tarifa, se enamoró de aquella ciudad y la metió, por el morro, en su película.

Pocos viajes han dado tanto de sí. De ése salieron escenas, ideas, situaciones cómicas que a veces nos hacían estallar en carcajadas y nos obligaban a detener el coche para no estamparnos contra un camión. La idea del Correcaminos y el Coyote —Portugués— Rafael, el «Ahí estáis, cabrones» del radar de la Guardia Civil, la escena de Rafael con el picoleto de la pantera rosa, el desguace de Lucas, Tarifa de noche, el Mercedes hecho polvo, los muertos más frescos, y el clavel y la campana, la impagable escena del señor escuchimizado de la barra poniéndole al malo el pistolón en el careto... Cuando en el amanecer del cuarto día arrié a Enrique en un semáforo de Madrid, supe que *Cachito* se había salvado.

La prueba me llegó a los pocos días, en el guión magnífico que, tomando como partida el de Uribe, pero manejando todos los ingredientes y recursos presentes en el texto de *Un asunto de honor,* Enrique Urbizu escribió en un tiempo récord. Antonio Cardenal me envió el tocho y corrió a rezarle al Cristo de Medinaceli, supongo, mientras yo lo leía. Apenas lo hube terminado, lo telefoneé:

—Hay una cosa —dije—. Un chorizo que ha estado en la cárcel no diría nunca «me cago en la sota de oros», sino «me cago en la puta de oros».

—¿Y lo demás? —preguntó Antonio, con un hilo de voz.

—Lo demás es buenísimo. Nunca había leído un guión tan estupendo en mi vida. Y era cierto. No sentí necesidad de tocar ni una sola coma del texto conseguido por Enrique. Una historia que te enganchaba tanto como una *road movie* norteamericana bien planteada, pero al mismo tiempo profundamente española, con un humor oportuno, soberbio. Incluso había tenido momentos, durante su lectura, en que la interrumpí riéndome a carcajadas en escenas que eran hallazgos exclusivos de Enrique, como la cocaína en la olla de sopa o cuando el guardia civil lo detiene y empieza a pedirle papeles en plena persecución. Uno de esos guiones que le habría gustado escribir a uno. Y firmarlos.

Después de aquello, el equipo de Origen se lanzó a una frenética actividad para poner en marcha la película: ocho semanas y media de rodaje en Madrid y el sur de Cádiz y un presupuesto de 250 millones, con dos tercios de la película en exteriores. El cásting decidido entre Antonio y Enrique resultó excelente: Jorge Perugorría, que arrasaba con *Fresa y chocolate* y a punto de estrenarse *Guantanamera,* encarnaría a Manolo en lugar de Bardem. Trocito-Cachito salió de una ardua selección realizada por Enrique hasta dar con los ojazos gita-

nos de Amara Carmona, que llenaban la pantalla en las pruebas —contar cómo se pactaron las escenas eróticas, bajo estricta supervisión familiar, sería suficiente para escribir una
novela—, y daba el aspecto de yogurcito, o *petisuis,* como
quieran, apropiado para la historia. El papel de Nati, para quien
Enrique había pensado en Kity Manver *(Todo por la pasta),*
no pudo ser encomendado a ésta porque se hallaba rodando
una serie para televisión, pero encontró una extraordinaria in-
térprete en Elvira Mínguez, de quien yo le había hablado con
entusiasmo a Cardenal tras verla bordar su papel de etarra en
Días contados, y que en *Cachito* supo dar un contenido perfecto con su personaje hastiado, bronco, a la parte femenina
del triángulo de malvados. Un Trío Calaveras maravilloso,
que Enrique completó con Aitor Mazo como Porky, y con el
que a mi juicio es el hallazgo más genial de la película: Sancho Gracia en el papel tragicómico, violento, estremecedor,
hilarante, desaforado, esperpéntico, del Portugués Almeida
transformado en Rafael.

Hay que decir en honor de Sancho —y de Enrique Urbizu—
que, en cuanto leyó el guión, aceptó hacer el personaje del
Portugués-Rafael. La decisión no era baladí, pues Curro Jiménez no había hecho nunca de malo en la pantalla, salvo en la
aparición televisiva de El Jarabo. Pero según me contó más
tarde, la fuerza del personaje, sus contradicciones, la solidez y
el humor del guión lo decidieron a aceptar el desafío.

—Es que este hijoputa de Urbizu —contaba— lo tiene muy
claro.

Enrique y él se entendieron de maravilla, lo que no deja de
ser singular en un actor veterano con más conchas que la tor-
tuga D'Artagnan y un director que aún no ha cumplido los
treinta años. En cuanto a Enrique, con mucho cine clásico de
acción norteamericano visto y asimilado de modo impecable,
y con una intensa admiración por los también clásicos de la
pantalla española, rescatar a Curro Jiménez para el personaje
de Rafael en una historia como *Cachito* le permitía bordear —de
ese modo peligroso y entrañable que tanto le gusta— la épica

cinematográfica, la acción, el humor, el guiño al espectador, la amalgama de todos los matices y homenajes a nuestro cine de todas las épocas, refundidas y relanzadas en una lectura inteligente que de nada reniega y de todo aprende. No es casual que en esa línea pensara en Sancho para el papel, encomendase a Luis Cuenca el de vigilante del puticlub de Tarifa, o rescatase a la bella y magnífica Sara Mora del cine erótico de los setenta para convertirla, con una cicatriz en la cara, en madre de *Cachito* veinte años después.

No asistí mucho al rodaje, fiel a mi propósito de autor que debe mantenerse a prudente distancia. Acudí alguna vez al estudio donde Luis Valle, el director artístico que realizó para Pedro Olea los maravillosos interiores de *El maestro de esgrima,* había construido el burdel donde transcurre la primera parte de la película. Luis, alias Koldo, no era el único miembro del equipo de *El maestro* que repetía historia mía, y también tuve el placer de encontrar a Alfredo Mayo como director de fotografía, y a Antonio Guillén como machaca de producción sobre el terreno, siempre al borde del agotamiento nervioso. En cuanto a Jorge Perugorría, simpatizamos enseguida cuando lo conocí en plan camionero, encantador, profesional, paseándose con el tatuaje de *Cachito* en el brazo, como recién salido de las páginas de mi relato, con ese acento cubano que Enrique Urbizu resuelve en la película con una sola frase de *Cachito,* de modo genial. Y recuerdo la timidez de Amara Carmona cuando me contaba lo impresionada que estaba el primer día que tuvo que rodar una escena con Sancho Gracia:

—Me puse nerviosísima, imagínate... ¡Tenía delante de mí a Curro Jiménez!

Antonio Cardenal iba y venía, disfrutando de todo aquello como disfruta en cada película en la que se mete: como un crío con videoconsola nueva. A fin de cuentas, quien pagaba toda aquella maravillosa locura era él. El rodaje prosiguió en una presa de la sierra de Madrid, donde Sancho, colgado de un abismo tras negarse a ser doblado por un especialista, se empeñó en interrumpir una escena para llamarme a su lado y recitarme, sobre el vacío, una escena del Don Juan Tenorio que tenía previsto estrenar el primero de noviembre en un teatro de Madrid:

—No es verdad, ángel de amor...

La última semana transcurrió en Tarifa, rodando de noche, donde la gente acudía en masa a ver a Curro Jiménez —los niños le preguntaban dónde estaban los caballos—, y Antxón, el ayudante de dirección, se veía obligado a rogar continuamente al público con un megáfono que no aplaudiesen a Sancho después de cada escena hasta que el director dijese «corten».

Por fin, una mañana en que el viento levantaba espuma a las olas, vi a Jorge Perugorría y a Amara Carmona amanecer en la cabina del camión, en una playa del sur. Y ella abrió esos ojos grandes y negros que tiene y dijo: «el mar». Y Manolo Jarales Campos la miraba con la misma ternura que en el texto que yo había escrito año y medio antes, imaginando esa misma mirada. Y Trocito sonreía con una sonrisa idéntica a la que yo había puesto en sus labios. Y me dije que sí, que el cine te gasta a menudo bromas pesadas. Pero a veces una mujer, una actriz, una mirada, un amanecer filmado por un equipo de gente silenciosa tras una cámara, pueden encarnar con absoluta precisión, con fidelidad, el momento mágico, fugaz, de la historia que una vez soñaste.

(Arturo Pérez-Reverte, «Cómo *Un asunto de honor* se convirtió en *Cachito»*, Tarifa, septiembre de 1995).

3. DE LA NOVELA AL CINE (II). FIDELIDAD ENNOBLECIDA

Como el marqués de Ayala, personaje de Pérez-Reverte que interpretó Joaquim de Almeida en la película, tengo un cajón secreto donde guardo unas cuantas novelas que me gustaría llevar al cine. Desde que leí *El maestro de esgrima,* cuando su autor no era el fabricante de best-sellers que es hoy, pasó a ser inmediatamente la gran favorita del cajón. Tenía entre sus páginas el cóctel perfecto para construir una buena película: pasión y misterio a partes iguales, enmarcados en un fondo histórico de violenta crisis política, el eterno enfrentamiento entre monarquía y república. Es, nada menos, un «thriller de época» lleno de romanticismo, con un soberbio protagonista y una fascinante antagonista, la hermosa y enigmática Adela de Otero.

Llegado el momento oportuno, saqué el libro del cajón, se lo dejé a mi amigo Antonio Cardenal y decidimos unirnos para producir la película. Desde entonces, Cardenal ha sido el brazo cinematográfico de Pérez-Reverte hasta convencer a la gran industria americana con *La novena puerta (El club Dumas)*.

Éramos conscientes de las dificultades que entrañaba la película. Poco a poco, cada problema tuvo su solución correspondiente. No sólo Omero Antonutti y Assumpta Serna resultaron los Astarloa y De Otero ideales. Almeida, López Vázquez (el comisario Campillo), Rellán (el libertario Cárceles), Closas (el banquero Salanova, su último trabajo en cine)... cumplieron con toda brillantez sus nada fáciles cometidos.

Los preparativos comenzaron intensamente, como suele ser: localizaciones, decorados, vestuario... Recuerdo cuando presenté a Miguel Rellán con la indumentaria de su personaje confeccionada por Javier Artiñano a un Pérez-Reverte absolutamente encantado, que acabó colaborando, y muy bien por cierto, en la redacción del guión.

Guionista

Todo comenzó cuando trabajábamos en el escenario de la casa de Adela. Me fijé en un mueble del decorado (un sillón «tú y yo») que permitía enfrentarse sentados a maestro y discípula y mantener una conversación sin recurrir al típico recurso del plano/contraplano. Pedí a Pérez-Reverte que escribiera un diálogo en el cual Adela preguntase a Astarloa por su pasado. Arturo me trajo la escena en el tiempo solicitado y muy bien dialogada cinematográficamente. Esa escena se ha convertido en una de mis favoritas de la película.

Descubierto el Pérez-Reverte guionista, volví a recurrir a él en diversas ocasiones. La más importante, al rodar un largo y esclarecedor diálogo final. En la versión que manejábamos, la conversación tenía demasiada extensión. De nuevo, llamada a Arturo: «Necesito que dejes estas diez páginas en dos o tres». Y lo hizo con la misma exactitud. Por eso, cuando recibimos el «Goya al mejor guión adaptado» quise que, en ausencia de Larreta y en nombre de todos, fuera él quien pronunciara las palabras de agradecimiento. (Era cuando sólo hablaba uno de los premiados y nadie se lo dedicaba a su familia.) La película, además de obtener tres goyas, fue nominada por la Academia para representarnos en los Oscar de 1993 y consiguió distribución en casi todo el mundo, además de excelentes críticas y diversos premios internacionales. Desde entonces, mantengo una buena amistad con Arturo Pérez-Reverte. Creo que se trata de un auténtico escritor de raza, creador de personajes e historias apasionantes y con un estilo literario tan directo como cultivado. Ojalá podamos disfrutar pronto de la superproducción que se prepara basada en *El capitán Alatriste*.

Mientras tanto, espero que consiga sacar tiempo para cumplir su promesa (ay, sin fecha de caducidad) de escribirme ese estupendo «suspense de época» del que tanto hablamos.

> (Pedro Olea, «El cóctel perfecto para una buena película [Sobre la adaptación de *El maestro de esgrima]*», *El Mundo*, 21 de febrero de 2001).

4. UNA PRESENTACIÓN A *EL MAESTRO DE ESGRIMA*

Corría el año 1988 cuando Julio Ollero, que siempre había creído en Arturo Pérez-Reverte y era a la sazón director de la editorial Mondadori, editó *El maestro de esgrima*, la segunda novela del escritor nacido en Cartagena. Desde su aparición y posterior traducción a varias lenguas, la novela fue acogida con admiración —todavía recuerdo la rendida reseña de *The New York Times Book Review:* «una espléndida novela de la primera a la última página»— y hoy puede ser considerada como el vivero de ciertos temas y modos, y no sólo literarios, del escritor de La Navata. [...] La acción se inicia en diciembre de 1868, en los tiempos que Valle-Inclán llamara «amenes isabelinos». [...] Arturo Pérez-Reverte, voraz lector, también periodista y conocedor apasionado de Madrid, recrea la época con su, desde esta novela, reconocida minuciosidad lingüística y literaria.

En este ambiente se destaca, desde el capítulo primero, la figura de Jaime Astarloa, el maestro de esgrima, que mantiene una muy peculiar filosofía de la vida apoyado en algunos libros claves de una biblioteca que Pérez-Reverte irá enriqueciendo libro a libro, pero que aquí tiene su matriz invariable. [...] La mentada filosofía es que la vida de ciertos hombres, llámense Astarloa, Corso, Coy o Alatriste, es un conjunto de reglas que se mantiene inalterable con el paso del tiempo: una cierta estética, poco sentido práctico, no ser de los que huyen, morir como es debido, mirarse francamente a la cara todas las mañanas al afeitarse, ser un clásico. La esgrima es, pues, para Jaime Astarloa no sólo una forma —decente— de ganarse la vida, sino que, y aquí asistimos a la forja de la filosofía revertiana de la ética de sus héroes, presupone un exacto y riguroso conocimiento de las formas de un arte que es elevado a un ritual, a una forma de vivir o, quizá, de resistencia. Por ello, el maestro persigue un sueño: escribir un tratado de esgrima que no sólo emulase a sus maestros, sino que recogiera un golpe maestro, la estocada más perfecta. Pero estos arcaísmos para la resistencia serán puestos a prueba cuando en el retiro espiritual se introduzcan dos elementos que alterarán la paz de la galería de esgrima. El primero es una hermosa mujer, Adela de Otero, que pretende ser instruida en el arte de la esgrima. Reacio por convicción a las novedades, Jaime Astarloa se resiste a pesar del dinero ofrecido por las clases, pero, deslumbrado en una segunda conversación por el conocimiento teórico de la dama y por su belleza, Jaime Astarloa accede a darle unas cuantas clases y a enseñarle la estocada de los 200 escudos.

El segundo elemento es un sobre lacrado que [...] 180 páginas después de su aparición en la tercera página de la novela, transforma una aparente obra costumbrista en una novela de intriga, policiaca, pero, a la vez, y cito de nuevo a *The New York Times,* «en una sutil meditación sobre los enigmas de la elección y el destino».

Y es ahora cuando ese maestro de la relojería novelística que es Pérez-Reverte hace que, para decirlo con el clásico, se precipiten los acontecimientos. [...] A partir de aquí, el novelista coloca al maestro de esgrima ante su propio espejo. [...] Alejado como está del mundo, se da cuenta de su error: comprende que lo han traicionado. Y, llevado de su concepto de que ciertas cosas no sólo existen en los libros, comete el segundo error, es decir, baja la guardia. Pero, apoyándose en la pericia de su oficio, Astarloa supera la primera encerrona gracias a su valor y a sus exactos conocimientos de esgrima. Después, la novela se remansa porque aparentemente la trama ha concluido. Y es ahora, alta ya la noche y el capítulo octavo y último a punto de cerrar la novela, cuando la imaginación de Pérez-Reverte alcanza una de sus cimas y surge de su profundo conocimiento de la novela folletinesca la invención imaginaria de un final deslumbrante que, como no podía ser de otra forma, se juega «a punta desnuda».

Cuando llegue usted a esas páginas finales comprenderá que, al fin y a la postre, todo se debió a un plan pero, a la vez y como debe de ser, también a un malentendido. Y es precisamente ese azar el que obliga a una conversación lúcida y cruel que acaba con las penúltimas certezas del maestro. Descubierta la verdad, parece existir un solo camino: la redención por el amor. Pero, de nuevo, como sucede en el canon, era una trampa más y no queda sino batirse. Es ahora cuando aquellas reglas de la estética del arte de la esgrima serán sometidas a la prueba final y confirmarán que más allá de «ese clamor de voces que festejaban alborozadas el nuevo día que les aportaba la libertad», ese exacto ritual de paradas en tercia o en octava para «tirar cuarta sobre el brazo» confirma el arte y justifica una vida. Y como sucede en la preterida literatura clásica del siglo XIX, será esa batalla final el premio a tanto desvelo y el maestro de esgrima escribirá en el mundo real su anhelado tratado con la más perfecta estocada surgida de la mente humana.

> (José Perona, «Cuando no queda sino batirse». Prólogo de *El maestro de esgrima* [Ediciones El Mundo]. José Perona es maestro de Gramática y comparte apellido y profesión —es catedrático en la Universidad de Murcia— con el narrador de *La carta esférica).*

5. UNA ESTOCADA «IMPERFECTA»

Pues sucede que paso por la puerta de un cine y miro el cartel. Anda tú, me digo. Una de espadachines. Y además francesa, que las hacen estupendas, y son ahora al buen cine histórico y de aventuras europeo lo que Hollywood era a mediados de siglo. Total, que miro las carteleras y el título. *¡En guardia!,* se llama. Hay algo más pequeño escrito debajo, entre paréntesis, pero estoy lejos y no alcanzo a leerlo bien. Así que me acerco, y mientras lo hago compruebo que los actores son Daniel Auteuil, aquel formidable Enrique el Bearnés de *La reina Margot,* y Vincent Pérez, el caballero de La Móle que se liga a Margarita de Valois en esa misma película, y que también hace, por cierto, del Christian rival de Depardieu en *Cyrano.* Ésta no sé de qué va, me digo. Eso de *En garde!* no me suena en gabacho nada: ni a película, ni a novela. Pero da igual. Tiene buena pinta, y se me hace la boca agua. Lo mismo encima la peli es de Chereau, o de Tavernier, y me compro una bolsa de palomitas y me pongo hasta arriba de estocadas.

Seguro que al menos éstos no tienen la intención de contármelo todo sobre su madre.

Entonces llego por fin más cerca del cartel, y miro los fotogramas de la película y compruebo, algo mosqueado, que me traen un aire familiar. Y luego alcanzo lo que pone entre paréntesis debajo de *¡En guardia!* y entonces sí que me quedo patedefuá. Le Bossu, leo, mirando hacia arriba con la boca abierta y cara de lelo. Le Bossu, tal cual, en francés. Y al que no parle, que le den. Eso es lo que se habrán dicho los distribuidores españoles, capaces de todo menos de llamar a una cosa por su buen y viejo nombre de toda la vida. Qué más da. Al fin y al cabo la historia original sólo es un puñetero libro. Aunque, conociendo como conozco en persona a algunos distribuidores locales de cinematógrafo, dudo que muchos hayan oído hablar nunca de la historia original. Ni de ésa ni de ninguna otra que venga en letra impresa. Así que, bueno. Allí, en la puerta del cine, reacciono y alzo un puño indignado clamando al cielo. Después blasfemo en arameo. Imbéciles, farfullo. Hay que ser imbéciles y cantamañanas para estrenar en España *El jorobado,* y no llamarlo por su nombre.

Cualquier lector de pata negra sabe a qué me refiero. O cualquier cinéfilo que recuerde a Pierre Blanchard, a Jorge Negrete o a Jean Marais —mi favorito era este último— interpretando en la pantalla al intrépido Enrique de Lagardére, el Parisién, el antiguo alumno de los maestros de armas Cocardasse y Passepoil oculto bajo la deforme apariencia de *El jorobado,* el espadachín que rescata del pasado la famosa estocada de Felipe de Nevers —«yo soy, yo soy»—, su amigo de una trágica noche en los fosos del castillo de Caylus, para proteger a la huérfana Aurora de las maquinaciones del malvado Gonzaga. Cualquier lector que haya disfrutado con el soberbio folletín de Paul Feval —hay una edición estupenda en la editorial Anaya— no puede menos que sentirse personal y directamente agraviado al descubrir, bajo el camuflaje del titulo *¡En guardia!,* una de las raras y felices conexiones que a veces se dan entre cine y literatura, donde obra literaria y resultado cinematográfico se encuentran a la altura una de otra.

Donde el espectador o el lector avisados pueden buscar el complemento en el libro o en la pantalla, enriqueciendo así más su percepción de la historia que leen, o que escuchan y miran.

Es una lástima que la estupidez, la ignorancia, la moda, la dictadura del mercado norteamericano, facilitada por una Administración española analfabeta y servil, hagan imposible todo eso. Si la historia original es un libro —dicen aquí—, por famoso que sea, no merece la pena indicar el título. A fin de cuentas los libros no los lee nadie; así que mejor un título de acción. Algo espectacular, que suene a Hollywood. Y eso de El jorobado suena fatal. Un jorobado no tiene cuerpo danone, ni se viste de rapero. Además, la palabra joroba es políticamente incorrecta, en estos tiempos de gente guapa. A ver qué quinceañero irá al cine si le hablas de tipos encogidos y de pepinillos en vinagre. Si fuera de terror, todavía. Pero ni siquiera salen Freddy Krüger o el muñequito Chuck. Así que no jorobes: el subtítulo en francés para que no se entienda, y en cuanto al Lagardére ese, puede irse dando con un canto en los dientes. Porque, en vez de *¡En guardia!*, podíamos haberla titulado *Estocator IV.*

(Arturo Pérez-Reverte, «La estocada de Nevers», *Con ánimo de ofender [1998-2001]*, ed. José Luis Martín Nogales, págs. 153-155).

6. UNA BIBLIOTECA PERSONAL

Durante esta última semana, aprovechando una temporada de calma, he ordenado la biblioteca. Siempre ocurre lo mismo cuando termino de escribir un libro, sea el que sea; en los últimos días no conoces ni a tu familia, ni a tus amigos más íntimos, ni a nadie. Bajas a la mina cada día, o no sales de ella ni para dormir, como un picador del pozo María Luisa, dale que te pego. Vives obsesionado con darle a la tecla y terminar de una vez; y el material que utilizas, los libros que consultas y las nuevas adquisiciones, se acumulan por todas partes, esperando una tregua para su sitio exacto. Porque amén de la utilidad que reporte, un libro tiene su dignidad, y no puede ir en cualquier parte y de cualquier manera; requiere compañía y lugar adecuados. Nabokov puede ir junto a Conrad, tal vez, pero no junto a Cervantes; y Stendhal puede avecinarse con Heine y con Lampedusa, pero nunca con las *Crónicas* de Froissart, con Moratín o con Plutarco. Cada cual es cada cual.

A veces algún lector escribe pidiendo la recomendación de un libro clave, o que el arriba firmante considere como tal; y no falta quien solicita un canon de obras fundamentales —imprescindibles, es la estúpida palabra de moda en ciertos suplementos literarios. Siempre me niego, porque eso de las obras fundamentales depende mucho del gusto de cada uno; y libros que a ti te cambian la vida pueden pasar, para otro, sin pena ni gloria. De cualquier modo, mientras colocaba y reordenaba los libros estos últimos días, hubo, como siempre, un par de centenares de títulos y autores donde la vista y las manos se me demoraban más que en otros, por diversas razones. Y de pronto me he dicho: por qué no. Por qué no decir cuáles son, y si a alguien resultan útiles, pues me alegro. La relación, que no es exhaustiva, sí resulta en cambio desordenada y larga: tal vez ronde los ciento cincuenta títulos, de modo que, metidos en faena, contársela me llevará esta semana y la próxima. Así que quien no esté interesado por el asunto puede pasar mucho de calzarse esta página, hoy y la semana que viene.

Última advertencia: los libros no figuran por orden de importancia; y faltan, porque no los recuerdo ahora o porque no me lo parecen, muchos otros. Pero, ya que de algo tan personal se trata, esta lista de Schindler resulta tan buena como otra cualquiera:

El Quijote (Cervantes). *La Odisea* (Homero). *La Eneida* (Virgilio). *Vidas paralelas* (Plutarco). *Obra completa* (Francisco de Quevedo). *Obra completa* (Jorge Manrique). *La Biblia. La Divina Comedia* (Dante). *Fausto* (Goethe). *Episodios nacionales* y novela completa (Pérez Galdós). *Obra completa* (Pío Baroja). *Moby Dick* (Melville). *Teatro completo* (Shakespeare). *La montaña mágica* (Thomas Mann). *Los tres mosque-*

teros (Dumas). *En busca del tiempo perdido* (Marcel Proust). *El rojo y el negro* (Stendhal). *La regenta* («Clarín»). *Cuadros de viaje* (Heinrich Heme). *Expedición de catalanes y aragoneses contra turcos y griegos* (Francisco de Moncada). *Las relaciones peligrosas* (Choderlos de Laclós). *El ruedo ibérico* (Valle-Inclán). *Ana Karenina* (Tolstoi). *Crimen y castigo* (Feodor Dostoievsky). *Victoria* (Joseph Conrad). *Historia verdadera de la conquista de la Nueva España* (Bernal Díaz del Castillo). *Cien años de soledad* (García Márquez). *Conversación en la catedral* (Vargas Llosa). *La familia de Pascual Duarte* (Camilo José Cela). *Tragedias* (Sófocles). *El jorobado* (Feval). *Tragedias* (Eurípides). *Relatos* (F. Scott Fitzgerald). *El buen soldado* (Ford Madox Ford). *El prisionero de Zenda* (Hope). *El gatopardo* (Lampedusa). *El americano impasible* (Graham Greene). *La cartuja de Parma* (Stendhal). *Viajes por Italia* (Stendhal). *Lord Jim* (Conrad). *Guerra y paz* (Tolstoi). *Biografías* (Ludwig). *Biografías y novelas* (S. Zweig). *La flecha de oro* (Conrad). *La línea de sombra* (J. Conrad). *La marcha de Radetzky* (J. Roth). *El conde de Montecristo* (Dumas). *Suave es la noche* (F. Scott Fitzgerald). *El gran Gatsby* (F. S. Fiztgerald). *París era una fiesta* (Hemingway). *Aventuras de Sherlock Holmes* (Conan Doyle). *«V»* (Thomas Pynchon). *Poderes terrenales* (Anthony Burgess). *Grandeza y decadencia de los romanos* (Montesquieu). *El halcón maltés* (Dashiell Hammett). *La aventura equinoccial de Lope de Aguirre* (R. J. Sender)...

(Continuará)

Conversaciones con Goethe (Eckermann). *El Mediterráneo en tiempo de Felipe II* (Braudel). *La comedia humana* (Balzac). *Teatro còmpleto* (Molière). *Teatro completo* (Moratín). *Cantar de Mio Cid* (Anónimo). *La leyenda del Cid* (Zorrilla). *Ensayos filosóficos* (Voltaire). *Confesiones* (J. J. Rousseau). *Memorial de Santa Helena* (Les Cases). *Robinson Crusoe* (Defoe). *Memorias* (Saint Simon). *La Biblia en España* (Borrow). *Peter Pan* (J. M. Barrie). *El libro de la selva* (Kipling). *Memorias y máximas* (La Rochefoucault). *Vida de los doce césares* (Suetonio). *Anales* (Tácito). *Ensayos* (Montaigne). *El espíritu de las leyes* (Montesquieu). *Los idus de marzo* (Thorton Wilder). *A. O. Barnabooth* (Valery Larbaud). *Memorias* (Cardenal de Retz). *El Criticón* (Gracián). *Coloquio de damas* (Aretino). *Historia universal* (Polibio). *Pensamientos* (Pascal). *El talismán* (Walter Scott). *Canción de Navidad* (Dickens). *La Ilíada* (Homero). *Alicia en el país de las maravillas* (L. Carroll). *Historia de dos ciudades* (Dickens). *Corazón* (Edmundo d'Amicis). *Epístolas morales* (Séneca). *Historia universal de la infamia* (Borges). *Artículos* (Larra). *Los años rusos* (Nabokov). *El nombre de la rosa* (Umberto Eco). *Papeles póstumos del club Pickwick* (Dickens). *Nostromo* (J. Conrad). *Los miserables* (V. Hugo). *Las flores del mal* (Baudelaire). *Cuentos* (Edgar Allan Poe). *Poesía completa* (Antonio Machado). *Los pilares de la tierra* (Ken Follet). *Poesía completa* (Miguel Hernández). *Viaje al fin de la noche* (Celine). *El extranjero* (Camus). *La peste* (Camus). *Un mundo feliz* (Aldous Huxley). *Memorias de Adriano* (M. Yourcenar). *El poder y la gloria* (Graham Greene). *Diario de un seductor* (Sören Kierkegaard). *El lobo estepario* (H. Hesse). *Doctor Zhivago* (Boris Pasternak). *Lolita* (Vladimir Nabokov). *Desventuras del joven Werther* (Goethe). *El monje* (Matthew Lewis). *Melmoth el errabundo* (Charles Maturin). *El vellocino de oro* (Robert Graves). *La isla del tesoro* (R. L. Stevenson). *El siglo de las luces* (Carpentier). *Bomarzo* (Mujica Laínez). *Pedro Páramo* (Juan Rulfo). *Meditaciones* (Marco Aurelio). *La decadencia de Occidente* (Spengler). *El otoño de la Edad Media* (Huizinga). *Aventuras de Aubrev y Maturin* (Patrick O'Brian). *Frankenstein* (M. Shelley). *Drácula* (Bram Stoker). El *doctor Jekyll y mister Hyde* (Stevenson). *Mi vida* (Benvenuto Cellini). *Sonatas* (Valle-Inclán). *Rimas y leyendas* (Bécquer). *Vida del capitán Contreras* (Alonso de Contreras). *Don Juan Tenorio* (Zorrilla). *El alcalde de Zalamea* (Calderón). *Fuenteovejuna* (Lope de Vega). *El burlador de Sevilla* (Tirso de Molina). *Quo vadis* (H. Sienkiewicz). *20.000 leguas de viaje submarino* (Verne). *Nuestra señora de París* (Victor Hugo). *Tristam Shandy* (Sterne). *Nuestros antepasados* (Italo Calvino). *El cuarteto de Alejandría* (L. Durrell). *El primo Basilio* (Eça de Queiroz). *La colmena* (Camilo José Cela). *Cuentos* (Chejov). *Historia de la guerra del Peloponeso* (Tucídides). *Anábasis* (Jenofonte). *Poemas* (Catulo). *Satiricón* (Petronio). *Crónicas* (Froissart). *La muerte de Arturo* (Mallory). *El rey Arturo y sus nobles caballeros* (Steinbeck). *Odas* (Horacio). *Memorias* (Casanova). *Los nueve libros de la Historia* (Heródoto). *Diálogos* (Platón). *Tratados ético-morales* (Aristóteles). *Las metamorfosis* (Ovidio). *El príncipe* (Maquiavelo). *El cortesano* (Castiglione). *La Italia del renacimiento* (Burckhart). *Adriano VII* (Barón Corvo). *Decadencia y ruina del imperio romano* (Gibbon). *Viajes de Gulliver* (Swift). *Viaje a Italia* (Goethe). *Madame Bovary* (Flaubert). *El asesinato de Rogelio Ackroyd* (Agatha Christie). *La educación sentimental* (Flaubert). *Cándido* (Voltaire). *Zadig* (Voltaire). *Emilio* (Rousseau). *Confesiones* (San Agustín). *Olivares* (Marañón). *Olivares* (Elliot). *Felipe II* (Kamen). *Shogun* (Clavell). *Confesiones de un comedor de opio* (Quincey). *La juventud y la madurez de Enrique IV* (Heinrich Mann). *Los Buddenbrook* (Thomas Mann). *Los hermanos Karamazov* (Dostoievsky). *El jugador* (Dostoievsky). *El sueño de los héroes* (Adolfo Bioy Casares). *Billy Budd* (Melville). *La roja insignia del valor* (Stephen Crane). *El talón de hierro* (London). *El negro del Narcissus* (Conrad). *Tifón* (Conrad). *Biografías* (A. Maurois). *El topo* (Le Carré). *Bizancio* (R. J. Sender). *La España musulmana* (Sánchez Albornoz). *Los siete pilares de la sabiduría* (T. E. Lawrence). *Novelas ejemplares* (Cervantes). *Memorias* (Talleyrand). *Memorias* (Fouché). *Kaputt* (Malaparte). *Poesía completa* (Campoamor). *El puente de Alcántara* (F. Baer). *Vida de Cervantes* (Astrana Marín)...

Que aproveche.

(Arturo Pérez-Reverte, «Una biblioteca [I y II]», *El Semanal,* 20 y 27 de septiembre de 1998).

7. PERFILES

(I)

Arturo Pérez-Reverte (Cartagena 1951) se dedica desde hace algunos años exclusivamente a la literatura. De 1973 a 1994 fue reportero de prensa, radio y televisión; especialista en temas de terrorismo y conflictos bélicos, estuvo en primera línea de fuego en los principales conflictos armados internacionales durante más de cuatro lustros (Chipre, Líbano, Eritrea, guerra del Sahara, guerra de las Malvinas, Nicaragua, guerra del Chad, Mozambique, Angola, crisis y guerra del Golfo, guerra de Croacia y de Bosnia, entre otras).

Licenciado en Ciencias Políticas y Periodismo, tiene en su haber numerosos premios (premio Asturias de Periodismo por sus reportajes sobre la guerra de la ex Yugoslavia en TVE, premio Ondas 1993 por su programa *La ley de la calle* en Radio Nacional de España, que se mantuvo en antena cinco años). En 1994 abandonó Televisión Española para dedicarse en exclusiva a su actividad de novelista. Sin embargo, sigue ejerciendo como articulista de manera regular en *El Semanal,* el suplemento dominical que publica un consorcio de casi dos docenas de diarios españoles, cuya tirada ronda el millón y medio de ejemplares.

Arturo Pérez-Reverte es el escritor español de mayor éxito de ventas y público de las últimas décadas. A mi juicio, su producción novelesca es una de las más sugestivas del actual panorama narrativo español. Por ello no resulta sencillo situar su obra en la nueva narrativa española, puesto que practica varios y variados géneros, entre los que destacan la novela histórica, la policíaca y la de aventuras (con incursiones en la literatura de folletín y popular). ¿Dónde está la clave de su éxito? Él mismo lo ha explicado en varias ocasiones:

«¿Mi fórmula del éxito? Muy sencilla: documentación, más estructura, más placer. Cuando empieza a rondarme la idea de una novela viajo a los escenarios en que creo que podría ubicarla y me documento bien sobre ellos. Después procuro que la trama esté bien engarzada, que tenga interés y una cosa lleve a la siguiente. Por último está el placer de escribir: yo no soy de los que sufren ante la página en blanco. [...] Con este método intento escaparme de lo autobiográfico y a la vez que mis novelas hablen de una realidad interesante» [1].

Ni que decir tiene que lo consigue. Pero además, su maestría constructiva no se debe únicamente a una documentación sumamente seria o a una estructura bien armada, sino también a un proceso de interiorización y a una asombrosa capacidad de fundir elementos sin forzar la mano; a ello se añade su habilidad a la hora de hilvanar intrigas y de urdir tramas que mantienen en vilo la curiosidad del lector y potencian su deseo por conocer el desenlace de la historia. Por eso en las obras de Pérez-Reverte se vislumbra siempre una minuciosa organización de la historia, cuyos complejos mecanismos hacen de sus novelas construcciones perfectamente calibradas en torno a esquemas narrativos bien conocidos: el relato de aventuras, la narración de intriga, la novela de investigación policíaca, la ficción culturalista (que puede llevar incluso a la literatura y a la bibliofilia, como en el caso de *El club Dumas),* etc. Así se explica que en sus obras no exista una estricta separación genérica; efectivamente, la imbricación de los géneros o subgéneros es una de sus características.

Varias de sus obras han conseguido galardones y distinciones internacionales. En 1993, *La tabla de Flandes* fue seleccionada por la revista francesa *Lire* como una de las diez mejores novelas extranjeras; un año después obtuvo el Premio de la Academia Sueca de Novela Detectivesca a la mejor traducción extranjera y fue seleccionada por la *New York Times Book Review* para figurar entre las cinco mejores novelas extranjeras publicadas en Estados Unidos.

El club Dumas ha sido un auténtico best-seller en Francia, en Alemania (donde al mes de su aparición —abril de 1995—

---

[1] Llátzer Moix-Sergio Vila-San-Juan: «El último libro de Pérez-Reverte bate el récord de tirada en una primera edición en España», *La Vanguardia* (3 de noviembre de 1997).

ya alcanzaba dos ediciones), Estados Unidos y Gran Bretaña. En Dinamarca le fue concedido en 1995 el premio Pelle Rosen-kratz. En estos países (y en otros: Australia, Italia, Japón, etc.), sus libros figuran desde hace tiempo entre los éxitos de ventas.

La primera edición de *La piel del tambor* (diciembre de 1995) fue de 150.000 ejemplares; once meses después se habían vendido más de 350.000 (fue la primera novela española de los últimos años que se mantuvo durante once meses en las listas de libros más vendidos —y leídos). De *El capitán Alatriste* —primera entrega de *Las Aventuras del capitán Alatriste* (aparecida en noviembre de 1996)— se han vendido hasta la fecha casi 600.000 ejemplares. La serie constituye un acontecimiento literario sin precedentes en España: ha permanecido un año en la lista de los libros más vendidos, enlazando con la aparición de la segunda entrega (noviembre de 1997). En 1997 le fue otorgado el Premio Grupo Correo a los valores humanos.

Sus obras han sido traducidas hasta la fecha a dieciocho idiomas y editadas en algo más de treinta países. Cinco han sido llevadas al cine: *El maestro de esgrima* (premio Goya por el mejor guión, premio en el festival de Cognac y finalista en los Oscar en 1992), *La tabla de Flandes* (1995, dirigida por Jim McBride), *Cachito* (1996, adaptación de *Un asunto de honor), Territorio comanche* (1997, con guión del propio autor y dirigida y producida por Gerardo Herrero), *La novena puerta* (1999, adaptación de *El club Dumas,* con guión de Enrique Urbizu y dirigida por Roman Polanski) y *La piel del tambor.*

(José Manuel López de Abidada, «Para un perfil de Arturo Pérez-Reverte»)…

(II)

Los jóvenes admiran a Arturo Pérez-Reverte como a un capitán de los boy-scouts. Le veneran porque navega y desprecia la política, y porque creen que los reporteros de guerra han estado de verdad en las trincheras. Es verdad que siempre va buscando un nido de águilas, pero también estudia cartografía o esgrima y zarpa por los textos de Conrad para escribir del mar o por los de Balzac para conocer que no hay nada más desinteresado que un adulterio. Como Borges, no escribe novelas, incurre en ellas. Hace novela de argumento y los héroes son pocos y los mismos, Bovary, un penacho tremolante, un argonauta guiado por Jasón o por el código de la caballería que sale a buscar peligros. Ahora han robado sus novelas del paredón de Lugo (proyecto Cumulum: rodear la ciudad con la muralla de piedra y de medio millón de libros). Él lo entiende: «Si algún día no pudiera leer me pegaría un tiro». Todos hemos robado ejemplares fascinantes y eso debiera estar despenalizado. El libro es una herramienta para la conspiración, la seducción y el robo y el asesinato. El escritor siempre confía en que el lector haga realidad sus pensamientos. Arturo tiene todas las luces para el idioma. Lo mismo conoce el lenguaje de un navajero que el de un soldado de Flandes. En la hora y en la moda de la literatura de excursiones a Harvard, de ternurismo de tampax y de cajitas de bombones, surgió el novelista que dio una patada al tinglado. Le conocí en la redacción de *Pueblo* y cuando le vi contar historias sabía que iba a acabar con nosotros. El que sabe contar historias, las cuenta lo mismo en las 600 palabras de un reportaje o en las 60.000 o 100.000 de una novela. Los alelados críticos que se negaban a aceptar las novelas de periodistas no pudieron regatear los méritos del navegante indómito de Cartagena, porque ya está en la cuadra mediática más poderosa.

(Raúl del Pozo, «Arturo», *El Mundo,* 17 de agosto de 2000).

(III)
Es el tipo que uno escogería como compañero en el bote salvavidas del Titanic. Hay muchas razones que justifican la elección. Una de ellas —la más evidente— es que es fiable. Arturo Pérez-Reverte está fabricado de acero y jamás deja tirado a un amigo. Tienes la garantía de que no intentará salvarse a solas si la nave se va a pique.

Como Alejandro, Cortés, Pizarro o ese encallecido pero enternecedor don Jaime Astarloa, es de los que creen que el jefe
debe liderar espada en mano el asalto de la trinchera enemiga
y cubrir a pecho descubierto la retirada de sus hombres cuando
las cosas se tuercen. Siempre ha sido así. Lo era siendo adolescente y reporteando en el infierno de El Líbano para el fe-
necido diario *Pueblo* y le salía por los poros hace justo una década, cuando deambulaba al frente de una *troupe* televisiva
por las escabrosas montañas yugoslavas y comenzaba a sonreírle el éxito como novelista.

Otra razón por la que cualquiera lo elegiría como compañero de fatigas en un naufragio es que sabe navegar. Tiene un
barco precioso y una semana al mes, cuando no escribe, navega. Arturo fue un lector precoz y creció en una casa llena de
libros, dominada por un padre que inculcó en su alma la idea
de que se puede admirar a mucha gente pero que no se debe
idolatrar a nadie ni tener un modelo vivencial exclusivo.

Arturo tiene muchas facetas. Es un soñador impenitente, un
lector voraz, un aventurero desbocado, un padre entusiasta y
en cierto sentido un asceta, una especie de monje cartujo aferra-
do a una estricta disciplina. Parte de su atractivo estriba en que
es un jefe nato, un aventurero de tomo y lomo, que planifica
las cosas con pulcritud militar.

«Cuando se ha vivido tantos años en el caos como lo he hecho yo, necesitas algo de orden», se excusa, si le interrogas
sobre sus costumbres cotidianas, tratando de desvelar el secreto de la fórmula que le permite vender millones de ejemplares, ser traducido a decenas de idiomas, publicar en docenas de países, recibir un rosario de prestigiosos premios
internacionales y —a despecho de algún crítico miope— ser
sin discusión el autor español más explosivo de la década: la
anterior y lo que llevamos de ésta.

(Alfonso Rojo, «Colega hasta en un bote del Titanic», *El
Mundo,* 21 de febrero de 2001).

(IV)

Siempre que intento figurarme a Arturo Pérez-Reverte bajo especie bélica, acude a mí la figura del soldado sin bandera, veterano de todas las batallas y, sin embargo, todavía invicto. Sé que a él le gusta compararse, erróneamente, con el mercenario, pero algunas pasiones antiguas que cultiva con esmero delatan su verdadera naturaleza: Reverte es, ante todo, un hombre (y un escritor) leal a sus amigos y a sus enemigos, a sus lecturas y a su vida azarosa, a sus navegaciones y a sus recuerdos. Hay en él una doble vocación de lealtad y la soledad que le ha granjeado el encono de los mediocres y la aversión pálida de ciertos mequetrefes que pululan por los arrabales de las llamadas «elites culturales». Pero, ¿qué nos importan estos especímenes subalternos? Reverte nos gusta porque ha hecho de la libertad un modo de leer el universo y de la literatura una segregación gozosa, una fiesta promiscua en la que se convocan los fantasmas custodios de nuestra adolescencia, resucitados por una prosa que tiene algo de zarpazo y también algo de caricia, una prosa que a veces nos oprime con el perfume de la pólvora y otras se nos clava con el sabor de una tristeza que nunca se hace ostentosa, una prosa que, por encima de cualquier otra consideración, nos contamina las ganas de seguir viviendo, engolfados en intrigas caudalosas que relumbran en la oscuridad, como joyas de un brillo que nunca remite.

Me imagino a Reverte como a un soldado que ha renegado de todos los ejércitos, desdeñoso de camarillas y conciliábulos, para conquistar el territorio agreste de su libertad. Me lo imagino también fraguando sueños que, por la noche, bajo el lenguaje vertiginoso de las estrellas, traslada al papel, para regocijo de la legión creciente de sus seguidores. Ojalá nunca deje de soñar.

(Juan Manuel de Prada, «Un soldado sin bandera», www.capitanalatriste.com).

(V)

Yo no sé si Arturo Pérez-Reverte existe de verdad. Quiero decir tan de verdad como sus personajes. Lo he visto un par de veces, incluso he intercambiado con él algunas frases, pero nunca me ha parecido alguien real. Seguramente es porque me niego a atribuir a nadie la paternidad del húsar Frederic Glüntz, el cazalibros Lucas Corso, el marinero Coy o los cuatrocientos héroes *malgré eux* del 326 de Línea, por citar sólo a unos cuantos amigos. No sé cómo ha ido siendo, pero todas esas criaturas de aire, que diría Fernando Savater, viven tan ricamente ahora en mi casa literaria, esa casa que poseemos todos los lectores y a la que nos retiramos siempre que podemos para tomarnos unas vacaciones del mundo, tan decepcionante a veces. En mi casa cohabitan los personajes de Salgari y Karl May con Fabricio del Dongo y Frederic Moreau; Jim Hawkins y Dick Shelton con los hermanos Karamazov y Gregorio Samsa. Todos se llevan bien. Y yo les aprecio porque son gente con personalidad, y porque cuentan unas historias estupendas. Por ahí deambulan, como decía, esos compañeros que Pérez-Reverte se empeña en considerar personajes suyos. Con el maestro de esgrima suelo tirar unos asaltos, y mientras él y Alatriste analizan sus lances de acero yo trato de meter baza a ver si me valoran el golpe traversor pasando, que ya son muchos años de sable. Con las chicas voy tratando: siempre me han gustado las pecas y nunca he dejado de pensar que en la mayoría de representantes del otro género se esconde una diablesa. El caso es que no sabría ya vivir sin toda esa galería de rostros y cuerpos, como no sabría vivir sin Aramis o Lord Jim. Se me han hecho indispensables: lo descubrí el día en que me vi a mí mismo hurgando en un contenedor de basura para hacerme con el capítulo correspondiente de *La sombra del águila,* que se publicaba en *El País* por entregas y que, al haberse agotado el diario, me había perdido. Como decía, yo no sé si Arturo Pérez-Reverte existe. Pero estoy dispuesto a aceptar que sí, siempre que siga poblando mi mundo de hermanos.

(Jacinto Antón, «Yo no sé», www.capitanalatriste.com).

(VI)

A su regreso del exilio en 1977, Rafael Alberti se vio asediado por los periodistas, que le preguntaron por todo lo divino y lo humano y, cómo no, por sus preferencias literarias y por su parecer acerca de las letras españolas del momento. El ya anciano poeta contestaba a duras penas a los reporteros e iba saliendo airoso del interrogatorio gracias a la sabiduría que proporciona la edad y al tono entrañable que ese aire suyo de persona bohemia y afable daba a sus palabras. Pero una joven tenaz le agobiaba con exigencias de precisión y le forzó a una respuesta que contiene una excelente lección de historia literaria en la que resulta imposible ser más exacto en menos palabras. Quería saber la periodista qué novelas españolas recientes le habían interesado y el poeta le contestó, apenas velado un impulso de malhumor, que no leía a los nuevos novelistas de nuestro país, que lo había intentado repetidas veces y que había desistido porque en sus libros siempre sucedía lo mismo: un personaje tardaba veinte páginas en subir una escalera.

Que el gran poeta gaditano no estaba al tanto de lo último era claro, pues para entonces ya había logrado cierta notoriedad, por ejemplo, *La verdad sobre el caso Savolta,* la entretenida ópera prima de Eduardo Mendoza, pero tampoco andaba muy descaminado. Esa narrativa morosa y que despreciaba un relato tradicional cargado de anécdotas y de personajes aludida por Alberti, había sido casi una moda desde finales de los sesenta y había llevado a nuestra ficción a una difícil encrucijada, o más bien a un callejón de imposible salida. Por suerte, otras obras que tenían planteamientos parecidos a la de Mendoza se fueron escalonando. Unas pertenecían a autores de las promociones precedentes, como Miguel Delibes, Juan Marsé o Isaac Montero, por citar unos nombres cuyos nuevos títulos no compartían la inclinación a la inanidad anecdótica. Otras las firmaban unos escritores casi noveles que a mediados de los setenta se afirmaban reivindicando el encanto de la tradición oral: Luis Mateo Díez o José María Merino, por ejemplo.

Aquel conjunto de obras vinieron a evidenciar que era posible una novela que encadenara sucesos, que recreara peripecias, que hablara de conflictos personales o de problemas colectivos y que tuviera categoría artística. Esa clase de ficciones que hacia 1980 ya eran moneda de uso mostraron que el viejo arte de contar no había prescrito. Así retornó briosa una novelística que, para entendernos sin dar más vueltas al asunto, podemos calificar de cervantina y que poco tiempo después consiguió lo que un decenio antes parecía una quimera, la reconciliación del lector español con sus autores, ahora situados en la cabecera de esas dudosas pero significativas listas de más vendidos.

Cuando en 1986 publica Arturo Pérez-Reverte su primer libro, *El húsar,* no se daba ningún exclusivismo artístico, sino que, al contrario, convivía la mayor pluralidad imaginable de tendencias. Este nuevo narrador, por entonces periodista de acción ya famoso, se situaba sin ambigüedades en una de las dos grandes corrientes del momento, y no solamente en la que gozaba de mayor prestigio literario. Hace un par de lustros andaba pujante un tipo contrario de narración, todavía hoy muy cultivada, que indaga con discreción y buenas maneras en interiores humanos llenos de perplejidad y de irresolución y que se decanta por una intrascendencia anecdótica muy marcada. En las obras de este sector de la novelística española reciente no sucede casi nada. Frente a ellas ha habido voces críticas que las han descalificado con epítetos muy negativos: «ensimismadas» las ha llamado Manuel Vázquez Montalbán; «catatónicas» las ha apellidado Juan Madrid. A uno y a otro les molesta la poca o ninguna atención que esos relatos prestan a los conflictos históricos y su enclaustramiento en un intimismo sin trascendencia colectiva. Les falta, podríamos decir, comunicación con la amplia y tornadiza marea de la vida. Tanto Vázquez Montalbán como Madrid prefieren un testimonio vital que ellos engarzan en crónicas corales de un tiempo al hilo de investigadores privados que descubren entresijos del crimen y la estafa. Esta rica veta de novela criminal o negra ha sido uno de los estímulos que ha tenido esa generalizada recuperación del gusto por contar, el cual se ha convertido en una de las corrientes dominantes de nuestra narrativa finisecular. En este frente que proclama el gusto por la literatura de acción se coloca Pérez-Reverte desde *El húsar* y asume sin complejos ya en esta primera novela un tipo de ficción por la que andarán el resto de las suyas. Es verdad que un ambiente literario que no hace remilgos a la narratividad ha propiciado la amplia difusión de sus fabulaciones, pero también resulta cierto que éstas no han ido al compás de la moda sino que surgen de profundas e indeclinables convicciones del autor. En cierta medida, como enseguida diré, Pérez-Reverte llega a utilizar alguna obra suya para reivindicar la legitimidad de su arte, haciendo de ello casi motivo de ostentación provocadora.

Cuál sea este arte resulta la cosa más sencilla de definir: Arturo Pérez-Reverte es un contador de historias, un fabulador nato. Hereda en la era de las autopistas de la información la magia de la palabra inventora de mundos que suponemos en los juglares antiguos y que pervive en los narradores del zoco árabe como vestigio de un tiempo preindustrial. Si el término no tuviera connotaciones peyorativas, diríamos que es un cuentista. En ello radica la raíz última de su literatura, tanto de las formas como de los contenidos de sus relatos, y me atrevería a afirmar que ahí se encuentra la causa remota de su decisión de ponerse a escribir novelas. Sospecho que un gusto personal por oír historias, o quizá más una inclinación íntima a leer sucesos acaecidos a otras gentes, y que una insoslayable afición a vivir vidas prestadas constituyen la razón fundamental por la que un día él mismo decide contar historias a otros. Sólo desde una vivencia intensísima de lo imaginario puede alguien volcarse en la irrefrenable narración de sucesos con que ha ido nutriendo las páginas de su obra.

Esa virtud o cualidad es la básica y primordial de nuestro autor, pero expresada así exige ya mismo algunas consideraciones. Para mí tengo que está tocado por la gracia natural de saber contar historias y que posee un don innato que no proporcionan ni tus talleres de escritura, ni el estudio atento, ni el trabajo meticuloso. A contar no se aprende —aunque algo se pueda mejorar—, sólo se sabe o no se sabe. Pocos de nuestros novelistas de la hora presente están dotados de esa innegable facultad de convertir una anécdota en sugestiva materia novelesca y quizá nada más Eduardo Mendoza y Pérez-Reverte, de entre los recientes, la poseen en un grado máximo. Entiéndaseme que, aunque tengo a este tipo de relato en mucha estima, no suponen mis palabras regatear méritos ni derechos a otras actitudes, pues pocas manías hay más funestas que la de desnudar a un santo para vestir a otro.

La insistencia en esa cualidad innata de fabulador de Pérez-Reverte entraña un riesgo que ha de ser desmentido de inmediato, el de suponer en él un adanismo que cualquiera que haya leído alguno de sus libros sabe del todo alejado de la verdad. Una cosa es poseer el don del contador de historias y otra escribir con oficio. Esto último supone narrar con un diseño calculado y claro: cómo han de ser los protagonistas, qué pasos contados ha de seguir la peripecia, y en qué manera se anudan los cabos que casi todo relato va dejando dispersos en el transcurso de los acontecimientos. En pocas palabras: meter en una estructura bien articulada la suma de acciones, sentimientos y voliciones que se entrelazan en cualquier conflicto humano cuando se lleva desde la imaginación creadora hasta el papel impreso. Ese orden y control son casi imprescindibles en la literatura porque ésta suele tener una causalidad de la que la vida carece con frecuencia. Las novelas de Pérez-Reverte son el resultado de un puntilloso oficio que no anula su aliento poético porque aquél está puesto al servicio de éste. Varios elementos integran el taller del escritor desde esta perspectiva: documentación, modelos literarios y planificación.

Cada maestrillo, como dice el refrán, tiene su librillo y debe de haber casi tantas maneras de abordar la confección de una novela como novelistas. Hay quienes escriben a partir de una documentación muy elemental y quienes la buscan minuciosamente. Pérez-Reverte milita entre estos últimos y se percibe en las detalladas y precisas noticias que encierran sus libros. Aunque no seamos ajenos al ambiente recreado, pronto nos sorprenden la exactitud y abundancia de datos que maneja, muy llamativos y curiosos en sí mismos si además se tiene en cuenta que con frecuencia se refieren a ocupaciones, aficiones u oficios ya extintos o nada comunes. En sus novelas hay desde menudos detalles de los hábitos de los húsares imperiales o inquietantes enigmas asociados al juego del ajedrez hasta peculiaridades de los bibliófilos que rozan la enajenación febril. Por no recordar, claro, el sorprendente caudal de precisiones relativas al arte de la esgrima, que hoy tenemos por algo casi exótico. Esas informaciones, aunque estén hábilmente manipuladas, responden a un conocimiento real del que dejó constancia en la fe bibliográfica que incluyó en la citada primera novela, *El húsar.*

No ha repetido esa gentileza en las siguientes, pero no puede cabernos la menor duda de que ha manejado copiosos e ilustres tratados de florete para la redacción de *El maestro de esgrima.* Incluso podemos intuir que él mismo ha ensayado este señorial deporte. Y la sospecha se convierte casi en inevitable certidumbre respecto de su afición personal a los libros de viejo, cuyos ritos conoce tan a la perfección que transforma en anécdota amena las obsesiones de una auténtica secta. El mérito del escritor no está en las abundantes averiguaciones aportadas desde sus inicios —aunque ello diga mucho a favor de una profesionalidad poco habitual en narradores noveles—, sino en el acierto con que se utilizan. Nunca hace ostentación de los datos ni quiere atraer la atención sobre ellos mismos. Se mantienen fieles a su condición de instrumento y jamás se convierten en materia inerte. Al contrario, funcionan como un material, interesante y aun novelesco, sobre el que descansa la verosimilitud histórica, en su caso, y que contribuye a dotar de plasticidad a un espacio argumental o a crear un ambiente de época vivenciado y real.

Esta veracidad noticiosa no es del todo independiente de un soporte distinto y complementario, uno que bebe en otras fuentes, en las de la propia ficción. Pérez-Reverte tiene devoción por la literatura de follctín y sus libros guardan una doble deuda con ella. Por una parte —y de ello no poseo más prueba que una razonable sospecha—, la contraída por la fascinación que tal género debe de producir no tanto en el escritor como en la persona llamada Arturo Pérez-Reverte. Han de ser gustos y experiencias que arrancan de la edad juvenil los que provocan en él efectos proyectivos e identificadores semejantes a los que luego busca con sus mismos libros, quizá sin proponérselo voluntariamente. Por otra parte, me parece que Pérez-Reverte es tan experto conocedor de los mecanismos y reglas de este género como un crítico profesional. Los recursos analizados por el supuesto estudioso los aplica, en términos generales, a sus ficciones con fidelidad y con maestría constructiva, la que viene de haberlos interiorizado muy bien y de estar capacitado para reproducirlos sin forzados mecanicismos, de modo que resultan fieles a su fuente sin producir un efecto de pastiche. Sobre los recursos del folletín, a los que los grandes novelistas del siglo pasado no hicieron ascos, se construye la llamada literatura popular, con la que las novelas de Pérez-Reverte mantienen algún grado de parentesco. No por casualidad, sino por esa mentada admiración sentimental del escritor. A causa de esta adhesión asume el peligro de practicar unos modelos literarios tan lícitos como cualquier otro, pero carentes de un prestigio incondicional. Así, le vemos en una peculiar situación, la de quien tiene que llevar a cabo una encendida defensa de su propio arte porque conserva algún rinconcito de mala conciencia o de alerta suspicaz que le avisa que sus libros pueden ser tenidos por obras de amena y vaga literatura, como antes se decía. Por eso *El club Dumas* se convierte en buena medida en un alegato a favor de una causa, la de esa literatura popular que no necesita defensa alguna. Notamos el recelo del autor de que su libro (y la observación vale también para los otros suyos) no se tenga en toda la estima que merece por prejuicios culturalistas y por cultivar una forma de poca reputación y no muy apreciada en los ámbitos que dictan la azarosa y relativa legitimidad del arte. No es extraño que enarbole esa bandera porque sabe las reticencias que despiertan unas narraciones como las suyas en este fin de siglo en el que influyentes teóricos dan por descontado que una novela no debe ser el relato de una aventura sino la aventura de un relato.

El tercer elemento del arte narrativo de Pérez-Reverte se basa en la minuciosa organización de la historia, que se convierte en un complejo mecanismo cuyas piezas encajan con la misma exactitud que las de una maquinaria complicada. Al modo, si valiera la comparación, de un reloj, todas las partes y ruedecillas cumplen a la perfección su cometido, sin que nos apetezca saber gran cosa de ellas, porque sólo deseamos que marquen la hora con puntualidad. Justo lo contrario de lo que prefieren otros narradores que hacen ostentación postmoderna de su habilidad en la confección de intrincados artilugios formales. Las tripas de las novelas de Pérez-Reverte son maquinarias bien ajustadas y engrasadas, pero que no tienen otra voluntad que la de servir de medio para alcanzar la armonía final del conjunto del relato. El lector sabe, aun el menos experimentado, que el autor le hace trampa y que desarticula la secuencia natural de los hechos hasta los límites de lo laberíntico, en algún caso, para conducirle al desenlace. Pero nos dejamos atrapar porque los resortes de la trampa, aunque podríamos descubrirlos, forman parte del hechizo que lleva a suspender el enjuiciamiento para consentir que nos arrastre el vértigo de lo que le pasa a la gente. Ese hechizo es el resultado del encanto de contar —el mismo que permitía a Sherezade salvar la cabeza noche tras noche—, y también de otro engaño o anzuelo que Pérez-Reverte coloca con taimada intención y eficaz resultado al inicio de varios de sus libros: una intriga que atrae de entrada al lector y le mantiene atento por la curiosidad de saber cómo se resuelve y porque también él puede echar su cuarto a espadas en su desentrañamiento, aunque el autor se reserva la última y sorpresiva palabra.

Estos recursos de artista consciente y responsable, alejado de la invención espontánea del narrador de olfato, no pueden separarse de otros elementos constructivos. Salvando las distancias que se quieran, así como Cervantes reconstruyó en Don Quijote buena parte de la ficción anterior y coetánea, de manera semejante Pérez-Reverte recrea en sus obras variedad de esquemas narrativos. Ya está dicho que asume gustoso el relato de aventuras. Añádase que se apropia de la narración de intriga y que en algún caso no anda alejado de la novela de investigación policíaca o criminal. Además, también cultiva el relato histórico en el que el pasado se convierte en *magister vitae* y se proyecta hacia situaciones vivenciales presentes. En fin —y quizá no agoto el repertorio—, practica asimismo la ficción culturalista que nos lleva a un terreno aureolado de crédito, el de la literatura y la bibliofilia. Obsérvese que varios de estos géneros ya establecidos y con tradición propia conviven en una misma obra. Pongamos por caso *El maestro de esgrima,* que es sin duda una novela histórica pero puede tenerse por un relato policíaco y en la que no falta un discreto pero patente culturalismo. O pongamos *El club Dumas,* en la que no está ausente ninguno de esos componentes aunque cambie su intensidad: un relato metaliterario se trenza con una investigación criminal que habla igualmente de usos de otro tiempo. E intriga, cultura e historia se asocian también en *La tabla de Flandes.* Esta bien ligada argamasa de modelos produce un curioso resultado. Cada uno de ellos por separado tiene una extraordinaria vigencia en la actualidad, al punto de haberse convertido en subgéneros de moda, y a ello se debe el tinte de modernidad que logran unas novelas que curiosa y deliberadamente poseen un cierto sabor antiguo. En esta mezcla de lo tradicional y lo moderno debe de radicar no la única, pero sí otra de las razones de la amplísima acogida que la sociedad lectora está dispensando a Pérez-Reverte. Añadiremos, sin embargo, en honor de la exactitud, que no siempre emplea este procedimiento acumulativo y de bastante complejidad, y que *La sombra del águila,* de configuración muy sencilla, resulta no menos atractiva.

Si el gusto por contar y el consiguiente disfrute del lector con los sucesos referidos resultan básicos en el ideario novelesco de Pérez-Reverte, no acaba en ellos la meta en que cifra su ambición. No cuenta sólo para entretener, no busca una literatura de evasión que se consuma en sí misma, en las sutiles trazas de la peripecia o en la gala del artificio. Ese componente de amenidad, distracción y sorpresa, fundamental, por otra parte, en alguien que no oculta su deseo de alcanzar cifras elevadas de lectores, no está reñido con otras dimensiones más hondas y más nobles de la literatura. De hecho, los grandes temas de siempre de las bellas letras están en todas y cada una de sus ficciones: el amor, la vida, la muerte, la piedad, el honor, el idealismo, la rectitud, las apariencias, la honestidad... Bajo el ir y venir de los personajes o entre enigmas, incidentes y discreteos laten a cada paso esas pulsiones humanas sustanciales. No siempre están en la superficie del texto porque éste, aunque la apariencia de una narrativa de acción lo disimule, posee un espesor que encubre un sentido y lo dota de valores universales. Los personajes, marcados por impulsos privados, bien perfilados con rasgos individualizadores, son como pequeños planetas de la constelación general de la humanidad. Tienen algo de ejemplares representativos de lo mejor y peor de cada ser humano, de cada uno de nosotros, los lectores. Las novelas de Pérez-Reverte encierran, así, una interpretación de la vida que no aflora en una primera instancia porque el sucederse de acontecimientos absorbentes nos arrastra.

Ahí radicaba la dificultad mayor del empeño antologal de José Belmonte: dejar al descubierto el entramado de asuntos y obsesiones del escritor sin que al parcelar sus libros se perdiera su fuerza motriz principal, el repetido gusto por contar. Ha superado Belmonte el reto con conocimiento, pericia e inteligencia. Ha conseguido fraccionar al escritor sin descoyuntarlo. Ha logrado aislar y presentar los núcleos sustanciales de las inquietudes del autor de modo orgánico y bien estructurado. Y ha proporcionado sentido y coherencia a lo que podrían parecer estímulos más o menos aislados de una obra narrativa todavía en marcha, pero que a la luz de este libro, *Los héroes cansados,* que es mucho más que una convincente selección de textos, muestra poseer una sustantiva unidad. Todo ello se expone, además, con muy ajustadas razones en una puntillosa introducción.

La labor del antólogo describe una imagen global y coherente del escritor, y es acerca de ésta, del sentido general del mundo que el conjunto de la obra de Pérez-Reverte arroja hasta ahora, sobre lo que quiero agregar unas reflexiones finales. No sabemos por dónde discurrirá el autor en el futuro, pues por su edad puede tomar todavía rumbos insospechados, pero me parece que hasta el momento su obra surge de una confrontación emocional entre el escritor y la vida. Habremos de anotar un dato muy llamativo: quien es conocido periodista del frente, cronista de guerras y otras calamidades, no escribe prácticamente nunca a partir de esa lacerante realidad actual, y sólo *Territorio comanche,* libro no novelesco de homenaje a su profesión, ha roto esa regla. Los enfrentamientos armados, los enredos por el poder, los instintos homicidas, sí aparecen en sus novelas, pero colocados en un distanciamiento temporal o vistos en una perspectiva que los universaliza en cuanto elementos de la condición humana. Ésta se convierte, creo, en el motivo que late bajo todos los escritos de nuestro autor, el cual la toma por los cuernos, la describe en sus miserias y maldades y la contempla sin paños calientes. Pero eso sí, con una actitud autorial que entraña una buena dosis de comprensión. Esta actitud viene de una manera global de ver el universo que no conduce a la incriminación ni a la expresión de una postura de superioridad, aunque el juicio vertido sobre el mundo sea muy severo. Al contrario, los libros de Pérez-Reverte llevan al dominio del sentimiento elegiaco que he mencionado antes de pasada. Hay en ellos, por encima de detalles menudos, una elegía de tiempos que fueron y de un pasado que contuvo mayores dosis de dignidad, caballerosidad y honor. Imagino que la experiencia de la guerra y de los infortunios planetarios que posee el periodista profesional tendrá su parte de responsabilidad en esa postura.

Esta suposición concierne a la intimidad del escritor, pero la digo porque tiene consecuencias literarias que sí nos afectan, sobre todo el tono melancólico que se desprende de unos relatos aventureros que vienen a proclamar una nostalgia del pasado. El periodista ha contado y vivido los estragos indiscriminados que producen los ingenios militares de nuestros días, pero el novelista recrea la destreza de la esgrima, que busca una muerte individual, selectiva y artística. La bomba o el misil contra el florete; la tecnología frente al arte. Basta con leer las dos o tres páginas iniciales de *El húsar* para ver la intensidad de esta actitud, y no se olvide que es la primera obra del autor. Estamos a comienzos del siglo XIX, en plena campaña napoleónica en España. Dos militares imperiales hablan de sus armas. Frederic Glüntz pondera su sable. Su compañero Michel de Bourmont no comparte esa admiración, le parece un instrumento de carnicería y vulgar. Respecto de las armas de fuego, declara Bourmont que «matar a distancia no es honorable» y agrega luego que las tiene por símbolo de una civilización decadente.

¿Qué papel desempeña el individuo en este planeta declinante, belicoso, taimado y desenamorado? Pérez-Reverte resulta un escritor barojiano: sus personajes se debaten entre el vitalismo y la abulia, que toma forma de escepticismo y casi de resignación. Se prefieren los luchadores, los idealistas y los que acometen con empeño una empresa por el único motivo de mantener una ilusión o por la simple razón de que no puede hacerse en la vida otra cosa que vivirla. Los grandes ideales y los tiempos de la búsqueda y de la aventura se terminaron. De un fondo reactivo a esta situación surge el imaginario de Pérez-Reverte y por ello la literatura y la lectura tienen tanto peso en sus obras. El viejo y clásico dilema, el dilema cervantino por excelencia, vida y literatura, está en el trasfondo de sus relatos. El caballeroso Jaime Astarloa de *El maestro de esgrima* le dice a la enigmática Adela de Otero que él no lee novelas y ella reconoce que lo mejor es vivirlas. Algo parecido se sostiene en el colofón de *El húsar,* pero ahora no referido a la ficción sino a la realidad: el autor se la dedica a su padre «porque estoy seguro de que esta novela le habría gustado vivirla a él».

En un mundo reducido a la aldea global y a la vez dislocado, ya queda poco espacio para la aventura, y ésta se ve constreñida cada vez más a la superficie de la ficción. No se trata de una vivencia histórica inédita, aunque tenga sus perfiles propios. La nobleza de la baja edad media vio cómo su función militar se reducía a un decorativo papel cortesano y la novela de caballerías del siglo XVI le permitió vivir en la imaginación las empresas de honor y amor que ya eran imposibles. Las gentes de hoy también desearían tener la experiencia del riesgo, participar en aventuras exóticas y en lances peligrosos, asomarse al pozo de las pasiones inefables y arrebatadas, pero están —estamos— más limitadas que nunca por su condición urbana y sedentaria. El gesto característico de estos amenes de siglo es una antiheroica pasividad ante el televisor. No es de extrañar que necesitemos cada vez más una escapatoria por la vía de lo imaginario y ello vendría a explicar el contundente éxito de las novelas de Pérez-Reverte, que poseen una extraordinaria capacidad para conectar con un subconsciente colectivo que busca lo excepcional frente a la rutina cotidiana. Salvemos de nuevo las distancias que se quieran, pero algo así hizo Lope de Vega al cristalizar en su comedia un conjunto de valores y aspiraciones generales. Pérez-Reverte nos proporciona la posibilidad, por medio de legítimas reglas del arte de la fabulación, de vivir otras vidas en esta vida.

(Santos Sanz Villanueva, «Vidas prestadas», prólogo a *Los héroes cansados,* ed. José Belmonte Serrano, Espasa Calpe, Madrid, 1995).

(Y VII)

Señores Académicos:

Quiero manifestaros ante todo mi gratitud por haberme designado vuestro portavoz en este acto ritual y siempre emocionante de recibir en nuestra casa a un nuevo compañero, porque me honra y me complace ser yo quien le dé la bienvenida a Arturo Pérez-Reverte, muestre los caminos y los logros que lo han traído a esta corporación y responda al discurso que le acabamos de oír. Sabéis que fui uno de los tres académicos firmantes de su candidatura, con Eduardo García de Enterría y Antonio Muñoz Molina. Para el primero, la Real Academia Española no podía caer en el error de la Francesa, que no incorporó nunca a Alejandro Dumas, con quien tan vinculado se siente nuestro novelista, al que algún crítico ha llamado, afectuosamente, «el quinto mosquetero», y para Antonio Muñoz Molina, «Arturo Pérez-Reverte culmina en la narrativa española un proceso de recuperación del gusto de contar y del reencuentro de la novela con el lector común que venían ya insinuándose desde algún tiempo atrás en algunas otras novelas que usaron las claves de la literatura de género como puntos de partida para contar el mundo y para establecer una complicidad gozosa entre la novela y el lector». Digamos, finalmente, que yo no era sino uno de esos tantísimos, incontables lectores que han disfrutado de sus relatos, a la par que admiraba su fidelidad histórica, su precisión documental, sus pinceladas de humor y la eficaz transparencia de su prosa. Añádase el conocimiento personal, desde hace nueve o diez años, que sin haber sido frecuente, ha sido bastante para advertir en él una calidad humana, una generosidad intelectual, una independencia de ideas y una claridad de juicio que han ido ganando, poco a poco, mi aprecio, mi admiración y mi amistad.

Comprenderéis, pues, mi satisfacción por oficiar, con la voz de la Academia, en este acto protocolario pero jubiloso que nos reúne esta tarde para recibir a Arturo Pérez-Reverte. Porque existe aún otra circunstancia para mí particularmente sensible. El nuevo académico viene a ocupar el sillón T mayúscula, el que dejó vacante al morir mi maestro Manuel Alvar, a quien él, que no llegó a conocerlo sino a través de sus discípulos, ha retratado en esbozo, con intuición y tino, en el preámbulo de su discurso. Diré yo ahora que si algún escritor se podía vislumbrar, en el panorama actual de nuestra literatura, que me pareciera adecuado para suceder a mi maestro en ese sillón, no era otro que Pérez-Reverte, andariego como él, igualmente universal, el único que ha pisado, como el inolvidable filólogo, todos y cada uno de los países de nuestra lengua y que ha ido dejando memoria de sus trabajos, que es conocido y alabado en todos ellos. Hasta raro se me antoja que no coincidieran ninguna vez en algún avión, en algún aeropuerto, en algún cruce de caminos. Era en ese sillón académico donde, después de tantas vicisitudes y avatares, del uno y del otro, se iban sus nombres a emparejar.

Arturo Pérez-Reverte nació en Cartagena en 1951. Lector precoz, devora ya en la infancia todas las viejas novelas folletinescas, de misterio o de aventuras o de recreación histórica que acumulaba la biblioteca de su abuelo: Alejandro Dumas, Victor Hugo, Julio Verne, Daniel Defoe, Salgari, Conan Doyle, Galdós, con sus *Episodios Nacionales,* lo van ganando para la imaginación y la literatura. Ya adolescente continúa con Galdós y con Baroja, Valle-Inclán, Wells, Melville, Conrad y, enseguida, los clásicos españoles. Su padre lo lleva al teatro, cuando hay ocasión en la ciudad provinciana, y esas representaciones, ese oír los versos de Lope o de Calderón, le mueven los pulsos y le excitan los ánimos. Su padre sabe sembrar en él inquietudes de lectura, ponerle disimulados cebos en lo que piensa que debe leer. Y le abre puertas al mundo clásico. Refuerza con un profesor privado el obligado aprendizaje del latín y el griego que exigía el bachillerato de la época. Y de este modo traduce, con pasión, a César, a Virgilio, a Horacio, luego a Jenofonte y a Homero. Su prosa se va haciendo con esas traducciones de la *Ilíada,* de la *Odisea,* y su imaginación se va poblando de aquellos héroes del mundo antiguo. Pero es la *Anábasis* el libro que más lo influirá y que marcará decisivamente toda su obra. Soldados perdidos en territorio enemigo, sin retaguardia que los proteja, es un tema recurrente en sus relatos, porque ésa es la gran metáfora de la vida para Arturo Pérez-Reverte. El hombre no es más que eso: un soldado perdido en territorio hostil. Aquel muchacho que traducía el relato de Jenofonte recuerda ahora, recordará siempre, la más fuerte impresión literaria de su vida, desvelando el texto griego, con el diccionario a mano, con la gramática en la cabeza: aquel destacamento de soldados griegos que alcanza la cumbre de una montaña y avista el Ponto Euxino: *¡talasa, talasa!* ¡El mar, el mar!

Y aquel muchacho, hoy el novelista que recibimos, explica así su literatura: «Mi único secreto es muy simple y está al alcance de cualquiera: planteamiento, nudo, desenlace, las comas en su sitio, y sujeto, verbo y predicado». Y luego lo condensa en tres palabras: «Escribo como lector». Le preguntan por sus temas y dice que acude a los asuntos que literariamente más lo han emocionado, los grandes temas clásicos, y precisa: «El honor, la amistad, la aventura, el mar, el peligro, el tesoro, el laberinto, el enigma». «Utilizo —añade— los mecanismos de la narración clásica: ¿por qué empeñarse en cambiar algo que han hecho tan genialmente Galdós, Stevenson, Dumas o Stendhal? Cuento historias en las que pasan cosas...».

Cuando terminó el bachillerato deseó venir a Madrid a estudiar Periodismo e ingresó en la por entonces flamante nueva Facultad. Su padre opinaba que bueno, pero que debía hacer, aunque fuera a la par, una carrera seria, y se matriculó también en Ciencias Políticas, de la que llegó a concluir tres cursos. Pero en la que se licencia, finalmente, en 1973, es en la que deseaba, en Ciencias de la Información. Entra de reportero en el diario *Pueblo* y enseguida lo mandan a informar sobre la guerra de Chipre. Trabajará doce años como corresponsal de guerra, en ese periódico, y luego otros nueve en TVE. Será testigo de todas las guerras ocurridas entre 1973 y 1994, que fueron muchas, se pierde la cuenta: la del Líbano, la de Eritrea, la del Sáhara, la de las Malvinas, la de El Salvador, la de Nicaragua, la del Chad, la crisis de Libia, las guerrillas del Sudán, la guerra de Mozambique, la de Angola, el golpe de Estado de Túnez, etcétera, etcétera. Las últimas que cubrió, ya para TVE, con imágenes y reportajes en los telediarios, fueron la revolución de Rumanía, la crisis y guerra del Golfo y las de los Balcanes, la de Croacia y la de Bosnia. También había dirigido, durante cinco años, *La ley de la calle,* un programa de Radio Nacional de España sobre marginalidad y delincuencia, por el que recibió el Premio Ondas de 1993.

Su mundo no era, pues, el de los círculos literarios y al relativo éxito de su primera novela, *El húsar,* de 1986, no se le presta demasiada atención; el de la segunda, *El maestro de esgrima,* 1988, resulta ya más notorio, y con la tercera, *La tabla de Flandes,* de 1990, y la cuarta, *El club Dumas,* de 1992, se consagra como novelista arrollador, como autor siempre instalado en las listas de libros más vendidos. Su obra empieza a traducirse y a traspasar fronteras, y la crítica española se muestra remisa a reconocerle méritos literarios, considerándolo un escritor de novelas populares cuyo éxito se basa en ser una cara conocida de televisión.

Pero más que cara conocida era un personaje conocido, no un simple busto parlante sino un tipo alto y enjuto, con gafas de concha y chaleco antibalas, que nos contaba, al amparo de una tapia o resguardado por unos sacos terreros, el día a día de las guerras de los Balcanes, entre ráfagas de ametralladora, explosiones de bombas, destrucciones, muertos, heridos, ambulancias, carros de combate y personajes más o menos siniestros, y nos lo contaba directamente, mirándonos a los ojos, con oficio, imperturbable delante de la cámara, con una mochila colgada, en la que, al parecer, llevaba más libros que cualquier otra clase de utensilios, pues sólo la lectura le permitía sosegarse y reponerse de los horrores que se veía obligado a presenciar cada jornada.

En 1994 abandona TVE y publica *Territorio Comanche,* en el que narra, con brevedad y dureza, sin pelos en la lengua, su experiencia de reportero en esa última guerra a la que asiste. Otras dos narraciones breves, novelas cortas más o menos, *La sombra del águila* y *Cachito* o *Un asunto de honor,* publica en 1995 tras aparecer como folletines en *El País.* De ese mismo año es *La piel del tambor,* y un año más tarde publica el primer tomo de lo que van a ser las aventuras de *El capitán Ala-*

triste, que se irán desarrollando, en años sucesivos, con *Limpieza de sangre, El sol de Breda* y *El oro del rey.* La crítica comienza a entregársele y a reconocer que hay mucho más que un simple folletinista o un constructor de novelas de misterio o aventuras en el reportero de Cartagena. Ahora empieza a ser el escritor de La Navata, lugar de la sierra madrileña donde se ha retirado a escribir, que es ya su único oficio: darle a la tecla desde las nueve de la mañana hasta las tres de la tarde sin interrupción. Con reflexión, con documentación irreprochable para sus recreaciones históricas y con «la impecable factura estilística que se gasta en sus narraciones», según apreciación literal de Luis Alberto de Cuenca, que le dedicaba un artículo a la saga del capitán Alatriste en un volumen de quinientas páginas, *Territorio Reverte,* con treinta y dos ensayos sobre su obra, de otros tantos autores, que publicó hace dos años la Universidad suiza de Berna. De vez en cuando se marcha a navegar en su propio barco, que es su gran afición; afición que le ha inspirado su hasta ahora penúltima narración, *La carta esférica.* Explica, sin embargo: «No navego por aventura, sino para estar lejos de lo que no me gusta». Pero también suele decir que su patria es el Mediterráneo.

Ya nadie se atreve a poner en tela de juicio su calidad literaria. Su última novela, *La Reina del Sur,* situada su acción en nuestro tiempo y localizada en Sinaloa, México, y en nuestra Costa del Sol y Zona del Estrecho, con personajes entremezclados de uno y otro país, es un verdadero prodigio de observación lingüística, de matización de las diferencias, de entendimiento de los usos idiomáticos.

Es probablemente hoy el escritor español en activo con más presencia en los territorios americanos de nuestra lengua, y esa última novela lo ha acabado de consagrar allá. En el mes de noviembre pasado, en el Congreso de la Asociación de Academias de la Lengua Española que se celebró en San Juan de Puerto Rico, el director de la Academia Costarricense, Alberto Cañas, escritor prestigioso, novelista también, como todos sabemos, me preguntó: ¿No han pensado ustedes en llevar a

Pérez-Reverte a la Academia? Le contesté que varios académicos ya lo estábamos pensando. Y así era y justo será recordar que fue nuestro llorado secretario, Domingo Ynduráin, quien primero pronunció su nombre como el de un candidato ineludible.

Las obras del nuevo académico se han editado en muchos países hispanohablantes y la serie de *El capitán Alatriste* se ha convertido en España en materia de lectura escolar, porque su intención fue desde el principio, al concebir este personaje, que la recreación, con él, del ambiente de nuestro Siglo de Oro, de los hechos, los modos y los acontecimientos, llenara de alguna manera el hueco dejado por el destierro de la historia en los planes de estudio; y en algunas naciones de América están cumpliendo idéntica función, pues ellos sienten claramente que esa historia les afecta y les es común. El éxito del personaje en el nivel secundario de enseñanza ha llevado incluso, en España, a traducirlos al catalán y al eusquera, con lo cual suman ya veintiocho las lenguas a las que nuestro autor se ha traducido. En dos naciones tiene muy particular presencia: en Francia y en los Estados Unidos. Ya en 1993 la revista *Lire* eligió *La tabla de Flandes* como una de las diez mejores novelas extranjeras traducidas ese año al francés y se le concedió también el Grand Prix de literatura policíaca; en 1997 recibe el Premio Jean Monnet de literatura europea, en 1998 es nombrado Caballero de la Orden de las Letras y las Artes por el Presidente de la República Francesa, y en 2001 se le otorga el Premio Mediterráneo a *La carta esférica* en su traducción al francés, que también es galardonada por la Academia de Marina del vecino país. En los Estados Unidos, el Suplemento literario del *New York Times* consideró, en 1994, *La tabla de Flandes* como una de las cinco mejores novelas extranjeras publicadas ese año en aquel país y la sigue recomendando a sus lectores en los años siguientes; en 1998 selecciona *El club Dumas* como uno de los libros de ficción más importantes del año literario y define la novela como «deliciosa y llena de inteligencia»; y en 2000 destaca *El maestro de es-*

grima, tardíamente traducida ante el éxito del autor, como uno de los mejores libros del año y resalta «su espléndida ejecución». *La tabla de Flandes* en Suecia y *El club Dumas* en Dinamarca reciben igualmente premios u honores reservados para novelas extranjeras. Éstas y otras narraciones de Arturo Pérez-Reverte han sido llevadas al cine: se han realizado ocho películas hasta el momento, tres en los Estados Unidos y cinco en España.

Arturo Pérez-Reverte se ha propuesto en todo momento hacer buena literatura, porque ha sido siempre un entregado amante de ella, un denodado lector. Empieza tarde (tiene treinta y cinco años cuando publica su primera novela, en 1986), pero lleva trece años viendo guerras sin cesar y treinta leyendo libros sin parar. Y diez años después, en 1996, ya absolutamente triunfador, cuando salta al ruedo literario su capitán Alatriste, contesta de este modo, en una entrevista, a quien le recuerda esa llegada tardía a la literatura: «Uno publica cuando cree que tiene algo que contar, cuando siente una necesidad casi física de contar historias. Hay que esperar a sentir esa necesidad: hasta entonces podemos aprovechar el tiempo viviendo y leyendo. Pero, fíjese, ni siquiera ahora, cuando llevo diez años publicando libros, me sé escritor: yo soy, ante todo, un lector. Un lector apasionado cuya verdadera patria son los libros que ha amado. Concibo la escritura como una forma, también apasionada, de rescatar todos esos libros que amé, que sigo amando». Y antes ha dicho a su entrevistador, que también había mostrado su asombro ante el hecho de que, salvo *Territorio Comanche,* en ninguna de sus novelas hubiese utilizado los recuerdos de su intensa experiencia como corresponsal de guerra: «Lo cual no quiere decir que prescinda de mi vida a la hora de abordar una novela. Mi vida está detrás de cada página, de cada personaje. Ahora bien, mi propósito no es contar mi biografía (eso resultaría muy aburrido), sino contar el mundo: intentar trasladar al papel la lucidez o la confusión que la vida me ha dejado. No escribo para contar mi vida, sino para contar los amores que no he tenido, las cuentas que no he saldado, las mujeres que no he amado, los enemigos a los que no he matado, los amigos a quienes no he podido abrazar». Permítanme que incluya aquí una reciente observación personal. Su primera novela, *El húsar*, yo no la había leído; había entrado en su narrativa por *La tabla de Flandes* y *Territorio Comanche* y no me había preocupado de volver la vista atrás; pero ante este deber de recibirlo hoy, que se me encomendaba, consideré obligado completar mis lecturas. Y *El húsar* me ha dejado atónito: creo que nunca he leído una novela donde la guerra esté descrita tan duramente, sin paliativos, con toda su crueldad y truculencia, con su inevitable desbarajuste, sin escatimar rigores y atrocidades. Es una recreación histórica vista por un subteniente de húsares del ejército napoleónico en la guerra de España, nuestra guerra de la Independencia, pero no desde el recuerdo de los libros leídos, sino desde la inmediata experiencia del corresponsal de guerra que la está escribiendo. Y ese entreverar lo vivido y lo leído creo que es una constante en su narrativa y la razón que la trasciende.

La preocupación por ese ensamblaje de la realidad con la ficción, por escribir para su extenso público manteniendo, por encima de todo, la calidad literaria de su producto y la fidelidad en los detalles de sus recreaciones históricas, es una constante en su quehacer. Se documenta hasta la saciedad y está convencido de que los libros más vendidos igual pueden ser obras deleznables y ocasionales que obras bien escritas, sólidamente pensadas y con esperanza de futuro. «Yo escribo para vivir más y me siento un hombre libre», ha dicho en alguna ocasión. Libre, pero heredero de una larga e imponente tradición narrativa: «Nadie —añade— salvo los soberbios, los cretinos o algunos *bobenzuelos* a quienes vuelven locos los elogios de algunos críticos cantamañanas, puede creerse de veras capaz de escribir nada que merezca la pena con una memoria literaria o cultural que empieza en Kundera o en la última película de Tarantino. Cervantes, Shakespeare, Tolstoi, Dostoievski, Galdós, Valle, Stendhal, Quevedo, Virgilio, Homero, Dickens, Dumas, Stevenson, Melville y todos los otros, los de siempre, los viejos maestros que nos enseñaron a contar historias como siempre se contaron, siguen siendo necesarios antes de dar el primer teclazo, porque en ellos obtenemos el aplomo y el equipaje y en ellos afinamos las armas de la lengua, el estilo y la estructura».

Cuando escribe de estos asuntos, es un polemista deslenguado, implacable e hiriente. Desde hace diez años, viene publicando, cada semana, un artículo de opinión o de denuncia en *El Semanal,* suplemento dominical de todos los periódicos del grupo Correo, que llegan a más de cuatro millones de lectores. Reunió los publicados hasta 1997 en un libro, *Patente de corso,* y los comprendidos entre 1998 y 2001 en otro: *Con ánimo de ofender.* Vale la pena leerlos y compararlos con sus novelas. Los títulos ya son bastante expresivos de su actitud y de su intención.

Ahora acabamos de oírle su discurso de ingreso, que me parece que ha dejado a sus oyentes entre admirados y estupefactos. Ha sido una especie de alarde lingüístico consciente de convencido narrador. Ha querido demostrarnos hasta qué punto conoce los entresijos idiomáticos de nuestro Siglo de Oro y la seguridad y fiabilidad con que podemos aceptar sus recreaciones. El Diccionario de Autoridades incorporó íntegramente el Vocabulario de germanía de Juan Hidalgo y la Academia lo ha conservado siempre, es decir, la mayor parte de esas palabras insólitas que hemos oído esta tarde en nuestro Diccionario se definen. No todas porque el recipiendario ha utilizado además otras fuentes, siempre de garantía, amén del testimonio apabullante de los clásicos. Llega a esta casa, que concentra sus tareas en el registro y descripción de los empleos de cada palabra de hoy o de ayer, y ha querido mostrarnos que ya trae, a ese respecto, alguna lección aprendida y que podrá ponerse manos a la obra desde el primer día. Es posible que a algunos les haya parecido acumulativo, que lo es, y que lo hayan estimado críptico y se hayan perdido en más de un pasaje sin acabarlo de descifrar. En fin, esto último ocurre con frecuencia en conferencias y discursos sin que podamos atribuírselo al lenguaje de germanía, pero sí a otras jergas que se estilan y se emplean con profusión en la lengua actual, no pocas veces especializada y pedantesca. En el discurso que hemos escuchado la acumulación ha sido evidentemente intencionada y manejada con maestría, pues se ha explicado lo necesario, sin cortar el hilo narrativo, y la situación y el contexto han bastado casi siempre para atribuirles a las voces desconocidas su exacto significado. El bravo del título, el consabido valentón, ha desarrollado ante nosotros su rutinaria jornada, lo que nos ha permitido conocer, paso a paso, los nombres que suele dar a las cosas que utiliza, a las personas con las que se encuentra y a los hechos habituales en su mundo, jalonado todo ello con jácaras y romances de Lope o de Quevedo, y además el personaje queda dibujado, vivo, y finalmente nos resulta ser un viejo conocido, el del famoso soneto de Cervantes al túmulo de Felipe II, con cuyo estrambote ha rematado el nuevo académico su disertación. Sobre la originalidad de ésta no creo que le quepa a nadie la menor duda, aunque habrá que reconocer que, evidentemente, se ha salido del canon.

Pero ¿qué es el canon?, ¿quién lo fija?, ¿quién lo establece? Con motivo de su elección para la Academia no faltó quien se lamentara por ahí, en privado o en público, de que se hubiera elegido un escritor popular, cuyos libros se vendían copiosamente y se leían con placer por gente muy diversa, pero que no se ajustaba al canon. Como llevamos algún tiempo en que se ha puesto de moda la protesta callejera, el jueves de su elección se convocó por Internet una manifestación de rechazo ante las puertas de la Academia. Aunque los organizadores probablemente cuenten ahora, como es habitual, que acudieron doscientas personas, si no quinientas, lo cierto es que sólo vinieron diez con sus pancartas y su desacuerdo, que manifestaron con ruidos de hojalatas. Con ese débil y desangelado fondo acústico de charanga o de cencerrada se celebró la votación, que bastó con una, con la primera. Cuando yo salí quedaban nueve contestatarios de los diez: alguien se había cansado o tenía otras urgencias. Dejo constancia aquí del anecdótico episodio, uno más en la historia lateral de la Academia. Probablemente, en el grupo habría alguien que quizá me hubiera podido explicar lo del canon. Aunque lo que dudo mucho es que alguno de sus componentes hubiera leído alguna vez alguna línea del escritor que rechazaban.

Arturo Pérez-Reverte llega a la Academia cargado de lecturas, de saberes y de experiencias, y con una ya extensa obra literaria de amplísima aceptación e indiscutible calidad. Es además un hombre serio, estricto en el cumplimiento de sus obligaciones y de una asombrosa puntualidad, una virtud tan infrecuente. Tiene un certero instinto lingüístico y un declarado amor a la lengua en que se expresa. Me atrevo a pronosticar que su actividad académica ha de ser valiosa y relevante, porque posee todas las condiciones necesarias para que eso ocurra: lo veo como un académico cabal.

Estás ya en tu sitio, Arturo, estás donde debías, en la Real Academia Española. El camino ha sido arduo, los trabajos muchos, duro el vivir. Pero has alcanzado la cumbre, como los soldados griegos de Jenofonte *(¡talasa!, ¡talasa!),* y has llegado a esta casa, que va a ser la tuya, y aquí estamos tus amigos, tus nuevos compañeros, con los brazos abiertos, anchos acaso como la mar, para darte la bienvenida.

> (Contestación del Excmo. Gregorio Salvador Rueda al Discurso de Arturo Pérez-Reverte «El habla de un bravo del siglo XVII», 12 de octubre de 2003).

8. ARGUMENTO Y FICHA FÍLMICA
DE *EL MAESTRO DE ESGRIMA*

8.1. *El maestro de esgrima* (1992)

En el turbulento Madrid de 1868, con la caída de la frívola reina Isabel II, la llegada al poder del general Prim y continuas manifestaciones antiborbónicas, se desarrolla una peculiar historia de amor entre el veterano maestro de esgrima Jaime Astarloa (Omero Antonutti), inventor de una célebre estocada mortal, y su misteriosa y bella alumna Adela de Otero (Assumpta Serna), que sólo utiliza sus encantos para enamorar al maestro, para que le enseñe su célebre estocada y luego emplearla en matar a su amigo y admirador Luis de Ayala (Joaquim de Almeida) cuando busca unos papeles comprometedores para el banquero monárquico Saranova (Alberto Closas), que no duda en torturar al periodista revolucionario Agapito Cárceles (Miguel Rellán) para conseguirlos. Sin embargo, el viento ha hecho que los papeles se oculten bajo la mesa del despacho de Jaime Astarloa, que los encuentra por casualidad, tiempo después se los entrega al jefe de policía Genaro Campillo (José Luis López Vázquez) y acaba de poner el asunto en claro. Con una cuidada ambientación y vestuario, se desarrolla una buena mezcla de elementos amorosos y políticos dentro de un sobrio melodrama con intriga policiaca incluida, aunque con una excesiva frialdad en su desarrollo. Basada en la novela homónima de Arturo Pérez Reverte, es una de las mejores películas del irregular director y productor Pedro Olea, donde destacan los bien rodados y excelentes duelos a espada entre el italiano Omero Antonutti y la española Assumpta Serna.

Director: Pedro Olea. *Guionistas:* Antonio Larreta, Francisco Prada, Arturo Pérez-Reverte, Pedro Olea. *Fotografía:* Alfredo Mayo. *Música:* José Nieto. *Decorados:* Luis Valles. *Intérpretes:* Omero Antonutti, Assumpta Serna, Joaquim de Almeida, José Luis López Vázquez, Alberto Closas, Miguel Rellán, Alberto de Mendoza, Elisa Matilla, Ramón Goyanes. *Producción:* Antonio Cardenal y Pedro Olea para Altube Filmeak, Origen R C. y Esicma. Color. *Duración:* 91 min.
[3 premios Goya. Premio en el festival de Cognac. Seleccionada para representar a España en los Oscar® 1992].

(Augusto Martínez Torres, *Diccionario Espasa de Cine español,* Espasa Calpe, Madrid, 1999, pág. 490).

9. BIBLIOGRAFÍA SOBRE *EL MAESTRO DE ESGRIMA*

Ababol (semanario), 3 (1-XI-2002).

AUDUSSE, Bertrand, «A l'ombre de Dumas. L'espagnol Arturo Pérez-Reverte marche gaillardement sur les traces du grand Alexandre», *Le Monde,* 1-VII-1994.

BELMONTE SERRANO, José, «*El maestro de esgrima:* retrato de Madrid, año 1868», *Cangilón,* Murcia, 13-XII-1996, págs. 6-10.

BONACCHI GAZZARRINI, Giuliana, «L'amore dello spadaccino. L'ultimo romanzo di Pérez-Reverte racconta i sentimenti di un vecchio maestro d'armi dell'ottocento», *Cooperazione,* 23, 9-VI-1999, pág. 61.

CANONICA, Elvezio, «"La virtud no es rentable": el combate a punta desnuda entre dos sistemas de valores en *El maestro de esgrima*», *Territorio Reverte. Ensayos sobre la obra de Arturo Pérez-Reverte,* José Manuel López de Abiada y Augusta López Bernasocchi (eds.), Verbum, Madrid, 2000, págs. 75-88.

CASTEJÓN, Encarna, «Tocados», *El País,* 5-VI-1998.

CELIS, Daniel, «Un novelista que reivindica el folletín», *La Nación,* 24-VII- 1993.

CHAPPUIS, Bernard, «Pérez-Reverte nous invite au Club Dumas», *La Tribune de Genève,* 5-VI-1994.

CLADAIROU, Clo, «Le sentiment du fer», *Le Seuil,* 3-VII-1994.

DENDLE, Brian J., «Las novelas históricas de Arturo Pérez-Reverte», *Territorio Reverte. Ensayos sobre la obra de Arturo Pérez-Reverte,* José Manuel López de Abiada y Augusta López Bernasocchi (eds.), Verbum, Madrid, 2000, págs. 123-132.

—, «Pérez-Reverte y la novela histórica», *Sobre héroes y libros. La obra narrativa y periodística de Arturo Pérez-Reverte,* José Belmonte Serrano y José Manuel López de Abiada (eds.), Nausicaä, Murcia, 2003, págs. 61-74.

FERNÁNDEZ SASTRE, Roberto, «Introducción» en *El maestro de esgrima,* Círculo de lectores, Barcelona, 1992, págs. 7-12.

GARCÍA, Pascual, «El honor de Astarloa. Un caballero español», *Sobre héroes y libros. La obra narrativa y periodística de Arturo Pérez-Reverte*, José Belmonte Serrano y José Manuel López de Abiada (eds.), Nausicaä, Murcia, 2003, págs. 107-116.

MARTÍN NOGALES, José Luis, «La novela histórica», *Diario de Navarra*, Pamplona, 30-V-1988, pág. 19.

MERCIER, Christophe, «Un cómplice», *Le Point,* 1127, 23-IV-1994, pág. 101.

MONERRI, José J., *«El maestro de esgrima», La Verdad*, Murcia, 1988.

PÉREZ-SAUQUILLO, Marcos, *«El maestro de esgrima», Agua,* octubre 1988.

RODRÍGUEZ, Alfredo, «De *El maestro de esgrima* a *La tabla de Flandes:* el universo narrativo de Pérez-Reverte», *Territorio Reverte. Ensayos sobre la obra de Arturo Pérez-Reverte,* José Manuel López de Abiada y Augusta López Bernasocchi (eds.), Verbum, Madrid, 2000, págs. 397-412.

ROSSET, Pierrette, «Arturo Pérez-Reverte. Le cinquième mousquetaire», *Elle,* 25-IV-1994.

TORRES, Rafael, «La irresistible elegancia de la sencillez», *Ya,* Madrid, junio 1988; y en Belmonte Serrano, José (ed.): *Arturo Pérez-Reverte: Los héroes cansados. El demonio-El mundo-La carne,* Madrid, Espasa Calpe, 1995, págs. 288-289.

SUMALAVIA, Ricardo, «Lectura en clave policíaca de *El maestro de esgrima», Sobre héroes y libros. La obra narrativa y periodística de Arturo Pérez-Reverte,* José Belmonte Serrano y José Manuel López de Abiada (eds.), Nausicaä, Murcia, 2003, págs. 425-436.

VAGNER, Michel, «Le nouveau Conan Doyle est espagnol», *Quotidien,* París, 27-VI-1994.

VV. AA.: *En torno a* El maestro de esgrima *de Arturo Pérez-Reverte,* Gobierno de Aragón y Ministerio de Educación y Ciencia, Zaragoza, 1993.

TALLER DE LECTURA

Las sombras de quienes pudimos ser y no fuimos,
¿No se trata de eso?... De quienes soñamos ser y nos
hicieron despertar

1. LITERATURA Y CINE: DE LA NOVELA A LA PELÍCULA (1988-1992)

En *Scaramouche* (1952), la película clásica dirigida por George Sidney, aparece el que es para muchos el mejor duelo de esgrima de toda la historia del cine. Arturo Pérez-Reverte no se resiste a realizar un homenaje al libro de Rafael Sabatini en que se basa la película cuando el maestro dice aquello de «el florete es como un pájaro, hay que sostenerlo con suavidad para no aplastarlo y con fuerza para que no eche a volar». También el director de la versión cinematográfica de *El maestro de esgrima* plantea un guiño al clásico cuando decide copiar un plano de *Scaramouche* para ahorrar extras sin menoscabo del efecto final: aparece muy poca gente y a pesar de ello parece que el teatro esté lleno.

 — Identifica el pasaje al que se refiere el comentario y señala la relación que Pérez-Reverte ha mantenido con el séptimo arte. Revisa a tal fin los artículos dedicados al tema que se adjuntan en el apéndice documental.

— A pesar de la belleza intrínseca de la situación, Pedro Olea traiciona en su película el final de la novela de Pérez-Reverte, puesto que en la novela el maestro hace su tratado de esgrima, es decir, tras la estocada se mantiene fiel a sí mismo y escribe el tratado de esgrima que más tarde aparecerá en circulación en *El club Dumas* (1993), en su edición de 1870 (guardado en la biblioteca privada de Varo Borja). Comenta la pertinencia de esta opción argumental para el devenir de la película y señala otras variantes sustanciales entre ambas historias.

Guión de *El maestro de esgrima*
(escena 5, 0:26:25")

Don Jaime.—Y ahora muy atenta. El adversario ha recurrido la respuesta de punto volante. Responda en la misma línea. Bien, es el momento decisivo. Vacilo durante un segundo, como si estuviera por realizar un falso ataque, con la intención de dar una estocada inesperada. Usted no llega a efectuar la parada por completo, porque se dispone a parar la otra estocada.

Adela.—Y es ahí donde cometo el error.

Don Jaime.—Exactamente, porque yo sigo el movimiento en la misma dirección. Acorto la distancia. Giro el puño sólo un cuarto de vuelta, y la alcanzo en la base del cuello, en mitad de la garganta.

Adela.—Increíblemente simple.

Don Jaime.—¿Qué le pasa?

Adela.—Qué buena idea, mi agua de violetas.

Don Jaime.—¿Se siente mejor?

Adela.—Sí, ya pasó.

Don Jaime.—Tengo algo para usted.

Adela.—Mañana se lo llevo al orfebre. Me han dicho que en una semana.

Don Jaime.—No hay prisa.

Adela.—Tengo el pelo demasiado tirante, ¿le importaría quitarme la peineta? Estocada corta y vuelta de puño. ¿Ha matado usted a alguien con ella?

Don Jaime.—En un duelo, hace muchos años, en París. A un prusiano insolente. Había ofendido a Montespaine, cuado ya estaba inválido. Pero no me siento especialmente orgulloso de ello. Me voy, debe usted descansar.

Adela.—No, no se vaya. Quisiera conocerle mejor. Perdone el atrevimiento, pero quisiera preguntarle algo: ¿usted alguna vez amó?

Don Jaime.—Varias.

Adela.—Varias… Ya entiendo. No, maestro. Yo quiero decir que si alguna vez amó.

Don Jaime.—Sí. Una vez, en París. Hace mucho tiempo.

Adela.—¿Era hermosa?

Don Jaime.—Sí, lo era. Perdone, creo que deberíamos…

Adela.—¿Quién dejó a quien, Don Jaime?

Don Jaime.—Al cabo de cuatro años la obligué a escoger, y lo hizo.

Adela.—Ya… casada.

Don Jaime.—Casada. Y usted es una joven inteligente.

Adela.—¿Qué hizo después?

Don Jaime.—Liquidé cuanto tenía y regresé a Madrid.

Adela.—Lo ve. Siempre hay una historia que contar.

Don Jaime.—Tengo que irme, señora.

Adela.—Hasta mañana, maestro. Y recuerde: ha prometido llevarme a la conferencia de su amigo italiano.

— Busca en la novela el episodio transcrito y analiza pormenorizadamente las diferencias que existen entre ambas opciones narrativas, la literaria y la cinematográfica. ¿A qué crees que obedecen los cambios que se muestran en la película? ¿Qué aspecto temático se ve enriquecido con la reescritura de la escena? ¿Resulta relevante para el desarrollo del argumento que filma Olea?

— Lee atentamente el siguiente texto de Pérez-Reverte, a fin de entender con detalle la labor de guionista que el autor desempeñó en el proyecto que dio lugar a la película. ¿Qué crees que quiere decir cuando se refiere a que ésta «ya no es mi historia»?

Véase lo que dice el escritor respecto a la confección del guión de su novela:

«Yo he aprendido con el tiempo que un autor debe quedarse fuera del cine. O sea, mirar, ayudar en lo que puede, pero siempre desde fuera. Porque la película es una cosa muy compleja, donde entra mucha gente y uno ahí estorba más que ayuda. Pero, bueno, en aquella época [1992] yo todavía era inocente. Me asomaba a mirar y eso. Y luego, Antonio y Pedro (sobre todo Pedro). Bueno, pues yo iba a veces al rodaje y el guión original que habían hecho era un guión que estaba bien, pero yo creía que el maestro no estaba tratado con bastante dignidad. Entonces metí mano, no mucho, cuatro tonterías para darle esos puntos que yo creía que le daban un poco más de dignidad al personaje. Y después, ya durante el rodaje, hubo alguna escena que a la hora de rodarla quedaba ajustada. Entonces me pidieron que reescribiese algún párrafo, algún diálogo [en la escena del *tuyyo* se cuenta el pasado del maestro de esgrima que no se cuenta en la novela]. Así que colaboré de forma muy periférica y lateral, como aficionado. Pero fue una experiencia muy interesante. Aprendí muchísimo a partir de ese momento […].

»Creo que lo que mejor que hay reflejado en la película es la dignidad del personaje. La esencia del personaje del maestro de esgrima: es un hombre honesto, es un caballero, es un tipo de un mundo que ya no existe, pero que es fiel todavía a las viejas formas del pasado sin ser por eso un reaccionario. Es simplemente un tipo que se mantiene en su mundo, en su castillo de dignidad, decencia y honor, atrincherado. Un personaje admirable por esa lealtad y esa inocencia que tiene en cierta forma frente a un mundo de canallas. Yo creo que justamente eso hace que la historia conmueva. A mí todavía me conmueve, no porque yo haya escrito de ella, sino por la historia en sí [...].

»Las veces que he visto la película he dicho: "ya no es mi historia". Cuando un autor dice eso, esa historia ha triunfado. Yo puse en marcha algo, como ha ocurrido con Alatriste, y ahora ya no es mi historia. La gente se ha apropiado de ella. El autor desaparece y es un diálogo entre el lector y el personaje […].»

(Arturo Pérez-Reverte, declaraciones para la presentación en DVD de *El maestro de esgrima*).

2. PERSONAJES

Respecto a la gestación de los personajes novelescos, Arturo Pérez-Reverte ha declarado en alguna ocasión: «Nunca hubo un marqués de los Alumbres en España. Pero, a la hora de crear un marqués imaginario, buscaba algo que sonara bien. Yo vivía en la refinería, en los Alumbres de Cartagena, entonces cada día iba al colegio, me recogían en un coche y de ahí nos llevaban a los Maristas, a Cartagena, y pasaba por los Alumbres. Así que el nombre de los Alumbres lo tenía en la cabeza y a la hora de escribir se convirtió en el marqués de los Alumbres, papel que hace magníficamente Joaquim de Almeida en la película. Un papelazo [...]».

— En el Título I, Ley II, de la Segunda Partida, se define la dignidad nobiliaria de *marqués,* diciendo que es la que corresponde «al señor de alguna tierra que está en comarca del reino», refiriéndose con comarca a región fronteriza. Se coincide con esta acepción en el Principado de Cataluña, donde se llamó *marqueses* a los gobernadores de la Marca Hispánica. Documéntate sobre el título de marqués y señala sus deberes y privilegios. Hecho esto, confecciona una descripción verosímil sobre la Casa señorial de los Alumbres. Fíjate para ello en el estilo que siguen los diccionarios heráldicos y nobiliarios.

— Leonardo da Vinci (1452-1519) dejó escrito en uno de sus *Aforismos:* «Cada uno mantiene violentamente su existencia» (aforismo 162). Señala qué sentido puede tener para el desarrollo de la vida de Astarloa, en particular sobre su relación con Adela de Otero. Imagina y escribe otra sentencia que explique la opción vital del maestro de esgrima, atrapado entre un mundo que se desvanece y otro al que no desea pertenecer.

— «[...] Todas sus sensaciones alcanzaron una elevación hasta entonces ignorada para él. Vivió las experiencias de una vida infinitamente variada; murió y resucitó, amó hasta la pasión más ardiente y viose separado de nuevo y para siempre de su amada. Al fin, hacia el alba, cuando las primeras luces quebraban la penumbra, en su alma empezó a reinar una creciente paz, y las imágenes se tornaron más claras y permanentes [...]». La cita está extraída del *Heinrich von Ofterdingen,* que Novalis (1772-1801) dejó incompleta y fue publicada póstumamente en 1802: se trata en esencia de una autobiografía, paradigma del espíritu del auténtico poeta romántico, contrapuesto al *Wilhem Meister* de Goethe: celebración de la «mágica» unidad del mundo visible y el invisible mediante una poesía restituida a su originaria naturaleza, simbolizada por la «flor azul». Esta cita contiene en esencia el cambio emocional que sufre Astarloa en un momento de la historia, para el que no parecía preparado y que no hubiera esperado a esas alturas de la vida. Describe pormenorizadamente a qué episodio de *El maestro de esgrima* corresponde. Se trata de una sutil forma con la que señalar que la vida puede ser explicada por la literatura. Es, por tanto, una reivindicación en toda regla del poder inapelable de la palabra escrita.

— Joseph Conrad, otro de los escritores de cabecera de Pérez-Reverte, escribió en aquella sutil pieza de ingeniería literaria conocida como *El duelo* (1908) que «ningún hombre tiene éxito en todo lo que emprende. En ese sentido, todos somos fracasados. Lo que de verdad importa es no fracasar en la ordenación y el sustento del esfuerzo de nuestra vida. En esto es la vanidad la que nos lleva por mal camino. Nos precipita a situaciones de las que necesariamente salimos perjudicados; mientras que el orgullo es nuestra salvaguardia, tanto por la reserva que impone a la selección de nuestro empeño como por la virtud de su poder sustentador». Interpreta esta cita conradiana con la mirada puesta en el final trágico de Luis de Ayala.

«Mecido por el balanceo del coche de alquiler, se apoyó en el respaldo del asiento. Comenzaba a sentir una tranquila lucidez. Por mero reflejo profesional, comenzó a repasar cuidadosamente los acontecimientos, con un método clásico en él: movimientos de esgrima. Eso le ayudaba, generalmente, a imponer orden en sus pensamientos cuando se trataba de analizar situaciones complejas. El adversario, o adversarios, habían establecido su plan a partir de una finta, de un ataque falso. Al venir a él lo hicieron en busca de otro objetivo; el falso ataque no era otra cosa que amenazar con una estocada diferente a la que se tenía intención de asestar. No

apuntaban a él, sino hacia Luis de Ayala, y Jaime Astarloa había sido tan torpe como para no prever la profundidad del movimiento, cometiendo el imperdonable
error de facilitarlo» (págs. 187-188).

 — El pasaje previo indica la importancia de la esgrima
en la vida de Astarloa, hasta el punto de forzarla a penar
bajo la lógica de ese arte —nunca *sport,* que diría el
maestro—. Busca los motivos que ayudan a estructurar
la novela de Pérez-Reverte, reconstrúyelos y comenta
el resultado que obtengas de su análisis. ¿Hasta qué
punto los epígrafes que se extraen del ficticio *Tratado
sobre el arte de la esgrima* que encabezan cada capítulo
son la síntesis de lo que el lector encontrará en esas páginas?

3. FUENTES

Como epígrafe del *El maestro de esgrima* se cita un pasaje
de los *Cuadros de viaje* (1826-1831) de Heinrich Heine (1797-
1856): «Soy el hombre más cortés del mundo. Me precio de
no haber sido grosero nunca, en esta tierra donde hay tantos
insoportables bellacos que vienen a sentarse junto a uno, a
contarle sus cuitas e incluso a declamarle sus versos». Muchas
son las fuentes literarias de las que Pérez-Reverte se sirve para
ilustrar una determinada visión del mundo que, muy al contrario, no sólo debe ser circunscrita a los años en los que tiene lugar la acción de la novela.

 — Werner Fuld escribe en el *Diccionario de últimas
palabras* (Seix Barral, Barcelona, 2004, pág. 94) que
«El poeta Heinrich Heine (1856) no tenía fama de haber llevado una vida que pudiera resultarle particularmente grata a la divinidad. Por ello, en su lecho de
muerte fue preguntado si no le preocupaba si Dios

acaso no le iba a perdonar sus pecados. Pero Heine estaba seguro: "Dios me perdonará; es su profesión"». ¿Crees que ese sentido irónico de la vida de Heine es extrapolable a la de Astarloa, sabiendo que parte de la personalidad del escritor alemán se refunde para crear la del maestro de esgrima? Señala los aspectos que conducen a esta conclusión.

— Arturo Pérez-Reverte ha confesado que hay unas palabras que le obsesionan desde que, de muchacho, traducía a Homero. En realidad, supone, casi todas sus novelas hablan de eso. Las palabras son éstas: «Llueve en las orillas de Troya mientras zarpan las naves». ¿A qué obra de Homero pertenecen? Con los datos aportados, localiza el pasaje, al tiempo que expones la relación entre la epopeya griega y *El maestro de esgrima*. ¿Es posible llegar a la conclusión de que el escritor hiciera uso de esa obsesión para redactar algún fragmento de su obra? Ofrece los elementos que justifiquen tu opinión. Piensa, por ejemplo, en el último párrafo de la introducción del narrador, cuando se dice que «las cumbres heladas del Guadarrama arrojaban sobre Madrid un frío aguacero aquella noche de diciembre de 1866, reinando en España su católica majestad doña Isabel II» (pág. 27).

— Benito Pérez Galdós, *Episodios nacionales* («cuarta serie»): Escribe los diez títulos de esta serie entre abril de 1901 y mayo de 1907. Históricamente, abarca los años difíciles y tormentosos del reinado de Isabel II, desde su subida al trono hasta su exilio en Francia. Es la serie donde aparecen, con aires revolucionarios, los episodios *Prim* (1906) y *La de los tristes destinos* (1907), ambos concernientes a la época que alumbra el entorno social de *El maestro de esgrima*. Según lo señalado, ¿cuál puede ser la influencia ejercida por Galdós en Pérez-Reverte? Ten presente que la sombra galdosiana alcanza incluso las páginas de su última novela,

Cabo Trafalgar (2004), donde una vez más utiliza sin reservas recursos decimonónicos y folletinescos para gestar su particular visión de tan trágico episodio en la historia de la Armada española.

A Lev Tolstói se le recuerda, entre otras cosas, por una obra eterna, aquella que tiene su inicio en la frase: «Todas las familias dichosas se parecen, y las desgraciadas, lo son cada una a su manera». Se trata, por supuesto, de *Ana Karenina* (1877). No por menos memorable deja de resultar importante su *Sonata a Kreutzer* (1890), donde se halla un pasaje que ilustra fielmente algunos de los aspectos más destacados de *El maestro de esgrima*. En esa obra en la que la música de Beethoven actúa como un cuchillo lacerante y asesino que rasga el velo de las apariencias burguesas, Tolstói utiliza al protagonista Pózdnyshev como vehículo con el que arremeter contra la hipocresía de las relaciones humanas. En un momento de su intenso relato, Pózdnyshev alega lo siguiente:

> «Si el objetivo de la humanidad es la felicidad, la bondad, el amor, como quiera usted, si consiste, como nos dicen las profecías, en que todos los hombres se fundan en el amor, en que las lanzas se conviertan en hoces, etcétera, si esto es así, ¿qué es lo que nos impide alcanzar este fin? Pues las pasiones. Y de las pasiones, la más poderosa, la más funesta y persistente es la pasión del sexo, el amor carnal [...] La humanidad de hoy no ha alcanzado el objetivo, y no lo ha alcanzado sólo porque en ella habitan las pasiones, sobre todo la más poderosa de ellas, la del sexo. Y como persiste la pasión del sexo, nace una nueva generación y, por lo mismo, persiste la posibilidad de alcanzar el fin en la generación siguiente. Tampoco lo alcanza la que sigue, y así será hasta el día en que se alcance el objetivo, se cumpla la profecía y la humanidad se funda en un único amor.»

— El pasaje, como se adelantaba, ilustra los tres focos pasionales en los que se desenvuelve la novela de Pérez-Reverte, a saber: la pasión del poder, la pasión del saber y, cómo no, la pasión sexual. Así, bien estaría calificar la novela como un tratado de las pasiones. ¿Qué episodios de la novela rescatarías para ilustrar cada una de las pasiones destacadas? Razona la respuesta con citas pertinentes.

4. La estocada perfecta

El sentido que rige los últimos años del maestro de esgrima se cifra en la consecución de una estocada perfecta, aquella que sea imposible de batir y conduzca al adversario a la muerte sin remisión. Una suerte de «Grial», con el que Astarloa persigue eso tan difícil que es pasar la vida al arte, para que sea éste el que explique mejor la vida. La recomposición de la *estocada perfecta* se explica en las últimas líneas de la novela: «Cuarta. Parada de cuarta. Doblar en cuarta sobre el brazo. A fondo […]».

 — Tanto *la estocada de los 200 escudos* como *la estocada perfecta* se encuentran fragmentadas a lo largo del libro y es preciso recomponerlas uniendo los pasajes para observar cronológicamente el desarrollo de tan precisos movimientos. Reconstrúyelas y trata de visualizar el arte que esconde cada una de ellas.

— Intentar explicar con palabras menos técnicas en qué consiste *la estocada perfecta* que inventa Jaime Astarloa, y que le permite sobrevivir al furibundo ataque de Adela de Otero, la dama de ojos violeta. ¿Crees que, finalmente, consigue alterar el camino que el Destino le tenía marcado y al que parecía abocado antes de que se le pasara por el pensamiento la idea de que «tenía ante sí la oportunidad de jugarle una mala pasada al Des-

tino»? ¿Cuáles son los pasos que le obligan a apostar
por la vida *realmente real,* como dice el jefe de policía
Campillo, frente a la vida *contemplativa* que llevaba
hasta entonces Astarloa?

5. DE PRINCIPIOS Y FINALES

«Los novelistas con talento saben que el *incipit* de una novela es clave, casi tan importante como el final. Y Pérez-Reverte ha cuidado en ésta el comienzo hasta el punto de que podría
decirse que en sus primeras páginas, según me propongo analizar, está contenido, a modo de un mapa, todo su territorio.»

> (Pozuelo Yvancos, «Las guerras perdidas de Teresa Men-
> doza, reina del sur», *Ventanas de la ficción. Narrativa hispá-
> nica, siglos XX y XXI,* Península, Barcelona, 2004, pág. 246).

 — Desde esta consideración, que se entiende manda-
miento obligado para cualquier escritor de ambición artística, examina los principios de la primera y última
novela de Pérez-Reverte aquí transcritos, con la intención de aseverar que, efectivamente, en el inicio está el
final, y asimismo su desarrollo; esto es, que todo lo que
será la novela está contenido en su primer párrafo,
como ocurre con *El maestro de esgrima.* ¿Qué elementos inducen a pensar en la lógica evolución de la escritura de su autor, transcurridos más de tres lustros entre
una y otra? Destácalos y ponlos en relación con los que
puedas apreciar en el principio de nuestra novela.

El húsar (1986):

«La hoja del sable lo fascinaba. Frederic Glüntz era
incapaz de apartar los ojos de la bruñida lámina de
acero que refulgía fuera de la vaina, entre sus manos,

arrojando destellos rojizos cada vez que una corriente de aire movía la llama del candil. Deslizó una vez más la piedra de esmeril, sintiendo un escalofrío al comprobar la perfección de la afilada hoja.»

La reina del Sur (2003):

«Sonó el teléfono y supo que la iban a matar. Lo supo con tanta certeza que se quedó inmóvil, la cuchilla en alto, el cabello pegado a la cara entre el vapor caliente que goteaba en los azulejos. Bip-bip. Se quedó muy quieta, conteniendo el aliento como si la inmovilidad o el silencio pudieran cambiar el curso de lo que ya había ocurrido. Estaba en la bañera, depilándose la pierna derecha, el agua jabonosa por la cintura, y su piel desnuda se erizó igual que si acabara de reventar el grifo del agua fría. Bip-bip. En el estéreo del dormitorio los Tigres del Norte cantaban historias de Camelia la Tejana. La traición y el contrabando, decían, son cosas incompartidas. Siempre temió que tales canciones fueran presagios, y de pronto eran realidad oscura y amenaza.»

Precisamente porque los *incipit* devienen decisivos en la estructura de cualquier historia, Pérez-Reverte ha sabido encontrar en algunas obras imperecederas modelos para forjar las suyas, haciendo caso al dicho popular de que quien a buen árbol se arrima, buena sombra le cobija. En este sentido, el principio de *El maestro de esgrima* es ejemplar, puesto que permite vislumbrar todos los elementos que desempeñarán un papel decisivo en la novela:

«El cristal de las panzudas copas de coñac reflejaba las bujías que ardían en los candelabros de plata. Entre dos bocanadas de humo, ocupado en encender un sólido veguero de Vuelta Abajo, el ministro estudió con disimulo a su interlocutor. No le cabía la menor duda de que aquel hombre era un canalla; pero lo había visto llegar ante la puerta de Lhardy en una impecable berlina tirada por dos soberbias yeguas inglesas, y los dedos finos y cuidados que retiraban la vitola del habano lucían un valioso solitario montado en oro. Todo eso, más su elegante desenvoltura y los precisos antecedentes que había ordenado reunir sobre él, lo situaban automáticamente en la categoría de canallas distinguidos. Y para el ministro, muy lejos de considerarse un radical en cuestiones éticas, no todos los canallas eran iguales; su grado de aceptación social estaba en relación directa con la distinción y fortuna de cada cual. Sobre todo si, a cuenta de aquella pequeña violencia moral, se obtenían importantes ventajas materiales.»

Entre las novelas que cabe rastrear están, cómo no, algunas de sus preferidas. En los ejemplos que se añaden a continuación puede observarse cierto parentesco estructural y estilístico, no sólo presente en el arranque de la novela. Una vez leídos, analiza los elementos que han inspirado los pasajes destacados de *El maestro de esgrima,* con los que la novela establece un diálogo intertextual, aspecto convertido ya en motivo recurrente en la producción pérez-revertiana.

La Regenta-El maestro de esgrima:

Leopoldo Alas, «Clarín», *La Regenta* (1884):

«La heroica ciudad dormía la siesta. El viento sur, caliente y perezoso, empujaba las nubes blanquecinas que se rasgaban al correr hacia el norte. En las calles no había más ruido que el rumor estridente de los remolinos de polvo, trapos, pajas y papeles, que iban de arroyo en arroyo, de acera en acera, de esquina en esquina, revolando y persiguiéndose, como mariposas que se buscan y huyen y que el aire envuelve en sus pliegues invisibles. Cual turbas de pilluelos, aquellas migajas de la basura, aquellas sobras de todo, se juntaban en un montón, parábanse como dormidas un momento y brincaban de nuevo sobresaltadas, dispersándose, trepando unas por las paredes hasta los cristales temblorosos de los faroles, otras hasta los carteles de papel mal pegados a las esquinas, y había pluma que llegaba a un tercer piso, y arenilla que se incrustaba para días, o para años, en la vidriera de un escaparate, agarrada a un plomo.»

Cfr. pág. 151 de *El maestro de esgrima:*

«Madrid se mecía a la siesta, adormecido por los últimos calores del verano. La vida política de la capital discurría en la calma de un septiembre bochornoso, bajo nubes plomizas que filtraban un sofocante torpor estival. La prensa oficialista, entre líneas, daba a entender que los generales desterrados en Canarias seguían tranquilos, desmintiendo que los tentáculos conspiradores se hubieran extendido a la Escuadra, que, a pesar de malintencionados rumores subversivos, se mantenía, como siempre, leal a Su Augusta Majestad. En lo referente al orden público, hacía ya varias semanas que no se registraba en Madrid tumulto alguno, tras el ejemplar escarmiento dado por la autoridad a los cabecillas de las últimas agitaciones populares, que ahora tenían tiempo de sobra para meditar sus desvaríos bajo la poco acogedora sombra del presidio de Ceuta.»

Cien años de soledad-El maestro de esgrima:

Gabriel García Márquez, *Cien años de soledad* (1967):

«Muchos años después, frente al pelotón de fusilamiento, el coronel Aureliano Buendía había de recordar aquella tarde remota en que su padre lo llevó a conocer el hielo. Macondo era entonces una aldea de veinte casas de barro y cañabrava construidas a la orilla de un río de aguas diáfanas que se precipitaban por un lecho de piedras pulidas, blancas y enormes como huevos prehistóricos. El mundo era tan reciente, que muchas cosas carecían de nombre, y para mencionarlas había que señalarlas con el dedo.»

Cfr. pág. 29 de *El maestro de esgrima:*

«Mucho más tarde, cuando Jaime Astarloa quiso reunir los fragmentos dispersos de la tragedia e intentó recordar cómo había empezado todo, la primera imagen que le vino a la memoria fue la del marqués. Y aquella galería abierta sobre los jardines del Retiro, con los primeros calores del verano entrando a raudales por las ventanas, empujados por una luz tan cruda que obligaba a entornar los ojos cuando hería la guarda bruñida de los floretes.»

6. LA ELOCUENCIA DE LA SONRISA

Uno de los autores predilectos de Arturo Pérez-Reverte es Joseph Conrad. En *La línea de sombra* (1916), una de sus obras más conocidas, aparece el siguiente pasaje: «Los ojos de Ransome miraban derechamente a los míos. Cambiamos una sonrisa. La de Ransome, como de costumbre, un tanto grave, y la mía bastante lúgubre, sin duda, de acuerdo con mi secreta exasperación». Al igual que en Conrad, la sonrisa es también para el autor de *El maestro de esgrima* motivo de reflexión y de información adicional cuando ésta surge. Y cuando lo hace, siempre se muestra distinta de la anterior. Los ejemplos —expuestos por orden de aparición— son significativos de un modo de proceder muy estudiado:

«Sonrió apenas, seguía sonriendo, despuntó de nuevo la sonrisa, sonrió con humildad, sonrisa cínica, sonrisa de *dilettante,* triste sonrisa, permanente y enigmática sonrisa, prudente sonrisa, sonreír silenciosamente, sonreía con tristeza, íntima sonrisa, tenue sonrisa, sonrisa tolerante, sonrió, o quizá lo hizo la pequeña cicatriz, sonrisa en la que alentaba un matiz de ironía, seductora sonrisa, sonrió agradecido, sonrió inquieto, sonriendo con timidez, sonrió pensando en sí mismo, sonrisa encantadora, sutil sonrisa, sonrió feliz, desdeñosa sonrisa, sonreía desmayadamente, rió sin alegría, sonriendo de forma fugitiva, sonrió dolorosamente, breve carcajada, maliciosa y alegre, sonreía con aire mefistofélico, sonrió con infinita tristeza, sonrió misteriosamente, una débil mueca, parecida a una sonrisa, sonrió tranquilizador, soltó una risita sarcástica, sonrió conciliador, sonrió tristemente, sonriendo para sus adentros, débil sonrisa, risita sarcástica, sonrió levemente, indeleble y enigmática sonrisa, acentuó la sonrisa, sonrió burlona, sonrisa indulgente, sonrisa burlona, sonrisa más traviesa que maligna, parecía haberse dulcificado su sonrisa, sonrió quedamente con insólita ternura, carcajada siniestra…»

 — Escoge alguna de las escenas que te merezcan mayor interés y analiza el efecto visual de la sonrisa. ¿Sirve para aproximar al lector a la historia, para hacerle cómplice de la historia que recorre las páginas del libro? ¿Cómo son las sonrisas de Adela de Otero frente a las de Jaime Astarloa? ¿Responden a las personalidades que ilustran? Razona tus respuestas.

7. HERÁLDICA

La heráldica es la ciencia del blasón. Es admitido por los especialistas que la auténtica heráldica se originó cuando, oculto el rostro del caballero por el yelmo, fue preciso dotarlo

de un signo permanente de reconocimiento, muy frecuente-
mente impreso en el escudo del caballero. Lo que sigue son
los escudos de armas o blasones de las casas que dan apellido
a los protagonistas de *El maestro de esgrima,* con la respectiva
simbología de sus elementos más destacados.

Astarloa (vasco): *Armas:* En gules, ocho cadenas de oro,
puestas en orla. En Zenarruza, en 1759 y Lekeitio (Bizkaia).
Este escudo figura sobre el marco gótico de la puerta de la
iglesia parroquial de Sondica (Bizkaia). Significado: Zarzal
(astar, zarza, y sufijo local -oa). Peña plana (aitz, az, as: peña;
-lau, -lo: plana, y articulo -a).

Otero (castellano): *Armas:* En campo de azur, una torre de
piedra; bordura de gules, con ocho aspas de oro.

Simbología de la Torre: «La torre corresponde al símbolo
ascensional primordialmente. En la Edad Media, torres y cam-
panarios podían servir de atalayas, pero tenían un significado
de escala entre la tierra y el cielo, por simple aplicación del
simbolismo del nivel para el cual altura material equivale a
elevación espiritual […]. Sin embargo, en el simbolismo de la
torre cabe hallar una ambitendencia. Su impulso ascensional
iría acompañado de un ahondamiento; a mayor altura, más
profundidad de cimientos. Nietzsche (1844-1900) habló que
se desciende en la medida en que se asciende. Nerval (1808-
1855), en *Aurelia* concretamente, se refiere al simbolismo de
la torre y dice: "Me hallaba en una torre, tan honda en sus cimientos, hundidos en la tierra, y tan alta en su vértice, aguja
del cielo, que ya toda mi existencia parecía obligada a consu-
mirse en subir y bajar"».

Simbología del Yunque: «Símbolo de la tierra y de la materia; corresponde al principio pasivo y femenino, por contraposición al martillo, de carácter fecundador».

(Juan Eduardo Cirlot, *Diccionario de símbolos,* Siruela,
Madrid, 1997, págs. 449-450 y 470).

— Compárese el escudo de armas de Jaime Astarloa en *El maestro de esgrima,* que difiere del oficial («un yunque de plata en campo de sinople, con la divisa *A mí»,* con el de Adela de Otero. De igual modo, y según la identificación señalada por Cirlot, trata de establecer una relación simbólica entre la personalidad y actitud de ambos protagonistas a partir de los elementos que se destacan en sus escudos de armas: Otero-Torre y Astarloa-Yunque.

— Relaciona el emblema o divisa de uno de los protagonistas («A mí») con las acciones que se suceden en *El maestro de esgrima.* ¿Tiene ello relevancia en la novela? Identifica y comenta el episodio en el que se aprovecha de un modo más productivo el recurso.

8. GÉNESIS DE *EL MAESTRO DE ESGRIMA* (TÍTULO)

Volviendo a 1987, Pérez-Reverte seguía con sus guerras y sus períodos de relajo en Madrid. «Estando en el bar El Diario, enfrente de *Pueblo,* oí a un tipo decir que venía de ver al maestro de esgrima, y enseguida pensé que era un título cojonudo para una novela», recuerda el autor, que allí mismo imaginó a un maestro de esgrima mayor y decadente, y una mujer misteriosa. En ese instante se gestó la novela y quizá su futura condición de novelista. Porque aunque *El húsar* le había abierto el apetito narrador, aún pensaba que se jubilaría como reportero. Sin embargo, ya con el nuevo título en la cabeza, releyó a sus clásicos del alma —«me gustaba ver cómo maestros como Conrad o Tolstoi resolvían ciertos problemas técnicos, y luego yo lo hacía a mi manera», explica— para buscar una época en la que situar su nueva historia. Leyó tratados de esgrima, habló con maestros de la espada y se sentó frente a la Olivetti [manual de color verde]. «Pero puedo jurar que ni entonces soñaba con ser novelista, sólo me divertía escribiendo.»

Una vez terminada la novela, y tras regresar de un trabajo en Melilla, ya como reportero de TVE, se planteó que había llegado la hora de enviar la novela «a una editorial de verdad». Y así lo hizo: «Se la mandé a [Jorge] Herralde, de Anagrama, me fui de viaje y, a la vuelta, me encontré con una carta suya rechazándola», rememora el escritor, que creyó que su libro no era bueno. Pero fue justo entonces cuando su amigo Arnáiz le presentó al editor Julio Ollero, que estaba en Mondadori, y al que le había gustado *El húsar*. Una vez leída, le pasó la novela al crítico Rafael Conte, que escribió la solapa de *El maestro de esgrima,* que se publicó en Mondadori en 1988 y de la que se hicieron tres ediciones.

La novela tuvo algo más de repercusión, pero no buenas críticas, como la de Encarna Castejón, que en *El País* escribió: «Es una lástima que este chico no se dedique a cosas más serias». Pero Pérez-Reverte hizo caso omiso de los críticos —«si no eras Faulkner o Benet no eras nada»—, aunque no fue hasta la novela siguiente, *La tabla de Flandes,* cuando realmente planificó de verdad una de sus novelas. «Las dos anteriores tenían la frescura de quien no pretende ni tan siquiera escribir una novela, pero la tercera estaba deliberadamente estructurada», asegura el escritor, que a inicios de 1989 ya se asomaba con otros ojos al mundo de la literatura.»

(Declaraciones de Arturo Pérez-Reverte a Óscar López, «De soldado a capitán», *El Periódico-Libros,* 29 de julio de 2004).

 — Al parecer, no sólo el editor Carlos Barral se equivocó al dejar pasar novelas que luego serían importantes, como ocurrió con *Cien años de soledad,* modelo explícito para Pérez-Reverte. ¿Compartes la opinión del autor de que *El maestro de esgrima* es una novela de escasa deliberación estructural? Si piensas que el escritor y académico ha incurrido en un exceso de humildad, aporta los datos textuales que ayuden a concluir lo contrario.

9. LÉXICO

Puesto que se trata de una novela histórica —¿qué novela no lo es?—, *El maestro de esgrima* atiende a la época en la que suceden los acontecimientos que en ella se narran con un léxico pertinente, fruto del trabajo de investigación y documentación que Pérez-Reverte lleva a cabo en todas sus novelas, así como gracias a sus dotes para tomar el pulso al habla popular (véase a este propósito su discurso de ingreso en la RAE «El habla de un bravo del siglo XVII» —12 de junio de 2003—, sin olvidar el resto de sus novelas y producción periodística). Los que se mencionan a continuación son algunos de los términos más destacados, aunque existen muchos otros:

—*Rocambole:* Todavía en la decimotercia edición (1899) del *Diccionario de Lengua Castellana de la Real Academia Española* no se consigna entrada para el término, que alude al personaje creado por Pierre-Alexis Ponson du Terrail (1829-1871). El éxito deparado por *Las aventuras de Rocambole* (1859) alentó al escritor folletinesco a proseguir en otros libros las excepcionales hazañas de su personaje, primero como héroe del mal, luego del bien, en el gran escenario de París. El término *rocambolesco* asume el espíritu extraordinario, exagerado e inverosímil de las aventuras protagonizadas por el simpar personaje, cuyo creador alcanzó a escribir más de trescientas obras. En la novela, dice el jefe de policía Jenaro Camillo que «a ese Cárceles lo han estado haciendo filetes, como si fuese una pieza de ternera, porque a usted se le metió en la cabeza jugar a Rocambole» (pág. 223). A la luz de lo explicado arriba, interpreta lo que sugiere el comentario velado del jefe Campillo.
—«Algunos *encumbrados* esposos» (pág. 21): Explica el sentido figurado del adjetivo que se le dedica a ciertos maridos.
—*Escudos:* Moneda de plata que equivalía a diez reales de vellón [de cobre] y que sirvió de unidad monetaria.

—*Reales:* Moneda de cobre que se usó en lugar de la fabricada con liga de plata, equivalente a veinticinco céntimos de peseta (4 reales, una peseta; un euro equivaldría, por tanto, a 664 reales). Lo que Adela Otero ofrece a Astarloa por el secreto de la estocada maestra son 3,6 euros de la actualidad. Una vez sabido esto, responde cuál sería el equivalente monetario en el día de hoy de aquellos 200 escudos de 1868. Documéntate y haz los cálculos pertinentes.

—*Sentiment du fer* (pág. 94): «Esa cualidad consiste en una especie de sexto sentido, que permite prolongar hasta la punta del arma la sensibilidad táctil de los dedos que sostienen el florete... Es un instinto especial que advierte de las intenciones del adversario y permite, a veces, prever sus movimientos una pequeña fracción de tiempo antes de que se produzcan».

 — Confecciona una lista con los que te aporten mayores sugerencias o con los que no acabes de entender (por ejemplo, «Pollo», «lechuguino», «por las llagas de sor Patrocinio», «La *Señora*» [Isabel II], «el de Reus» [Prim], «La *Niña*» [la constitución de 1812], «el héroe de los Castillejos», «El Espadón de Loja» [Narváez], etc.).

10. OTROS ASPECTOS ESTRUCTURALES

 — La rapidez —nunca atropello— en el desarrollo de la acción es la nota predominante en *El maestro de esgrima*. Se habrá observado que la novela está dividida en secciones de pocas páginas, que acaban conformando los ocho capítulos de que consta el libro. Esta disposición se conjuga con finales que promueven la suspensión de la historia y la participación activa del lector, ávido de respuestas: «Había llegado el momento de saber, porque sonaba la hora de la venganza», sería uno de estos finales de raigambre folletinesca. Selecciona y reagrupa todos estos fragmentos que suscitan suspense, y concluye por escrito cuáles son los elementos que conducen a esa expectación en el lector. ¿Qué sensaciones te embargan cuando se ve recompensada la espera con la solución del *enigma?* Pon en común estas ideas con el resto del grupo y reflexiona sobre si es éste uno de los aspectos que convierten a Pérez-Reverte en un autor tan popular.

— Una lectura en clave policial: La investigación y posterior resolución del crimen de *El maestro de esgrima* será, como ocurre de un modo significativo en novelas como *El club Dumas* (1993), sustancial para la vertebración de la historia que escribe Pérez-Reverte. Será la habilidad esgrimista de Astarloa la que juegue en favor de la investigación del asesinato de Cárceles, a pesar de las torpezas pasionales que le conducen a vías muertas. Le socorre en el intento indagador el jefe de policía Campillo, un *Maigret* del siglo XIX que actúa con la misma profesionalidad que el personaje creado por Simenon. Dicho esto, realiza el hipotético informe policial del «Caso Cárceles», añadiendo apartados tanto para las pruebas incriminatorias como para las falsas pistas, y redacta al final de la pesquisa el informe final que hubiera entregado el jefe Campillo a sus superiores.

— Con los datos que te ofrece el libro, trata de hacer una reconstrucción cronológica de la biografía de Astarloa. ¿Cuáles son los pasos que llevan a concluir que el maestro nació en 1812, a pesar de que no se mencione tal fecha?

— Trata de dar un significado narrativo a la elección musical de Adela de Otero. Si recuerdas, Astarloa ojea la partitura que está sobre el piano de la inquietante dama, y se trata de la *Polonesa en fa sostenido menor,* op. 44 (1841), de Frederic Chopin (1810-1849).

11. EL MAESTRO DE ESGRIMA EN LA VILLA

De todos es sabido el intenso recabo documental que suele llevar a cabo Pérez-Reverte en todas sus novelas. *El maestro de esgrima* no podía ser menos. Prueba de ello es la disposición geográfica de la acción, que puede reseguirse sin apenas esfuerzo entre las callejas del Madrid decimonónico.

 — Con los datos que se te ofrecen, prueba a reconstruir los lugares más frecuentados de la villa de Madrid en *El maestro de esgrima*. Utiliza un plano de la ciudad para situar la acción y acotar los escenarios que delimitan la historia que se narra en la novela.

Calles y lugares (orden alfabético):
Bordadores, Carrera de San Jerónimo, Carretas, Casa de Campo, Correos, Cuatro Fuentes, Hileras, Hortaleza, Calle Mayor, Plaza Mayor, Montera, Postas, Palacio de Villaflores, Paseo del Prado, Puerta del Sol, Puerta de Toledo, Riaño, San Ginés, Plaza de Santa Ana, Taberna, Teatro Real...

 — ¿A qué barrios del Madrid contemporáneo corresponden los escenarios señalados? ¿Serías capaz de convertirte en guía de la ciudad y explicar a un turista hipotético los acontecimientos que suceden en cada una de las calles señaladas? ¿Cuál es la ruta que ha de seguir Jaime de Astarloa desde su casa a la tertulia del Progreso? ¿Y de allí a casa de su aventajado alumno Luis de Ayala? A tenor de los datos que se aportan, ¿pueden considerarse vecinos Astarloa y Cárceles?

12. DEL ARTE DE LA GUERRA

Alrededor del siglo IV a. C., el maestro Sunzi legó a la posteridad uno de los tratados filosóficos chinos de mayor fama en Occidente, conocido como *El arte de la guerra*. En él se dice, como recordará Churchill 2.300 años más tarde, que toda guerra arrastra consigo el fracaso que significa iniciarla. Entre algunas citas memorables, cabe destacar aquella que sostiene que «la guerra es el arte de engañar». Para llevarla a cabo se dice que «el ejército procura una victoria rápida y no una guerra prolongada» y que «lo más deseable es someter al enemigo sin librar batalla con él».

Con la búsqueda de *la estocada perfecta,* el maestro Astarloa persigue lo mismo que los expertos estrategas orientales, esto es, trata primero de ser invencible para, luego, aguardar a que el enemigo sea vulnerable y asestarle la estocada definitiva, la que daba sentido a toda una vida y esquivaba de paso a la muerte con su ejecución. Tanto es así que ese afán perseguido acaba convertido en una especie de ideal místico-guerrero: la búsqueda de la perfección en el manejo del arma, que se proyecta sobre su vida como la búsqueda de la perfección de su propia existencia.

El maestro de esgrima acepta una lectura filosófica, erigiéndose en algo más que un tratado de armas al uso. De tener entre las manos el *Tratado sobre el arte de la esgrima* que andaba escribiendo Astarloa, a buen seguro que podría leerse, como se lee en la novela, que

> «la auténtica nobleza, la antigua, no se hizo por importar de contrabando paño inglés, sino por el valor de la espada. ¿Es o no cierto?... Y no irá a decirme, querido maestro, que usted, con una espada en la mano, vale menos que cualquiera de ellos. O que yo.
>
> Jaime Astarloa levantó la cabeza y clavó sus ojos grises en los de Luis de Ayala.
>
> —Con una espada en la mano, don Luis, valgo tanto como el que más».

La espada es aquí arma que ennoblece. Ya Garci Alonso de Torres, en su *Blasón d'armas* (1496), sostiene que «las armas no ennoblecen al que las trae, mas el que las trae a las armas».

Eso mismo suscribiría don Jaime, convirtiéndolo acaso en el epígrafe que abriera su postergado tratado. Como ha resaltado Santos Sanz Villanueva («Lectura de Arturo Pérez-Reverte», *op. cit.,* pág. 3), la nobleza de las armas antiguas no sólo puede encontrarse en *El húsar,* sino que reaparece, como se ha podido comprobar, en *El maestro de esgrima* y encuentra todavía en *El sol de Breda* una variante de este asunto. Véase el siguiente ejemplo, reflexión de su narrador Íñigo de Mendoza:

> «[...] quien mata de lejos lo ignora todo sobre el acto de matar. Quien mata de lejos ninguna lección extrae de la vida ni de la muerte: ni arriesga, ni se mancha las manos de sangre, ni escucha la respiración del adversario, ni lee el espanto, el valor o la indiferencia en sus ojos. Quien mata de lejos no prueba su brazo ni su corazón ni su conciencia, ni crea fantasmas que luego acudirán de noche, puntuales a la cita, durante el resto de su vida. Quien mata de lejos es un bellaco que encomienda a otros la tarea sucia y terrible que le es propia. Quien mata de lejos es peor que los otros hombres, porque ignora la cólera, y el odio, y la venganza, y la pasión terrible de la carne y de la sangre en contacto con el acero [...].»

Resulta curioso comprobar cómo Javier Marías, cuya visión del mundo está muy próxima a la de Pérez-Reverte —además de haber compartido las páginas del mismo suplemento dominical durante años—, apunta algo de índole semejante en su última novela *Tu rostro mañana, 2. Baile y sueño* (2004):

> «Se sufre el espantoso estrago, pero rara vez se ve ya a quien lo causa, ésa es la tendencia desde que se inventó la ballesta, que Ricardo Corazón de León y otros consideraron deshonrosa, por ventajosa en exceso y con riesgo escaso para el ballestero, mucho más que el arco,

porque al menos éste requería un mayor grado de destreza y esfuerzo y no se valía de un mecanismo, y alcanzaba, por así decir, lo que alcanzaba el brazo de un hombre, nunca más lejos ni más veloz ni preciso. Todo va hacia la ocultación del que mata, hacia su anonimato desde hace siglos, y todo hacia la deshonra; y eso hace que una espada parezca ir más en serio que cualquier otra arma.»

 — Con los datos que se desprenden de éstas y otras citas que aparecen en la novela, intenta relacionar el mundo anacrónico en el que está sumergido concienzudamente Astarloa con los valores que representa optar por la espada en vez de por las armas de fuego. Ten presente que, en un momento de peligro inminente, el maestro de esgrima no renuncia a hacer uso de su *Lefaucheux,* una pistola-revolver con culata de madera y capacidad para cinco cartuchos de gran calibre, regalo de un cliente agradecido. ¿Crees que esa opción traiciona los ideales que don Jaime mantiene con tanto celo y rectitud? ¿Eres de la opinión de que se trata de una estética trasnochada, repleta de anacronismos que no conducen a nada y no tienen sentido en la actualidad, o bien crees que en esencia es posible traspasar ese duelo entre tradición e innovación a la actualidad? ¿Crees, como dice un personaje de la novela, que «lo bello reside en conservar precisamente lo que los demás dejan en desuso»? ¿A qué podría atribuirse el que, en el arranque de la novela, Astarloa diga a sus discípulos que «la pistola no es un arma, sino una impertinencia. Puestos a matarse, los hombres deben hacerlo cara a cara; no desde lejos, como infames salteadores de caminos. El arma blanca tiene una épica de la que todas las demás carecen… Y si me apuran, diría que una mística. La esgrima es una mística de caballeros. Y mucho más en los tiempos que corren» (pág. 52)… y luego sienta la nece-

sidad de empuñar una pistola? Razona tus respuestas y
entabla un debate en clase sobre la pertinencia o impro-
cedencia de preservar alguno de los valores que defiende Astarloa.

13. UNA LITERATURA DE VALORES

El maestro de esgrima encuentra uno de los secretos que
aporta serenidad a su vida en una novelita francesa que anda
leyendo: «Si su alma estaba tranquila, el mundo entero conjurado contra él no le causaría un ápice de tristeza». Con an-
terioridad había mencionado algo a propósito de «la paz del
alma, el único atisbo de sabiduría a que la imperfección humana puede aspirar». Más adelante añadirá que «hay que
conservar una serie de valores que no se deprecian con el
paso del tiempo». También notará ese anacronismo el jefe
de policía Campillo, cuando señale al mismo Astarloa que
«en un país donde la afición nacional consiste en disparar el
trabuco sobre el primero que dobla la esquina, donde dos
personas discuten y en el acto se congregan allí doscientas
para ver lo que pasa, tomando partido por el uno o por el
otro, usted desentona». Hasta el marqués Luis de Ayala, a
pesar de ser un calavera que «no había leído un libro en su
vida», dirá a su maestro de esgrima que siempre sostuvo
«que la Naturaleza hace las cosas tan bien que convierte a
los lúcidos en cínicos, para permitirles sobrevivir». Así logra sobrevivir el marqués, pero también el mismo Astarloa,
obsesionado con su particular Grial, a cuya búsqueda dedica
cuerpo y alma.

Entre las múltiples disputas que dejaron huella en las pos-
turas filosóficas surgidas en el Romanticismo, la polémica
sobre el idealismo adquiere importantes proporciones. Una
oposición extrema al universalismo de Hegel, que pretendió
negar y disolver el individuo, es representada por el indivi-
dualismo anárquico de Stirner (1806-1856). La tesis funda-

mental de Stirner es que el individuo es la única realidad y el único valor; la consecuencia que Stirner saca de esta tesis es el *egoísmo* absoluto. El individuo, precisamente en su individualidad, por la cual es único e irrepetible, es la medida de todo. Así, la verdadera libertad no puede tener otro centro ni otro fin que el yo individual; así, la verdadera propiedad es la voluntad.

 — A la luz de éstas y otras teorías que navegan en la época que envuelve al maestro de esgrima, trata de proponer el ideal moral de Jaime de Astarloa y alinearlo con algunas de las ideas filosóficas surgidas en el período que ocupa la novela de Pérez-Reverte. No debe olvidarse que uno de los motivos capitales de la escritura del novelista cartaginés gira en torno al enfrentamiento entre el pasado y su reflejo en el presente, entre el paso de formas de vida de honrosos y sólidos valores a tiempos de ignominia para todo lo que tenga que ver con principios de virtud y nobleza personal. Algo así como el haz y el envés para el ayer —el Antiguo Régimen— y el hoy —la Primera República—. Dos sistemas de valores enfrentados.

14. UN HOMENAJE CERVANTINO

Luis de Ayala, marqués de los Alumbres, hace un comentario a su maestro Astarloa que no debe tenerse por un simple guiño al Quijote de Cervantes. Cuando Don Jaime dice aquello de que «el placer no sólo se encuentra en el exterior. También puede hallarse en la lealtad a ciertos ritos personales, y más cuando todo lo establecido parece desmoronarse alrededor de uno», el marqués le responde irónicamente señalando una diferencia sustancial entre Astarloa y Alonso Quijano: «usted es el hidalgo que no sale a los caminos, porque los molinos de viento los lleva dentro».

— ¿A qué hace referencia ese comentario? ¿Cuáles son los molinos de viento interiores, los demonios personales, de Jaime de Astarloa a los que se refiere el vivaz Luis de Ayala? Ten presente que en los primeros momentos de la narración se apunta que a Astarloa se le llegó a conocer con el sobrenombre «el joven Quijote».

15. LA BIBLIOTECA DE *EL MAESTRO DE ESGRIMA*

Lord Byron, *Beppo* (1818)

Heinrich Heine, *Cuadros de Viaje* (1826-1831)

Emmanuel conde de Las Cases, *Memorial de Santa Elena* (1823)

Charles-Maurice de Talleyrand, *Memorias* (1891-1892)

Novalis, *Enrique de Ofterdingen* (1802)

Folletines encuadernados de Dumas, Victor Hugo, Balzac

Plutarco, *Vidas paralelas* (105-115 d. C.)

Homero, ejemplar muy usado, posiblemente la *Ilíada* (XII-XI a. C.)

François-René de Chateaubriand, *Memorias de ultratumba* (1848-1850)

Alfred de Vigny, podría tratarse de *Servidumbre y grandeza militares* (1835)

Novelita francesa innominada

Soneto anónimo dedicado al difunto Narváez o elegía fúnebre del duque de Valencia.

 — Partiendo de que nada queda al azar, señala las conexiones que se establecen entre las obras destacadas en *El maestro de esgrima* —argumentos, personajes, escenarios, citas…— y la historia que ofrece Pérez-Reverte. ¿Hasta qué punto son pertinentes para el relato? ¿Qué información adicional aportan para el retrato de Astarloa? ¿Y para el sentido final de la narración?

¿Piensas que se trata de un guiño personal del escritor el que el ejemplar de Homero que hay en la biblioteca de Astarloa esté tan manoseado? Justifica tu respuesta. Indica, asimismo, qué otras obras no desentonarían en la biblioteca del francófilo maestro.

16. CONCLUSIONES: UNA PRESENTACIÓN PARA LA NOVELA

«Ambientada en Madrid, durante el tumultuoso verano del año 1868, *El maestro de esgrima* narra las andanzas de Jaime Astarloa, maestro de esgrima que, ya en el ocaso de su carrera, subsiste a duras penas impartiendo clases a algunos aristócratas licenciosos y a unos pocos jóvenes de la alta burguesía.

»Madrid es un hervidero de corrillos y de maniobras políticas promovidas por los patéticos partidarios del retorno al absolutismo y los románticos liberales y republicanos, conspiradores, marginados y perseguidos con saña. El melancólico Astarloa, educado en los valores del honor y la hidalguía caballeresca, no se integra en este mundo de corrupciones e intrigas crecientes. Sin embargo, el destino le juega una mala pasada y se ve envuelto en una rocambolesca y enigmática aventura que pondrá en peligro su vida y, paradójicamente, le permitirá cumplir su gran sueño: crear la estocada perfecta, imparable y mortal por necesidad...

»*El maestro de esgrima* recrea con brillantez y veracidad unos años efervescentes caracterizados por la agitación en las calles, la frivolidad de las clases altas, las tentaciones mundanas y el decadente ritual del duelo con arma blanca. Plasma una galería de personajes que aglutinan las pulsiones espirituales y culturales de la época y hace perdurar uno de los géneros más apasionantes de la literatura.»

(Presentación de *El maestro de esgrima,* Círculo de Lectores, Barcelona, 1998).

— Con los datos de que dispones, escribe una presentación personal y atractiva para la novela. No debes olvidar que las solapas, cuartas de cubierta y otros paratextos son la primera lectura para quienes pretenden leer una novela, y suelen resultar decisivos a la hora de la elección que haga el lector potencial.

COLECCIÓN AUSTRAL

EDICIONES DIDÁCTICAS